Jules Vitrac ist Journalist und hat als Korrespondent für eine französische Tageszeitung u. a. in Straßburg und Paris gearbeitet. Heute lebt er mit seiner Familie in der Nähe von Montpellier.

JULES VITRAC

Mord im Elsass

KREYDENWEISS & BATO ERMITTELN ⚜

Kriminalroman

Rowohlt Taschenbuch Verlag

5. Auflage Januar 2020

Originalausgabe
Veröffentlicht im Rowohlt Taschenbuch Verlag,
Reinbek bei Hamburg, September 2016
Copyright © 2016 by Rowohlt Verlag GmbH,
Reinbek bei Hamburg
Redaktion Elisabeth Mahler
Umschlaggestaltung any.way, Barbara Hanke/Cordula Schmidt
Umschlagabbildungen Georgianna Lane/Garden Photo World/Corbis;
kidstudio852/shutterstock.com
Satz aus der DTL Documenta, PostScript, PageOne,
bei Dörlemann Satz, Lemförde
Druck und Bindung GGP Media GmbH, Pößneck, Germany
ISBN 978 3 499 27227 1

Dieses Buch ist meinem grauen Sofa gewidmet, das mich während der Entwicklung der Geschichte liebevoll und geduldig ertragen hat.
Et toujours et toujours
M. & C.

«Wer hat den Samen der Bitternis in mich hinein-
gepflanzt, wo ich doch ganz das Werk eines gütigen
Gottes bin? War der Teufel der Urheber? Doch woher der Teufel? Woher kam der böse Wille, durch
den er zum Teufel geworden ist?»

Augustinus

1

Der Brunnen plätscherte unnatürlich laut in der ungewohnten Stille. Obwohl es bereits kurz vor halb neun war und ein ganz normaler Werktag, schien das kleine elsässische Örtchen Eguisheim wie ausgestorben. Sowohl die Metzgerei als auch die Bäckerei hatten noch geschlossen, ebenso das Café am Marktplatz, und es war kein einziges Auto zu hören. Der malerische Platz, der im Westen ganz von der im neuromanischen Stil erbauten St.-Léon-Kapelle beherrscht wurde, war menschenleer. Auf dem Kopf der Statue des berühmtesten Sohnes des Ortes, dem späteren Papst Leo IX., saß eine einsame Krähe und putzte sich das glänzend schwarze Gefieder. Die wenigen Touristen, die so früh am Vormittag schon im Ort unterwegs waren, traten zögernd, fast ehrfürchtig aus einer der ringförmig angeordneten Gassen auf den verlassenen Platz.

Dann, völlig unerwartet, begannen die vier mächtigen Glocken der St.-Peter-und-Paul-Kirche zu läuten. Das Dröhnen der Glocken hallte von den bunt gekalkten Fassaden der alten Fachwerkhäuser wider, die sich, eng gedrängt wie Küken um ihre Glucke, um den blumengeschmückten Brunnen scharten, und ließ die klare Morgenluft erzittern. Die Krähe gab ein unwilliges Krächzen von sich und flog davon. Überrascht warfen die Touristen einen Blick auf ihre Uhren und gingen dann, vom Geläut der Glocken unwillkürlich angezogen, in

Richtung Kirche. Dort stießen sie auf den Trauermarsch, der sich bereits in Bewegung gesetzt hatte, und blieben in respektvollem Abstand stehen, während der nicht enden wollende Zug schwarz gekleideter Menschen hinter dem Sarg die Straße entlangschritt.

Die Tote in dem Sarg, der von sechs Männern aus der Kirche getragen wurde, war Madeleine Béranger, die Frau des Bildhauers, doch das wussten die Touristen nicht. Sie sahen nur, dass sich nahezu das gesamte Dorf auf den Weg gemacht hatte, um ihr das letzte Geleit zu geben. Die Glocken läuteten weiter, begleiteten den Zug auf seinem Weg über den Marktplatz hinaus zum Friedhof an der Rue de Malsbach und verstummten dann so abrupt, wie sie begonnen hatten.

In der plötzlichen Stille traten die Touristen zögernd durch das Portal der alten Kirche, atmeten den Geruch von Weihrauch, Kerzen und Tod, und die schweren Türflügel schlossen sich fast behutsam hinter ihnen. Der Marktplatz lag wieder schweigend im hellen Licht des Vormittags, und die schwarze Krähe erhob sich vom First eines etwas entfernter liegenden Hauses und flog zurück auf den Kopf von Papst Leo, um ihre unterbrochene Morgentoilette fortzusetzen.

«Eguisheim trägt heute Schwarz», hob der Pfarrer vor dem offenen Grab zu seiner Ansprache an, «unsere liebe Madeleine hat uns verlassen.» Jemand schluchzte, Taschentücher wurden gezückt, Augen getupft. Der Witwer, Frédéric Béranger, und seine drei erwachsenen Kinder standen in einigem Abstand zu den anderen Eguisheimern vor dem offenen Grab. Sie harrten reglos aus, berührten sich nicht, waren wie erstarrt. Nur die jüngste, Aimée, deren blondes Haar in der Sonne leuchtete, suchte nach einer Weile die Hand ihres Vaters und drückte sie.

Céleste Kreydenweiss, Chef de Police von Eguisheim, stand in ihrer steifen, dunkelblauen Galauniform unter den Trauergästen und kämpfte mit den Tränen. Sie schniefte leise und wischte sich dann mit dem Handrücken über die Augen. Luc Bato, ihr junger Kollege, der neben ihr stand, hielt ihr ein Taschentuch hin.

Céleste nahm es dankbar an und musste bei dem Anblick beinahe lächeln: Es war ein altmodisches hellblaues Stofftaschentuch, sorgfältig gebügelt und zu einem kleinen, akkuraten Viereck zusammengelegt – alte Leute hatten solche Taschentücher. Doch Luc war jung, Mitte zwanzig. Eguisheim war seine erste Stelle nach der Polizeischule, und wenn es nach ihm ginge, würde er von hier wohl auch nicht mehr weggehen. Er hatte als Jahrgangsbester abgeschlossen und durfte sich daher, anders als die Absolventen mit den schlechten Noten, die man gerne in die Banlieues der Großstädte schickte, seinen Einsatzort aussuchen. Wie Céleste stammte Luc aus der Gegend, allerdings nicht aus Eguisheim, sondern aus einem Dorf in den Vogesen, wo seine Familie einen Bauernhof hatte, und er konnte diese Herkunft nicht verleugnen. Groß und kräftig, bedächtig, ja fast ein wenig linkisch in seinen Bewegungen, mit dunklen Haaren und Augen und der Gesichtsfarbe eines Mannes, der sich viel im Freien aufhält, hatte er mehr Ähnlichkeit mit einem Bauern als mit einem Polizisten. Céleste wusste, dass er an den Wochenenden regelmäßig nach Hause fuhr, um dort auf dem Hof mitzuarbeiten und sich von seiner Mutter bekochen und betüteln zu lassen. Céleste stellte sich vor, wie seine Mutter diese Taschentücher für ihn wusch und bügelte und sie ihm dann am Sonntagabend, wenn er wieder nach Eguisheim zurückfuhr, in die Tasche packte.

Diese Vorstellung rührte sie, und sie warf dem jungen Kollegen einen kurzen Blick zu, während sie sich unauffällig schnäuzte und dabei den leichten Lavendelgeruch des Stoffes wahrnahm. Luc schien zu spüren, dass sie ihn musterte, und es machte ihn offenkundig nervös. Er zupfte an der Krawatte, wechselte das Standbein und schien nicht zu wissen, wohin mit seinen großen Händen. Céleste wandte sich ab und versuchte, sich auf die Ansprache des Pfarrers zu konzentrieren.

Als ein verspäteter Gast durch das Tor des Friedhofs trat, kam eine gewisse Unruhe unter den Trauergästen auf. Die Leute stießen sich gegenseitig an und begannen zu flüstern. Es war Louis Balzac, der Müllmann von Eguisheim, der jetzt mit unsicherem Schritt herantorkelte.

Louis Balzac war im Dorf bekannt wie ein bunter Hund. Wenn er nicht gerade Mülltonnen leerte und Straßen kehrte, trank er und das nicht zu wenig. Louis Balzac hatte sich zeit seines Lebens verpflichtet gefühlt, dem berühmten Schriftsteller, dessen Nachnamen er trug, Ehre zu machen und auch Schriftsteller zu werden, doch leider ohne Erfolg. Seine Geschichten wurden nie irgendwo gedruckt, und so beschränkte er sich darauf – von einigen kleinen Büchlein einmal abgesehen, die er selbst binden ließ –, seine Balladen und Gedichte sowie die zahlreichen Stegreifgeschichten, die er erfand, mündlich zum Besten zu geben. Wenn der Kunst Genüge getan war, widmete er sich wieder der Sauberkeit von Eguisheim. Nach vierzig Jahren im Dienst der Abfallentsorgung konnte man mit Fug und Recht sagen, dass er diese Aufgabe mit Bravour meisterte. Er *war* sozusagen die Müllabfuhr in Person, denn mit Ausnahme von Abdel Farouk, den er vollmundig seinen ‹Assistenten› nannte und großzügig unter die Fittiche genommen hatte, gab es niemanden in Eguisheim, der auch nur annähernd die gleiche Kompetenz und Erfahrung auf diesem Gebiet hatte wie er.

Madeleines Tod nun hatte Louis besonders erschüttert, was den Alkoholpegel schon am frühen Morgen rechtfertigte. Er war ihr sehr zugetan gewesen, nicht zuletzt deswegen, weil sie sich immer wieder hatte erweichen lassen, Louis' selbstgebundene Bücher in ihrem Laden zum Verkauf anzubieten. Es wurde allgemein vermutet, dass sie sie alle aus Mitleid nach und nach selbst gekauft hatte, denn anders konnte man sich in Eguisheim den Louis' Angaben zufolge «reißenden» Absatz der Werke nicht erklären.

Jetzt mäanderte er langsam heran, noch in staubiger Straßenkehrerkleidung, eine weiße Rose in den Händen. Die Trauergemeinde machte ihm Platz, als er unsicheren Schrittes auf das Grab zusteuerte, eine gewaltige Schnapsfahne im Schlepptau. Während weder Louis' Erscheinen noch sein Zustand die übrigen Anwesenden überraschte, runzelten Nathalie, die elegante ältere Tochter der Verstorbenen, und ihr Bruder Laurent die Stirn. Nathalie zog scharf die Luft ein, als Louis direkt auf sie zusteuerte, und öffnete empört den Mund, um zu protestieren, doch ihre jüngere Schwester Aimée zupfte sie forsch am Ärmel, bevor sie etwas sagen konnte, und schob sie beiseite, um für Louis Platz zu machen.

Jeder trauert auf seine Weise, und Louis Balzac, der verkannte Dichter von Eguisheim, musste die Gelegenheit bekommen, gebührend von Madeleine Abschied zu nehmen. Das verstanden alle hier, und Aimée, die – im Gegensatz zu ihren älteren Geschwistern – schon immer ein Herz für die Verrückten und Zukurzgekommenen dieser Welt gehabt hatte, umso mehr.

«Meine liebe Freundin …», hob Louis mit schwerer Zunge an, als er endlich schwankend vor dem offenen Grab stand. Ein

Schluckauf unterbrach seine Konzentration, und er rieb sich mit der Hand mehrmals das Gesicht, um sich wieder zu sammeln. «… in guten wie in schlechten Zeiten … bis dass der Tod …» Ihm fiel auf, dass er etwas vom Thema abgekommen war, zögerte und schloss dann abrupt, jedoch mit einigermaßen klarer Stimme: «Ruhe in Frieden, liebe Madeleine, vergiss nicht, die Hölle, das sind die anderen …»

«Ist das von Honoré oder von Louis Balzac?», wollte Luc wissen.

«Weder noch. Das ist von Jean-Paul», gab Céleste leise zurück.

Luc sah sie verunsichert an.

«Sartre», ergänzte Céleste lächelnd.

Jetzt hob Louis zum Abschied die Hand mit der Rose zu einem kämpferischen Gruß. «Au revoir! Vive la République …» Er geriet ins Schwanken, verlor das Gleichgewicht und fiel mitsamt der Blume kopfüber in Madeleines Grab.

Louis' spektakulärer Sturz sorgte beim nachfolgenden Leichenschmaus im Lieblingsrestaurant der Eguisheimer, dem *La Grenouille Grasse* – dem *Fetten Frosch*, das Célestes Mutter Catherine gehörte –, für viel Gesprächsstoff und trotz des traurigen Anlasses sogar für den einen oder anderen Lacher. Man speiste elsässisch-üppig, wie es auch die Verstorbene geschätzt hatte. Es gab Sauerkrautsuppe mit Speck als Vorspeise und als Hauptgang Baeckeofe, einen deftigen, aufwendig geschmorten Fleischeintopf mit Teigkruste, der im Elsass fast alle wichtigen Ereignisse kulinarisch begleitete. Ein saftiger Apfelkuchen mit süßem Eiermilchguss rundete das Mahl ab. Dazu wurden nicht unerhebliche Mengen feinsten Rieslings getrunken, gestiftet von Célestes Großvater Théo, der, schon fast achtzigjährig, mit tatkräftiger Hilfe von Céleste seinen kleinen Weinberg in exquisiter Lage noch immer selbst bewirtschaftete und bisher auch erfolgreich gegen alle Kaufambitionen der großen Kellereien der Gegend verteidigt hatte. Normalerweise hütete er seinen guten Tropfen so eifersüchtig, dass selbst Catherine, die den Wein exklusiv in ihrem Restaurant verkaufen durfte, um jede Flasche kämpfen musste. Heute jedoch hatte Théo freiwillig gleich mehrere Kisten spendiert, was davon zeugte, dass auch er Madeleine sehr geschätzt hatte, selbst wenn er Bücherlesen generell für Zeitverschwendung hielt.

Am frühen Abend dann, die trauernde Familie und auch der Pfarrer waren längst gegangen, fand die Beerdigungszeremonie ihren inoffiziellen Höhepunkt, als Louis Balzac mit leicht zerschrammtem Gesicht auf einen Stuhl stieg und unter Tränen ein selbstgeschriebenes Gedicht zu Ehren von Madeleine zum Besten gab, das den Titel «Ich scheiße auf den Tod» trug. Das noch anwesende Publikum klatschte begeistert Beifall, und Luc und Céleste halfen dem Redner anschließend vom Stuhl herunter, damit es am Ende nicht zu einem zweiten Sturz käme. Célestes Mutter verabreichte dem untröstlichen Dichter noch eine starke Tasse Kaffee, und dann brachten ihn die beiden Polizeikollegen mit vereinten Kräften heim in sein altes Häuschen, das, nur wenige hundert Meter vom *Fetten Frosch* entfernt, windschief und zusammengesunken an der massiven Rückseite der Kellerei Dopfer lehnte. Spötter vermuteten, dass es gar nicht Louis' Nachname war, der an seinem kleinen Alkoholproblem schuld war, sondern vielmehr die Lage des Hauses. Tür an Tür mit den riesigen Mostbottichen, die einen so intensiven Geruch nach gärendem Alkohol verströmten, dass einem allein vom Riechen schwindlig wurde, konnte man womöglich gar nicht anders, als sich bereits zum Frühstück ein erstes Glas zu gönnen.

An der Tür umarmte Louis Céleste noch einmal ungestüm und jammerte: «Alles aus und vorbei! Niemand wird jetzt jemals mehr meine ‹Ballade vom traurigen Mörder von Eguisheim› kaufen. Nie mehr!»

Céleste klopfte ihm tröstend auf den Rücken, dann löste sie sich aus seiner Umarmung und holte den Schlüssel aus dem Versteck unter dem Keramikzwerg neben dem Fußabstreifer, während Luc Louis an die Wand lehnte und festhielt, damit er nicht umfallen konnte. Es war nicht das erste Mal, dass die beiden Louis nach Hause brachten.

«Warum ist der Mörder in deiner Geschichte eigentlich traurig?», fragte Céleste, während sie die Haustür aufsperrte. Sie selbst hatte den Text nie gelesen, kannte aber, wie so gut wie jeder in Eguisheim, den Anfang, da Louis die ersten Zeilen der in Versform verfassten Geschichte ständig irgendwo zum Besten gab.

«Weil … er seine Liebe verloren hat», nuschelte Louis undeutlich und schlurfte dann ins Haus. «Aber im Grunde ist doch jeder …» Er sprach nicht weiter, sondern schloss grußlos die Tür hinter sich. Es rumpelte, man hörte ein Fluchen, und dann ging hinter einem der winzigen Fenster im Erdgeschoss das Licht an. Halbwegs beruhigt, machten Luc und Céleste kehrt.

Auf dem Weg zurück zum *Fetten Frosch* rätselte Luc: «Was hat er wohl gemeint? Dass jeder traurig oder jeder ein Mörder ist?»

Céleste überlegte. Nach einer Weile sagte sie: «Ich glaube, er wollte sagen, dass jeder Mörder im Grunde traurig ist.»

2

Der nächste Morgen war einer jener seltenen Tage, an denen die Müllabfuhr von Eguisheim versagte. Louis Balzac hörte weder den Wecker noch seinen braven Assistenten Abdel, der eine gute Viertelstunde lang an seine Haustür klopfte und dann aufgab. Nachdem Louis im Besitz des Autoschlüssels für das Müllauto war, schien es wenig sinnvoll, alleine und nur mit einem Besen bewaffnet auf Tour zu gehen, und so machte Abdel kehrt, um seinerseits wieder ins Bett zu gehen und sich zur Feier des unerwarteten freien Morgens noch eine Weile an seine Frau zu schmiegen, bevor diese ebenfalls zur Arbeit musste.

Es blieb also still an diesem Morgen, kein Müllwagen brummte durch die schmalen Gassen, keine Abfalltonne klapperte, und ganz Eguisheim lag noch in tiefem Schlummer, als sich Lucie Pouliotte wie jeden Morgen auf den Weg durch das Dorf machte, um die Zeitungen auszutragen. Sie trug eine Jogginghose und darüber ein weites Sweatshirt, und ihre kurzen, in einem grellen Pink gefärbten Haare standen, noch mehr oder weniger ungekämmt, vom Kopf ab. Verschlafen fuhr sie auf einem alten, schwarzen Herrenrad samt Anhänger durch die Gassen in Richtung Marktplatz, die Ohren fest verstöpselt mit ihrem Smartphone, und nickte mit halb geschlossenen Augen zur Musik. Das brauchte sie so früh am Morgen. Die volle Dröhnung, sonst wurde sie nicht wach.

Eigentlich arbeitete sie als Kassiererin im Supermarkt am Rande von Eguisheim, doch das zusätzliche Einkommen, das sie mit den Zeitungen verdiente, konnte sie gut gebrauchen. Seit sie vor knapp drei Jahren mit gerade einmal sechzehn aus Mulhouse abgehauen war, hatte sie nie genug Geld. Von ihrem Vater bekam sie keinen einzigen Cent. Er sprach nicht einmal mehr mit ihr. Und das Leben war ja verdammt teuer, sogar in einem Kaff wie Eguisheim, auch wenn man nur zur Untermiete in einem winzigen Zimmer ohne Bad wohnte und zum Duschen einen Stock tiefer gehen musste. Sie versuchte nämlich auch noch zu sparen. Für später und so. Immerhin hatte sie es bereits geschafft, den Führerschein zu machen, und vor einem knappen halben Jahr hatte sie sich sogar ein Auto geleistet. Zwar war es uralt und klapprig, aber es fuhr brav die 80 km bis Straßburg, und das war das Wichtigste, denn mindestens einmal die Woche musste sie raus aus dieser Einöde und tanzen gehen. Außerdem hatte sie seit kurzem einen neuen Freund, und der wohnte ebenfalls in Straßburg.

In Gedanken bei Yannicks wurde sie gleich ein bisschen munterer und fuhr mit einem eleganten Schwung über den Marktplatz. Dabei wäre sie fast mit dem großen Fass kollidiert, das überraschenderweise mitten auf dem Platz stand. Erst in letzter Minute konnte sie ihr Fahrrad abbremsen, der Anhänger mit den Zeitungen kam ins Schlingern, kippte um, und die druckfrischen Nachrichten dieses Tages verteilten sich über das Kopfsteinpflaster.

Mit einem herzhaften Fluch sprang Lucie vom Rad und musterte das Fass mit finsterem Blick. Welcher Idiot hatte hier ein Fass abgestellt? Sie nahm die Stöpsel aus den Ohren und ging um das Holzfass herum. Es war groß und wuchtig, aus altem, gedunkeltem Holz und mit einem Deckel verschlossen.

Irgendwie kam es ihr bekannt vor. So als hätte sie es schon einmal gesehen, an einem anderen Ort, bestimmt jedoch nicht im Morgengrauen mitten auf dem Marktplatz. Sie betrachtete es genauer, schnupperte – und verzog verächtlich das Gesicht. Es roch unangenehm. Offenbar ein Sauerkrautfass. Im Gegensatz zum Rest des Dorfes, das voller verrückter Sauerkrautliebhaber war, verabscheute Lucie dieses Gericht von ganzem Herzen. Sie konnte nicht verstehen, was man an diesem stinkenden, vergilbten Kraut finden konnte. Jetzt verlor sie endgültig das Interesse. Sollte sich um dieses eklige alte Ding kümmern, wer wollte, sie musste jetzt weiter. Doch gerade als sie sich bückte und begann, ihre Zeitungen aufzuklauben, hörte sie es. Das Geräusch, das vielleicht schon zuvor in ihr Unterbewusstsein gedrungen war und das sie, noch zugedröhnt von der Musik in ihren Ohren, nicht sofort wahrgenommen hatte: Das Fass tickte.

Das hartnäckige Zwitschern eines Vogels drang in Célestes Träume. Sie blinzelte verschlafen und warf einen Blick auf die Uhr auf dem Nachttisch. Noch nicht Zeit aufzustehen. Von ihrer Wohnung bis zur Dienststelle in der Mairie waren es zu Fuß keine zehn Minuten. Sie konnte also mindestens noch eine halbe Stunde weiterschlafen. Schon wieder halb weggenickt, zog sie sich die Decke über die Ohren und drehte sich vom Fenster weg. Als sie aus den Augenwinkeln eine Bewegung wahrnahm, stutzte sie. Der Anblick des rostroten Haarschopfes auf dem Kopfkissen neben ihr schaffte, was der Gesang der Amsel nicht vermocht hatte: Céleste wurde schlagartig wach. Sie war ja gar nicht zu Hause, sie war bei Yves.

Als ob ihr Gelegenheitsliebhaber ihre Gedanken gespürt hätte, drehte er sich zu ihr um, ohne jedoch aufzuwachen, und gab Céleste damit die Möglichkeit, ihn ungestört zu betrachten. Ihr Blick glitt über die kupfernen Bartstoppeln, die schmale Wangen und ein kräftiges Kinn bedeckten, über seine dichten, ebenfalls rötlichen Wimpern, und verharrte schließlich bei den dunklen Augenbrauen, die er immer so theatralisch bittend nach oben zog, wenn er etwas von ihr wollte. Sie lächelte, doch in ihren Blick mischte sich eine gewisse Wehmut, die sich jedes Mal einstellte, wenn sie bei Yves war. Sie würde auch heute alleine frühstücken. Es war besser so.

Leise stand sie auf, klaubte ihre Turnschuhe, die Jeans und ihr zerknittertes weißes Lieblingshemd, gegen das sie die ungeliebte Galauniform gestern sofort nach der Beerdigung eingetauscht hatte, vom Boden auf und schlich sich ins Bad. Müde Augen blinzelten ihr aus dem kleinen Spiegel entgegen. Es war kühl und ungemütlich in Yves Badezimmer. Sie beschloss daher, lieber zu Hause zu duschen, und spritzte sich nur ein paar Handvoll kaltes Wasser ins Gesicht, um etwas frisch zu werden. Mit den noch feuchten Fingern versuchte sie ebenso halbherzig wie vergeblich, ihre lockigen dunkelbraunen Haare zu entwirren, und flocht sie zu einem losen Zopf. Das musste genügen. Schminkzeug hatte sie, wie üblich, nicht dabei. Sie benutzte es ohnehin kaum. Fertig angezogen, halbwegs munter und vor allem unbemerkt verließ sie wenig später Yves Wohnung, die nicht mehr als ein abgetrennter Teil seiner Werkstatt war, wo er ohnehin die meiste Zeit verbrachte. Ein großer Teil seiner Leidenschaft galt nämlich alten Autos, die er mit viel Akribie, Geduld und Begeisterung restaurierte, um sie dann – äußerst widerwillig – weiterzuverkaufen. Was von seiner Leidenschaft danach noch übrig war, verschenkte er großzügig an die Frauen, und das hieß derzeit vor allem an Céleste. Die nahm dieses Geschenk zwar gerne an, blieb aber trotzdem lieber auf der sicheren Seite und frühstückte alleine. Sie war nicht gewillt, aus dieser luftig leichten Beziehung etwas Ernsteres werden zu lassen. Und ein gemeinsames Frühstück war definitiv etwas Ernsteres.

Als sie in die Morgensonne hinaustrat, schloss sie für einen Moment die Augen und atmete tief ein. Es war gut so, wie es war. Es war fast perfekt. Zufrieden schlenderte sie zu ihrem Auto, einem liebevoll restaurierten silbergrauen Citroën DS mit roten Ledersitzen, den sie vor einiger Zeit von Yves gekauft hatte. Es war eine gute Idee gewesen, gestern Abend noch zu ihm zu fahren. Die Beerdigung von Madeleine hatte sie stärker mitgenommen als erwartet, und deshalb hatte sie nicht lange überlegt, als sie Yves' Nachricht auf dem Handy gelesen hatte. Yves war nicht nur ein aufregender Liebhaber, er verstand es auch ausgezeichnet, sie aufzuheitern, wenn sie in trauriger Stimmung war.

Sie wollte gerade den Schlüssel in das Zündschloss stecken, als ihr Handy klingelte. Es lag auf der Mittelkonsole, wo sie es gestern Abend offenbar vergessen hatte. Es war Luc Bato, und ein Blick auf das Display zeigte ihr, dass es schon sein dritter Anruf war. Céleste schüttelte verwundert den Kopf. Ihr Dienst begann erst um acht. Was mochte wohl so dringend sein, dass es nicht bis dahin warten konnte? Für gewöhnlich waren ihre Tage nicht gerade von übermäßigem Stress gekennzeichnet. Als Chefin der Police Municipale von Eguisheim war sie, zusammen mit ihrem Kollegen, Brigadier Luc, verantwortlich für die kommunale Sicherheit in Eguisheim, was kein sehr nervenaufreibender Job war. Im vergangenen Jahr hatte es – neben den üblichen Verwaltungsaufgaben der Gemeinde, den Verkehrsunfällen und nervtötenden nächtlichen Alkoholkontrollen – drei Fahrraddiebstähle, ein aufgebrochenes Touristenauto, sechs Fälle von Sachbeschädigung, fünf behandlungsbedürftige Betrunkene nach dem jährlichen Weinfest und drei Prügeleien gegeben. Außerdem noch zwei entlaufene Katzen, einen streunenden Hund und einen entflogenen Papagei, der Célestes Vermieterin, Madame Denis, gehörte und alle paar Monate das Weite suchte. Wobei «das Weite» immer nur der Apfelbaum in Madame Denis' Garten war. Céleste stieg dann jedes Mal mit Hilfe einer Leiter auf den Baum und fing Dodi wieder ein. Danach saß sie dann in Madame Denis' Salon und bekam Kaffee und glasierten Gewürzkuchen und Gugelhupf kredenzt, bis sie meinte, nicht mehr aufstehen zu können. Ach, und dann war da noch der arme Monsieur Truffe gewesen, der sich beim Reinigen seines Jagdgewehrs versehentlich selbst erschossen hatte. Nicht schön, aber auch nicht wirklich spektakulär.

Mehr Aufregung gab es hier nicht, und genau das schätzte sie an ihrem Beruf. Einen ruhigen und doch abwechslungsreichen Tagesablauf, bei dem man ohne großen Stress seine Arbeit erledigen und sich danach den schönen Dingen des Lebens widmen konnte. Yves zum Beispiel. Und natürlich Max … Kurz und gut, sie konnte sich nicht vorstellen, was so dringend sein mochte, dass ihr Kollege um kurz nach sieben bereits zum dritten Mal versuchte, sie zu erreichen.

Als sie sich meldete, fiel er ihr ohne Begrüßung ins Wort: «Chef? Wo stecken Sie denn?»

«Erst mal guten Morgen … und sagen Sie verdammt noch mal nicht immer Chef zu mir! Warum nicht einfach Céleste oder Kreydenweiss oder von mir aus Chef*in* …»

«… ich habe bei Ihnen zu Hause angerufen, Chef, aber da ging niemand ran.»

Céleste seufzte. Sie sollte es endlich aufgeben, sich an dem Wort zu stören. In diesem Punkt war ihr Brigadier so störrisch wie ein Ochse. «Ja. Das liegt daran, dass ich nicht zu Hause bin.»

«Ach so, ja dann ...»

In Lucs Stimme schwang so etwas wie eine Frage mit, aber Céleste gab keine weiteren Erklärungen ab. Sie hatte keine Lust, ausgerechnet ihrem Brigadier Auskunft über ihr Liebesleben zu geben. Er glaubte unverbrüchlich an die einzige, wahre und ewige Liebe und missbilligte die Tatsache zutiefst, dass sich Céleste neben ihrer langjährigen Fernbeziehung mit dem deutschen Journalisten Max noch hin und wieder etwas Spaß mit Yves gönnte.

«Was ist denn los?», fragte sie daher nur, ohne weiter auf ihren momentanen Aufenthaltsort einzugehen.

Luc zögerte.

Céleste konnte ihn förmlich vor sich sehen, wie er sich durch die Haare fuhr und erst einmal überlegte. In dem winzigen Bauerndorf mitten im rauen, einsamen Nirgendwo der Vogesen, aus dem er stammte, hielt man offenbar nicht viel von überflüssigem Gerede, denn nur so konnte Céleste es sich erklären, dass Luc die Angewohnheit hatte, jeden Satz, jedes Wort so genau auszuwählen, als gälte es, es sich zu Hause in die Vitrine zu stellen. Céleste zwang sich zur Geduld und wartete schweigend.

«Etwas Seltsames ...», sagte er schließlich. «Besser, Sie kommen her. Ich warte am Marktplatz.»

«Aber was ...», wollte Céleste nachhaken, doch er hatte schon aufgelegt. Sie seufzte. Batos wortkarge Art war mitunter etwas anstrengend.

«Ich bin gleich da», sagte sie zu ihrem stummen Handy und

startete den Wagen. Also keine Dusche und wohl auch kein Frühstück, bevor nicht geklärt war, was Luc so «seltsam» fand. Sie fischte sich eine Zigarette aus der Packung Gauloises auf dem Beifahrersitz, zündete sie an und gab Gas. «Die Göttin» heulte unwillig auf. Madame war eine so raue Behandlung nicht gewohnt.

Rouffach, wo Yves wohnte, war ein Nachbarort von Eguisheim, und Céleste brauchte für die zehn Kilometer knapp acht Minuten. Als ihr Wagen über das Kopfsteinpflaster holperte und sie am Rande des Marktplatzes aus dem Auto stieg, kam Luc bereits auf sie zugelaufen. Er schien aufgeregt, und seine Mütze saß etwas schief.

«Gut, dass Sie da sind, Chef», sagte er und sah sich nervös um. «Ich weiß nicht, ob die Absperrung ausreicht...»

Céleste folgte seinem Blick und bemerkte erst jetzt das gestreifte Absperrband, das großräumig den Platz um den Brunnen herum abriegelte. Sie hob die Brauen. «Können Sie mir verraten, was Sie hier machen?»

Luc warf ihr einen unsicheren Blick zu. «Die Zeitungausträgerin hat es entdeckt, Lucie Pouliotte, neunzehn, wohnhaft in der Rue de Riesling 3...», erklärte er nach einem Blick auf seine Notizen und deutete auf eine junge Frau mit pinkfarbenen Haaren, die mit mürrischem Gesichtsausdruck hinter der Absperrung stand, wo sich bereits einige Schaulustige versammelt hatten. Neben ihr war ein Fahrrad mit Anhänger abgestellt. «Ich wusste nicht genau ... und dachte, erst einmal absperren, ist nie verkehrt. Aber vielleicht reicht es nicht...?»

«Was hat sie entdeckt? Wovon sprechen Sie, Bato?», fragte Céleste ungeduldig. Sie hatte noch nicht einmal gefrühstückt, ihre Haare sahen aus wie ein alter Besen, und ihr hochmotivierter Kollege machte einen auf Großeinsatz.

24

«Na, das Fass!» Er deutete auf die Mitte des Marktplatzes. Céleste Blick folgte seinem ausgestreckten Finger. Dort, unweit des Brunnens, stand ein großes Holzfass. Sie schüttelte ungläubig den Kopf: «Das ist nicht Ihr Ernst. Sie haben mich wegen eines verdammten alten Weinfasses angerufen?»

«Sauerkraut.»

«Was?»

«Sauerkraut, kein Wein. Es ist ein Sauerkrautfass.»

«Ah. Das ändert natürlich die Sachlage gewaltig.»

Luc warf ihr einen erschrockenen Blick zu. «Meinen Sie? Inwiefern?»

«Nein, natürlich nicht!» Céleste verdrehte die Augen. Ironie war nicht gerade Batos Spezialgebiet. «Warum um Himmels willen die Absperrung?», fragte sie und deutete auf die großzügig gespannten Flatterbänder. «Sie haben fast den ganzen Marktplatz abgesperrt. Wegen eines Sauerkrautfasses?»

«Ja, natürlich! Stellen Sie sich vor, es explodiert! Ich habe mir schon überlegt, die Häuser drum herum evakuieren zu lassen, das wäre wohl das Sicherste. Aber ich wusste nicht ... sagen Sie, Chef, sind wir dafür überhaupt zuständig? Oder brauchen wir die Terrorabwehr? Dédé habe ich schon angerufen, er muss jeden Moment da sein.»

«Terrorabwehr?» Céleste war versucht, ihrem jungen Kollegen die Hand auf die Stirn zu legen, um zu prüfen, ob er Fieber hatte, beherrschte sich jedoch. «Und was bitte sollte die Terrorabwehr mit diesem Scheißsauerkrautfass anstellen?», schnauzte sie ihn stattdessen an und überlegte, ob sie nicht einfach umkehren und wieder zurück zu Yves fahren sollte. Er schlief sicher noch. Sie würde sich einfach wieder dazulegen und noch einmal die Augen schließen ...

«Äh, ich weiß nicht ...» Luc war bei ihren Worten zusammengezuckt. Es schockierte ihn immer, wenn sie fluchte. Dann sagte er eingeschüchtert: «Ich dachte ja nur, weil das Fass tickt...»

Céleste starrte ihn an. «Es tickt?»

Luc nickte. «Sagte ich das nicht?»

«Nein...» Céleste atmete tief ein.

«Es könnte doch eine Bombe drin sein, oder?», legte Luc ihr seinen Gedankengang dar. «Bomben ticken...»

Céleste kam nicht dazu, etwas zu erwidern, denn nun stürmte ein kleiner, rundlicher Mann mit Halbglatze auf sie zu. André Ginglinger, genannt Dédé, der Bürgermeister.

«Was ist los?», rief er ihnen entgegen und strich sich die spärlichen Haare auf der Glatze glatt.

Céleste hob schwach die Hand. «Salut, Monsieur le Maire. Wir haben ein...»

«...tickendes Sauerkrautfass», ergänzte Luc eifrig.

Céleste überließ es Luc, dem verwirrten Bürgermeister die Sachlage zu schildern, und beschloss, sich zunächst einmal ein eigenes Bild zu machen. Die Schaulustigen machten ihr bereitwillig Platz, als sie sich unter dem Absperrband hindurchbückte. Kritisch musterte sie das alte Fass, das da still und harmlos in der Morgensonne stand. Es war kein Ticken zu hören. Weiß der Himmel, was dieses pinkfarbene Mädchen sich da zusammengereimt hatte, dachte sie unwirsch. Aber da war noch Luc, der angeblich das Ticken auch gehört hatte, und der hatte normalerweise keine so blühende Phantasie. Überhaupt keine Phantasie, um genau zu sein.

Als sie mit gespitzten Ohren näher heranging, hörte sie Lucs besorgte Stimme hinter sich und winkte ab. Wenn es hier im Dorf ein tickendes Sauerkrautfass geben sollte, dann wollte sie sich mit eigenen Ohren davon überzeugen. Und tatsächlich, als sie direkt davorstand, hörte sie es auch. Gedämpft und nicht besonders laut, aber unverkennbar ein Ticken. Es klang wie ein Wecker. Als ob es ihre Gedanken bestätigen wollte, drang aus dem Fass plötzlich ein grelles Klingeln. Sie fuhr zurück, und hinter ihr kreischten ein paar Frauen auf. Doch es passierte nichts. Das Fass schrillte ein paar Sekunden durchdringend, was ein bisschen wie frühmorgens zu Hause klang, wenn ihr Wecker sie unsanft aus dem Schlaf riss, dann verstummte das Klingeln, und das Fass tickte wieder leise und unschuldig weiter, ganz so, als ob nichts gewesen wäre. Céleste wandte sich zu Luc um, der zusammen mit Dédé hinter der Absperrung stand und sie erschrocken ansah.

«Ein Spaß!», rief sie und grinste, um den Schrecken zu überspielen. «Da hat sich jemand einen Scherz erlaubt!» Sie klopfte auf das Fass und winkte ihrem Kollegen zu. «Kommen Sie her, wir schauen mal rein.»

Luc kam mit dem Werkzeugkasten, den sie für alle Fälle im Kofferraum ihres gemeinsamen Dienstautos, einem ziemlich in die Jahre gekommenen Megane, verstaut hatten. Um das Absperrband herum hatten sich jetzt schon etliche Schaulustige mehr versammelt, und als Luc ein kleines Stemmeisen und einen langen Schraubenzieher auspackte, verstummte das Gemurmel der Zuschauer. Gespanntes Schweigen legte sich über den Marktplatz. Sie setzten die beiden Werkzeuge an gegenüberliegenden Stellen des Deckels an, und es ging überraschend leicht, ihn zu öffnen. Wer auch immer das Fass zugenagelt hatte, hatte kein Interesse daran gehabt, es dauerhaft zu verschließen.

Céleste warf Luc einen kurzen Blick zu. «Die Büchse der Pandora», sagte sie mit einem spöttischen Lächeln.

Er sah sie verwirrt an. «Es ist ein Fass ... Aber ja, klar ...»

Céleste verdrehte gutmütig die Augen und sagte nichts mehr. Gemeinsam hoben sie den Deckel und spähten hinein.

Als Erstes nahm sie den Gestank wahr, der herausdrang. Nach verdorbenem Fleisch, Blut, Innereien. Dann hörte sie ein Ächzen wie von einem umstürzenden Baum – es kam von Luc.

«Ein Wecker ...», sagte er langsam.

Doch der große, altmodische Wecker, glänzend rot und geschäftig tickend, auf den Luc mit zitterndem Finger deutete, war nicht das Entscheidende. Entscheidend war, dass er einer Leiche um den Hals hing. Es war ein Mann, der mit glasig starrem Blick in dem Fass kauerte. Außer einem kreisrunden dunklen Fleck auf der Stirn schien er unversehrt zu sein, und es war nicht zu erkennen, woher der penetrante Gestank kam. Céleste wünschte, sie hätte die Zigarette vorhin nicht geraucht. Nicht, ohne vorher wenigstens einen Kaffee getrunken zu haben. Sie wandte sich ab und atmete ein paar Mal tief durch den Mund ein. Als sie die Augen wieder öffnete, traf ihr Blick den von Luc. Sein sonst so gesund wirkendes Gesicht hatte jede Farbe verloren, und seine Augen waren vor Schreck weit aufgerissen. Er schwankte leicht.

Sie sah sich um. Die Menschen hinter der Absperrung hatten mittlerweile begriffen, dass sich etwas Ungewöhnliches in dem Fass befinden musste. Es herrschte noch immer eine atemlose Stille, doch in so manch erwartungsvolle Miene hatte sich inzwischen Furcht geschlichen.

Sie wandte sich an Luc und sagte leise:

«Schicken Sie die Leute nach Hause, Bato.» Er nickte, ganz offensichtlich erleichtert, weg von dem Fass und seinem Inhalt zu kommen. Céleste sah ihm nach, wie er unsicheren Schrittes auf die wartende Menge zuging, und murmelte ein «Versuchen Sie es wenigstens» hinterher, wohl wissend, dass sich die Eguisheimer nicht so leicht würden vertreiben lassen, erst recht nicht von einem Grünschnabel wie Luc Bato. Aber besser, der Brigadier hatte etwas zu tun, als dass er noch neben ihr umkippte. Dann leistete sie noch insgeheim Abbitte, da er, auch wenn er eigentlich mit etwas ganz anderem gerechnet hatte, jedenfalls die Umsicht besessen hatte, das Fass weiträumig abzusperren. So würden sie sich wenigstens nicht von den Beamten der Brigade Criminelle aus Colmar, die man jetzt zu benachrichtigen hatte, anpflaumen lassen müssen, man habe die Spuren versaubeutelt.

Wie Céleste vermutet hatte, waren Lucs Versuche, die Eguisheimer zum Nach-Hause-Gehen zu bewegen, vergeblich. Er erntete dafür nur verständnislose Blicke. Kein Einziger wich auch nur einen Zentimeter von seinem Logenplatz am Absperrband zurück. Sie winkte Dédè zu, der wartend zwischen den anderen stand. «Könnten Sie mal herkommen?»

Der kugelförmige Bürgermeister musterte einen Augenblick die Absperrung und entschied sich dann klugerweise dafür, unter dem Band durchzuschlüpfen, anstatt mit seinen kurzen Beinen unelegant darüberzuklettern und womöglich eine lächerliche Figur abzugeben, und kam eilig zu ihr. Sie deutete stumm auf das Fass, und er sog scharf die Luft ein, als er die Leiche sah. Hastig zog er ein Taschentuch aus seiner Brusttasche, hielt es sich abwechselnd vor die Nase und wischte sich damit über die Stirn.

«Das ist … nicht gut, Kreydenweiss», sagte er, nur flach atmend, und Céleste nickte. Daran bestand wohl kein Zweifel.

«Wir brauchen die Kriminalpolizei», fügte Dédè nach kurzer Überlegung hinzu, und wieder nickte Céleste. Auch das war zweifellos richtig. Er seufzte tief. «Diesen Neuen, Wolflinger, habe ich nicht gerne bei uns hier.»

«Wolfsberger», korrigierte ihn Céleste.

«Auch gut, von mir aus Wolfsberger, er ist ein jedenfalls ein Idiot.»

Céleste nickte ein drittes Mal, dieses Mal nachdrücklicher. Bereits in den wenigen Monaten, die Didier Wolfsberger nun der neue Leiter der Kriminalpolizei in Colmar war, hatte er sich in beeindruckender Weise unbeliebt gemacht. Céleste hatte es bisher vermeiden können, ihn persönlich zu treffen, aber sie hatte von ihrer Freundin Sandrine schon einige recht üble Geschichten gehört. Sandrine war Rechtsmedizinerin in Colmar, und sie nahm selten ein Blatt vor den Mund. «Arroganter Affenarsch», hatte ihr ebenso knappes wie vernichtendes Urteil über Didier Wolfsberger gelautet.

Während Dédé noch besorgt grübelte, wie er einen Unruhestifter wie Wolfsberger in seinem friedlichen Dorf unter Kontrolle halten sollte, und Luc sich weiter bemühte, sich gegenüber den Eguisheimern durchzusetzen – seine Stimme war inzwischen energischer geworden, offenbar war er nicht mehr in Gefahr, in Ohnmacht zu fallen –, warf Céleste mit angehaltenem Atem einen genaueren Blick in das stinkende Fass und sagte:

«Bürgermeister, ich glaube, das ist …», begann sie, ehe Dédé, der ihrem Blick angewidert gefolgt war, sie erschrocken unterbrach: «Mon Dieu, das ist Philippe! Philippe Rouffacher!» Dédés lauter Ausruf veranlasste Luc, sich umzudrehen und zu den beiden zurückzukehren. Die Eguisheimer standen noch immer ungerührt herum, tuschelten leise und reckten die Hälse.

«Sie gehen einfach nicht...», sagte er mit zerknirscht ausgebreiteten Armen, doch Céleste winkte ab.

«Nicht wichtig.» Sie deutete auf den Toten. «Kennen Sie ihn?»

Luc warf zuerst aus der Ferne einen vorsichtigen Blick in das Fass und kam dann zögernd näher, um dem Toten ins Gesicht zu blicken. Nach einer Weile sagte er langsam: «Ist das nicht dieser Biobauer? Wie heißt der noch mal...»

«Rouffacher.» Der runde Kopf des Bürgermeisters wackelte bekümmert hin und her. «Ja, er ist es, kein Zweifel.»

Philippe Rouffacher war ein Schweinezüchter, der in der Nähe von Eguisheim seinen Hof hatte. Einen Vorzeigebiobauernhof, mit Schweinen, Hühnern, Katzen und blühenden Apfelbäumen sowie allerlei ökologischen Gütesiegeln. Im letzten Jahr war er sogar vom Verband «Genussregion Elsass» ausgezeichnet worden. Es hatte einen großen Zeitungsartikel darüber in der regionalen Tageszeitung *L'Alsace* gegeben.

Céleste hatte den kleinen stämmigen Bauern mit dem zu Lebzeiten immer roten Gesicht nur flüchtig gekannt. Ihre Mutter hatte früher immer ihr Fleisch für den *Fetten Frosch* bei ihm gekauft, bis sie irgendwann damit aufgehört hatte. Seit einiger Zeit fuhr sie, jedenfalls soweit Céleste wusste, auf einen anderen Hof. Catherine war wählerisch und anspruchsvoll und wechselte oft ihre Lieferanten, auch wenn sie sie noch kurz zuvor über den grünen Klee gelobt hatte.

Dédé deutete auf die kreisrunde Wunde auf der Stirn. «Und was ist das? Eine Schusswunde?»

Céleste beugte sich weiter hinunter. «Könnte sein», sagte sie zögernd. «Es sieht allerdings ein bisschen merkwürdig aus...»

Luc war ihrem Blick gefolgt. «Ich denke, es ist...» Er verstummte.

«Was?», fragte Céleste nach. «Was meinen Sie, Bato?»

Luc wurde rot. «Wir haben doch einen Bauernhof zu Hause und ...»

«Ja und weiter?»

«Es ... es sieht ein bisschen so aus wie bei unseren Schweinen, also wenn wir eines schlachten wollen ...» Er machte eine kurze Handbewegung, und Céleste verstand.

«Sie meinen ein Bolzenschussgerät? Er wurde mit einem Bolzenschuss in die Stirn getötet?» Ihre Stimme hob sich unwillkürlich ein wenig. «Wie ein Schwein?»

Luc nickte, nunmehr etwas sicherer. «So sieht es jedenfalls aus, finde ich.»

«Was?» Dédé starrte ihn entsetzt an und zückte wieder sein Taschentuch. «Das glaube ich nicht! So etwas ... nein ... also bitte!»

«Eigentlich betäubt man damit das Schwein nur, das geht sehr schnell und tut nicht weh», präzisierte Luc. Dann dachte er einen Augenblick nach und fügte hinzu: «Wobei man das ja nicht wissen kann, nicht wahr? Wurde ja noch kein Schwein befragt, also ...»

«Hören Sie auf, Bato!» Dédé schnitt ihm mit einer knappen Handbewegung das Wort ab. «Schluss damit. Rufen Sie in Colmar an. Ich kümmere mich einstweilen um die Leute hier.» Er wischte sich noch einmal mit dem Taschentuch über das Gesicht, stopfte es in die Hosentasche und rannte dann beinahe zurück zur Absperrung.

Mit einer gewissen Genugtuung stellte Céleste fest, dass die Eguisheimer trotz der unbestreitbaren Autorität des Bürgermeisters auch jetzt keinerlei Anstalten machten, den Marktplatz zu räumen. Im Gegenteil. Céleste wusste zwar nicht, was Dédé zu ihnen gesagt hatte, aber es schien sie eher noch darin zu bestärken, auszuharren und zu warten, was sich als Nächstes ereignen würde. Sie deutete mit dem Kinn auf den Bürgermeister und meinte tröstend zu ihrem Kollegen: «Der schafft es auch nicht.»

Luc betrachtete den kurzbeinigen Bürgermeister, der jetzt heftig gestikulierend auf seine stoischen Bürger einredete, und nickte. «Die sind ganz schön stur», sagte er, und es klang eher bewundernd als frustriert.

3

Céleste verzog verächtlich den Mund, als Didier Wolfsberger, Capitaine der Brigade Criminelle von Colmar, seine glänzend polierten Schuhe aus seinem protzigen BMW schwang, ausstieg und auf sie zukam. Er trug ein blassrosa Hemd mit weißem Kragen, und sein nach hinten geschniegeltes, sandfarbenes Haar war im Nacken etwas zu lang. Seine Augen verdeckte eine verspiegelte Sonnenbrille, die er erst abnahm, als er unmittelbar vor Céleste stehen blieb. Sie hob das Kinn und stellte sich und Luc knapp vor.

«Kreydenweiss, Bato, soso», sagte er mit einem leicht überheblichen Lächeln und fragte dann, Célestes Rang geflissentlich ignorierend: «Was ist hier passiert, Brigadier?»

«Stimmt etwas nicht, Capitaine?», fragte Céleste, ohne auf die Frage einzugehen.

Wolfsberger hob die Brauen. Sie waren gezupft. «Wie bitte?»

«Stört Sie an unserem Namen etwas?»

Wolfsberger lächelte. «Aber nein. Ich fand es nur, sagen wir, putzig, dass Sie anscheinend erwarten, dass ich mir Ihre Namen merke.»

Céleste schlug sich mit der flachen Hand gegen die Stirn und sagte: «Oh, natürlich, wie dumm von mir.» Sie wandte sich an Luc: «Brigadier, wären Sie bitte so freundlich, den Capitaine ins Bild zu setzen?»

In Wolfsbergers Augen glomm Ärger auf. Er schien zu spüren, dass Céleste ihn auf den Arm nahm, wusste aber nicht, wie er reagieren sollte.

In dem Moment trat Dédé zu ihnen und reichte Wolfsberger förmlich die Hand. «Capitaine Wolfacher? Ich bin André Ginglinger, der Bürgermeister von Eguisheim. Auf gute Zusammenarbeit.»

«Ich heiße Wolfsberger», sagte der Capitaine, und sein Blick schnellte zu Céleste, der es gerade noch gelang, ein unbeteiligtes Gesicht zu machen.

«Ach ja, richtig!», sagte Dédé unbekümmert. «Ich habe so ein schlechtes Namensgedächtnis, wissen Sie, das dürfen Sie mir nicht übelnehmen. Man trifft ja so viele Leute, da kann man sich nicht alle Namen merken ...» Er nickte ihnen zu und ging weiter.

Wolfsberger sah ihm mit einem wenig intelligenten Gesichtsausdruck nach, und Céleste wandte schnell den Blick ab. Als Luc schließlich in seiner bedächtigen, gewissenhaften Art mit der Schilderung begann, unterbrach ihn Wolfsberger bereits nach wenigen Sätzen. «Gut, den Rest sehe ich mir an. Sie können gehen.»

«Wie, gehen?» Luc runzelte verständnislos die Stirn. «Wie meinen Sie das?»

«Na, gehen, Brigadier. Links, rechts, links, marsch, die Beine in die Hand nehmen, abhauen und sich wieder um Ihre Arbeit kümmern. Wir wollen schließlich nicht, dass die Eguisheimer frech werden und ihre Parkgebühren nicht bezahlen, nur weil Sie hier sinnlos in der Gegend rumstehen, nicht wahr?» Er lachte.

«Aber ... brauchen Sie uns nicht für ...»

Luc schien noch immer nicht zu verstehen. Céleste bedeutete ihm mit einem Blick, es gut sein zu lassen, doch Wolfsberger beachtete die beiden ohnehin nicht mehr. Er hatte sich bereits abgewandt und winkte den Leuten von der Kriminaltechnik, die gerade gekommen waren und ihre Gerätschaften auspackten.

Luc und Céleste sahen schweigend zu, wie die Beamten das Fass untersuchten, Fotos machten und schließlich den Toten heraushoben. Bei der Aktion fiel das Fass um, und es wurde allen Beteiligten schlagartig klar, woher der unerträgliche Gestank kam. Das Fass war mit Schlachtabfällen gefüllt gewesen. Blutiges Gedärm, Knochenreste und undefinierbare glitschige Brocken ergossen sich in einem Schwall über das Kopfsteinpflaster, und die Zuschauer, die dem Geschehen am nächsten standen, schrien vor Abscheu auf. Dünne Rinnsale Blut suchten sich ihren Weg durch die Fugen zwischen den unebenen Steinen, und der widerlich süßliche Geruch nach Fäulnis und Verwesung, der sich jetzt über den ganzen Platz ausbreitete, schaffte, was zuvor weder Luc noch dem Bürgermeister gelungen war: Schockiert und angeekelt gleichermaßen, begann sich die Menge zu zerstreuen.

Luc warf Céleste einen unsicheren Blick zu. «Und was machen wir jetzt, Chef?», fragte er.

Céleste deutete auf das *Café du Marché*, das sich direkt am Marktplatz befand. «Wir gehen jetzt frühstücken.»

«Frühstücken?», wiederholte Luc und sah sie entgeistert an. «Wir können doch jetzt nicht...», stotterte er, «...nachdem... einfach so...»

«Doch, Bato. Können wir. Einfach so. Ich habe Hunger.»

Als Céleste mit dem völlig konsternierten Luc im Schlepptau auf das Café zusteuerte, kam sie noch einmal an Wolfsberger vorbei, der mit angewidertem Gesichtsausdruck die Bescherung betrachtete. Seine dunkelblauen Hosenbeine waren von Blutspritzern besudelt und auf der Spitze seines linken Schuhs klebte ein undefinierbarer gelblich-roter Klumpen.

Céleste deutete darauf. «Sie haben da was, Capitaine», sagte sie und grinste, als er hastig ein Taschentuch herausholte und mit spitzen Fingern versuchte, seinen Schuh zu säubern.

Das *Café du Marché* war ein etwas altmodisches Bistro mit einer langen Theke, gepolsterten Bänken, zweifarbig geflochtenen Stühlen und runden Marmortischen und ein beliebter Treffpunkt der Eguisheimer. Sie kamen an der Bar auf ein Glas Picon oder Crémant zusammen, um die Neuigkeiten des Tages auszutauschen. Henri Breton, der Wirt, war ein melancholischer Mann Ende vierzig, lang und dünn mit einem fast grotesk hervorstehenden Adamsapfel. Da er eine Stirnglatze hatte, wirkte sein Kopf mit der hohen Stirn noch länger und schmaler, als er ohnehin war. Mit seinen hängenden Schultern und den eher breiten Hüften erinnerte er Céleste, die ihn seit ihrer Kindheit kannte, immer an einen großen, traurigen Vogel, dem jemand die Schwanzfedern ausgerissen hatte.

Sie bestellte sich Milchkaffee und zwei Brioches, und Henri warf Luc einen fragenden Blick zu. «Und für Sie, Brigadier? Dasselbe?»

Luc schüttelte heftig den Kopf. «Nur ein Wasser, bitte.» Er war noch immer um einiges blasser als sonst.

«Es täte Ihnen gut, etwas zu essen», meinte Céleste. «Nach dem Schock.»

Luc warf ihr einen peinlich berührten Blick zu und schüttelte noch einmal den Kopf.

«Dann nicht.» Sie zuckte mit den Schultern, und gemeinsam setzten sie sich an einen Tisch etwas abseits der Fenster.

«Schlimme Sache da draußen», rief Henri von der Theke her und deutete mit dem Kinn in Richtung Marktplatz, während er die Brioches aus der Glasvitrine auf der Theke nahm, zusammen mit einer Stoffserviette liebevoll auf einen Teller bettete und mit ein wenig frischem Puderzucker bestäubte.

Céleste nickte. «Kann man wohl sagen.»

Luc schwieg.

Henri ging um die Theke herum, stellte ihre Bestellung auf den runden Bistrotisch und blieb dann neben dem Tisch stehen. «Ich habe gehört, Philippe Rouffacher steckte da drin?»

«Von wem hast du das denn schon wieder gehört?», wollte Céleste wissen.

Henri zuckte vage mit den Achseln. «Hab es eben gehört. Von irgendwem. Stimmt es denn?»

Céleste nahm einen Schluck Kaffee. «Da musst du schon irgendwen fragen.»

Henri sah sie beleidigt an.

«Was hört man denn noch so?», fragte Céleste.

Henri zögerte. «Man hört, er sei abgeschlachtet worden wie ein Schwein», sagte er schließlich und wiederholte dann noch einmal wie zur Bekräftigung: «Wie ein Schwein.»

«Würde mich schon interessieren, wer so etwas erzählt», sagte Céleste.

«Stimmt es denn?», hakte Henri nach, und sein ohnehin langer Hals wurde noch länger, während er zuerst Céleste, dann Luc neugierig ansah.

Doch Luc hielt den Blick schweigend auf sein Glas Wasser gesenkt und auch Céleste gab keine Antwort, sondern widmete sich mit Hingabe ihrer Brioche. Zuerst zerpflückte sie sie in kleine Einzelteile, dann tunkte sie diese Stück für Stück in ihren Milchkaffee und steckte sie sich in den Mund.

«Deine Brioches sind echt die besten», sagte sie kauend.

«Meine Frau bäckt sie», gab Henri abwesend zurück. «Man muss den Teig über Nacht gehen lassen und immer Wasser dazu in den Ofen stellen ...» Er verstummte und wartete in der Hoffnung, dass Céleste ihm endlich etwas von dem aufregenden Ereignis auf dem Marktplatz erzählen würde, doch ihre Aufmerksamkeit galt einzig und allein der Brioche, dem Kaffee und der Aussicht aus dem Fenster. Irgendwann gab Henri auf. «Also gut, ich hab das mit Philippe von Nicolette.»

«Nicolette aus der Bäckerei?», fragte Luc nach.

Henri warf ihm einen überraschten Blick zu, als wundere er sich, dass der Brigadier doch sprechen konnte. «Ja. Sie hat es aber nicht selbst gehört, sondern von Jean-Baptiste. Der stand euch am nächsten und hat gehört, wie Dédé es gerufen hat. Und wie du von einem Schwein geredet hast.»

«Stimmt», Céleste nickte und ärgerte sich ein wenig, dass die Lösung so einfach war. Sie hatten es selbst verraten, und mit Sicherheit wusste es so inzwischen das ganze Dorf.

«Und? Hat man ihn nun abgeschlachtet wie ein Schwein?» Henri war hartnäckig.

Céleste tunkte ihr letztes Stück Brioche in den Kaffee und schob den Teller mit dem zweiten Gebäck zu Luc hin. «Gäbe es denn einen Grund?»

Henri überlegte. «Nun, er war ... er schlachtete ja selbst Schweine, nicht wahr?», sagte er dann langsam.

«Und? Soll das etwa ein Grund sein?»

Henri schüttelte den Kopf. «Ich meine ja nur, es passt irgendwie, bildhaft gesehen, meine ich.»

«Bildhaft. Verstehe. Und was war er für ein Mensch? Kanntest du ihn gut?»

«Nicht besonders. Er hat hier ab und zu was getrunken. Ich

denke, er war in Ordnung. Kein schlechter Kerl. Aber eben so ein … bisschen … ich weiß nicht …»

«Was meinst du?»

Henri zuckte vage mit den Schultern. «Keine Ahnung. Es war nur so ein Gefühl, verstehst du?»

Céleste schüttelte den Kopf. «Nein, eigentlich nicht.»

«Er war mir irgendwie … nicht recht sympathisch.» Henri winkte ab. «Ich weiß ja eigentlich nichts von ihm.»

«Keine Geschichten? Gar nichts?»

Henri zögerte. «Seine Frau ist ihm vor ein paar Jahren davongelaufen und hat die Kinder mitgenommen. Daran hat er eine Weile geknabbert, glaube ich, aber jetzt …» Er verstummte verlegen.

«Jetzt was?»

«Na ja, man sagt, er lässt sich neuerdings ganz gut trösten.»

«Von wem?»

Ein zartes Rosa überzog Henris langes Gesicht. «Ich weiß nicht, ob ich das sagen soll …»

Céleste nickte nachdrücklich. «Ja, du sollst. Du musst sogar.»

«Anne», sagte Henri zögerlich.

«Anne Zinck? Die Frau von Silvain?» Céleste riss die Augen auf. Das war ja interessant.

«Sagt man», schob Henri unbehaglich hinterher.

Anne, die Frau des Metzgers, klein und rund wie ein Rosinenbrötchen, außerdem sehr geschäftstüchtig, scharfzüngig und äußerst geschwätzig. Es gab nichts in Eguisheim, was Anne Zinck nicht wusste.

«Sie kümmert sich um den Haushalt von Philippe, da gehen die Gerüchte, dass sie sich auch noch um andere Dinge kümmert. Man hat sie auch schon nachts vom Hof kommen sehen –

40

ich meine, was gibt es da zu putzen?» Henri warf Céleste einen vorsichtigen Blick zu. «Aber von mir hast du das nicht.»

Céleste nickte abwesend. «Schon okay.» Ihre Gedanken waren bereits bei Silvain Zinck. Im Gegensatz zu seiner Frau war er eher quadratisch, mit einem flachen Gesicht, einer platten Nase und kurzen Beinen. Schweigsam. Nicht besonders helle. Kein Typ, nach dem sich eine Frau umdrehen würde. Céleste vermutete, dass im Hause Zinck Anne das Regiment führte. Aber er war Metzger. Sicher hatte er so etwas wie ein Bolzenschussgerät und konnte damit umgehen. Céleste notierte sich im Geist seinen Namen unter der Rubrik «verdächtig».

«Was hat man denn jetzt mit Philippe gemacht?», hakte Henri noch einmal nach. «War es eine rechte Sauerei?»

Céleste dachte an die widerlichen Schlachtabfälle einerseits und andererseits an das, was Luc über die Wirkung von Bolzenschussgeräten gesagt hatte, und meinte nachdenklich: «Irgendwie schon. Andererseits aber auch wieder nicht. Fast ein sanfter Tod, wenn man so will.»

In Henris Blick schlich sich Enttäuschung. Zu gern hätte er die Geschichte später – ausgeschmückt mit dramatischen Details aus erster Hand – vor seinen Gästen zum Besten gegeben. Doch diese Aussage war entschieden zu kryptisch, um damit punkten zu können. Als Céleste nichts weiter hinzufügte und Luc unschlüssig die Brioche betrachtete, wurde Henri klar, dass er nicht mehr erfahren würde, und er trottete achselzuckend zurück hinter den Tresen.

Dann ging die Tür auf, und der alte Maurice Schupfer kam herein. Céleste schaute auf die Uhr. Tatsächlich, es war schon kurz vor elf. Sie zog ihren Geldbeutel aus der Tasche, legte das Geld für das Frühstück auf den Tisch und stand schnell auf. «Lassen

Sie uns abhauen», sagte sie leise zu Luc, der sich gerade ein Herz gefasst hatte und in das Brötchen beißen wollte.

«Was? Jetzt sofort?», fragte er. Seine Hand mit der Brioche verharrte mitten in der Bewegung.

«Wir müssen uns beeilen. Gleich kommt mein Großvater, und ich habe keine Lust, mich auch noch von ihm ausfragen zu lassen.» Théo traf sich jeden Tag um die gleiche Zeit mit seinem alten Freund Maurice hier im Café, um über die Politik zu schimpfen, die Aussichten auf einen guten Wein in diesem Jahr abzuwägen und den aktuellen Klatsch und Tratsch zu kommentieren. Der Mord an Rouffacher würde ausgiebig besprochen und der Fall von den beiden alten Herren wahrscheinlich auch gleich gelöst werden. Es war besser, rechtzeitig zu verschwinden.

Luc kramte ein paar Münzen aus der Tasche und legte sie auf den Tisch. Mit der Brioche in der Hand stand er auf.

«Salut, Maurice!» Sie nickten dem alten Herrn zu, verließen das Café, bevor er das Wort an sie richten konnte, und traten auf den Marktplatz hinaus. Mit plötzlichem Appetit verputzte Luc seine Brioche im Gehen und wischte sich danach die Finger sorgfältig mit einem seiner Stofftaschentücher ab.

Der Marktplatz lag leer in der strahlenden Vormittagssonne, man hatte sowohl das Fass, als auch seinen Inhalt beseitigt. Die üppig blühenden Petunien in den Blumenkästen um den leise plätschernden Brunnen leuchteten fröhlich in allen Farben, und Papst Leo blickte milde von seinem Sockel herunter. Wäre nicht das Absperrband noch gespannt gewesen, hätte man meinen können, der Tote sei nur eine Einbildung gewesen. Ein böser Traum. Doch das war es nicht. Die Kriminaltechniker packten gerade ihre Sachen zusammen, Wolfsberger stand neben ihnen und telefonierte. Ein paar Touristen gingen ratlos an dem flatternden Band entlang. Dort, wo sich das Fass befunden hatte, hüpfte eine Krähe herum und hieb hin und wieder ihren kräftigen Schnabel zwischen die Ritzen des Kopfsteinpflasters. Wahrscheinlich war sie auf der Suche nach Resten der Schlachtabfälle, die inzwischen jemand aufgeputzt hatte. Céleste dachte daran, wie sie heute Morgen bei Yves in Erwartung eines ganz alltäglichen Arbeitstages aufgewacht war – die Dinge änderten sich manchmal so schnell wie das Wetter. Die Krähe, die noch immer suchend auf dem leeren Platz umherhüpfte und hin und wieder wachsam den Kopf drehte, um die Umgebung aus ihren klugen Augen zu mustern, erschien Céleste mit einem Mal wie ein böses Omen. Als drohe weiteres Unheil. Irgendetwas hatte begonnen, spürte sie, und sie fröstelte unwillkürlich.

Luc hingegen blieb von derart unheilvollen Schwingungen unberührt. «War eine gute Idee, etwas zu essen, Chef», sagte er zufrieden und rieb sich über das Gesicht, das jetzt wieder seine normale Farbe hatte. «Diese Brioches sind wirklich vorzüglich!» Er überlegte einen Augenblick und fügte dann versonnen hinzu: «Fast wie die von meiner Mutter.»

4

Können Sie nicht ein bisschen Gas geben, Bato?», drängelte Céleste ungeduldig.

«Sollen wir unseren Dienstwagen vollkommen ramponieren auf dieser Straße?», gab Luc beleidigt zurück und wich gerade noch einem tiefen Schlagloch aus. «Wenn die Achse bricht, können wir zu Fuß weitergehen. Und wer weiß, ob wir dann jemals ein neues Auto bekommen. Wir müssten einen Antrag stellen, und wenn er überhaupt bewilligt wird, dann dauert es wahrscheinlich Jahre ...»

Céleste winkte ab. «Schon gut. Fahren Sie einfach, wie Sie es für richtig halten.» Ihr Brigadier war noch immer skeptisch angesichts des Ausflugs, den Céleste angeordnet hatte. Immerhin hatte Wolfsberger ihnen unmissverständlich zu verstehen gegeben, dass sie sich aus dem Fall heraushalten sollten. Doch Céleste hatte seinen Einwand mit einer knappen Handbewegung beiseitegewischt. Kam gar nicht in Frage. Ein Mordfall in ihrem Dorf würde auch von ihnen gelöst werden. Zumindest würden sie es versuchen. Brigade Criminelle hin, Police Municipale her.

Und deshalb waren sie jetzt auf ziemlich halsbrecherische Weise auf dem Weg zu Philippe Rouffachers Hof, denn sie fuhren nicht auf dem normalen Weg über die Straße nach Wettolsheim, sondern mit einigem Tempo über einen ausgewaschenen Feldweg mitten durch die Weinberge, die sich rund um Eguisheim und bis hinauf in die hügeligen Ausläufer der Vogesen im Westen erstreckten. Céleste hatte die Route gewählt, um einen Zeitvorsprung gegenüber Wolfsberger zu ergattern, der als nächsten Schritt sicher auch Rouffachers Hof einen Besuch abstatten würde. Céleste hoffte, Anne Zinck dort anzutreffen und herauszufinden, ob an Henris Vermutung tatsächlich etwas dran war. Sie konnte es sich nicht vorstellen, doch was wusste man schon von den amourösen Verwicklungen seiner Mitmenschen?

«Haben Sie eigentlich eine Freundin, Luc?», fragte Céleste.

«Wie? Ich?» Luc vergaß prompt, einem weiteren Schlagloch auszuweichen, und die Achse des Mégane ächzte gequält auf, als sie ungebremst hindurchholperten.

«Ja. Ist doch nicht so abwegig, oder?» Céleste lächelte, während sie sich zur Sicherheit am Haltegriff in der Tür festhielt, da der Weg jetzt noch schmaler und unebener wurde.

«Nein. Also, ich meine, nein, ich habe keine Freundin.»

«Wie schade. Auch keine in Aussicht?»

Luc schüttelte den Kopf, und wie Céleste nach einem Seitenblick bemerkte, war er puterrot geworden.

Sie ließ das Thema fallen, um ihn nicht noch mehr in Verlegenheit zu bringen. «Können Sie sich vorstellen, dass Anne Zinck ein Verhältnis mit Rouffacher hatte?»

Luc schaute kurz zu ihr, als erwarte er, dass es sich um eine Fangfrage handelte, doch Célestes ehrlich interessierte Miene schien ihn dahingehend zu beruhigen, dass sein eigenes, nicht vorhandenes Liebesleben nunmehr vom Tisch war. «Eigentlich nicht», sagte er zögerlich. «Aber solche Gerüchte entstehen ja meistens nicht ganz ohne Grund ...»

Céleste nickte. «Denke ich auch. Wir reden jedenfalls mit

ihr, auch wenn sie es nicht zugeben wird, vielleicht verrät sie sich, aus Versehen.»

Luc machte ein zweifelndes Gesicht. «Anne Zinck ist nicht der Typ, dem etwas aus Versehen herausrutscht. Viel zu bauernschlau.»

Céleste musste ihm recht geben, seine Einschätzung war durchaus zutreffend. Gleichzeitig wunderte sie sich, dass er einen eher abfälligen Begriff wie ‹bauernschlau› so selbstverständlich verwendete, wo doch seine eigene Familie auch überwiegend aus Bauern bestand. Vielleicht aber auch gerade deshalb. Mit dieser Denkweise kennt er sich wahrscheinlich bestens aus, überlegte sie weiter, während sie endlich den Feldweg verließen und sich Rouffachers Hof näherten.

Der Hof befand sich direkt am Waldrand. Vor dem schlichten Haupthaus mit den roten Fensterläden lag eine Obstwiese, und hinter dem Haus waren die Stallungen und Wirtschaftsgebäude. Luc parkte hinter einem mit Geißblatt und Blauregen zugewachsenen Nebengebäude – um nicht von der Auffahrt her sofort gesehen zu werden, falls Wolfsberger und seine Leute früher als erwartet kämen –, und sie stiegen aus. Anne Zincks roter Fiat Panda stand vor dem Haus, auf ihr Klingeln öffnete jedoch niemand. Als sie das Gebäude umrundeten, um sie zu suchen, kam Anne gerade aus dem langgezogenen Stall, wo dem Geruch nach die Schweine untergebracht waren. Sie blieb stehen, als sie Céleste und Luc bemerkte, und verschränkte die Arme vor der Brust. Mit gegen die Sonne zugekniffenen Augen wartete sie, bis die beiden Polizisten näher kamen.

«Guten Morgen, Anne», sagte Céleste und nickte ihr zu.

«Wüsste nicht, was an diesem Morgen gut sein sollte», erwiderte Anne.

«Du weißt es also schon?», fragte Céleste.

Anne nickte. «Mein Mann hat mich angerufen. Gerade hab ich es Erwin gesagt.»

«Das ist Philippes Angestellter, oder?», fragte Céleste nach, und Anne nickte. Céleste kannte den Deutschen vom Sehen, sie war schon ab und zu auf dem Hof gewesen, wenn sie das von ihrer Mutter bestellte Fleisch abgeholt hatte. Erwin Bechler war ein wortkarger, wenig vertrauenerweckender Typ mit zahllosen schlecht gemachten Tattoos auf den dünnen Armen und denkbar weit entfernt von der Idealvorstellung eines engagierten, umweltbewegten Mitarbeiters auf einem Biobauernhof. Ebenso wie Rouffacher selbst im Übrigen, der auch nichts von diesem naiven Bild gehabt hatte, das Céleste im Kopf hatte, wenn sie Biobauer hörte.

«Und was hat er gesagt?», fragte Luc.

«Wer? Erwin?»

Luc nickte.

«Was soll er schon sagen? Er war schockiert. Wie ich auch.» Sie sah sie beide vorwurfsvoll an, als trügen sie die Schuld daran.

«Wo ist er jetzt?»

Anne deutete mit dem Daumen nach hinten. «Im Stall. Er muss ja die Schweine füttern.»

Luc warf Céleste einen kurzen Blick zu, und als sie nickte, ging er in den Stall.

Anne wandte sich wieder Céleste zu. «Stimmt es, dass man ihn in ein Fass gestopft hat?»

Als Céleste nickte, schüttelte Anne ungläubig den Kopf. «Und ich habe zu Silvain gesagt, er soll nicht solchen Unsinn faseln.»

«Gibt es Schlachtabfälle hier am Hof?», fragte Céleste.

«Wieso?»

«Sag schon.»

«Du weißt doch genau, dass Hausschlachtungen verboten sind», gab Anne scharf zurück.

«Ich weiß aber auch, dass sich kaum einer darum schert. Außerdem bin ich nicht vom Veterinäramt.»

Anne zögerte. «Silvain hat ab und zu für Philippe geschlachtet. Aber natürlich nur zum Eigengebrauch, nicht zum Verkauf.»

«Schon klar. Haben sich Silvain und Philippe denn gut verstanden?»

«Was soll das jetzt wieder heißen?», fauchte Anne plötzlich zornig.

Céleste hob besänftigend die Arme. «Nichts. Gar nichts. Ich frage ja nur. Waren sie vielleicht befreundet? Wart ihr beide mit Philippe befreundet?»

«Nein.»

«Wie, nein?»

«Weder ich noch Silvain war mit Philippe befreundet.»

«Aber du hast bei ihm gearbeitet, und Silvain hat für ihn geschlachtet.»

«Ja und? Wir können das Geld gut gebrauchen. So eine Metzgerei macht einen auch nicht reich.»

Célestes Nicken war neutral. Sie wusste, dass Annes Familie zwei Häuser in Eguisheim besaß und Anne neben der Metzgerei auch noch Ferienwohnungen in ihrem eigenen Haus vermietete, sie also nicht gerade am Hungertuch nagten. Aus diesem Grund hatte sie sich auch gewundert, als sie erfahren hatte, dass Anne bei Philippe arbeitete. Manche Leute konnten eben nie genug bekommen.

«Wird hier eigentlich nachts geschlachtet?», fragte sie.

«Was?»

«Ich habe gehört, du wärst manchmal nachts auf dem Hof gewesen ...»

«Wer sagt so was?» In Annes dunklen, kleinen Korinthenaugen glomm erneut Zorn auf.

«Gerüchte ...» Céleste lächelte. «Aber es wäre besser, es mir zu sagen, falls da was dran ist, Anne, denn wenn Capitaine Wolfsberger davon erfährt, wird er sicher nachforschen ...»

Anne Zinck hatte keine Gelegenheit mehr zu antworten, denn in diesem Moment kam Luc aus dem Stall und rief: «Er ist nicht da!»

Anne wandte sich ihm zu. «Das kann nicht sein. Er hat doch mit dem Füttern gerade erst angefangen», sagte sie und lief an Luc vorbei in den Stall. Céleste und Luc folgten ihr.

Im Stall angekommen, sah sich Anne um. «Er hat alles stehen- und liegenlassen ... da, das ist der Overall, den er sich beim Füttern immer überzieht.» Sie deutete auf ein gräuliches Kleidungsstück, das zerknüllt mitten auf der Stallgasse am Boden lag.

«Wo kann er hin sein?», wollte Céleste wissen.

Anne überlegte. «Er haust in einem Wohnwagen, am Ende des Waldwegs, gleich hier, hinter dem Stall.»

Céleste und Luc ließen Anne stehen und liefen zum Hinterausgang des Stalls. Er führte auf eine Rampe, die mit allerlei Gerümpel zugestellt war, von dort ging ein schmaler Pfad in den Wald. Durch das Grün der Bäume konnte man schwach den Wohnwagen erkennen.

Als sie ihn erreichten, schwang gerade die Tür auf, und Erwin Bechler kam heraus. Er hatte einen prall gefüllten Seesack bei sich, und als er die beiden Polizisten sah, ließ er ihn fallen und rannte wie ein Hase tiefer in den Wald. Doch er hatte nicht mit Luc gerechnet. Mit seinen langen Beinen hatte der ihn schnell eingeholt, folgte ihm noch ein paar Zickzackkurven, bis er nahe genug herangekommen war, dann sprang er ihn fast lässig von hinten an und riss ihn zu Boden.

«Kompliment, Bato!», sagte Céleste, als sie die beiden erreicht hatte. «Das war ein filmreifer Sprung.»

Luc murmelte etwas Unverständliches und zog den dürren Mann, der wie erschlagen am Boden lag, fast sanft auf die Füße.

«Erwin Bechler?», fragte Céleste.

Er nickte stumm.

«Warum sind Sie weggelaufen?»

Er zuckte mit den Schultern. «Weiß nicht. War geschockt.»

«Warum?»

«Na, wegen Philippes Tod.»

«Ich glaube eher, Sie sind vor uns davongelaufen.» Céleste hob den Seesack auf, den Erwin Bechler fallen gelassen hatte. «Recht schnell gepackt, wie?» Sie zupfte vielsagend an einem zerknitterten Hemdsärmel, der oben heraushing.

Der Deutsche zuckte mit den Schultern und versank in Schweigen.

Sie legten ihm vorsichtshalber Handschellen an, nahmen ihn in ihre Mitte und gingen zurück zum Hof, wo Anne sie bereits erwartete. Und sie wartete nicht allein. Neben ihr stand Wolfsberger und musterte sie ungläubig.

«Was zum Teufel machen Sie hier …?», begann er, doch Céleste ließ ihn nicht ausreden. Sie schob Erwin Bechler in seine Richtung und sagte: «Für Sie, Capitaine. Wir beide müssen uns jetzt wirklich mal um die Parkuhren kümmern.»

5

Céleste sah den Haken nicht kommen. Er traf sie steinhart am rechten Kiefer, und sie taumelte zurück. Sterne tanzten vor ihren Augen, und sie musste sich für einen Augenblick an den Seilen festhalten.

«Verdammt! Wo hast du denn deine Gedanken, Mädel?»

Pippo sah sie streng an. «Wo ist deine Verteidigung? Eine Mücke könnte dich umblasen.»

Céleste rieb sich den Kiefer. «Ein bisschen weniger fest hätte es auch getan, um mir das klarzumachen», fauchte sie durch ihren Zahnschutz hindurch.

Pippo zuckte ungerührt mit den Schultern. «Das hier ist kein Ballettunterricht...»

Weiter kam er nicht, denn Céleste war auf ihn losgegangen. Sie traf ihn seitlich mit dem linken Fuß und konnte gleich darauf einen weiteren guten Roundkick platzieren, sodass er einen Moment lang sogar in die Defensive kam.

«Oh, là, là», rief er. «Die Kleine ist aufgewacht.»

«Nenn mich nicht immer Kleine», knurrte Céleste und setzte nach. Sie trainierten noch eine halbe Stunde weiter, und danach war Céleste so ausgepowert, dass ihre Knie zitterten, als sie hinter Pippo aus dem Trainingsring stieg. Der Schweiß rann ihr den Rücken hinunter, und die Haare waren klitschnass unter dem Kopfschutz.

Pippo reichte ihr ein Handtuch. «Gut gemacht. Ich sollte dir öfters einen Kinnhaken verpassen.»

Céleste kommentierte den Spruch nicht, sie wischte sich das schweißnasse Gesicht ab und ging dann in die Dusche. Während das heiße Wasser auf sie herunterprasselte, fühlte sie vorsichtig, ob alle ihre Zähne noch an ihrem Platz waren. Ihr Kiefer schmerzte heftig. Das würde einen satten Bluterguss geben.

Pippo war wirklich unmöglich. Sie hatte den Eindruck, dass er es ihr besonders schwer machte. Weil sie darauf bestanden hatte, mit ihm zu trainieren. Es gab niemanden im ganzen Elsass, der besser war als er. Wahrscheinlich gab es in ganz Frankreich niemanden. Jeder, der auch nur entfernt etwas mit Kickboxen zu tun hatte, kannte seinen Namen. Pippo, der eigentlich Jean Palotta hieß, war so etwas wie eine Legende, obwohl er dafür mit Mitte vierzig eigentlich noch zu jung war. Er hatte sich vor rund zwanzig Jahren als absoluter Nobody und Newcomer einen legendären Wettkampf mit Kemal Assi geliefert, der bis dahin als der uneingeschränkte Kickboxkönig Frankreichs gegolten hatte, und kurz danach, als alle Welt sich um ihn zu reißen begann, verkündet, mit dem aktiven Sport aufzuhören und Trainer zu werden. Seitdem trainierte er in Straßburg vor allem junge Männer, die bereits eine Karriere als Kriminelle hinter sich hatten, und brachte ihnen bei, ihre Aggressionen in den Griff zu bekommen.

Für Céleste, die Pippo Palotta schon als junges Mädchen bewundert hatte, war es immer ein Traum gewesen, irgendwann einmal von ihm trainiert zu werden. Als sie, vor vielen Jahren, direkt nach ihrer Ausbildung, in Straßburg gearbeitet hatte, fasste sie endlich den Mut, ihn aufzusuchen und zu fragen, und erhielt prompt eine Abfuhr. Er trainiere grundsätzlich keine Frauen. Doch sie hatte nicht lockergelassen, war ihm dabei so gehörig auf die Nerven gefallen, dass er schließlich nachgegeben und einem Probetraining mit ihr zugestimmt hatte. Nach und nach hatten sie sich so gut zusammengerauft, dass er jetzt hin und wieder sogar ins *Centre Boxe féminine de Colmar* kam, wo sie seit ihrer Rückkehr nach Eguisheim wieder trainierte, und ihr und auch ein paar anderen Frauen Trainerstunden und Sparringtraining gab.

Sie schloss die Augen und genoss das Wasser, das so heiß war, dass sie es gerade noch aushielt. Pippo hatte natürlich recht gehabt, sie war mit ihren Gedanken ganz woanders gewesen: bei dem Mord an Philippe Rouffacher.

Als sie wenig später das Boxcenter verließ, war es erst halb neun, und auf den Straßen von Colmar herrschte reger Betrieb. Die Restaurants und Bars waren voll, die Leute saßen draußen *en terrasse* beim Essen oder bei einem Glas Wein und genossen den lauen Frühlingsabend. Célestes Magen knurrte hörbar, während sie die Straße entlangging und die Gerüche der verschiedenen Gerichte in ihre Nase drangen: gebratenes Fleisch, Bratkartoffeln, Speck, Sauerkraut, Flammkuchen, Quiche, dazwischen etwas Süßes, Schokoladensoufflé, Gugelhupf … Ihr Schritt beschleunigte sich unwillkürlich. Sie würde noch bei ihrer Mutter im *Fetten Frosch* vorbeischauen, denn ihr Kühlschrank war ebenso leer wie ihr Magen.

6

Wie siehst du denn aus?» Catherine musterte ihre Tochter streng, während sie ihr einen hauchdünnen knusprigen Flammkuchen mit Crème fraîche, Speck und Zwiebeln und dazu ein Glas kalten Muscat brachte. Neben Opa Théos Riesling war der trockene und zugleich fruchtige Muscat, den ihre Mutter von einem befreundeten Winzer aus der Gegend bezog und der nichts mit den süßen, schweren Muscatweinen Südfrankreichs gemein hatte, Célestes Lieblingswein, bereits der Geruch machte sie glücklich, ließ sie an Frühling und Sonne, an erste warme Abende im Freien und immer auch ein bisschen an Yves denken.

«Wieso?» Céleste bemühte sich um eine unschuldige Miene. Ihr Kiefer tat noch immer höllisch weh, und sicher war die Seite, die Pippos Schlag abbekommen hatte, feuerrot, wenn nicht gar schon blau.

«Hast du dich wieder geprügelt?» Catherine schnalzte missbilligend mit der Zunge. Sie fand Kickboxen eine unmögliche Sportart, noch dazu für eine Frau. Ihrer 13-jährigen Tochter hatte sie es damals nur erlaubt, weil sie die Hoffnung gehabt hatte, in der Pubertät würde sich ein Sport rasch von selbst erledigen, bei dem man ständig am ganzen Körper grün und blau geschlagen wurde und mit ausgeschlagenen Zähnen und Nasenbrüchen rechnen musste. Doch sie hatte sich getäuscht, und zwar gründlich. Als wolle sie ihren himmlisch-sanften Namen Lügen strafen, boxte sich Céleste zäh und störrisch wie ein Esel Jahr für Jahr durch die Pubertät und ging nicht nur einmal mit einem kapitalen Veilchen in die Schule.

«Ich prügle mich nicht, ich kämpfe», gab Céleste würdevoll zurück und machte sich dann über den Flammkuchen her.

Als sie fertig war, lehnte sie sich satt und zufrieden zurück und schloss für einen Moment die Augen. Sie liebte das *La Grenouille Grasse*. Sie mochte die einfachen Tische, den unebenen, mit roten Backsteinziegeln ausgelegten Fußboden, die urigen, krummen Wände, die niedrige Decke mit den wurmstichigen Holzbalken und vor allem die heimeligen Geräusche und Gerüche, das Klappern des Geschirrs, das jetzt, da sich das Restaurant leerte, aus der Küche drang, den Duft nach Flammkuchen und Holzkohle aus dem rußgeschwärzten Ofen. Und die leise Musik, die Catherines Geschmack widerspiegelte und eigentlich nicht so recht zu einem elsässischen Traditionslokal passen wollte: leiser Jazz aus den Zwanzigern, Blues und einige Soulnummern, die Céleste seit ihrer Kindheit schon so oft gehört hatte, dass sie sie längst auswendig kannte. Jetzt gerade sang Nina Simone wehmütig «Little Girl Blue», und Céleste summte unwillkürlich mit.

Catherine kam mit der angebrochenen Flasche Muscat und zwei frischen Gläsern an ihren Tisch und meinte: «Kommst du noch für ein Glas mit nach draußen?» Sie hatte einen merkwürdigen Gesichtsausdruck, wirkte ein wenig beunruhigt.

«Ist was passiert?», fragte Céleste, während sie ihrer Mutter nach hinten in den winzigen Gastgarten folgte, der, umgeben von einer hohen, dicht mit Wein zugewachsenen Mauer, gerade einmal vier Tische beherbergte. Hier waren sie allein.

Catherine setzte sich auf einen wackeligen Stuhl vor dem Küchenfenster, strich sich eine Haarsträhne aus dem Gesicht und reichte Céleste die Flasche. Die füllte die beiden Gläser, reichte eines davon ihrer Mutter und setzte sich neben sie.

Catherine war mit ihren sechsundfünfzig Jahren noch immer eine schöne Frau, schlank, rothaarig und mit denselben leuchtend blauen Augen wie ihre Tochter. Allerdings hatte sie einen nicht gerade einfachen Charakter: Sie war direkt, streitbar, widerspenstig. Seit Emile, Célestes Vater, sich vor fast drei Jahrzehnten aus dem Staub gemacht hatte, hatten sich etliche Männer um Catherines Gunst beworben, alle waren jedoch an ihrer spröden Art abgeprallt wie Pingpongbälle an einer Wand. Céleste hatte sich oft gefragt, wieso ihre Mutter sich noch immer dagegen sträubte, sich wieder zu verlieben, doch die Diskussionen darüber hatten jedes Mal ins Leere geführt. Catherine hatte Célestes diesbezügliche Fragen ebenso an sich abprallen lassen wie die Avancen der Männer. Wenn überhaupt, hatte sie nur mit den Schultern gezuckt, meistens aber war sie einfach gegangen.

Heute jedoch war sie zum Reden aufgelegt, was angesichts des aufsehenerregenden Fundes am Morgen, nur wenige hundert Meter von ihrem Restaurant entfernt, durchaus nachvollziehbar war. Sie wollte wissen, wie Philippe Rouffacher zu Tode gekommen war. Céleste erzählte ihr knapp, was sie wusste, wobei sie ihre Differenzen mit Wolfsberger geflissentlich aussparte. Genauso wie Catherine es nicht wünschte, dass man sich in ihr Leben einmischte, wollte Céleste keine Kommentare zu ihrer Berufswahl hören, die unweigerlich immer dann zur Sprache kamen, wenn es Probleme oder Schwierigkeiten gab. Célestes Mutter hielt, wie im Übrigen ihr Großvater Théo auch, nicht sonderlich viel von der Polizei, und sie hatte nie verstehen können, warum Céleste sich ausgerechnet diesen Beruf ausgesucht hatte.

Als Céleste ihr von Erwin Bechler und seinem Versuch zu fliehen erzählte, nickte Catherine. «Ein übler Kerl, dieser Erwin. Der hat sicher Dreck am Stecken.»

«Meinst du, dass er es gewesen sein könnte?»

Catherine hob die Schultern. «Also wenn du mich fragst, zuzutrauen wäre es ihm schon. Ich habe mich immer gefragt, was so einer auf einem Bauernhof zu schaffen hat.»

«Warum hast du eigentlich aufgehört, dein Fleisch bei Rouffacher zu kaufen? War die Qualität schlecht?»

Catherine zögerte. «Nein, das nicht. Er hat sogar extra für mich geschlachtet ...» Sie warf Céleste einen kurzen Blick zu. «Ich weiß, es ist verboten, aber Silvain ...»

«Er hat also für seine Abnehmer im Ort geschlachtet?»

«Ja.»

«Nachts?»

Catherine sah sie erstaunt an. «Wieso denn nachts? Nein, das glaube ich nicht. So kriminell ist das nun auch wieder nicht, selbst wenn die Polizei das vielleicht meint. Früher gab es gar nichts anderes, weißt du? Jeder durfte schlachten, und niemand hat sich eingemischt, so wie man auch noch überall rauchen durfte und ...»

«Jaja, schon gut!», unterbrach Céleste die übliche Tirade gegen staatliche Regelungswut, die am Ende immer in einer trotzig-romantischen Verklärung der Vergangenheit gipfelte. «Und warum hast du dann aufgehört, bei ihm einzukaufen, wenn dort alles so schön und frei und genau wie früher war?»

Catherine ignorierte Célestes Spott. «Ich hatte schon eine ganze Weile ein schlechtes Gefühl bei ihm.» Sie zündete sich eine Zigarette an.

Wie Henri, dachte Céleste überrascht. Er hat auch von einem unguten Gefühl gesprochen.

«Hat er versucht, dich übers Ohr zu hauen? War er unfreundlich?»

«Nein, nichts von der Art. Er war sogar sehr freundlich. Die Preise waren gut, die Qualität auch...», sie überlegte und sagte dann: «Es war dieser eine Nachmittag. Der hat den Ausschlag gegeben.»

«Welcher Nachmittag?»

«Irgendwann letzten Sommer. Ich bin früher als verabredet zum Hof gekommen, und Rouffacher und dieser Deutsche waren noch bei den Ferkeln im Auslauf beschäftigt. Sie haben mich nicht kommen sehen. Als ich gerade rufen will, läuft eines der Ferkel Erwin vor die Füße, und er kommt ein bisschen ins Stolpern. Da flucht er und tritt nach dem Ferkel, so fest, dass es mit voller Wucht gegen den Zaun geprallt und wie tot liegen geblieben ist», Catherines Brauen zogen sich zu einem zornigen Stich zusammen, und sie saugte heftig an ihrer Zigarette. «Rouffacher hat danebengestanden und gelacht. Richtig laut gelacht. Unangenehm. Ich war fassungslos, habe mich auf dem Absatz umgedreht und bin nie wieder hingegangen.» Sie schüttelte den Kopf. «Dieser Tritt war eine sinnlose, abstoßende Grausamkeit, aber noch schlimmer war Rouffachers Lachen. Ich habe den Mann von diesem Moment an zutiefst verabscheut.»

Céleste hatte ihrer Mutter schweigend zugehört. Langsam, ganz langsam bekam dieser Philippe Rouffacher Konturen, wenngleich keine sehr angenehmen. Unsympathisch, hatte Henri ihn genannt, und auch wenn er sich darauf nicht hatte festnageln lassen wollen, hatte er es doch passend gefunden, dass er «wie ein Schwein» getötet worden war. Und dazu nun

Catherines Geschichte. Dahinter verbarg sich womöglich das Motiv für den Mord. Céleste wurde von Catherine aus ihren Gedanken gerissen:

«Philippe steckte übrigens in meinem Fass.»

Céleste blinzelte überrascht, überlegte, ob sie sich verhört hatte. «Was? Wie meinst du das, dein Fass?»

«Es ist mein Fass, das da auf dem Marktplatz abgestellt wurde. Komm mit.» Sie drückte ihre Zigarette aus, stand auf und ging zur rechten Seite des Gastgartens, wo ein Holztor nach draußen auf die Straße führte. Céleste folgte ihr.

«Hier!», sagte Catherine und deutete auf eine kreisrunde, helle Pflasterstelle neben dem Eingang. Jetzt fiel es Céleste wieder ein. Dort hatte tatsächlich seit gefühlten Jahrhunderten ein großes Fass gestanden, das Catherine immer mit einem dicken Keramikfrosch, einem Topf mit Efeu und der Speisekarte des Restaurants dekoriert hatte, um Touristen, die von dieser Seite her in den Ort kamen, gleich auf den *Fetten Frosch* aufmerksam zu machen. Jetzt war der Platz leer. Nur der hellere Fleck am Boden zeugte davon, dass hier einmal etwas gestanden hatte.

«Heute Mittag, als ich hier aufgesperrt habe, ist es mir aufgefallen. Und als ich dann von meinen Gästen das mit dem Fass gehört habe …» Sie sprach nicht weiter, zuckte nur mit den Schultern.

Céleste überlegte. «Bist du dir sicher, dass das Fass gestern Abend noch da war?»

«Natürlich. Ich habe ja die Kerze ausgeblasen und die Sachen reingeholt, wie jeden Abend.»

«Um welche Uhrzeit war das?»

Catherine überlegte. «So gegen halb zwölf.»

Céleste sah die Straße hinunter. Sie führte von der äußeren Ringstraße, die die Altstadt umschloss, direkt zum Markt- platz. Es gab hier in unmittelbarer Nähe keine Wohnhäuser, nur die Mauer des Restaurants, einen dahinterliegenden Park- platz und gegenüber die langgezogene, fensterlose Seiten- mauer eines ehemaligen Speichergebäudes. Jemand konnte in der Nacht durchaus vollkommen unbemerkt mit dem Auto hier herangefahren sein und das Fass aufgeladen haben. Aber warum? War das ein spontaner Einfall des Mörders gewe- sen, oder hatte es zum Plan gehört, das alte Sauerkrautfass vor dem *Fetten Frosch* als Aufbewahrungsort für die Leiche zu ver- wenden?

Céleste zupfte nachdenklich an ihrer Unterlippe. Das war nicht gut. Gar nicht gut. War es vorher schon unwahrschein- lich gewesen, dass der Mörder von außerhalb gekommen war, um «zufällig» auf dem Marktplatz von Eguisheim seine Leiche abzuladen, so war es jetzt noch viel unwahrscheinlicher. So viel Zufall gab es nicht. Es musste jemand sein, der sich gut im Ort auskannte, der schon öfter am *Fetten Frosch* vorbeigekom- men war, dort vielleicht sogar schon gegessen hatte. Also je- mand von hier.

Catherine sah ihre schweigende Tochter unschlüssig an. «Das muss ich jetzt melden, oder?» Als Céleste keine Antwort gab, fügte sie etwas nervös hinzu: «Dieser Kriminalkommissar aus Colmar, der wird daraus doch hoffentlich keine falschen Schlüsse ziehen?»

Normalerweise hätte Céleste entschieden den Kopf ge- schüttelt, aber da es sich bei dem Kommissar ausgerechnet um Capitaine Didier Wolfsberger handelte, war sie sich nicht sicher. Ganz und gar nicht. «Du musst nichts machen, ich regle das schon», log sie daher und fügte dann noch etwas halbherzig hinzu: «Mach dir keine Sorgen.»

Als Céleste kurz darauf in Gedanken versunken nach Hause ging, stieß sie auf Louis Balzac, der auf der himmelblau gestrichenen Bank vor Madeleines Buchladen hockte und seinen Kopf in den Händen vergraben hatte. Neben ihm am Boden stand eine fast leere Schnapsflasche.

Céleste blieb stehen. «Alles in Ordnung, Louis?» Hoffentlich musste sie ihn heute nicht schon wieder nach Hause bringen.

Louis schrak zusammen. Ruckartig hob er den Kopf und sah Céleste aus blutunterlaufenen Augen an. Die Schrammen, die er sich gestern bei seinem Sturz in Madeleines Grab zugezogen hatte, wirkten im schwachen Licht der Straßenlaterne wie schwarze Furchen in seinem Gesicht. «Ach, du bist es», murmelte er.

«Geht's dir nicht gut?», fragte Céleste nach.

Louis wackelte mit dem Kopf, was wohl ein Nein bedeuten sollte.

«Soll ich dich heimbringen?»

«Nein.» Er verzog seinen Mund zu einem bittenden Lächeln. «Aber du könntest dich einen Augenblick zu mir setzen. Damit ich nicht so alleine saufen muss.» Schwerfällig beugte er sich nach vorne und griff nach der Flasche. «Ich geb dir auch was ab.»

«Danke, aber das ist nicht nötig», wehrte Céleste ab, setzte sich jedoch nach kurzem Zögern neben Louis auf die Bank. «Aber nur kurz, Louis, ich muss morgen früh raus.»

Louis kicherte und nahm einen großen Schluck aus der Flasche. «Und ich erst!» Er reichte ihr die Flasche. «Trink, Mädel.»

Céleste schüttelte den Kopf. «Nein, wirklich …»

«Auf Madeleine!»

Sie überwand sich, nahm ihm die Flasche ab und trank

einen kleinen Schluck. Es war billiger Wodka, und er brannte in ihrer Kehle. «Auf Madeleine.» Sie reichte ihm die Flasche wieder zurück. «Sie fehlt mir auch sehr», bekannte sie, und mit einem Mal überkam sie eine Welle der Traurigkeit, weil ihr bewusst wurde, dass Madeleine nie mehr auf dieser Bank vor ihrem Laden sitzen würde.

«Madeleine hätte gewusst, was zu tun ist», sagte Louis plötzlich. «Sie hätte mir einen Rat geben können.»

«Einen Rat? Wofür brauchst du denn einen Rat?», fragte Céleste. Anstelle einer Antwort trank Louis weiter aus seiner Flasche, und Céleste konnte sehen, wie sich beim Schlucken der Adamsapfel träge unter der faltigen Haut seines Halses bewegte.

«Vielleicht kann ich dir ja auch helfen?»

Louis wandte sich Céleste zu und schüttelte bekümmert den Kopf. «Mir konnte noch nie einer helfen. Nur Madeleine …» Er wischte sich mit der Hand über den Mund und setzte die Flasche wieder an.

«Hör auf. Es ist genug für heute», sagte Céleste sanft, aber bestimmt und nahm ihm die Flasche aus der Hand.

Louis sah sie einen Moment empört an, als wolle er widersprechen, dann sackte er in sich zusammen. «Is sowieso egal. Die werden mich einsperren.»

«Wer wird dich einsperren?», hakte Céleste verwundert nach.

«Wie lange dauert es, bis man jemanden vergisst?»

«Wie?» Céleste konnte seinen Gedankensprüngen nicht ganz folgen.

«Wenn jemand stirbt, wann ist der dann vergessen? In ein paar Wochen? Monaten? Was meinst du?»

«Kommt drauf an …», meinte Céleste zögernd. «Ich denke,

es kommt darauf an, ob ihn jemand vermisst. Manche Menschen werden ein Leben lang vermisst, obwohl sie nicht mal tot sind.» Ein heftiger Schmerz durchzuckte sie bei diesen Worten. Sie vermisste ihren Vater noch immer. Wie oft hatte sie gehofft, ihn einfach zu vergessen?

«Mich würde keiner vermissen. Ich könnte einfach verschwinden, und Abdel würde meine Arbeit weitermachen, und es wäre, als hätte es Louis Balzac nie gegeben. Aber Madeleine, die wird vermisst werden. Für immer.» Er schluchzte auf.

«Ich würde dich schon vermissen», sagte Céleste. «Sehr sogar.»

Louis lächelte ihr zu, und seine Augen glänzten wässrig im trüben Licht der Straßenlaterne. «Bist in Ordnung, Céleste, auch wenn du ein Scheißbulle geworden bist.»

Nach diesem zweifelhaften Kompliment stand er auf und machte eine etwas unbeholfene Verbeugung. «Wenn es die Polizei erlaubt, werd ich mich jetzt aufs Ohr hauen.»

«Ist erlaubt.» Céleste lächelte. «Schlaf gut.» Sie sah ihm noch einen Augenblick nach, wie er langsam davonging, und wandte sich dann in die andere Richtung. Auf dem Weg warf sie die Schnapsflasche in einen Glascontainer, und es klirrte laut, als sie zerbrach. Sie ging nachdenklich durch den schlafenden Ort bis zu der Straße, in der ihre Wohnung lag. Die Rue du Rempart war eine gewundene, bucklige, kopfsteingepflasterte Gasse wie aus einem Märchen. Jedes der schmalen Fachwerkhäuschen hatte eine andere Farbe, die Giebel waren spitz und schief, und vor den Eingängen standen Töpfe mit üppig blühenden Geranien und Petunien. Unvermittelt blieb sie stehen. War Erwin Bechler der Mörder von Philippe Rouffacher? Sollte es tatsächlich so einfach sein? Wolfsberger hatte den Deutschen mit versteinerter Miene entgegengenommen, und als Luc seinen Fluchtversuch geschildert hatte, hatte er zwischen zusammengepressten Zähnen entgegnet, man würde die Sache überprüfen. Natürlich lag es auf der Hand, dass Bechler sich höchst verdächtig benommen hatte. Andererseits konnte Céleste sich nicht vorstellen, weshalb er seinen Chef getötet und danach in einem Fass mit Schweineabfällen auf den Marktplatz gekarrt haben sollte. Diese seltsam theatralische Präsentation hatte etwas sehr Absichtsvolles an sich, schien fast so etwas wie eine Botschaft zu sein. So etwas passte nicht recht zu diesem abgehalfterten, dürren Mann, der zwar kleine Ferkel treten konnte, aber wohl kaum in der Lage schien, einen so planvollen, spektakulären Mord zu begehen.

Sie setzte sich auf die Stufen vor ihrem Haus, die die Wärme des Tages noch gespeichert hatten, und betrachtete die malerischen Häuschen entlang der Gasse. Wenn Erwin Bechler nicht der Mörder war, dann befand er sich noch hier, irgendwo in der Nähe, dessen war Céleste sich sicher. Es war einer von ihnen. Und wieder überfiel sie die merkwürdige Ahnung von heute Morgen auf dem Marktplatz, dass es mit diesem Mord nicht getan sein würde. Dass dies erst der Anfang war. Und sie schüttelte den Kopf, wie um diesen Gedanken abzuwehren.

Nach einer Weile zog sie ihr Handy aus der Tasche und rief Max an. Er war auf einem Journalistenkongress in Berlin – vielleicht konnte sie ihn trotzdem erreichen? Das Handy klingelte etliche Male vergeblich, dann sprang die Mailbox an. Sie unterbrach die Verbindung und schob das Telefon zurück in ihre Tasche. Zeit, schlafen zu gehen. Dennoch rührte sie sich nicht vom Fleck. Sie blieb auf der Stufe sitzen, reglos, ein dunkler Fleck im Schatten der gelblichen Straßenlaternen, und dachte nach.

7

Céleste kritzelte auf einem Notizblock herum, während Luc telefonierte. Es war jemand von der Presse, wie Luc ihr mit stummen Lippenbewegungen bedeutet hatte. Jetzt sagte er schon mindestens zum fünften Mal: «Wir sind nicht zuständig, Monsieur, wenden Sie sich bitte an die Kriminalpolizei in Colmar ...», und Céleste wunderte sich, wie er es schaffte, dabei so ruhig und sachlich zu bleiben.

Sie hatte etwas aufschreiben wollen, über das sie nachgedacht hatte, aber sie konnte sich nicht konzentrieren. Ihr fiel ein cremefarbenes Blatt ins Auge, das aus einem der unordentlichen Papierstapel auf ihrem Schreibtisch zwischen einem Zeitungsausschnitt und einem halbfertigen Bericht hevorlugte, und sie zog es aus dem Durcheinander heraus. Wehmut überkam sie, als sie die Schrift darauf erkannte: Es war ein Buchtipp, den Madeleine nur wenige Tage vor ihrem Tod für sie notiert hatte. Sie hatte das öfters gemacht, und Céleste hatte sich dann auch meistens das Buch bei ihr im Laden gekauft. Nach der Lektüre unterhielten sie sich oft lange darüber, und Madeleine wollte vieles wissen. Ob ihr diese oder jene Passage besser gefiel, wie sie die Ansicht eines Sachbuchautors zu einem Thema fand oder ob und warum die Sprache eines belletristischen Romans einen berührte oder vielmehr völlig kaltließ. Céleste hatte diese Gespräche immer sehr genossen. Mit Ausnahme von Max kannte sie niemanden, mit dem man sich so anregend unterhalten konnte wie mit Madeleine Béranger. Jetzt, nach Madeleines Tod, hatte sie daher keine Lust mehr, sich dieses Buch zu kaufen, wie interessant es auch immer sein mochte. Madeleine war nicht mehr da. Sie würden nicht mehr darüber sprechen können. Mit einer harschen Handbewegung zerknüllte sie den Zettel und warf ihn in den Papierkorb.

Endlich war es Luc gelungen, das Gespräch zu beenden. Er legte das Telefon weg und fuhr sich durch die kurzen Haare. «Himmel! Ich dachte schon, den werde ich gar nicht mehr los.»

«Sie bekommen einen Orden von mir», sagte Céleste und lächelte.

«Und bitte warum, Chef?»

«Für wahre Engelsgeduld. Lernt man diesen sanften Umgang mit der Presse neuerdings auf der Polizeischule?»

Luc winkte verlegen ab, wie immer, wenn er nicht wusste, ob seine Chefin etwas erst meinte oder ihn nur auf den Arm nahm. Dann sagte er: «Er wusste übrigens schon, dass Erwin Bechler abhauen wollte.»

«Ach, tatsächlich? Woher denn?»

Luc zuckte mit den Schultern. «Hat er mir nicht verraten.»

«Ich vermute, von Anne Zinck», überlegte Céleste. «Die ist doch bestimmt ganz heiß darauf, ihre Informationen aus erster Hand weiterzugeben.»

«Glaub ich nicht. Sie war gestern eigentlich erstaunlich zurückhaltend. Ganz anders, als es sonst ihre Art ist», wandte Luc ein.

Céleste dachte nach. «Stimmt», sagte sie. «Das könnte dafür sprechen, dass sie tatsächlich mit Rouffacher etwas am Laufen hatte. Sie ist jedenfalls richtig zornig geworden, als ich Andeutungen in diese Richtung gemacht habe.»

Luc schüttelte den Kopf. «Kann ich mir nicht vorstellen.»

«Warum nicht? Es gibt viele Leute, die Affären haben, obwohl man es nie von ihnen vermutet hätte.»

Luc warf ihr einen schnellen Blick zu und schien kurz davor, etwas zu sagen, beherrschte sich aber und konzentrierte sich stattdessen darauf, etwas in seinen Computer einzutippen.

Céleste wusste auch so, dass er bei ihren Worten an sie selbst und Yves gedacht hatte und den Vertrauensbruch, den sie seiner Meinung nach damit gegenüber Max beging. Sie hätte ihm erklären können, dass dem nicht so war; dass es zwischen ihr und Max keine Treueschwüre gab, schon deshalb nicht, weil ihre Beziehung bereits vor Jahren an einem Punkt angelangt war, wo es weder vor noch zurück ging. Max war geschieden, lebte in Freiburg und wollte nicht nach Frankreich ziehen, und Céleste wollte nicht nach Deutschland. Dennoch konnten sie voneinander nicht lassen. Und so sprachen sie nicht mehr über diese Dinge: nicht über die Zukunft, nicht über Treue. Wenn sie sich trafen, gab es nur die Gegenwart, ihre gemeinsame Zeit, die sie hüteten wie einen kostbaren Schatz und von der sie zehrten, wenn sie sich wieder trennten. So war das. Ganz einfach und doch sehr kompliziert. Zu kompliziert, um es Luc mit ein paar Worten zu erklären, selbst wenn Céleste es gewollt hätte. Und sie wollte nicht. Es ging ihn nichts an. Mit Yves hingegen war nichts kompliziert. Ihre Beziehung war leicht, unverbindlich, köstlich wie ein Zitronenbaiser mit süßer Sahne, und Céleste dachte gar nicht daran, sie aufzugeben, nur weil irgendjemand es unmoralisch finden könnte.

«Wenn Anne keine Affäre hatte, was, glauben Sie, hat sie

dann zu verbergen?», nahm sie den Faden wieder auf. «Irgendetwas ist da doch, oder nicht?»

Luc ließ seine Finger auf der Tastatur ruhen und überlegte
eine ganze Weile, bevor er antwortete. Céleste, die dieses
Schweigen von ihm bereits gewohnt war, wartete derweil.

Schließlich nickte er. «Ja, Sie haben recht. Irgendetwas ist
da.»

«Aber was?»

«Ich hab keine Ahnung.»

Céleste seufzte.

Bevor sie weiter über Annes Geheimnis nachgrübeln konnten, wurde die Tür zu ihrem Büro aufgerissen, und Dédé kam
herein.

«Morgen.» Es klang gefährlich, fast wie eine Drohung.

«Guten Morgen, Monsieur le Maire.» Céleste sah ihn überrascht an. Der sonst so leutselige, fröhliche Dédé machte ein
Gesicht, als sei ihm die Milch sauer geworden.

«Was ist los? Sie wirken etwas … gestresst.»

«Gestresst?» Dédé warf Céleste einen wütenden Blick zu.
«Das ist gar kein Ausdruck. Unglaublich, dieser Wolfinger, was
der sich erlaubt.»

«Sie meinen Wolfsberger?», fragte Luc nach.

Dédé nickte. «Mon Dieu, was für ein Idiot!» Er ging aufgeregt im Zimmer auf und ab. «Er sagt, er darf hier im Dorf ermitteln, wie es ihm passt, ohne die Police Municipale einzubin-
den, stellen Sie sich das vor!» Er sah sie und Luc empört an.
«Das geht doch nun wirklich nicht!»

«Finde ich auch, Bürgermeister», sagte Luc und nickte nachdrücklich. «Das geht überhaupt nicht.»

Céleste seufzte. «Colmar ist zuständig.»

«Ich weiß, ich weiß!» Dédé wedelte mit der Hand, um den

Einwand wegzuscheuchen wie eine lästige Fliege. «Aber wenn es um unser Dorf geht, dürfen wir uns nicht von solchen lächerlichen Vorschriften beeindrucken lassen. Wie stehen wir denn da? Die Bevölkerung ist verunsichert, mich haben heute Morgen auf dem Weg zur Mairie etliche Leute angesprochen, und ich konnte ihnen nichts sagen. Nichts! Stellen Sie sich vor, meine Nachbarin, Madame Dupin, geht nicht mehr aus dem Haus. Ich habe Raymond, ihren Mann, beim Bäcker getroffen, er musste heute für sie das Baguette und die Croissants zum Frühstück kaufen, weil sie sich nicht auf die Straße traut, aus Angst, auch abgemurkst und in ein Fass gesteckt zu werden.»

Céleste lachte auf und erntete dafür einen vorwurfsvollen Blick von Dédé. Trotzdem sagte sie: «Das ist doch etwas übertrieben, oder?»

Dédé wischte sich mit seinem unvermeidlichen Taschentuch über die Stirn. «Mag sein, mag sein. Aber es zeigt die Stimmung im Ort. Und wenn nun dieser Wolfsburger noch hier herumstümpert, werden die Leute vollends verrückt.»

«Berger», korrigierte ihn Luc gewissenhaft. «Er heißt Wolfsberger.»

«Gut, gut, dann eben Wolfsberger», gab Dédé zerstreut zurück. «Er soll so schnell wie möglich verschwinden. Ich will ihn nicht hier haben. Lassen Sie sich etwas einfallen, Kreydenweiss!» Er warf ihr einen vorwurfsvollen Blick zu. «Und ermitteln Sie gefälligst. Ich verlasse mich auf Sie!» Mit diesen Worten drehte er sich um und verließ auf seinen kurzen Beinen das Büro.

Céleste und Luc sahen sich verblüfft an.

«War das jetzt das, was ich meine, Chef?», fragte Luc, nachdem er sich von seiner Überraschung erholt hatte.

Céleste musste lachen. «Ich würde sagen, das war eine offizielle Aufforderung zu inoffiziellen Ermittlungen. Und sagen Sie nicht immer Chef zu mir.»

«In Ordnung, Chef.» Luc nickte ernsthaft, und dieses Mal war es Céleste, die sich nicht sicher war, ob er sie auf den Arm nahm.

8

Die Gerichtsmedizin von Colmar befand sich im Pathologischen Institut des Hôpital Pasteur in der Avenue de la Liberté. Céleste war noch nie dort gewesen, und es dauerte eine Weile, bis sie Sandrine Veilleuxs Büro fand. Es befand sich im Keller, direkt neben dem Sektionssaal. Céleste bekam bereits ein flaues Gefühl im Magen, als sie den fensterlosen Flur entlangging, der von jener Sorte Deckenleuchten erhellt wurde, die einen selbst nach zwei Wochen Karibikurlaub aussehen lassen, als wäre man dem Tode nahe. Sie hatte noch nie verstanden, wie jemand freiwillig Gerichtsmedizinerin werden konnte, und bei Sandrine verstand sie es am allerwenigsten. Sie hatten sich kennengelernt, als Monsieur Truffe sich letztes Jahr das Gesicht weggeschossen hatte, und sich auf Anhieb gemocht. Inzwischen waren sie recht gut befreundet. Gleich nachdem Céleste von Dédé die Anordnung erhalten hatte, «gefälligst» zu ermitteln, hatte sie bei Sandrine angerufen und gefragt, ob sie ihr zu Philippe Rouffacher etwas sagen könne, und Sandrine hatte die Kollegin eingeladen, bei ihr im Büro vorbeizuschauen.

Sandrine erwartete sie bereits in ihrem kleinen, ebenfalls fensterlosen Büro, bot ihr Kaffee und Madeleines an, doch Céleste lehnte beides ab. Der vorherrschende, alles durchdringende

Geruch nach Formalin, vermischt mit Gerüchen, zu denen sich Céleste nichts Genaueres vorstellen wollte, verursachte ihr Übelkeit.

«Soll ich ihn dir zeigen? Er liegt noch drüben», schlug Sandrine vor.

Céleste zögerte, nickte dann aber. Wenn Sandrine sich schon extra und nicht ganz offiziell Zeit für sie nahm, wollte sie sich keine Blöße geben.

«Dein junger Brigadier hatte recht», sagte die Gerichtsmedizinerin, als sie vor dem Toten standen. «Es war tatsächlich ein Bolzenschussgerät. Hatte ich auch noch nie. Musste mich erst mal schlau machen. Es gibt drei verschiedene Arten», erklärte sie, «penetrierend, also solche, bei denen der Bolzen ins Gehirn des Schlachttieres eindringt, dann stumpf, das heißt, mit abgeflachtem Bolzenende, die nicht bis ins Hirn vordringen, oder aber gasinjizierend, das sind Vorrichtungen mit hohlen Bolzen, die beim Schlag Gas unter Druck in den Schädel des Schlachttiers einblasen. Alle drei Varianten sollen das Tier nur betäuben, nicht töten.»

Céleste nickte. «Das hat Luc auch gesagt.»

«Es soll den Tieren die Qual beim späteren Töten ersparen.» Sandrine rollte mit den Augen. «Was auch immer das bedeuten mag. Wer einmal ein Schwein vor dem Schuss mit einem solchen Gerät schreien gehört hat …» Sie zuckte mit den Schultern. Sandrine Veilleux, die bei keiner noch so grausam zugerichteten Leiche, die auf ihrem Tisch landete, mit der Wimper zuckte, war überzeugte Tierschützerin und seit zwanzig Jahren Vegetarierin. «Bei unserem Kandidaten hier war der Schuss allerdings sofort tödlich.»

«Welche der drei Varianten hat man bei ihm benutzt?», wollte Céleste wissen.

«Die erste, die penetrierende. Der Bolzen steckte ihm noch im Gehirn.» Sandrine zeigte ihr eine kleine Schale, in der ein längliches Metallteil lag.

Céleste vermied, sich den Bolzen genauer anzusehen. Es reichte ihr zu wissen, wo er gesteckt hatte.

«Das war auch vernünftig, also, aus Mördersicht», fuhr Sandrine fort, «denn diese Variante führt am wahrscheinlichsten zum Tod. Auch beim Menschen ist nämlich ein Schuss aus einer dieser Waffen nicht immer zwangsläufig tödlich. Vor allem die stumpfe Variante nicht, die schlägt höchstens ein Stück der Schädelplatte heraus. Das Gehirn wird sich dann zwar mit ziemlicher Sicherheit mit den eingedrungenen Bakterien infizieren, und man stirbt am Ende an einer Enzephalitis, aber nicht sofort – also eher eine unsichere Sache. Gas wird im übrigen überhaupt nicht mehr offiziell verwendet, wegen BSE. Also, wenn man einen Menschen um die Ecke bringen will und nichts anderes zur Hand hat, dann ist so ein Bolzenschussgerät schon eine gute Wahl. Damit zerstört man auf jeden Fall einen großen Teil des vorderen Gehirnlappens, und wenn man Glück hat, so wie bei Rouffacher, ist es auch tödlich. Wenn man kein Glück hat …» Sie hob bedeutungsvoll die Hand und sprach nicht weiter.

«Er war also sofort tot?», vergewisserte sich Céleste.

Sandrine nickte. «Eindeutig. Etwa zwischen ein und zwei Uhr morgens, würde ich sagen.»

«Weiß man schon, wo er getötet wurde?»

«Man hat die Waffe neben der Auffahrt zum Hof im Gebüsch gefunden. Außerdem lagen da noch seine Pantoffeln. Er steckte barfuß im Fass.»

«Also hatte er es sich schon zu Hause gemütlich gemacht und wohl nicht mehr mit Besuch gerechnet», überlegte Céleste. «Etwas muss ihn nach draußen gelockt haben. Oder jemand. Gab es einen Kampf?»

«Nein. Keinerlei Abwehrspuren. Alle Abschürfungen sind postmortal entstanden. Dürfte ein ganzes Stück Arbeit gewesen sein, diesen Klops ins Fass zu bekommen.»

«Schafft man das denn überhaupt allein?»

Sandrine überlegte. «Schon. Aber es muss jemand recht Kräftiges gewesen sein.»

Céleste dachte an den dürren Erwin Bechler. Er wäre wohl kaum dazu in der Lage gewesen. Zumindest nicht allein. Silvain Zinck hingegen war ziemlich kräftig.

«Er hatte im übrigen Alkohol getrunken, 1,5 Promille, und Schweinefleisch gegessen. Mit Sauerkraut. Was sonst?» Sandrine lachte ihr tiefes, kehliges Lachen.

«Kanntest du ihn eigentlich?», wollte Céleste wissen. Sandrine stammte immerhin von hier.

«Nein, nicht persönlich. Aber ich kannte seine Frau.» Sandrine deckte den Toten wieder zu. «Das ist schon viele Jahre her. Ich absolvierte damals mein erstes Praktikum in der Klinik in Colmar, kam gerade frisch von der Uni und machte meine Stationen durch. In der Zeit, während ich in der Unfallstation war, wurde Rouffachers Frau zweimal eingeliefert. Mit verdächtigen Verletzungen. Beim ersten Mal mehrere gebrochene Rippen und ein gebrochener Unterarm, das zweite Mal eine ausgekugelte Schulter und ein Nasenbeinbruch. Dazu bereits verheilte Brandwunden, eine Menge blauer Flecken, Abschürfungen, büschelweise ausgerissene Haare, Verdacht auf Gehirnerschütterung. Und beide Male soll es ein Sturz gewesen sein.» Sie lachte bitter auf.

«Du denkst, er hat sie geschlagen?»

«Nicht nur das. Er hat sie gequält.»

«Und? Was ist mit ihm passiert? Wurde er bestraft?»

Sandrine schüttelte den Kopf. «Es passierte, was meistens passiert: nichts. Die Ärzte haben es zwar gemeldet, man hat sicherheitshalber auch das Jugendamt hingeschickt, wegen ihrer Kinder, aber soweit ich weiß, ist nichts dabei herausgekommen. Die Frau hat steif und fest behauptet, sie sei gefallen. Außerdem sei sie furchtbar ungeschickt, hätte sich verbrannt, das Übliche in solchen Fällen. Sie war wie gelähmt vor Angst um sich und die Kinder. Wir wollten sie in ein Frauenhaus schicken, aber sie hat sich geweigert. Beide Male wollte sie wieder zurück zu diesem Kerl.» Ihr Blick wanderte ins Leere. «Ich war noch sehr jung damals, voller Idealismus und der Überzeugung, etwas Gutes tun zu können. Diese Sache, die nur die erste von vielen Vorkommnissen dieser Art war, hat mich zutiefst betroffen gemacht. Ich habe sie nie vergessen. Vielleicht waren all diese Geschichten, die einen so hilflos machen, sogar ein Grund dafür, dass ich mich eines Tages entschlossen habe, mich lieber um die Toten als um die Lebenden zu kümmern.» Sie warf Céleste einen schnellen Blick zu, dann sagte sie: «Als ich Rouffacher gestern auf dem Tisch hatte, empfand ich nichts als eine tiefe Genugtuung. Er hat bekommen, was er verdient hat.»

Als Céleste wenig später wieder hinaus auf die Straße trat, atmete sie unwillkürlich auf. Sie beschloss kurzerhand, nicht mehr in die Mairie zurückzufahren, und schlenderte stattdessen unschlüssig die Straße entlang.

Die Sonne schien noch warm, und von irgendwoher drang ihr der Duft nach blühendem Flieder in die Nase, als ihr Handy brummte. Yves hatte ihr eine Nachricht geschickt, er fragte, ob sie Lust hatte, mit seinem neu restaurierten Cadillac Eldorado

Convertible, einem lippenstiftroten, glänzend verchromten Cabriolet, eine Spritztour zu den Rheinauen zu machen und danach irgendwo essen zu gehen. Céleste hob ihr Gesicht in die Sonne, schloss die Augen und dachte an Zitronenbaiser mit süßer Sahne. Natürlich hatte sie Lust.

9

Das war ohne Zweifel dein Glanzstück bisher, mon ami. Nochmals: meine Hochachtung!» Alexandre Varreau trank von seinem Glas exquisiten Riesling Alsace Grand Cru und nickte seinem Gegenüber etwas gönnerhaft zu.

Hervé Bastien lockerte seine Krawatte und lächelte schmal. Er hielt es für klüger, die tiefe Befriedigung, die er über das Lob von Seiten seines Partners empfand, nicht allzu deutlich zu zeigen. Das konnte leicht als Schwäche ausgelegt werden, und Alex war keiner, dem gegenüber man sich Schwäche erlauben sollte. Ohne weiter darauf einzugehen, widmete er sich daher dem Schokoladensoufflé, das die Bedienung ihm gerade serviert hatte. Es war genau, wie es sein sollte: ein rundes, saftiges Törtchen, in dessen Mitte sich noch ein Glutnest aus flüssiger Schokolade befand. Das Ganze schmeckte, gekrönt von einem Klecks kühler zarter Schlagsahne, wie ein Stück vom Himmel auf Erden. Wie Gott in Frankreich, dachte er, als sein Löffel nahezu widerstandslos im Kuchen versank. Natürlich! Wo bitte hätte Gott sonst leben wollen, wenn nicht in einem Land, in dem es solche Köstlichkeiten gab?

Im Gegensatz zu Hervé schenkte Alex seinem Schokoladensoufflé keinerlei Beachtung. Er schien noch immer zu beflügelt von Hervés Erfolg, der – natürlich – auf ihre gemeinsame Kanzlei und damit auch auf ihn selbst zurückfallen würde.

«Champagner», orderte er mit einer überheblichen Geste bei der Bedienung, und als die beiden eleganten Kelche vor ihnen standen, hob Alex sein Glas. «Auf eine goldene Zukunft!»

Dagegen gab es nichts einzuwenden. Hervé tupfte sich mit der Serviette sorgfältig die Mundwinkel und hob ebenfalls das Glas. «Auf uns», sagte er und bemerkte zu seiner Zufriedenheit, dass dieser Toast Alex zu gefallen schien: sein Lächeln wurde noch eine Spur breiter.

Dabei war es glatt gelogen. Wenn Hervé jemals auf jemanden hätte trinken wollen, dann nur auf sich selbst. Sein Vorankommen, seine eigene goldene Zukunft waren das Einzige, was ihn interessierte, was ihn antrieb, was ihm eine 80-Stunden-Woche wie einen Spaziergang erscheinen ließ und alles andere, was es im Leben von normalen Menschen noch geben mochte – Familie, Freunde, Hobbys – fad und blass erschienen ließ. Er wollte an die Spitze, ganz oben ankommen. Die Tage der Kanzlei Alexandre Varreau & Partner waren gezählt, Hervé Bastien stand längst in den Startlöchern. Und bald würde er alleine leuchten, ein einsamer, heller Stern am Himmel. Er würde der Kanzlei mit seinen vielen, ameisengleichen, mehr oder weniger namenlosen juristischen Zuarbeitern in der noblen Jugendstilvilla im Quartier Allemand mit Blick auf die Ill seinen ganz persönlichen Stempel aufdrücken und keinen Partner mehr neben sich dulden. Er hatte es mehr als verdient, und das nicht nur seit dem grandiosen Erfolg von letzter Woche, der nur ein weiterer Höhepunkt seiner Karriere gewesen war.

Er war brillant, und das wusste nicht nur er, das wusste auch Alex. Der Toast, der Champagner, seine lobenden Worte heute Abend, bei ihrem schon traditionellen Freitagabendessen im *Le Petit Bois Vert*, waren nichts als ein Versuch, ihn einzuwickeln – ein für Alex allzu offensichtliches Bemühen um Ver- brüderung, wo es bald nur noch Hervé geben würde. Nach dem so glänzend gewonnenen Prozess hatte er in allen Zeitungen gestanden, mit Foto und vollem Namen. Sein Stern war aufge- gangen, und er brauchte, ja, er wollte keinen Partner mehr. Da half es auch nichts, dass ihm Alex heute Abend angeboten hatte, aus der Kanzlei Alexandre Varreau & Partner, Varreau & Bastien zu machen. Fast hätte Hervé gelacht, als er das gehört hatte. Nicht einmal zu Bastien & Varreau hatte sich der alte Alex durchringen können, was wohl das mindeste gewesen wäre. Doch er hatte sich beherrscht, Freude geheuchelt und das Essen genossen. Alles zu seiner Zeit. Das war schon immer einer seiner Grundsätze gewesen. Ein Jäger brauchte Ausdauer. Er folgte dem Wild geduldig und wartete den richtigen Zeit- punkt ab. Und dann schlug er zu. Schnell und effektiv.

Seine Zeit in Amerika, das Erlernen raffiniertester Winkel- züge und Taktiken und vor allem das Aufsaugen des Know- hows der Gnadenlosigkeit, das sich nirgends besser studieren ließ als in amerikanischen Law-Firms, zahlte sich längst nicht nur in der Prozessführung aus, sondern auch im Umgang mit Kollegen und Partnern. Wenn er damals, nach seinem Stu- dium, in Paris geblieben wäre, hätte er davon nur einen Bruch- teil mitbekommen. Er wäre vielleicht dennoch ein Jäger ge- worden, ja, das schon, der Jagdtrieb lag ihm im Blut, aber seine Zähne wären stumpf geblieben, harmlos im Vergleich zu heute. Er hätte sich einlullen lassen von der schläfrigen Pariser Arro- ganz, wäre zu früh zu satt geworden, gefangen zwischen Stuck und Plüsch, hochgezüchteten Frauen mit blassen Lippen und Männern mit grauen Schläfen und müden Schwänzen, denen nichts wichtiger war, als ihre Pfründe zu wahren und unter sich zu bleiben.

Es war wie beim Sex: Echte Befriedigung gab es nur, wenn man an die Grenzen ging. Deshalb war ihm auch nie daran gelegen gewesen, eine dieser blutleeren Pariserinnen der sogenannten besseren Gesellschaft zu vögeln. Er brauchte Härte, Schmutz und Gewalt, um sich lebendig zu fühlen, und so trieb es ihn, in welcher Stadt er auch war, des Nachts immer weg von den sauberen, beleuchteten Innenbezirken, hinaus an die trostlosen Ränder. Der schmutzige Saum der Großstädte, die nachtschwarzen Winkel, in denen es nach Urin stank, die brachliegenden Grundstücke im Nirgendwo, leere Fabriken, zwielichtige Spelunken – all das inspirierte ihn, beflügelte seine Phantasie. Er fickte halbwüchsige Drogensüchtige mit hervorstehenden Rippen und abgehalfterte Prostituierte mit ausgelutschten Titten gleichermaßen, er kratzte den Dreck vom Boden auf und fühlte sich dabei unbesiegbar.

Alex bestand darauf, für sie beide zu bezahlen, und Hervé widersprach nicht. Sollte er doch. Er schlug vor, noch auf einen Absacker in die Krutenau zu fahren, und nach kurzem Zögern stimmte Alex zu.

Als sie vor die Tür traten, bemerkten sie überrascht, dass es zu regnen begonnen hatte. Besser gesagt, es goss wie aus Kübeln. In den kleinen, behaglichen Räumen des Restaurants hatte man von dem Wetterumschwung gar nichts mitbekommen. Hervé fluchte leise und klappte seinen Mantelkragen hoch, ehe sie sich in den Regen wagten.

Auf dem unebenen Kopfsteinpflaster standen bereits zahllose Pfützen, und von den Dachrinnen plätscherte es. Der Quai de Bruche war menschenleer. Die Flaneure und Liebespaare, die Familien mit Kindern und die Rentner mit ihren Hunden, die bei ihrer Ankunft am frühen Abend noch die schattige Promenade entlang des Kanals bevölkert hatten, waren längst vor dem Regen geflüchtet, ebenso die Gäste, die – im Gegensatz zu Alex und Hervé, die für ihre immer mehr oder weniger geschäftlichen Treffen selbst im Hochsommer diskrete Innenräume vorzogen – im Freien gegessen hatten. Die leeren Tische und Stühle unter den Platanen wirkten jetzt einsam und verlassen im gelblichen Licht der Straßenlaternen, das sich in den Pfützen spiegelte.

Sie liefen an der Häuserzeile entlang zu dem Parkplatz am Vauban-Damm, wo Alex' Auto stand, und stiegen hastig ein. Der Parkplatz war ebenso verwaist wie die Straße, außer Alex' graphitgrauem Mercedes stand dort nur noch ein alter, weißer Lieferwagen. Hervé schüttelte seinen nassen Mantelkragen aus, fluchte ein zweites Mal und inspizierte gereizt seine handgenähten Lederschuhe, die völlig durchweicht waren.

Keiner der beiden bemerkte, dass der alte Lieferwagen ebenfalls den Motor startete. Als sie losfuhren, wartete er noch mit ausgeschalteten Scheinwerfern, bis sie einige hundert Meter vorausgefahren waren, dann schaltete er das Licht ein und folgte ihnen in einigem Abstand hinüber zur Krutenau.

Der Club *Les Fleurs du Mal* war Hervés letzte Anlaufstelle für diesen Abend. Alex hatte sich bereits nach der ersten Bar verabschiedet und hatte sich dabei, wie an solchen Abenden üblich, nicht verkneifen können, Hervé zu ermahnen: er möge seinen Schwanz doch heute Abend möglichst in der Hose lassen oder, wenn es schon sein musste, «umsichtig» zu Werke zu gehen, wie er es nannte. Obwohl Hervé genervt abgewinkt hatte, hatte sich Alex bemüßigt gefühlt, es ihm noch einmal in aller Deutlichkeit zu erklären. Es sei ihm persönlich natürlich vollkommen egal, was er privat so treibe, ihm gehe es nur um die Kanzlei. Und nachdem Hervé nun mal gerade dabei sei, ziemlich prominent zu werden, und sein hübsches Gesicht während der letzten Tage in jeder Zeitung sowie in zwei Talk-shows zur besten Sendezeit zu sehen gewesen sei, fände er es unpassend, wenn die nächste Schlagzeile über ihn etwas mit seinen schmuddeligen Sexvorlieben zu tun hätte.

Da hatte Hervé lachen müssen und ihm hoch und heilig versprochen, dass es an diesem Abend ganz sicher keine solche Schlagzeile geben würde. Dazu sei er schon viel zu betrunken. Das hatte seinen Partner einigermaßen beruhigt, und er war endlich abgezogen.

Das *Les Fleurs du Mal* war ein Club ganz nach Hervés Geschmack. Es befand sich in einem verwinkelten Keller eines etwas heruntergekommenen Hauses in der Nähe des Quai des Bateliers. Das alte Backsteingewölbe des Kellers war noch vollständig erhalten und gab den nur spärlich beleuchteten Räumen eine morbide Atmosphäre, fast wie in einer Gruft. Das Publikum war etwa in seinem Alter, mehr oder weniger einsame Gestalten um die vierzig, ein paar Jüngere waren auch darunter, meist schwarz gekleidet, blass, mit schweren Schuhen und leeren Blicken.

Er setzte sich an die Bar und bestellte ein Leffe. Es war schon kurz vor drei und nicht mehr viel los. Auf der kleinen Tanzfläche tanzte eine junge Frau ganz allein, drehte sich verträumt im Kreis, selbstvergessen, mit geschlossenen Augen und nicht mehr ganz sicher auf den Beinen. Hervé trank von seinem Bier und betrachtete sie. Ihre Haare waren in einem künstlichen Pink gefärbt, wie man es von Comicfiguren kennt, und standen wie Stacheln vom Kopf ab. Sie trug einen orangefarbenen Minirock, der gerade so den kleinen, knackigen Hintern bedeckte, und ein grünes Top mit dünnen Trägern. Zusammen mit den Haaren ergab diese Farbzusammenstellung eine ziemlich grelle Mischung. Als das Lied zu Ende war, kam sie an die Bar und kletterte auf den Barhocker neben ihm. Da alle anderen Barhocker ebenfalls frei gewesen wären, beschloss Hervé, dies als Zeichen aufzufassen. Er hob sein Bier und lächelte ihr zu. Als sie sein Lächeln etwas abwesend, aber nicht unfreundlich erwiderte, beschloss er, seinen Vorsatz, heute enthaltsam zu bleiben, zu revidieren. Zumindest schien es einen Versuch wert.

«Auch ein Bier?», fragte er, doch sie schüttelte den Kopf.

«Wodka wäre gut», sagte sie.

Hervé bestellte ihr einen doppelten Wodka, und als das Glas vor ihr stand und sie es mit einem einzigen, zornigen Schluck hinunterkippte, rückte er näher zu ihr hin. «Alles okay?»

«Alles Scheiße!», gab sie zurück und wischte sich mit dem Handrücken über die Augen. Ihre Zunge war schon etwas schwer, und Hervé beschloss, ihr keinen zweiten Wodka mehr zu spendieren. Betrunken war zwar gut, aber zu betrunken konnte auch nach hinten losgehen. Zumal sie jünger war, als er anfangs gedacht hatte, höchstens zwanzig.

«Mein Freund …», begann sie unvermittelt, «wir haben uns gestritten … er ist so ein Arsch!»

Er rückte noch ein wenig näher. «Männer sind alle Ärsche.»

Sie warf ihm einen verblüfften Blick zu. «Echt? Du auch?»

«Klar. Ich bin ein Oberarsch.» Er lächelte, und als sie zu kichern begann, wusste er, dass er sie am Haken hatte. Sein Lächeln hatte oft diese Wirkung, deshalb setzte er es sparsam ein. Er wusste, dass er gut aussah. Besser, als er es wohl verdient hatte, bei einer Mutter, die sich aus purer Langeweile um den Verstand gesoffen hatte, und einem Vater, dem sein ausschweifender Lebenswandel schon in jungen Jahren allzu deutlich ins Gesicht geschrieben war. Ihm dagegen sah man seine Exzesse zum Glück nicht an. Er wirkte sportlich, gesund, ja fast asketisch. «Hat dich dein Freund etwa hier allein sitzenlassen?», fragte er und warf nebenbei einen anerkennenden Blick auf ihre kleinen, festen Brüste, die sich unter dem dünnen Top abzeichneten. Sie trug keinen BH, und man konnte deutlich ihre Nippel unter dem Stoff erkennen. «Der muss ein kompletter Vollidiot sein.»

Das Mädchen lachte wieder und schlug ein Bein über das andere, sodass ihr ohnehin schon kurzer Rock noch ein paar Zentimeter höher rutschte.

Hervé spürte, wie beim Anblick ihrer nackten Schenkel sein Mund trocken wurde. Am liebsten hätte er gleich zugegriffen, sie einfach gepackt, hier an der Bar, ihr den Rock nach oben geschoben, ihre Beine gespreizt … Er schluckte schwer und versuchte, an etwas anderes zu denken. «Ich könnte dich ein bisschen trösten», sagte er leise, als er glaubte, sich wieder einigermaßen im Griff zu haben.

«Ach, tatsächlich?» Sie warf ihm einen spöttischen Blick zu. «Obwohl du ein Oberarsch bist?»

«Lass es drauf ankommen.» Er legte einen Arm um sie, und da sie sich nicht wehrte, zog er sie zu sich heran und küsste sie auf den Mund. Sie schmeckte nach Alkohol und Schweiß, die Haut in ihrem Nacken war feucht vom wilden Tanzen. Das würde ein leichtes Spiel werden. Dumm nur, dass er kein Auto dabeihatte. Aber vielleicht konnten sie einfach nach draußen gehen, ein Quickie im Hinterhof …

Während er sich mit wachsender Erregung die Details ausmalte, spürte er, wie sie sich plötzlich versteifte und den Kopf hob. Überrascht sah er sie an. Doch sie beachtete ihn gar nicht, blickte über seine Schulter hinweg – offenbar stand da jemand, der ihre Aufmerksamkeit erregt hatte. Hoffentlich nicht ihr Freund. Auf Drama hatte er nun wirklich keine Lust. Ihr Gesichtsausdruck wirkte allerdings nicht erschrocken oder ertappt, eher überrascht, vielleicht ein klein wenig verlegen. Er drehte sich um, schaute in ihre Blickrichtung, aber da war niemand mehr. Das Lokal war leer. Wer auch immer dort gestanden hatte, hatte die Bar wieder verlassen, offenbar ziemlich schnell. Doch der kurze Moment hatte gereicht, sie zur Besinnung zu bringen, er bemerkte es sofort an ihrer veränderten Haltung, ihrem Blick. Den Quickie konnte er vergessen.

«Ich glaube, mein Freund hat mir eine Nachricht geschickt», sagte sie und nestelte an ihrer albernen glitzernden kleinen Tasche herum, um das Handy herauszuholen. «Ich werde ihn mal schnell anrufen.» Sie kletterte vom Barhocker und lächelte. «Salut, Oberarsch!» Dann war sie verschwunden.

Hervé verwünschte den Unbekannten, der ihn mit seinem plötzlichen Erscheinen um seinen Freitagabendfick gebracht hatte, trank sein Bier aus und bezahlte. Zeit, nach Hause zu gehen.

Vor der Tür zog er sein Handy aus dem Jackett, um ein Taxi zu rufen. Während er wartete, ging er ein paar Schritte auf dem Bürgersteig auf und ab und spielte auf seinem Handy herum. Den weißen Lieferwagen bemerkte er erst, als der direkt vor ihm hielt. Doch auch da wurde er nicht misstrauisch, er erinnerte sich nicht, ihn heute Abend schon einmal gesehen zu haben, im Schatten eines Parkplatzes am anderen Ende der Altstadt. Wie auch? Es war nur ein unscheinbarer alter Lieferwagen, wie es Dutzende in der Stadt und überall sonst gab. Er achtete nicht darauf, ob jemand ausstieg, ob jemand die Schiebetür öffnete, ob der Motor noch lief oder nicht, und so traf ihn der Schlag vollkommen überraschend. Er hatte ihn nicht kommen sehen, sah nur noch einen kurzen, brüchigen Moment lang den bläulich schimmernden Schriftzug über der Tür des Clubs aufflackern, *Les Fleurs du Mal*, und dann wurde es schwarz um ihn.

Während Hervé Bastien vor dem *Les Fleurs du Mal* das Bewusstsein verlor, saß Lucie in ihrem am Quai des Bateliers geparkten Auto und starrte ungläubig auf ihr Handy. Die Auskunft, die ihr der neu installierte Promillerechner nach Angabe der konsumierten Getränke erteilte, war ziemlich unerfreulich. Sie hatte schon geahnt, das sie an diesem Abend ein bisschen zu viel getrunken hatte, aber wie viel zu viel, das hätte sie so genau dann lieber doch nicht gewusst.

Natürlich hätte sie den Wodka, den ihr dieser schmierige Typ am Ende noch spendiert hatte, nicht mehr trinken sollen, es war auch vorher schon genug gewesen. Ganz abgesehen von dem Kuss. Der hätte auch nicht sein müssen. Gut wenigstens, dass sie sich noch rechtzeitig besonnen hatte und gegangen war. Wobei, wenn sie nicht zufällig aufgesehen hätte, wer weiß, was dann passiert wäre? Manchmal war sie so. Unbedacht. Leichtsinnig. Hemmungslos. Ja, das auch. Vor allem, wenn sie etwas getrunken hatte. Aber wenn ihr Freund Yannick auch so ein Idiot war, da konnte man sich doch nur noch betrinken! War praktisch unausweichlich gewesen.

Sie warf einen Blick auf die Zeitleiste auf dem Display, die ihr sagte, wann sie wieder fahrtüchtig sein würde, und schaltete dann stirnrunzelnd aus. Diese App übertrieb bestimmt. Sie würde sich einfach eine Stunde im Auto aufs Ohr legen, das musste genügen; danach könnte sie die rund achtzig Kilometer

zurück nach Eguisheim einigermaßen nüchtern zurücklegen.
Und dann konnte sie auch gleich wach bleiben und die Zeitungen austragen. Sie schauderte ein wenig beim Gedanken an das
Fass, das gestern Morgen auf dem Marktplatz gestanden hatte.
Eine echte Leiche!

Und damit landete sie auch schon wieder bei Yannick, dem
Idioten. Er hatte ihre Geschichte zwar krass gefunden, aber besonders viel Anteilnahme hatte er nicht gezeigt. Dabei hätte er
sie ruhig ein bisschen in den Arm nehmen und trösten können. Immerhin war es ein Schock für sie gewesen. Stattdessen
hatte er nur mit ihr schlafen wollen. Angeblich, um sie auf andere Gedanken zu bringen. Lucie schnaubte in Erinnerung an
diesen dämlichen Satz. Als ob es ihm darum gegangen wäre!
Abgesehen davon gab es doch wohl keinen bescheuerteren
Grund, mit jemandem zu schlafen, als um sich «auf andere Gedanken zu bringen». Das hatte sie ihm dann auch klar und
deutlich gesagt, und so war es zu diesem Streit und den vielen
Wodkas gekommen. Er war tatsächlich einfach abgehauen und
hatte sie alleine sitzen lassen, dieser Arsch! Ihre Tage mit Yannick waren jedenfalls gezählt. Sie hatte etwas Besseres verdient als so einen Typen, der nichts als Sex im Kopf hatte. Sogar
in den tragischsten Momenten des Lebens. Im Angesicht des
Todes, sozusagen. Auch wenn Lucie noch nicht viel erlebt
hatte in ihrem knapp zwanzigjährigen Leben, ahnte sie doch,
dass es noch mehr gab als Zeitungen austragen, im Supermarkt Regale einräumen und dazwischen das bisschen Vögeln
am Wochenende. Etwas Größeres als das. Liebe zum Beispiel.

Sie kletterte auf den Beifahrersitz, klappte die Lehne nach
hinten, streckte sich lang aus und schloss die Augen. Sofort begann ihr Magen zu rebellieren. Sie schlug die Augen wieder
auf, und die Decke über ihr schwankte wild im Licht der Stra-

ßenlaterne. Mist. Sie hatte das Gefühl, in ihrem Magen befinde sich ein ätzender Wodkasee. Vor allem im Liegen schwappte der See bei der kleinsten Bewegung hin und her. Keine gute Idee, sich schlafen zu legen, wenn sie nicht riskieren wollte, ihr eigenes Auto vollzukotzen. Sie richtete sich auf und kramte im Handschuhfach. Etwas zu essen, das wäre jetzt gut. War da nicht noch ein Schokoriegel? Außer einer Ersatzstrumpfhose, uralten, klebrigen Pfefferminzbonbons, Handschuhen, die sie seit dem letzten Winter vermisste, zwei Feuerzeugen, einer halbleeren Zigarettenschachtel und einem zerfledderten Stadtplan von Straßburg förderte sie jedoch nichts zutage.

Aber hatte sie nicht hier irgendwo eine Imbissbude gesehen? Wenn sie Glück hatte, war die noch geöffnet. Sie stieg aus und sah die Straße hinunter. Tatsächlich, auf der anderen Straßenseite blinkte ein einsames Schild an den ansonsten dunklen Fassaden: *Falafel 24 heures*. Perfekt.

Sie sperrte ihr Auto ab und wollte gerade die Straße überqueren, als ein weißer Lieferwagen in hohem Tempo aus der Seitenstraße schoss, in dem sich das *Les Fleurs du Mal* befand.

Vielleicht war es der Schreck, wahrscheinlicher aber war es dem Wodka geschuldet, dass sie nicht reagierte. Sie blieb wie angewurzelt mitten auf der Straße stehen und starrte den Scheinwerfern entgegen, Bremsen quietschten, es gab ein dumpfes Geräusch, als ihr Körper und das Auto aufeinanderprallten, und sie wurde wie eine Puppe auf den Bürgersteig geschleudert. Reglos und mit seltsam verrenkten Gliedern blieb sie liegen. Das Auto hielt an, doch niemand stieg aus. Nach einigen Sekunden gab der Lieferwagen wieder Gas und fuhr mit durchdrehenden Reifen davon.

10

Der Wald roch intensiv an diesem Morgen. In der Nacht hatte es geregnet, und die Luft war noch erfüllt vom Geruch nach feuchter Erde, Moos und Laub. Die Sonne war gerade erst aufgegangen, sie hatte es noch nicht über die Bergkuppen der Vogesen geschafft, und der Wald lag im Schatten. Céleste, die eine alte, ausgeleierte Jeanslatzhose über einem T-Shirt und eine verblichene Baseballkappe trug, ging langsam über den weichen Boden und versuchte, so wenige Geräusche wie möglich zu verursachen. Nicht weil sie fürchtete, jemanden aufzuschrecken, sondern eher aus Gewohnheit. Schon als Kind hatte sie der endlos scheinende Wald westlich des Dorfes mit seinen mächtigen Eichen und dichtbelaubten Buchen fasziniert. Sie war oft mit ihrem Großvater hier gewesen. Sein Weinberg, zu dem sie jetzt unterwegs war, lag ganz in der Nähe.

Heute wollte sie, wie jeden Samstag, wenn sie Zeit hatte, Théo bei der Arbeit helfen. Der Austrieb der Reben hatte begonnen, und sie mussten Vorsorge gegen den Mehltau treffen. Außerdem galt es noch einige letzte Bodenarbeiten zu erledigen, die sie in der vergangenen Woche nicht geschafft hatten, das Gras zu mähen und ein paar kleinere Reparaturen an der Hütte zu erledigen, die am Rand des Weinbergs stand und in der sich ihr Großvater lieber und öfter aufhielt als in seinem eigentlichen Haus. Céleste konnte ihn verstehen. Als Kind hatte auch sie ihre Tage am liebsten auf dem Weinberg verbracht. Rückblickend würde sie sogar sagen, dass diese Wochenenden sie damals gerettet hatten. Hätte sie den Weinberg und ihren Großvater nicht gehabt, wäre sie an ihrem Groll und ihrer Trauer darüber, dass der Vater sie von heute auf morgen verlassen hatte, erstickt.

Théo erwartete sie bereits auf der Bank vor der Hütte. Er war mit seinem Auto gekommen, einem rostigen und verbeulten Pritschenwagen, der schon gut und gerne zwanzig Jahre auf dem Buckel hatte und auf dessen Ladefläche allerlei Gerätschaften lagen. «Bist spät dran», begrüßte er sie. «Dachte schon, du kommst nicht mehr.»

«Tut mir leid. Ich war bei Yves, und dann musste ich ewig beim Bäcker warten.» Céleste nahm ihren Rucksack von den Schultern und packte die große Tüte frischer Croissants aus. Es gehörte zu ihrem Samstagsritual, zuerst gemeinsam zu frühstücken. Théo brachte Milchkaffee in einer Thermoskanne mit, und sie war für die Croissants zuständig. Sie aßen schweigend, und als Céleste nach dem dritten Croissant griff, kicherte ihr Großvater.

«Du bist wie Manouche», sagte er.

«Wer bitte ist Manouche?»

«Ach ja, stimmt, die kennst du nicht.» Er kratzte sich seinen struppigen, grauen Stoppelbart. «Das muss in der Zeit gewesen sein, als du in Straßburg warst. Da ist mir mal eine Katze zugelaufen, so ein freches Ding, schwarz und mager wie ein Strich. Sie hat mich sofort an dich erinnert. Und sie war genauso verfressen. Ich brauchte bloß ans Abendessen zu denken, da stand sie schon an der Küchentür und maunzte.»

«Ich erinnere dich an eine Streunerkatze?» Céleste runzelte indigniert die Stirn.

«An eine *verfressene* Streunerkatze. Ich hab sie Manouche getauft.»

Céleste schob sich den Rest Croissant in den Mund. «Und? Was ist mit ihr passiert?»

«Nichts. Sie kam eine Weile jeden Tag und fraß mir die Haare vom Kopf, und eines Tages war sie wieder fort.»

«Wie schade.»

«Wieso?»

«Weil du nicht weißt, was aus ihr geworden ist.»

Théo zuckte gleichmütig mit den Schultern. «Es war eben eine Streunerkatze. Und noch dazu eine Frau. Da weiß man nie so genau. Hab gehört, ein Kriminaler ist im Dorf», fuhr er dann übergangslos fort. «Wegen der Geschichte mit dem toten Philippe?»

«Stimmt.»

«Soll ein ziemliches Ekel sein.»

«Ja, kann man so sagen.»

«Könnt ihr das mit dem Ermitteln denn nicht selber machen?»

«Wir sind nicht die Kriminalpolizei, Théo.»

«Aber ihr kennt euch doch hier bei uns viel besser aus als dieser Kerl. Ich habe gehört, er trägt rosa Hemden.» Théo schnaubte verächtlich. «So jemandem erzählt hier keiner was.»

Céleste lächelte. «Woher weißt du denn, dass er rosa Hemden trägt?»

«Dédé hat es uns erzählt, bei Henri im Café. Wie es sich für einen Bürgermeister gehört.» Er lachte in sich hinein. «Wir haben ein Gläschen Wein zusammen getrunken. Oder vielleicht waren es auch ein paar mehr.»

«Soso.» Céleste leckte sich die Finger ab und stand auf. «Kanntest du den Toten eigentlich? Philippe Rouffacher?» Sie begann, die Reste des Frühstücks zusammenzuräumen.

Théo schüttelte den Kopf. «Nur vom Sehen. Dem war aber nicht zu trauen.»

«Warum? Wie willst du das wissen, wenn du ihn gar nicht kanntest?», fragte Céleste.

«Von Maurice. Er war sein Arzt. Als er noch gearbeitet hat. Und danach ist er auch noch ab und zu auf den Hof gefahren, um Rouffacher seine Spritze zu geben. Er hatte nämlich Gicht. Zu viel Schweinefleisch.» Théo wiegte betrübt den Kopf. Maurice Schupfer war pensionierter Arzt. Sein Sohn hatte zwar schon vor Jahren die Praxis übernommen, aber viele seiner alten Patienten zogen es noch immer vor, vom alten Doktor behandelt zu werden – denn wusste so ein Jungspund überhaupt, was er tat?

«Und wie kam Maurice zu diesem Schluss?»

«Er hat einmal ein Telefongespräch mitangehört, das Rouffacher offenbar mit einer Frau geführt hat. Er hat sie übel beschimpft, Schlampe und Fotze genannt.» Théo ging zu dem Pritschenwagen und holte Schaufel und Harke.

«Ach. Und weiter?», hakte Céleste interessiert nach.

«Nichts weiter. Aber jemandem, der so mit einer Frau redet, dem ist nicht zu trauen, oder?» Er drückte seiner Enkelin die Harke in die Hand.

Sie dachte an Sandrines Geschichte über Rouffacher und nickte. «Da ist was dran. Aber wer war die Frau? Weißt du, worum es ging?»

Théo schüttelte den Kopf. «Keine Ahnung. Maurice wusste es auch nicht. Philippe hat gleich aufgelegt, als er ihn gesehen hat.»

«Und wann war das?»

Théo überlegte. «Vor ein paar Wochen. Das war, als ich den Hexenschuss hatte. Maurice hat mir an dem Tag bei Henri eine Spritze in den Allerwertesten verpasst.»

«Bei Henri?», wunderte sich Céleste. «Maurice gibt im Café Spritzen?»

Théo nickte, als wäre es das Allernormalste der Welt. «Hat ja keine Praxis mehr. Und es ist ja auch viel praktischer so. Für ihn und für uns auch.» Er schulterte die Schaufel. «Willst du noch ewig so weiterquatschen, oder fangen wir endlich an?»

Den ganzen Tag arbeiteten sie einträchtig nebeneinanderher. Die Maisonne verbrannte Célestes Arme und Nasenrücken, und als sie gegen halb fünf beschlossen, es gut sein zu lassen, richtete sich Céleste stöhnend auf.

Théo musterte sie mit gutmütigem Spott. «Ihr Jungen vertragt aber auch gar nichts mehr. Vielleicht brauchst du auch eine Spritze von Maurice…»

Céleste winkte ab. «Nein. Vielen Dank.»

Sie tranken noch ein Glas Wein vor der Hütte. Céleste streckte ihre langen Beine aus und lehnte sich gegen die warme Steinmauer. Vor ihnen im Tal lag Eguisheim, und die roten Dächer leuchteten im Licht der Nachmittagssonne. Eine dicke Hummel flog vorbei.

«Schön», seufzte Céleste beglückt und nippte am Wein, den Théo im Inneren der Hütte gebunkert hatte und der noch überraschend kühl war.

«Er hatte außerdem so 'nen Angeberkarren. Einen deutschen.»

«Was?» Céleste wandte sich überrascht ihrem Großvater zu. «Wen meinst du?»

«Na, den toten Rouffacher, wen sonst», sagte er und begann, sich seine Pfeife zu stopfen. «Von wem reden wir denn die ganze Zeit?»

Céleste verkniff sich den Hinweis, dass sie seit dem Frühstück kein Wort mehr über Philippe Rouffacher verloren hatten. Genau genommen hatten sie bis auf einige Kommentare zu den Weinreben und den Aussichten auf einen guten Wein in diesem Jahr überhaupt nicht miteinander geredet.

«Bist du sicher?», fragte sie stattdessen. «Ich dachte, er hatte so einen roten Kastenwagen, mit dem er die Ware ausgeliefert hat?» Mit diesem Wagen, den ein dickes, lachendes Schwein zierte, hatte sie ihn hin und wieder durchs Dorf fahren sehen. Er hatte auch auf dem Hof gestanden, als sie vorgestern dort gewesen waren.

«Klar bin ich sicher. So einen großen Angeberschlitten.» Er deutete mit der Hand die Größe an.

«Ein SUV?»

Théo zuckte mit den Schultern. «Weiß nicht, wie diese Dinger heißen. Maurice meint, der kostet mindestens achtzigtausend Euro.» Er hatte jetzt seine Pfeife fertig gestopft und zündete sie umständlich an. Für einen Moment verschwand er hinter einer dichten Rauchwolke. Als sein runzeliges, wettergegerbtes Gesicht wieder auftauchte, sagte er bedächtig: «Würde mich interessieren, wie ein Bauer mit so einer kleinen Klitsche sich so eine Karre leisten kann.»

Céleste nickte. «Mich auch.»

Als sie sich schließlich auf den Heimweg machte, war es halb sieben, und ihre Glieder fühlten sich angenehm schwer vom Wein und der Arbeit an der frischen Luft an. Ihr Großvater, der noch keine Anstalten machte aufzubrechen, gab ihr noch eine Ermahnung auf den Weg: «Lass dir von einem mit einem rosa Hemd bloß nicht die Butter vom Brot nehmen, Manouche.»

Céleste versprach es.

11

Das Piepsen war das Erste, was nach der nachtschwarzen Bewusstlosigkeit wieder in Lucies Bewusstsein drang. Ein leises, regelmäßiges Piepsen, irgendwo hinter ihr. Wenn sie wegnickte, begleitete sie das Geräusch in ihre wirren Träume, und wenn der Schlaf wieder in den seltsamen Dämmerzustand überging, der wohl so etwas wie Wachsein bedeuten sollte, war es schon da und erwartete sie.

Es gelang ihr anfangs nicht, die Augen zu öffnen, sie konnte nur hören, ihre Träume vermischten sich mit der Realität, mit Schritten, Stimmen, Berührungen, dann wurde es wieder dunkel, und sie hatte das Gefühl zu fliegen, es war Nacht, irgendwo blinkte ein Schriftzug, *Falafel 24heures* ... Strumpfhosen, in Plastik verpackt, sie suchte etwas und konnte es nicht finden ... Plötzlich erwachte sie mit einem Ruck. Etwas war anders. Neben ihr war etwas, was dort nicht hingehörte. Es klang anders als die routinierten Geräusche, die sonst in ihr schläfriges Bewusstsein drangen. Lauter Atem, ein Keuchen und noch etwas, was sie kannte, aber ihr fiel nicht ein, wie man es nannte. Ganz nah. Sie versuchte zu blinzeln, doch ihre Augen schmerzten, sie konnte sie nicht öffnen. Es gelang ihr nur ein schmaler Spalt: Sie sah verschwommenes Licht, grünlich gedämpft, und dann eine Bewegung, einen Schatten unmittelbar neben ihrem Gesicht, und sie zuckte zusammen.

Das Piepsen hinter ihr wurde hektischer, und das seltsam vertraute und dennoch fremde Geräusch direkt an ihrem Ohr verstummte abrupt. Sie stöhnte auf und erschrak erneut. Gehörte dieses Krächzen, das in ihrem Hals schmerzte wie Feuer, tatsächlich zu ihr? War das ihre Stimme? Ein Schatten glitt über ihr Gesicht, und dann spürte sie, dass es weg war. Das Fremde, was nicht hierhergehörte. Und bevor sie wieder in ihren Dämmerzustand zurücksank, fiel ihr ein, wie man das Geräusch nannte, das sie neben sich gehört hatte. Weinen. Jemand hatte geweint.

12

Sie hatte eine schöne, volle Altstimme, war Gärtnerin und hieß Hortense. So viel hatte Luc schon über das neue Mitglied im Kirchenchor herausgefunden, und es hatte ihn auf eine seltsame Weise glücklich gestimmt. Der Name Hortense passte wunderbar zu einer Gärtnerin, wie er fand. Ein Beruf, bei dem man viel Liebe und Geduld brauchte. Und sie war hübsch. Blond, sommersprossig, nicht ganz schlank, mit einer Lücke zwischen den Schneidezähnen und Grübchen in den Wangen, wenn sie lachte.

Er hatte eine Weile still dabeigestanden, als sie sich vor der letzten Probe mit Nicolette über Orchideen unterhalten hatte, und er hatte beschlossen, sich von nun an auch ein bisschen mit Botanik zu befassen, damit er das nächste Mal etwas hätte, womit er ein Gespräch beginnen könnte. Vielleicht würde er sich sogar auch eine Orchidee zulegen. Dann könnte er Nicolette um Rat fragen. Bis jetzt war er allerdings noch nicht dazu gekommen, wegen dieses Mordfalls hatte er alles andere vergessen. Und es würde wahrscheinlich ohnehin nichts helfen, denn er war in solchen Dingen schrecklich schüchtern. Als sie sich heute morgen bei der Aufstellung zur Sonntagsmesse direkt vor ihn gestellt hatte und ihn der Vanilleduft ihres Haares in der Nase gekitzelt hatte, war er bereits so nervös geworden, dass er beim Eingangslied beinahe seinen Einsatz verpasst hätte, was ihm seit Ewigkeiten nicht mehr passiert war. Luc schloss halb die Augen und zählte dabei lautlos die Takte mit. Er musste sich konzentrieren, doch es fiel ihm schwer, und das lag nicht nur an Hortense und dem Duft ihrer Haare.

Es lag vor allem an dem Mord. Das ganze Wochenende dachte er schon darüber nach, überlegte, welche Nachforschungen er anstellen, wo er ansetzen könnte. Besonders die Frage seiner Chefin in Bezug auf Anne Zinck und Rouffacher ließ ihn nicht los. Ja, da war etwas. Er spürte auch, dass da irgendetwas im Verborgenen lag, und er wollte wissen, was es war. Anders als seine Chefin und Henri glaubte er jedoch keine Sekunde daran, dass es sich um eine Liebesaffäre handelte. Es lag nicht daran, dass er zu prüde war, sich so etwas vorzustellen, sondern vielmehr daran, dass er Leute von Anne Zincks Schlag zu gut kannte. Bauernschlau, berechnend, geldgierig, nur auf den eigenen Vorteil bedacht. Niemals würde sie sich auf eine Liebschaft mit jemandem wie Rouffacher einlassen. So eine Affäre brachte nur Risiken mit sich und keinerlei Vorteile. Nein, da musste etwas anderes dahinterstecken, etwas, das zu Anne passte.

Jetzt: «En toi seigneur ...» Er hob die Stimme, hörte, wie Jean-Pierres Bass ein bisschen zu sehr schleppte, dann plötzlich drang eine andere Melodie in sein Ohr, blechern, unpassend. Er brauchte eine Weile, bis er darauf kam, dass es der Klingelton eines Handys war, und noch eine Schrecksekunde länger, bis ihm aufging, dass es sein eigenes Handy war. Er hatte vergessen, es vor der Messe auszuschalten. Das war ihm noch nie passiert. Mit hochrotem Gesicht fingerte er das Ding aus seiner Hosentasche und drückte hastig die Stummtaste. Hortense drehte sich zu ihm um und lächelte amüsiert. Er wich ihrem Blick verlegen aus und stahl sich dann so lautlos wie möglich von der Empore.

Seine Chefin hatte angerufen. Draußen vor der Kirche wählte er ihre Nummer. Sie war sofort am Apparat

«Bato?» Ihre Stimme klang seltsam. «Wo sind Sie gerade?»

«In der Kirche …», sagte er und fügte in Gedanken hinzu: Und bei Hortense, deren Haare nach Vanille duften und die mich wegen Ihres Anrufes jetzt für einen ignoranten Trottel hält …

«Kommen Sie bitte schnell», unterbrach Céleste seinen Gedankengang. «Zum Museum.» Und dann fügte sie noch etwas hinzu, das Luc seinen Chorgesang und Hortense schlagartig vergessen ließ: «Es gibt eine zweite Leiche.»

Schon seit ihrer Schulzeit hatte Céleste ein Faible für Geschichte gehabt. Sie hatte mit Begeisterung Geschichten aus längst vergangenen Zeiten gelesen und sich dabei vorgestellt, wie es wohl gewesen sein mochte, damals zu leben. Als Teenager hatte sie sich dann ihr Taschengeld durch Jobs im örtlichen Museum aufgebessert. Auch wenn es jetzt nicht mehr ums Taschengeld ging, war ihre Begeisterung geblieben für alles, was mit der Geschichte Eguisheims zusammenhing, und sie übernahm deshalb bis heute für den Kurator des Museums gelegentlich Themenführungen durch das Dorf und das Museum.

Da sie mittlerweile nicht zuletzt wegen Max einigermaßen gut Deutsch sprach, wurden ihr mit Vorliebe die deutschen Touristengruppen zugeteilt, meist Rentner mit beigefarbenen Popelinehosen, Gesundheitsschuhen und komischen Hüten, die sie geduldig durchs Museum führte und ihnen dabei etwas über die Geschichte von Eguisheim erzählte. Dabei schilderte sie den Besuchern möglichst farbig die Hexenprozesse im 16. und 17. Jahrhundert und stieg zum Abschluss mit ihnen hinunter in das alte Verlies, das sich unter dem Gebäude befand. Dort erklärte sie die schauerlichen Funktionsweisen der Folterwerkzeuge, was jedes Mal den Höhepunkt ihrer Führung darstellte. Danach spendierte die Stadt Eguisheim den Gästen zur Erholung einen Quetsch im beschaulichen Innenhof des Museums.

Céleste machten die Führungen Spaß, sie mochte es, ihr Deutsch mit neuen Wörtern aufzufrischen, mit denen sie dann ihren Freund Max beeindrucken konnte. Auch empfand sie die deutschen Touristen als recht angenehm, zumindest die meisten von ihnen. Sie waren wissbegierig, freundlich, höflich, kurz: ziemlich problemlos. Ganz anders als viele ihrer eigenen Landsleute, die oft laut und unaufmerksam waren, alles besser wussten und am Ende maulten, weil es zum Schnaps kein Gebäck gab.

Heute allerdings war es gar nicht erst zu der Führung gekommen, und den Pflaumenbrand, den es erst am Ende geben sollte, hatte Céleste gleich zu Beginn ausgeschenkt, während sie auf Luc wartete.

Als er von der nahen Kirche herübergelaufen kam, bot sich ihm ein etwas kurioses Bild: Sommerlich gekleidete Touristen mit Strohhüten und Sonnenbrillen saßen im Schatten der Stadtmauer auf den Steinbänken vor dem Museum, fächelten sich mit den Werbebroschüren der Stadt Luft zu und tranken Schnaps. Vor ihnen stand Céleste in einem weit ausgeschnittenen, bodenlangen braunen Kleid mit Mieder, auf dem Kopf eine merkwürdige schnabelförmige Haube, aus der sich ihre dichten, dunklen Haare hervorkräuselten. Sie erklärte ihren Schützlingen offenbar gerade, dass es heute zu keiner Führung mehr kommen würde. Sie lauschten ihr aufmerksam und ein wenig verschreckt, tranken ihren Schnaps aus und standen schließlich zögernd auf. Von einer Leiche keine Spur. Als Céleste Luc bemerkte, kam sie ihm ganz und gar ungrazil mit ihrem typischen, etwas schlaksigen Gang und großen Schritten entgegen. Unter ihrem Kleid lugten Turnschuhe hervor.

«Chef?» Luc sah sie fragend von oben bis unten an.

«Eine Idee von Dédé!», sagte sie und tippte sich auf die Haube. «Er ist Vorstand des Heimatvereins und meinte, Themenführungen im Kostüm wären jetzt absolut angesagt.» Sie rollte vielsagend mit den Augen.

«Sieht recht echt aus», gab Luc zurück und erlaubte sich ein vorsichtiges Lächeln. «Und wo ist die Leiche?»

«Da!» Céleste deutete mit dem Kinn in Richtung Museumseingang und raffte ihre Röcke. «Kommen Sie mit.»

Das Eguisheimer Stadtmuseum befand sich in einem ehemaligen Zehnthof des Domprobstes von Straßburg, ein wuchtiges Gebäude mitten in der Altstadt. Neben dem großen, rot gestrichenen Holztor mit den schmiedeeisernen Beschlägen hing zu Schauzwecken und als Touristenattraktion ein eiserner Korb an einer schweren Stange. Es handelte sich um die sogenannte «Bäckertaufe», eine Art Käfig, in die man im Mittelalter betrügerische Bäcker steckte, die beim Strecken von Mehl mit Sägespänen oder dem Verwenden von falschen Gewichten ertappt worden waren. Mittels der Wippe, an der der Käfig befestigt war, tauchte man ihn unter Jubel der geprellten Kundschaft in einen Wasserlauf im Ort, was angesichts der fehlenden Kanalisation eine eher unappetitliche Angelegenheit gewesen sein musste.

Genau dorthin steuerte jetzt Céleste, und Luc folgte ihr mit einiger Zurückhaltung. Die Leiche im Fass hätte ihm eigentlich gereicht. Zwei Tote innerhalb nicht mal einer Woche waren entschieden zu viel. Die Leiche befand sich in besagtem eisernen Bäckerkorb. Ein Arm ragte durch die Stangen heraus. Zögernd trat er näher, um die zusammengekauerte Gestalt in dem Käfig zu betrachten. Es war eine Frau. Sie trug einen leichten, kurzen Mantel, darunter ein buntes Kleid und elegante Sandalen mit hohen Absätzen. Ihre blonden Haare waren wohl ursprünglich aufgesteckt gewesen, jetzt hing der Dutt schief herunter.

«Kennen Sie sie?»

Luc ging um den Käfig herum, um der Toten ins Gesicht zu sehen, und schüttelte dann nachdenklich den Kopf. «Ich glaube, nicht ...» Er spürte, wie sich beim Anblick der offenen Augen der Toten sein Kreislauf schon wieder unangenehm bemerkbar machte, und er atmete ein paar Mal tief ein. Noch einmal würde ihm nicht übel werden. Er war immerhin Polizist. Und hier gab es im Gegensatz zu dem Fund im Fass auch nichts Unappetitliches, kein Blut, keinen Gestank, noch nicht einmal eine offensichtliche Wunde.

Die Tote war um die vierzig, gutaussehend, sehr gepflegt. Sie war dezent geschminkt und hatte sorgfältig gezupfte dünne Augenbrauen, die sich in einem eleganten Bogen über die großen, blassgrauen Augen wölbten, die jetzt wie im Erstaunen über ihren Tod weit geöffnet waren. Der Schmuck, den sie trug, schien teuer, goldene Ohrringe, eine Halskette mit schweren Gliedern, und an der Hand, die aus dem Käfig ragte, befanden sich mehrere Ringe und eine teure Uhr.

Luc musterte die Uhr. «Also Raubmord können wir schon mal ausschließen. So eine Uhr und diesen ganzen teuren Schmuck hätte ein Räuber sicher mitgenommen.»

«Die Uhr ist kaputt», sagte Céleste. «Das Glas ist zersprungen.»

«Das kann passiert sein, als der Mörder sie in den Käfig gesteckt hat.»

Céleste schüttelte den Kopf. «Glaub ich nicht. Schauen Sie sich die Uhrzeit an.»

«Halb zehn.»

«Das ist die gleiche Uhrzeit wie die Weckzeit des Weckers im Fass.»

«Haben Sie sich die Uhrzeit etwa gemerkt?», staunte Luc und fügte nach einer kurzen Pause etwas verlegen hinzu: «Ich war wohl etwas zu unpässlich, um darauf zu achten ...»

Céleste lächelte. «Machen Sie sich nichts draus. Es war eher Zufall. Aber umso besser, so müssen wir Wolfsberger nicht danach fragen.»

«Er würde es uns ohnehin nicht verraten», merkte Luc düster an.

«Diese Uhrzeit muss irgendeine Bedeutung haben», überlegte Céleste.

«Könnte es vielleicht der Todeszeitpunkt sein?», schlug Luc vor. Céleste schüttelte den Kopf. «Nein, Sandrine Veilleux hat gesagt, Philippe sei zwischen ein und zwei Uhr nachts getötet worden.» Sie warf einen abwesenden Blick auf die Touristen, die sich nur langsam trollten. «Es muss etwas anderes sein ...»

«Wir müssen Wolfsberger anrufen», brachte Luc ihr in Erinnerung.

«Ja, ich weiß.» Sie seufzte. «Leider.» Sie zückte ihr Handy. «Sehen Sie einstweilen nach, ob Sie etwas finden, was uns einen Hinweis auf die Identität der Toten liefert. Ausweis oder so. Und machen Sie ein paar Fotos.»

Luc schluckte, widersprach aber nicht, stattdessen sagte er

mit betont fester Stimme «In Ordnung, Chef» und begann vorsichtig und mit halb abgewandtem Blick an der Toten herumzutasten.

«Nichts», sagte er nach einer Weile. Dann holte er sein Handy aus der Hosentasche und fotografierte die Tote von verschiedenen Blickwinkeln aus.

Céleste sprach bereits mit einem der diensthabenden Beamten in Colmar und erklärte ihm, was passiert war. Dann hinterließ sie auch auf der Mailbox des Bürgermeisters eine Nachricht.

Es dauerte eine gute halbe Stunde, bis die Brigade aus Colmar am Tatort eintraf. Wolfsberger trug dieses Mal ein fliederfarbenes Hemd zu einer weißen Freizeithose und war entschieden unentspannt. Céleste überlegte, bei welcher Freizeitbeschäftigung sie ihn wohl gestört haben mochte. Golf? Würde zu ihm passen.

«Was ist das schon wieder für eine Scheiße!», bellte er ihnen schon von weitem entgegen, so als ob es ihre Schuld wäre, dass eine Leiche in einem mittelalterlichen Bäckerkorb lag.

«Keine Scheiße.» Céleste sah ihn kühl an. «Eine Frau.»

Wolfsberger schwieg, doch seine Kiefer mahlten und an seiner Stirn trat eine pochende Ader hervor. Er ging zu der Toten, betrachtete sie einen Augenblick und fragte dann knapp: «Wer hat sie gefunden?»

«Ich», antwortete Céleste.

«Ach.» Wolfsberger warf ihr einen langen Blick zu. «Wie sehen Sie überhaupt aus, Brigadier? Ist das Ihr Sonntagsoutfit?»

Céleste hob das Kinn. «Ich gebe Führungen. Hier im Stadtmuseum», gab sie zur Auskunft.

«Führungen?», wiederholte Wolfsberger. «Als Waschweib

verkleidet? Ist es mit der Police Municipale schon so weit gekommen?»

Céleste zuckte mit den Schultern. «Brauchen Sie mich noch?»

Wolfsberger deutete mit dem Kinn zu einem seiner Kollegen, einem jungen Mann mit blonden Haaren und Sommersprossen, der neben dem Auto stand und auf Instruktionen wartete. «Machen Sie bei Vasarely Ihre Angaben», befahl er, dann wandte er sich ohne ein weiteres Wort ab.

«Vasarely?», wiederholte Luc, während sie zu dem Beamten hinübergingen. «Interessanter Name. Das war doch dieser Maler ...»

«Ich bin nicht verwandt mit ihm», sagte der junge Mann in einem leicht genervten Tonfall, der besagte, dass er Lucs Worte gehört hatte, und das nicht zum ersten Mal.

«Egal. Ein schöner Name», sagte Luc freundlich. «Und so viel besser als zum Beispiel Robespierre zu heißen. Oder gar Guillotin ...»

Vasarely warf ihm einen argwöhnischen Blick zu, offenbar war er sich nicht sicher, ob Luc ihn auf den Arm nahm. Und auch Céleste wunderte sich, es war eigentlich nicht Lucs Art, schon am Vormittag witzig zu sein. Auch am Nachmittag nicht, wenn sie so darüber nachdachte.

Sie enthielt sich jedoch jeglichen Kommentars und erläuterte Vasarely, der leicht irritiert ihre Kleidung und vor allem ihre ausladende Haube musterte, wann sie sich mit den Touristen getroffen und wann genau sie die Leiche entdeckt hatte.

«Und Sie? Brigadier Bato, richtig?» Der junge Beamte warf einen Blick auf seine Notizen und musterte Luc dann erneut misstrauisch.

«Was ist mit mir?»

«Weshalb sind Sie auch da?»

«Mein Chef hat mich angerufen», sagte Luc wahrheitsgemäß.

«Warum?»

«Wie, warum?» Luc runzelte die Stirn.

Vasarely wandte sich an Céleste: «Ich meine nur ... warum haben Sie nicht sofort nach der Entdeckung die Brigade gerufen? Sie sind doch gar nicht zuständig für Mordfälle?»

«Herrgott noch mal!», fauchte Céleste. «Stellen Sie sich vor, ich brauchte jemanden, um den Tatort zu sichern. Es wuseln ja überall die Touristen herum. Dafür sind wir ja wohl zuständig, oder sehen Sie das verdammt noch mal anders, Lieutenant?»

«Nnnnein», stotterte Vasarely verschreckt.

«Noch was?», wollte Céleste wissen und stemmte ihre Arme in die Seite.

«Äh. Nein.» Er warf einen unsicheren Blick in Richtung Wolfsberger und steckte dann zögernd seinen Block wieder ein. «Danke.» Er lächelte sogar ein bisschen.

Luc nickte ihm zu: «Schönen Sonntag noch, Kollege Vasarely.»

Als sie außer Sichtweite waren, nahm Céleste mit einer unwirschen Geste die Haube ab. «Dédé werde ich was erzählen. In dieses gottverdammte Scheißkostüm bringen mich keine zehn Pferde mehr.»

Luc zuckte zusammen und sagte dann schüchtern: «Ich finde, es steht Ihnen ganz ausgezeichnet, Chef.»

13

Am Ende der Straße kam ihnen eine kleine runde Gestalt entgegengelaufen. Der Bürgermeister. Er trug ein grün-weiß kariertes Hemd, eine Cargohose, die seine kurzen Beine noch kürzer wirken ließ, und eine olivgrüne Weste mit unzähligen Taschen, die alle prall gefüllt waren. Offenbar kam er gerade vom Angeln, seiner Lieblingsbeschäftigung.

«Was ist los? Kreydenweiss? Sagen Sie, dass das nicht wahr ist!», rief er ihnen schon von weitem entgegen, doch im gleichen Moment entdeckte er die Einsatzfahrzeuge der Police Nationale vor dem Museum. «Mon Dieu! Das ist eine Katastrophe! Und das am Sonntag!»

Céleste wusste nicht, was der Wochentag damit zu tun hatte, im Übrigen musste sie ihm jedoch recht geben. Es war eine Katastrophe.

«Es ist eine Frau», sagte sie.

«Im Bäckerkorb», ergänzte Luc.

«Im was?» Dédé warf ihm einen verständnislosen Blick zu, nickte dann aber. «Ach so, ja, aber wieso denn da drin? Bitte? Was soll denn das?» Seine Stimme klang jetzt vorwurfsvoll.

Luc hob schweigend die Schultern, und als auch Céleste keine Erklärung abgab, seufzte Dédé und sah auf die Uhr. «Wir sollten das Ganze ein wenig eingehender besprechen. Sofort. Damit wir gewappnet sind. Gegen die Presse. Und gegen den da.» Er warf einen verächtlichen Blick in Richtung Einsatzfahrzeuge der Brigade.

«Fahren wir in die Mairie?», fragte Luc.

Dédé sah ihn empört an. «In die Mairie? Wo denken Sie hin, Bato. Es ist Sonntag.»

«Aber ...», stotterte Luc verwirrt und sah Céleste an.

Die lächelte. «Choucroute garnie, Monsieur le Maire?»

Sie bekamen gerade noch einen Eckplatz in der Gaststube des *Fetten Frosches*, und das auch nur, weil sie so früh dran waren. Luc hatte zwar Céleste und Dédé ungläubig gemustert, als ihm klar wurde, was die beiden vorhatten, aber er hatte sich gefügt und war ihnen schweigend hinterhergetrottet.

Sie sprachen über belanglose Dinge, bis ihnen Catherine eine dampfende Schüssel Sauerkraut mit Fleisch und eine Flasche gekühlten Weißwein brachte, und als sie zu essen begannen, verstummte das Gespräch ganz. Erst als Catherine ihnen zum Abschluss drei Quetsch hinstellte, wischte sich Dédé sorgfältig den Mund ab, beugte sich verschwörerisch über den Tisch und fragte leise:

«Und?»

Céleste fing mit dem Bericht der Gerichtsmedizinerin an und schilderte dann die Flucht von Erwin Bechler, wobei sie Lucs Rolle dabei noch ein bisschen ausschmückte.

Dédé warf Luc einen anerkennenden Blick zu. «Überwältigt haben Sie den Kerl? Meine Hochachtung, Bato.»

Luc sah verlegen auf seine großen Hände. «War nicht so schwer, Herr Bürgermeister, er war nicht besonders groß.»

«Egal!» Dédé winkte großzügig ab. «Er hätte ihnen ein Messer in den Bauch rammen oder den Kopf wegschießen können. Da kommt es auf die Größe nicht an, nicht wahr?»

Luc wurde blass. «Er war es ja gar nicht», sagte er dann, wie um sich selbst zu beruhigen. «Zumindest den zweiten Mord kann er gar nicht begangen haben, er sitzt nämlich noch in Untersuchungshaft. Wolfsberger hat ihn nicht gehen lassen. Neben dem Tatverdacht und der Fluchtgefahr gibt es auch noch einen Haftbefehl aus Deutschland gegen ihn. Wegen Hehlerei und Körperverletzung. Er ist einschlägig vorbestraft.»

Céleste warf ihm einen überraschten Blick zu. Wann hatte Luc das denn herausgefunden?

«Ich habe mit der Brigade in Colmar telefoniert», sagte Luc auf ihre fragende Miene hin. «Da war eine Sekretärin am Telefon ...» Er sprach nicht weiter.

«Sie haben Wolfsbergers Sekretärin bezirzt?», fragte Céleste amüsiert nach. «Ich entdecke ungeahnte Qualitäten an Ihnen, Bato.»

«Bezirzt würde ich das nicht nennen», gab Luc konsterniert zurück. «Ich habe sie freundlich gefragt, und sie hat mir die Information gegeben.»

«Einfach so?» Célestes Grinsen wurde breiter.

Luc hüstelte. «Ja. Einfach so.»

«Gut, Kinder, das ist super, hilft uns aber nicht weiter», mischte sich Dédé ein. «Wenn dieser Deutsche es nicht war, wer dann? Und warum jetzt auch noch diese Frau? Wer ist sie? Warum steckt sie im Bäckerkorb unseres Stadtmuseums? Hier bei uns in Eguisheim wird doch nicht einfach so herumgemordet!» Er kippte den Quetsch in einem Zug.

Céleste sah auf die Uhr. «Es ist jetzt gerade mal zwei Stunden her, dass wir sie entdeckt haben, Bürgermeister. Sie hatte keine Papiere bei sich, und wir kennen sie auch nicht. Vielleicht ist sie nicht einmal von hier. Und von Wolfsberger werden wir nichts erfahren. Der zieht sein Ding alleine durch.»

Dédé wiegte betrübt den Kopf hin und her. «Wohl wahr...» Er sann eine Weile nach, dann wandte er sich wieder an die beiden: «Aber zurück zu den Toten. Haben Sie denn einen Verdacht? Eine heiße Spur? Irgendetwas?»

Céleste zögerte. «Nur Gerüchte. Rouffacher soll ein unangenehmer Typ gewesen sein. Einer, dem man nicht trauen kann. Anscheinend hat er seine Frau geschlagen.»

«Seine Frau? Aber die ist doch schon seit Ewigkeiten weg.»

Céleste nickte. «Eben. Das ist also auch nichts wirklich Konkretes.»

«Aber da ist was», ließ sich plötzlich Luc vernehmen. «Irgendetwas ist da.»

«Wo?» Dédé warf ihm einen interessierten Blick zu. «Wo ist was, Brigadier?»

«Ich weiß nicht. Auf dem Hof. Es hat mit Anne Zinck zu tun.»

«Der Frau von Silvain?», fragte der Bürgermeister.

«Henri sagt, es gehen Gerüchte um, dass sie und Rouffacher ein Verhältnis gehabt hätten», erläuterte Céleste.

Dédé riss die Augen auf. «Tatsächlich?»

«Nein», sagte Luc.

«Nein?», fragte Dédé verwirrt nach.

Luc wurde etwas verlegen, weil beide ihn ansahen. «Es ist etwas anderes. Ganz sicher. Wenn ich nur ein bisschen mehr über den Hof, die Finanzen, die geschäftliche Situation herausfinden könnte...»

Dédé überlegte. «Da könnte ich vielleicht helfen. Ein Freund von mir arbeitet im Finanzamt...»

Luc hob hoffnungsvoll den Blick. «Ja, Finanzamt wäre gut. Und Grundbuchamt, Bankunterlagen, ob Schulden da sind. Die meisten Landwirte mit so kleinen Höfen sind doch bis über beide Ohren verschuldet mit den ganzen Maschinen und so. Rouffachers Stall ist auf dem neuesten Stand, das hat sicher eine Stange Geld gekostet. Und bei der Anzahl von Tieren kann er das doch gar nicht reinwirtschaften. Wahrscheinlich gibt es eine Hypothek – oder mehrere …» Luc zog einen Kugelschreiber aus der Hemdtasche und kritzelte Zahlen auf die Papierserviette. «Er muss Schulden haben. Anders geht es gar nicht.»

Céleste und Dédé hatten ihm verblüfft zugehört. So viel am Stück hatte Céleste ihn wohl noch nie reden gehört. Plötzlich fiel ihr etwas ein: «Prüfen Sie auch nach, was für Fahrzeuge auf ihn zugelassen sind. Mein Opa meinte, er fährt ein Auto, das er sich eigentlich gar nicht leisten kann.» Dann berichtete sie auch noch von dem Anruf und dem Streit mit einer Frau, den Maurice mitangehört hatte. «Könnte die Frau Anne Zinck gewesen sein?», schlug sie vor.

Luc schüttelte den Kopf. «Anne Zinck lässt sich doch nicht ungestraft Schlampe nennen.»

«Na, er ist ja auch bestraft worden», gab Céleste trocken zurück, worauf Luc betroffen nickte. «Stimmt …», murmelte er.

«Das Gespräch war allerdings schon vor einigen Wochen. Außerdem meinte Sandrine, dass nur ein kräftiger Mann Rouffacher in das Fass hätte stecken können», schränkte Céleste ein.

«Vielleicht waren es Anne und Silvain zusammen?», überlegte Luc.

«Das sind doch unsere Metzger!», wandte Dédé nicht ganz logisch ein. «Ich kenne sie seit Jahren. Sie würden doch nicht … nein, das kann ich nicht glauben!»

«Ich glaube auch nicht, dass es ein einfacher Racheakt war», sagte Céleste nach einer Weile. «Dazu ist es zu theatralisch, zu inszeniert. Da steckt noch was anderes dahinter. Eine Botschaft. Ein Plan. Und wir dürfen nicht vergessen, dass es jetzt noch eine zweite Tote gibt. Und wie und ob sie mit Anne Zinck zusammenhängt, wissen wir auch nicht...»

Dédé schlug sich mit der Hand an die Stirn. «Ach Gott, diese neue Tote hätte ich jetzt fast vergessen. Die Presse wird uns belagern. Die Touristen werden einen weiten Bogen um uns machen. Das ist nicht gut. Gar nicht gut.»

14

Céleste fand, dass sie nach einer weiteren Leiche am Morgen und diesem üppigen Mittagessen mit Luc und Dédé dringend etwas Bewegung nötig hatte. Nachdem sie sich zu Hause ihres Kostüms entledigt hatte, beschloss sie, eine Wanderung zu den drei Exen zu unternehmen. Es würde ihr guttun, etwas allein zu sein, um in Ruhe nachdenken zu können.

Les Trois Chateaux de Eguisheim, allesamt Burgruinen, von denen nicht viel mehr als die drei Türme übrig geblieben waren, erhoben sich in einer Reihe auf dem Rücken des Eguisheimer Schlossbergs und sahen von weitem wie die löcherigen Zähne eines Riesen aus. Der gut zwei Stunden dauernde Wanderweg über die blaue Lache hinauf zu den drei Ruinen war Célestes Lieblingsweg, manchmal joggte sie sogar hinauf.

An diesem Sonntag beschloss sie allerdings, es ruhiger anzugehen. Ihr Kopf war zu voll, als dass sie vernünftig denken könnte, und ihre Gedanken drehten sich im Kreis. Sie wusste noch gar nichts, noch nicht einmal zum Fall Rouffacher, hatte keine konkreten Anhaltspunkte mit Ausnahme von Sandrines Obduktionsergebnissen und keine Möglichkeit, sie sich zu beschaffen. Alles, was sie hier taten, war reine Stümperei, amateurhaftes Herumgestochere im Nebel. Sie gab einem auf dem Weg liegenden Stein einen wütenden Tritt, und er kollerte vor ihr her. Und schuld war dieser arrogante Wolfsberger, der meinte, er könne es alleine besser. Verdammt. Sie hatte den Stein eingeholt, versetzte ihm einen neuerlichen Tritt.

Sie würde sich nicht ausbremsen lassen, nicht in ihrem Dorf. Und schon gar nicht von einem wie Wolfsberger, der meinte, etwas Besseres zu sein. Kam gar nicht in Frage. Gottlob dachte Dédé ganz genauso, und sogar bei ihrem überkorrekten Brigadier hatte sie heute das Gefühl gehabt, dass er nicht vorhatte, sich aus den Mordfällen herauszuhalten. Im Gegenteil: Er schien sich an etwas festgebissen zu haben. Das gefiel ihr. Neben den von Mama gebügelten Stofftaschentüchern schien Bato noch über ein paar Eigenschaften zu verfügen, die man angesichts seiner eher braven Fassade gar nicht vermuten würde. Sie würden kein schlechtes Team abgeben, wenn es darum ging, Wolfsberger vorzuführen und die Fälle alleine zu lösen.

Céleste verfiel nun doch in einen leichten Trab und wurde dann langsam schneller und schneller. Es war ein heißer Tag, und die Luft war erfüllt von dem aromatischen Geruch nach Wald. Bald waren ihre Gedanken verstummt, es gab nichts mehr als den gleichmäßigen Rhythmus ihres Atems und das Geräusch ihrer Schritte auf dem weichen Boden. Als sie nach der letzten Anhöhe die drei Exen erreichte, lief ihr der Schweiß die Brust und den Rücken hinunter, und sie war außer Atem, doch ihr Kopf war angenehm leer. Sie verlangsamte den Schritt und zog die Wasserflasche aus dem kleinen Rucksack, den sie dabeihatte. Mit langen Zügen trank sie das warm gewordene Wasser und setzte sich dann auf eine der Mauern rund um die Turmruine der ersten Burg. Während sich ihr Atem langsam beruhigte, dachte sie wieder an die Tote.

Was hatte es zu bedeuten, dass der Mörder sie in diesen Bäckerkorb gelegt hatte? Man musste nicht besonders gewitzt sein, um darauf zu kommen, dass es eine Botschaft sein sollte, ebenso wie das Fass auf dem Marktplatz. Eine öffentliche Zurschaustellung der Opfer. Doch was wollte der Mörder damit sagen? Oder sollte man besser fragen, *wem* wollte er damit etwas sagen? Und warum? Sie schüttelte unwillig den Kopf. So kam sie nicht weiter. Nicht, solange sie nicht wusste, wer die Tote war. Wo die Verbindung zwischen den beiden Morden war. Wo ein mögliches Motiv. Sie packte ihre Wasserflasche zurück in den Rucksack und stand auf.

Es war erstaunlich einsam hier oben, keine Touristen hatten sich heute hierher verirrt, obwohl die Türme in jedem Reiseführer erwähnt wurden. Für den Abstieg wählte Céleste einen Weg, der garantiert in keinem Reiseführer stand und den nur Ortskundige kannten. Er führte zuerst steil den Hang hinunter und dann durch eine kleine Schlucht an einer alten Mühle vorbei. Von dort gelangte man auf der nicht mehr benutzten, fast zugewachsenen Zufahrt nach wenigen hundert Metern zurück auf die Forststraße, die zu dem Wanderparkplatz führte, wo Céleste ihr Auto abgestellt hatte.

Als Céleste klein war, war die alte Mühle, die in der Gegend Teufelsmühle genannt wurde, noch bewirtschaftet. Jean Knopfer, der alte Müller, einäugig und bucklig, war ein ausgemachter Kinderschreck, über den man sich im Dorf die schlimmsten Schauermärchen erzählte. Während Céleste die feuchten Steinstufen hinunter in die Schlucht stieg, fröstelte sie unwillkürlich in Erinnerung daran. Vor über 20 Jahren hatte sich Jean Knopfer im Mehlspeicher erhängt. Damals war die Mühle bereits stillgelegt, und als man ihn fand, war er schon mehrere Wochen tot, ohne dass ihn jemand vermisst hätte. Seitdem stand die Mühle leer, es hatte sich all die Jahre kein Käufer gefunden, der das heruntergekommene Gebäude hatte kaufen wollen. Céleste verstand sehr gut, warum: Abgesehen von der wenig ansprechenden Lage in dieser düsteren Schlucht, in die im Winter kaum ein Sonnenstrahl fiel, umwehte das Gebäude noch immer etwas Unheimliches und Trauriges.

Céleste erinnerte sich an die abenteuerlichen Versuche einiger Jungs aus dem Dorf, für die es eine Mutprobe gewesen war, sich vom Müller unbemerkt in die Mühle zu schleichen, während die anderen schaudernd in sicherer Entfernung warteten. Wenn sie dann wiederkamen, waren ihre Augen jedes Mal vor Schreck und Aufregung geweitet, und sie raunten ihren atemlos lauschenden Zuhörern Ungeheuerliches von blutverschmierten Wänden und zu Mehl gemahlenen Menschenknochen zu. Manchmal wurden sie auch vom Müller entdeckt, und der war nicht gerade zimperlich mit seinen Methoden, sie zu vertreiben. Mit einem schweren, langen Stock trieb er sie nach draußen und dort, wo er sie traf, waren sie am nächsten Tag grün und blau.

Als Céleste das alte, mittlerweile halb verfallene Haus erreicht hatte, fragte sie sich nachdenklich, ob es tatsächlich stimmte, dass Häuser etwas vom Elend und Leid ihrer Bewohner bewahrten, oder ob das beklemmende Gefühl, das sie beim Anblick der vernagelten Fenster erfasste, in Wirklichkeit nur von ihren Erinnerungen aus der Kindheit herrührte. Sie lief an dem klobigen, von Moos und Feuchtigkeit fast schwarzen Gebäude vorbei. Hier war offenkundig seit sehr langer Zeit niemand mehr gewesen. Der von Brennnesseln überwucherte Weg war kaum mehr als solcher zu erkennen. Heruntergefallene Dachziegel, morsche Holzreste, mit rostigen Nägeln gespickt, und allerlei Eisenschrott machten ihn zu einem nicht ganz ungefährlichen Hindernisparcours. Vorsichtig stieg sie über das Gerümpel, wobei sie aufpassen musste, nicht in das

Bett des Mühlbachs abzurutschen, das abschüssig und brüchig war.

Als sie am Ende des Wegs angekommen war und der Weg sich zur ehemaligen Zufahrt verbreiterte, hatte sie plötzlich das starke Gefühl, beobachtet zu werden. Sie blieb stehen und sah sich um. Der breite Eingang zur Mühle war im Gegensatz zu den Fenstern nicht vernagelt, sondern stand weit offen und gab den Blick ins Innere des Gebäudes frei. Sie machte ein paar Schritte darauf zu und spähte hinein. «Hallo? Ist da jemand?» Schwarze, modrige Stille antwortete ihr. Kein Geräusch, außer dem leisen Plätschern des Mühlbachs und ihrem eigenen Atem.

Sie schüttelte irritiert über sich selbst den Kopf. Wie kam sie nur darauf, dass hier jemand sein könnte? Offenbar hatte ihr die Leiche heute Morgen stärker zugesetzt, als sie gedacht hatte. Das hier war nur ein altes, seit Jahrzehnten verlassenes Haus. Sonst nichts. Sie ging rasch weiter und zwang sich, sich nicht umzudrehen. Nach wenigen hundert Metern traf sie auf die Forststraße, und keine fünf Minuten später hatte sie den Wanderparkplatz erreicht. Es war bereits kurz vor sechs. Außer ihrem grauen Citroën stand dort nur noch ein einziges Auto, ein alter weißer Lieferwagen, der etwas abseits im Schatten der Bäume parkte. Céleste fluchte leise, als ihr klar wurde, dass ihr Auto dagegen die ganze Zeit in der prallen Sonne gestanden hatte.

Als sie einstieg, nahm ihr die drückend heiße Luft fast den Atem. Der rote Lederbezug des Fahrersitzes glühte, und sie spürte, wie ihr nassgeschwitztes T-Shirt an der Rückenlehne festklebte. Sie öffnete alle Fenster, startete den Wagen und freute sich auf eine Dusche, ein Glas Wein und einen ruhigen, gemütlichen Sonntagabend.

Dieser zweite Mord innerhalb weniger Tage versetzte die Bewohner von Eguisheim in Schockstarre. Das ungläubige Entsetzen über den toten Philipp Rouffacher hatte sich noch längst nicht gelegt, und auch wenn die Identität der zweiten Toten noch nicht bekannt war, empfanden die Eguisheimer diese neue Tat als persönlichen Angriff auf ihr Dorf. Die Nachricht verbreitete sich wie ein Lauffeuer. Handys und Telefone klingelten, Kurznachrichten wurden verschickt, und man klopfte bei Nachbarn und Freunden an die Tür. Dennoch kamen weniger Schaulustige als noch vor wenigen Tagen zum Tatort, die Beamten der Colmarer Kriminaltechnik konnten weitgehend unbeobachtet ihrer Arbeit nachgehen, und die alten Gassen rund um den Marktplatz waren sogar stiller als sonst.

Die im Laufe des Tages ahnungslos eintreffenden Touristen wanderten etwas verloren durchs Dorf, der Grund für die seltsam gedämpfte Stimmung an diesem strahlenden Frühsommersonntag blieb ihnen verborgen. Nur vereinzelt trafen sie auf den einen oder anderen äußerst wortkargen Einheimischen, außerdem war das Stadtmuseum aus unerfindlichen Gründen geschlossen. So mancher Tourist fügte diese Eindrücke seinen bereits vorhandenen Vorurteilen über die Franzosen im Allgemeinen und die Elsässer im Besonderen hinzu und beschloss, in einem der einschlägigen Internetportale seinem Unmut darüber Luft zu machen: «Unfreundliche Bewohner, unangenehme Atmosphäre, unzuverlässige Öffnungszeiten».

An so weitreichende Auswirkungen dachte an diesem Sonntag natürlich niemand. Nachdem sich das erste Entsetzen über die Nachricht gelegt hatte, füllte sich nach und nach das *Café du Marché*, bis kein einziger Platz mehr frei war, und immer noch kamen Leute, drängten sich an die Bar, um ein Glas Wein oder ein Bier zu bestellen und dabei die neuesten Informationen zu ergattern. Doch es gab nicht viel Neues zu berichten. Eine unbekannte Frau sei es, schön und elegant, nicht von hier. Alles andere, was im Laufe des Tages dieser einzigen gesicherten Information hinzugefügt wurde, war reine Spekulation. Trotzdem blieb man, trank und redete.

In Henris langes, ernstes Gesicht schlich sich trotz des schockierenden Anlasses ein zufriedener Ausdruck, wenn er an die zu erwartenden Tageseinnahmen dachte. Er fabrizierte Unmengen von Croque Monsieurs und Croque Madames und musste des Öfteren in den Keller, um Getränkenachschub zu holen. Am Ende des Tages war Henri erschöpft wie seit langem nicht mehr, und die öffentliche Meinung hatte sich darauf geeinigt, dass man es entweder mit einem verrückten Serienkiller aus irgendeiner verruchten Großstadt, aus Straßburg, Marseille oder gar Paris, zu tun hatte oder aber – das war die Gruppe derjenigen, die den Kaffee am Vormittag ausgelassen und gleich mit dem Wein begonnen hatten – mit einer arabischen Terrororganisation, die mit diesen Taten ihren Anspruch auf ein islamisches Kalifat in Frankreich festigen wollte. Beide Meinungen erwiesen sich jedoch am Ende als gleichermaßen unbefriedigend, vor allem weil sie nicht darüber hinwegtäuschen konnten, dass man einfach zu wenig wusste, um überhaupt irgendetwas sagen zu können.

Und so blieb, als sich das Café gegen Abend allmählich leerte, nichts als die Angst. Von den Aufregungen und Spekulationen des Tages nur unzulänglich verhüllt, lauerte sie ganz dicht unter der Oberfläche jedes Einzelnen, und man konnte es an den Schritten der Eguisheimer sehen, die langsamer wurden, je weiter sie sich vom behaglichen Lichtschein des Cafés entfernten. So manch einer, der soeben noch groß getönt hatte, von wegen wahlweise städtisches oder arabisches Verbrechergesocks, das ausgeräuchert gehört, drehte sich jetzt verstohlen um, musterte seine ebenfalls heimwärts gehenden Mitbürger mit plötzlichem Argwohn, konnte sich trotz aller Anstrengungen der unter der Oberfläche lauernden Furcht nicht erwehren: Was, wenn es einer von uns ist?

Als Céleste mit einem kühlen Glas Riesling auf ihren windschiefen, mit Blauregen, Geißblatt und Knöterich überwucherten Balkon trat, fiel ihr Blick auf die Zeitung von gestern, die auf dem Tisch lag. Der Aufmacher war natürlich auch zwei Tage danach noch der Mord an Philippe Rouffacher. Sie hatte den Artikel bisher nur überflogen, die Zeitung war am Samstagmorgen noch nicht da gewesen, als sie zu ihrem Großvater aufgebrochen war. Madame Denis hatte sie ihr erst heute Morgen heraufgebracht und ihr bei der Gelegenheit gleich den Grund für die Verspätung erzählt: Lucie Pouliotte, die Zeitungsausträgerin, hatte offenbar einen Unfall gehabt und lag in Straßburg im Krankenhaus. Céleste hatte lediglich mit halbem Ohr zugehört und nicht weiter nachgefragt, denn sie wusste um die ausgeprägte Vorliebe ihrer Vermieterin für Krankheitsgeschichten aller Art und wollte die Witwe nicht ermuntern, allzu sehr ins Detail zu gehen. Daher hatte sie nur ihre Anteilnahme geäußert, sich bedankt und war dann schnell wieder in ihre Wohnung verschwunden.

Jetzt las sie den Artikel aufmerksam, während sie nebenbei immer wieder von ihrem Wein nippte. Er war relativ dürr, was die Fakten anbelangte, und man konnte zwischen den Zeilen lesen, dass der Autor gerne etwas mehr in die Vollen gegriffen hätte, allerdings offenbar kaum Informationen erhalten hatte. Sie suchte den Namen des Journalisten: Michel Menard. Sie kannte ihn flüchtig aus dem *Fetten Frosch*: ein früher vielleicht mal gutaussehender, jetzt aber ziemlich aus der Form geratener Typ mit einem Doppelkinn und schlauen Augen. Er hatte eine Vorliebe für Rotwein und Bibbeleskäs.

Sie ließ die Zeitung sinken und trank noch einen Schluck Wein. Auf dem Dachfirst des Nachbarhauses sang eine Amsel, und während Céleste ihr zuhörte und nicht zum ersten Mal bemerkte, wie sehr sie diesen abendlichen Gesang der Amseln liebte, kam ihr eine Idee, wie sie Wolfsberger eins auswischen könnte. Sie zog ihr Telefon aus der Tasche und wählte die Nummer des Bürgermeisters.

15

Während Céleste mit dem Bürgermeister sprach und ihm dabei einen Vorschlag unterbreitete, wie man Wolfsberger ärgern könnte, saß Louis Balzac in der dunklen Stube im Erdgeschoss seines kleinen, weindunstgeschwängerten Hauses und starrte mit leerem Blick aus dem Fenster. Er hatte keine Ahnung, was gerade mit ihm passierte. Und das lag nicht am Alkohol. Er hatte heute noch gar nichts getrunken.

Als er am Vormittag, kaum dass er das *Café du Marché* betreten hatte, von den aufgeregten Gästen erfahren hatte, was passiert war, hatte sich vor Schreck sein Magen umgedreht. Die Lust auf seinen üblichen Sonntagvormittagsschoppen war ihm auf der Stelle vergangen. Wie hätte er dort an der Theke stehen bleiben, den wilden Spekulationen über den neuen Mord zuhören und dabei so tun können, als ob er vollkommen ahnungslos sei? Dabei war er ja vollkommen ahnungslos. Eigentlich. Und auch wieder nicht. Er kannte sich nicht mehr aus. Es war, als entgleite ihm die Realität Stück für Stück, als wisse er nicht mehr, wer er war. Und was er getan hatte und was nicht.

Seine Mutter hatte es ihm immer prophezeit. «Du Idiot! Säufst dir noch dein letztes Stückchen Verstand aus dem Hirn!», hatte sie immer gesagt, noch achtzigjährig war sie eine furchterregende Erscheinung gewesen, wenn sie ihn mit ihrer lauten, schrillen Stimme beschimpft und hin und wieder sogar mit dem Gehstock bedroht hatte. Vor Florence Balzac hatte man sich immer schon in Acht nehmen müssen. Das sagten alle. Das hatte auch sein Vater früh erkannt: Er war abgehauen, nachdem sie eine Bratengabel nach ihm geworfen hatte. Sie war in seiner Wade stecken geblieben. Louis war damals noch klein gewesen, aber er erinnerte sich genau an die große Gabel mit den beiden Zinken, die tief in der haarigen Wade seines Vaters steckten. Das Blut lief in zwei dünnen Rinnsalen das Bein hinab, und sein Vater betrachtete es einige endlos scheinende Augenblicke vollkommen reglos. Dann zog er die Bratengabel mit einer ruckartigen Bewegung heraus. Louis hatte in dem Moment befürchtet, er würde damit nun seinerseits auf die Mutter losgehen, doch er ließ sie nur auf den Boden fallen und ging ohne ein Wort aus dem Haus, so wie er war, in ausgeleiertem Unterhemd und abgeschnittener Arbeitshose, barfuß, mit der blutenden Wade. An den Grund für diese Attacke erinnerte sich Louis nicht mehr, oder er hatte ihn nie gekannt. Jedenfalls zog sein Vater nach diesem Vorfall aus und ließ Louis allein bei seiner Mutter zurück.

Nach ihrem kleinen Sohn warf Florence Balzac keine Gegenstände, und dafür war er ihr sehr dankbar. Er ertrug ihre Beschimpfungen mit stoischer Ruhe, versuchte, möglichst selten Anlass für einen ihrer gefürchteten Tobsuchtsanfälle zu geben, und vergrub sich stattdessen in seine Bücher. Einmal würde er ein großer Schriftsteller werden, und dann würde seine Mutter staunen. Leider behielt er seine stoische Schweigsamkeit auch in der Schule bei, was dazu führte, dass alle ihn für leicht beschränkt hielten. Was konnte man von dem Sohn der verrückten Florence und dem Tunichtgut George Balzac auch anderes erwarten? Mit Ach und Krach beendete er seine Schuljahre und versuchte dann vergeblich, eine Lehrstelle zu finden. Ebenso vergeblich verlief die Suche nach einer Freundin. In beiden Fällen war sein unbeholfen wirkendes Schweigen wie auch die unmittelbare Verwandtschaft mit der verrückten Florence und dem Tunichtgut George Balzac nicht gerade förderlich.

Erst als er anfing, sich anstatt seinen Büchern dem Alkohol zu widmen, wurde sein Leben leichter. Zumindest kam es ihm so vor. Er konnte plötzlich geistreiche Dinge sagen, er lachte an den passenden Stellen, und nach und nach gelang es ihm sogar, einen ganzen Tisch oder das gesamte Lokal mit seinen Geschichten zu unterhalten. So gesehen war er seinem Wunsch, Schriftsteller zu werden, mit Hilfe des Alkohols durchaus näher gekommen. Denn was war denn ein Schriftsteller anderes als ein Geschichtenerzähler? Diese Vorstellung stärkte sein Selbstbewusstsein ungemein, und irgendwann war er dann auch so weit, seine Geschichten und Gedichte aufzuschreiben, zumindest einige davon, also die, an die er sich noch erinnerte. Das mit der Erinnerung war nämlich ein Problem. Es hing damit zusammen, dass er nicht aufhören konnte zu trinken. Einmal angefangen, trank er meist weiter, bis er stockblau war, und am nächsten Tag fielen ihm dann die Geschichten, die er am Abend zum Besten gegeben hatte, nicht mehr ein. Außerdem war er nach solchen Abenden immer zittrig und so geschwächt, dass er kein vernünftiges Wort zu Papier brachte, solange er nicht ein Glas Wein oder einen kleinen Schnaps zur Erbauung getrunken hatte. Und so ging es weiter, bis er am Ende des Tages meist wieder dort war, wo er tags zuvor begonnen hatte: stockblau und ohne Erinnerung an seine vielen wunderbaren Geschichten.

Louis Balzac starrte auf seine rauen, knorrigen Hände, die sein ganzes Arbeitsleben lang Mülltonnen herumgeschleppt und nur äußerst selten einen Stift gehalten hatten. Dabei war sein Kopf noch immer voller Geschichten. Sie lagerten dort wie Flaschen edlen Rotweins und warteten darauf, entkorkt und aufgeschrieben zu werden. Manchmal, an den optimistischeren Tagen, redete er sich ein, das, was er Abend für Abend in den Kneipen von sich gab, während er soff, könne man als Geschichtenerzählen in Reinstform bezeichnen. Sein Talent, aus dem Stegreif Geschichten zum Besten zu geben, war an Flüchtigkeit und Unmittelbarkeit nicht zu übertreffen. Sie entstanden in dem Augenblick, in dem sie erzählt wurden, und verschwanden dann wieder im Nichts, ohne Erinnerung, es blieb keine Spur von ihnen zurück.

Zumindest war es immer so gewesen. Jetzt aber, seit ein paar Tagen, war es anders. Es gab eine Spur, und die führte direkt zu ihm. Er schluckte schwer.

Das Grauen, das ihn seit Philippe Rouffachers Ermordung erfasst hatte und das heute morgen noch mächtiger geworden war, schnürte ihm fast die Luft ab. Kalter Schweiß brach ihm aus, und er fuhr sich über den feuchten Nacken und das Gesicht. Sein Gedächtnis ließ ihn im Stich. Er wusste nicht mehr, wo er gestern Nacht gewesen war, und er hatte keine Erinnerung daran, was er getan hatte. Die Stimme seiner längst verstorbenen Mutter kreischte in seinen Ohren: «Deine Sauferei bringt dich noch um den Verstand …» Sie hatte recht gehabt. Der Wahnsinn hatte an seine Tür geklopft, und er hatte ihm geöffnet. Er war dabei, den Verstand zu verlieren.

16

Das Weinen ließ Lucie nicht los. Sie hörte es wieder und wieder, in ihren Träumen, in ihren halbwachen Momenten und sogar dann, wenn sie glaubte, ganz wach und klar im Kopf zu sein. Es übertönte das eintönige Piepsen der Geräte, es war in ihrem Kopf wie eine ständige Erinnerung, ohne dass sie begriff, woran sie sich erinnern sollte. Sie konnte ihm keine Person zuordnen, erkannte die Stimme nicht wieder, glaubte aber, dass sie ihrem Freund gehören musste.

Yannick, der Name fiel ihr irgendwann ein, und sie klammerte sich daran fest, jedes Mal, wenn sie wieder in den dunklen Strudel der Betäubung versank, wo Schemen und Schatten und seltsame Bilder auf sie warteten. Yannick. Er liebte sie, er dachte an sie, er weinte um sie. Sie sah sein Gesicht vor sich, schmal und dunkel, die grünen Augen mit den langen Wimpern, die leicht schiefe Nase, die er sich einmal beim Rugby gebrochen hatte.

Dann kam das Weinen wieder, das Bild von Yannicks Gesicht verschwamm, wurde zu einem ganz anderen Gesicht, zu einer Fratze mit weit aufgerissenem Mund, sie hörte einen Schrei, schrille Töne in ihrem Ohr, jemand küsste sie, das Gefühl von Fingern auf ihrem Körper, klebrigen Fingern, im Nacken, auf ihren Schenkeln, sie flog durch die Luft, zu den Sternen, und das Weinen wurde lauter, verzweifelter, riss sie

mitten entzwei, sie versuchte, sich festzuhalten, sich die Ohren zuzuhalten, doch es gelang ihr nicht. Ihre Arme waren
festgewachsen, gehörten ihr nicht mehr. «Sssssscht, ssssch…»,
sagte eine Frauenstimme, und allmählich ließ das Weinen
nach, wurden die Geräusche um sie herum schwächer, und die
Dunkelheit kam und nahm sie mit.

17

Etienne Walter, Commandant der Police Nationale von Straßburg, hatte nur noch ein Jahr bis zur Rente. Wenn man ihm
früher gesagt hätte, dass er sich darauf freuen würde, hätte
er demjenigen den Vogel gezeigt. Solange er denken konnte,
hatte sein Beruf an erster Stelle gestanden. Doch jetzt ertappte
er sich immer öfter dabei, wie er Pläne machte für die Zeit
danach.

Er und seine Frau hatten sich vor einigen Monaten ein Haus
in einem Dorf an der Atlantikküste gekauft. Die Familie seiner
Frau Anne stammte aus der Gegend, und sie hatte sich immer
gewünscht, einmal wieder dorthin zurückzuziehen. Es war ein
schlichtes graues Steinhaus mit weiß eingefassten Fenstern,
direkt hinter den Dünen. Als Straßburger war Etienne Groß-
städter und Elsässer durch und durch, und er hatte sich nicht
vorstellen können, jemals an einem Ort zu leben, der so weit
weg von allem war wie dieses winzige Dorf, in dem es nur
einen kleinen Lebensmittelladen, eine Post, eine typisch bretonische Crèperie und, gottlob, ein Gasthaus gab.

Als sie sich das Haus angesehen hatten, war es noch früh im
Jahr gewesen, und die Urlaubssaison hatte noch nicht begonnen. Angesichts der Leere und Weite der Küste war ihm schier
die Luft weggeblieben. Das Haus erschien ihm vollkommen
schutzlos, der ständige Wind machte ihn nervös, die Einsam-

keit bedrückte ihn. Sie hatten sich in dem Gasthof einquartiert, und in der ersten Nacht hatte er kein Auge zugetan, sondern die ganze Zeit dem steten Geräusch der Wellen gelauscht. Am nächsten Tag wollte er sofort wieder abreisen. Er fühlte sich unwohl in dieser Stille, nur mit dem ständigen Meeresrauschen im Ohr. Anne hatte die Idee gehabt, zu einer Jahreszeit herzufahren, in der sich noch kein versprengter Tourist in diesen entlegenen Winkel der Bretagne verirrte. Es war die Zeit, in der die Winterstürme die Wellen unbarmherzig vor sich hertrieben und man sich nur mit vom Wind abgewandten Blick fortbewegen konnte. Eine Zeit, in der die Einheimischen unter sich blieben. Weiter hatte sie darauf bestanden, ganze drei Wochen zu bleiben und sich erst danach zu entscheiden. Etienne hatte diese Regel anfangs etwas übertrieben gefunden, schließlich kannte er die Bretagne, sie waren schon ab und zu im Sommer hier gewesen – allerdings nicht an dieser einsamen, verwaisten Küste, sondern in Gegenden, die dichter besiedelt und für den Tourismus erschlossen waren. Doch dort ein Haus zu kaufen, war für sie unerschwinglich.

Im Nachhinein musste Etienne die Klugheit seiner Frau bewundern, und das nicht zum ersten Mal. Wäre es nach ihm und nicht nach ihren Regeln gegangen, hätten sie schon am zweiten Tag wieder in ihrer gemütlichen Stadtwohnung in Straßburg gesessen, und das Thema wäre erledigt gewesen. Doch so war er gezwungen, sich auf diesen Ort einzulassen. Es dauerte ein paar Tage, bis er merkte, dass er besser schlief, tief und traumlos. Er hatte das Gefühl, freier atmen zu können, und die Bilder der Arbeit, die ihn sonst auch im Urlaub nicht losließen, wurden vom ständigen Wind verweht, verblassten angesichts des leeren, ereignislos blauen Himmels, schliffen sich ab, wie die Muscheln am Strand. Er wurde ruhiger. Und ja, er gestand es sich ein, auf eine schlichte Art und Weise glücklicher. Doch Etienne Walter war ein besonnener, durch und durch pragmatischer Mann, und er wusste nur zu gut, dass solche Urlaubsgefühle oft täuschten und man sich deshalb nicht von ihnen mitreißen lassen durfte. Er beschloss, die drei Wochen zunächst still abzuwarten und sich dann noch einmal eingehend mit Anne zu beraten, um alle Für und Wider dieser weitreichenden Entscheidung abzuwägen.

Aber dann kam jener Morgen, an dem er schon vor Sonnenaufgang aufwachte und eine seltsame Unruhe verspürte. Er stand auf, leise, um Anne nicht zu wecken, und ging nach draußen. Es war noch dunkel, nur im Osten war am leichten Grauschimmer des Himmels zu erahnen, dass bald die Sonne aufgehen würde. Er ging durch die stille Hauptstraße zu «ihrem» Haus, das ganz am Ende des Dorfes lag, so als wolle es sich ein wenig distanzieren, und setzte sich auf die Mauer, die die verwaschene Holzterrasse auf der Wetterseite vom Strand abgrenzte. Inzwischen war es heller geworden, das Meer teilte sich langsam vom Himmel, man konnte die Dünen erkennen, Strandhafer und das Salicorn, das überall wuchs und aus dem Anne diesen Salat machte, der nach Meer schmeckte. Er saß ganz still, lauschte dem Wind und dem unablässigen Rauschen des Meeres, und noch bevor die Sonne aufging, wusste er mit absoluter Sicherheit, dass er hierher zurückkehren wollte. An diesem Ort würde er die Grausamkeit und Mitleidlosigkeit der Welt, in der er sich jahrzehntelang bewegt hatte, vergessen können, und die Bilder der unzähligen Toten, die er gesehen hatte, würden ihn endlich in Frieden lassen. Es würde sich ein Raum für ein anderes Leben öffnen.

Am Ende der drei Wochen unterschrieben sie den Kaufvertrag, ohne dass darüber noch einmal groß gesprochen worden wäre, und fuhren mit dem Gefühl nach Hause, dass etwas Neues begann. Als ihre beiden erwachsenen Kinder davon erfuhren, schüttelten sie nur den Kopf und waren sich ausnahmsweise einmal einig darin, dass das eine absolute Schnapsidee war. Sie gaben ihnen kein Jahr und prophezeiten, dass dieses Haus wieder verkauft wäre, noch bevor der Vater in Rente ging.

Jetzt sah Etienne aus dem Fenster seines Büros im obersten Stock des modernen Gebäudes, in dem das Commissariat Central de Strasbourg untergebracht war, ließ den Blick über den weitläufigen, von nichtssagenden Grünanlagen eingerahmten Parkplatz schweifen, auf dem die Autos wie bunte Käfer in der Morgensonne glitzerten, und wusste, dass seine Kinder sich täuschten. Er hatte lange genug hier gesessen und im Schmutz gewühlt. Jetzt würde er sich ein Boot kaufen, ein kleines, blauweiß lackiertes Ruderboot, mit dem er fischen gehen …

Es klopfte an der Tür, und Sophie, eine junge Kollegin, schaute herein. «Bonjour, Commandant. Draußen wartet ein Anwalt, er will nur mit Ihnen sprechen …»

«Ein Anwalt?» Etienne runzelte die Stirn. Ein Anwalt am Montagmorgen, noch vor dem ersten Kaffee, verhieß nichts Gutes. Er verbannte das Bild des blau-weiß lackierten Fischerboots aus seinem Kopf und straffte sich etwas. «Worum geht es denn?»

Sophie zuckte mit den Schultern. «Wollte er mir nicht verraten. Er sagt, er kennt Sie.»

«Also gut.» Etienne nickte ergeben. «Schicken Sie ihn rein.»

«Marc soll Ihnen erst einmal einen Kaffee bringen», widersprach Sophie und verschwand, ohne eine Antwort abzuwarten.

Etienne musste lächeln. Sophie Bernheimer würde es noch

weit bringen. Sie war nicht nur tüchtig und klug, sie hatte es auch mit völliger Selbstverständlichkeit geschafft, das im Kollegium seit Ewigkeiten geltende Kaffeekochprinzip vom Merkmal der Weiblichkeit zu trennen. Neuerdings war der jüngste Kollege, Lieutenant Marc Sanat, für den Kaffee zuständig, und niemand, nicht einmal er selbst, stellte es in Frage.

Mit einer Tasse heißen schwarzen Kaffees vor sich fühlte er sich für die Begegnung mit einem Anwalt schon besser gewappnet, und er überlegte gerade, welchen Vertreter dieser Zunft er eigentlich näher kannte, als die Tür aufging und ein schlanker Mann um die fünfzig mit vollem, dunkelbraunem Haar und einem zerfurchten Fuchsgesicht hereinkam.

Etienne erkannte ihn sofort wieder: Alexandre Varreau, Chef der in Straßburg hochangesehenen Kanzlei Varreau und Partner. Sein Vater war ein einflussreicher Politiker gewesen. Im Gegensatz zu seinem Bruder Felicien, der in die Fußstapfen des Vaters getreten war, hatte Alexandre nie Ambitionen gezeigt, in die Politik zu gehen, sondern hatte sich im Windschatten seiner Familie einen tadellosen Ruf als Wirtschaftsanwalt und Strafverteidiger erarbeitet. Etienne hatte vor einigen Jahren mit ihm zu tun gehabt, als er noch die Abteilung Wirtschaftsstrafrecht geleitet hatte, und erinnerte sich daran, dass Varreau ein harter, unnachgiebiger und mit allen Wassern gewaschener Strafverteidiger gewesen war. Trotzdem war sein Mandant damals verurteilt worden. Walters Leute hatten dafür in monatelanger akribischer Kleinarbeit eine Fülle erdrückender Beweise gesammelt, die nicht einmal Varreau zu entkräften vermocht hatte. Einige Tage nach dem Prozess waren sie sich eines Abends zufällig im *La Cour* begegnet, einer Bar direkt neben dem Gericht, und Alexandre hatte ihn auf ein Leffe eingeladen. Er hatte sich nicht nur als fairer Verlierer, sondern auch als sehr kluger und amüsanter Gesprächspartner erwiesen. Seitdem duzten sie sich, und wenn sie sich hin und wieder im *La Cour* oder am Gericht über den Weg liefen, wechselten sie ein paar freundliche Worte miteinander.

Etienne erlaubte sich, ein wenig aufzuatmen. Wenn schon ein Anwalt am Montagmorgen, dann war Varreau wenigstens einer der angenehmeren Sorte. Sie begrüßten sich wie alte Freunde.

«Was kann ich für dich tun?», fragte Etienne, nachdem er sich mit dem Anwalt in der kleinen Sitzecke aus edlen schwarzen Lederfauteuils niedergelassen hatte, ein Privileg seines Rangs als Chef des Morddezernats Straßburg. «Ich bin nicht mehr im Wirtschaftsdezernat...»

«Ich weiß.» Varreau lächelte, und Etienne bemerkte wieder die beiden vorstehenden oberen Eckzähne, die ihm damals während des Prozesses schon aufgefallen waren. Sie gaben dem Lächeln des Anwalts etwas Raubtierhaftes, was er bei gegebenem Anlass auch sehr wirkungsvoll in Szene zu setzen wusste. Heute wirkte es hingegen eher etwas unsicher. «Es geht um etwas ... sagen wir ... Halbprivates. Und ich dachte mir, ich frage dich erst um Rat, bevor ich etwas unternehme.»

Etienne wartete.

«Ich habe seit einiger Zeit einen sehr fähigen Kollegen in der Kanzlei, er heißt Hervé Bastien, vielleicht sagt dir der Name etwas?»

Etienne meinte, ihn erst kürzlich in der Zeitung gelesen zu haben. «Hat er nicht einen Prozess vor dem Gerichtshof für Menschenrechte gewonnen?»

Varreau nickte, fast etwas bekümmert. «Ja. Das war eine wirklich große Sache. Leider hatte ich danach den Eindruck, dieser Erfolg, sei Hervé ein bisschen zu Kopf gestiegen. Das passiert oft bei jüngeren Kollegen, wenn ihnen ein großer Coup gelingt, glauben sie gleich, die ganze Welt liegt ihnen zu Füßen.» Er lächelte ironisch.

Etienne nickte. So etwas gab es bei der Polizei auch. «Und was kann ich da für dich tun?»

«Ich brauche deinen Rat. Hervé ist … ähm … verschwunden.»

«Verschwunden? Seit wann?»

«Seit Freitagabend, glaube ich. Wir waren wie jeden Freitag im *Le Petit Bois Vert* zusammen essen, um die Fälle und Ereignisse der Woche zu besprechen, und haben dabei noch ein bisschen seinen Erfolg bei besagtem Prozess gefeiert. Danach bin ich nach Hause gegangen, und er ist wohl noch weitergezogen – das macht er öfters.» Varreau fuhr sich durch die Haare und fügte vage hinzu: «Er … ist ein Nachtmensch.»

Etienne war sich sicher, dass Varreau etwas anderes hatte sagen wollen, und fragte sich, was, doch der Anwalt sprach schon weiter.

«Für Samstag hatte ich ihn eingeladen, am Abend zu uns nach Hause zu kommen, meine Frau hatte Geburtstag, und wir gaben ein kleines Essen für Freunde und Kollegen, aber er ist nicht aufgetaucht. Ich habe versucht, ihn anzurufen, aber sein Handy war ausgeschaltet. Ich habe es auch am Sonntag noch ein paar Mal versucht, weil ich mich ziemlich darüber geärgert habe, dass er einfach nicht erschienen ist, aber mehr habe ich mir noch nicht dabei gedacht, denn Hervé ist in privaten Dingen manchmal etwas … ähm … unzuverlässig. Als ich heute Morgen allerdings in die Kanzlei kam und er immer noch nicht da war, dachte ich mir, dass womöglich etwas passiert sein könnte.»

«Hat dein Kollege eine Frau? Familie?»

Varreau schüttelte den Kopf. «Nein. Er ist Single. Von seiner Familie weiß ich nichts, er hat mir nie etwas darüber erzählt. Keine Silbe. Ich glaube, wenn er überhaupt noch Familie hat, lebt sie wohl nicht hier in Straßburg.»

«Eine Frauengeschichte?», mutmaßte Etienne. «Vielleicht hat er ja am Freitagabend noch jemanden kennengelernt und eine spontane Spritztour unternommen?»

Varreau schüttelte den Kopf. «Das habe ich mir anfangs auch gedacht. Aber sein Auto ist noch da, es steht immer noch vor der Kanzlei, wo er es am Freitag geparkt hatte. Wir sind am Abend mit meinem Auto gefahren. Außerdem sagt er mir immer Bescheid, wenn er nicht zur Arbeit kommt, in dieser Beziehung ist er sehr zuverlässig. Er ist ... außerordentlich ehrgeizig.»

Etienne entgingen die vorsichtigen Distanzierungen nicht, die Alexandre Varreau in die Beschreibung seines Kollegen einflocht.

«Und was soll ich dir jetzt anderes raten, als eine Vermisstenanzeige aufzugeben?»

Varreau zog mit zwei knappen Bewegungen die Hemdaufschläge aus den Ärmeln seines Sakkos, bis sie exakt gleich lang waren und die goldenen Manschettenknöpfe hervorblitzten.

Es war ein Versuch, Zeit zu gewinnen. Etienne erinnerte sich, dass er diese Geste an ihm auch bei Gericht bemerkt hatte.

«Es ist etwas heikel», begann er, den Blick noch immer auf seine Ärmel gerichtet, «und ich bitte dich, es erst einmal für dich zu behalten.» Jetzt hob Varreau den Kopf und sah Etienne auffordernd an.

Der gab keine Antwort. Mit keiner Geste gab er zu verstehen, dass er dem Anwalt ein Zugeständnis in dieser Richtung zu machen gedachte. Nicht, bevor er wusste, worum es ging.

Varreau wartete noch einen Moment, als jedoch klar wurde, dass Etienne nicht auf seine Bitte reagieren würde, schnalzte er ungeduldig mit der Zunge. «Herrgott, es ist nichts Illegales.»

«Dann erzähl es mir doch einfach. Deswegen bist du doch da.»

«Also gut. Lass es uns unter Gentlemen besprechen.»

Etienne fand diesen Ausdruck seltsam und fragte sich, was Alexandre ihm damit sagen wollte, hakte aber nicht nach.

Der Anwalt sprach bedächtig weiter und schien dabei jedes Wort abzuwägen: «Hervé hat einen etwas ... absonderlichen Frauengeschmack. Was ich damit sagen will, ist, seine sexuellen Vorlieben ... ähm ... sind nicht gerade salonfähig.»

«Das heißt?»

Varreau räusperte sich, und der nächste Satz kam schnell und direkt. «Er steht auf Nutten und drogensüchtige Stricherinnen, je erbärmlicher die Mädchen sind, desto mehr geilt es ihn auf, und er geht nicht gerade zimperlich mit ihnen um. Ich musste schon ein paar Mal ...» Er sprach nicht weiter.

«Was? Ihn irgendwo rausboxen?»

Varreau nickte. «Es ist schon vorgekommen, dass er eines der Mädchen zu hart angefasst hat und die Zuhälter sauer wurden. Wir ... wir haben ihnen dann erklärt, was es bedeutet, sich mit der Kanzlei Varreau anzulegen, und, ja, ab und zu haben wir auch ein bisschen Geld gezahlt, als Schadensersatz oder Schmerzensgeld, wie man will.»

Etienne vermutete, dass die Mädchen nie einen Cent von diesem Geld gesehen hatten, also war die Bezeichnung «Schmerzensgeld» der blanke Hohn.

«Auf die Idee, deinen Kollegen wegen Körperverletzung anzuzeigen oder wenigstens aus deiner Kanzlei zu werfen, bist du nicht gekommen?»

Alexandre Varreau seufzte. «Wie gesagt: Hervé ist brillant. Er hat einen messerscharfen Verstand und vor allem keinerlei Skrupel. Er ist ein absoluter Glücksfall für meine Kanzlei.»

«Ach. Und für so einen Glücksfall sieht man schon mal über die Misshandlung von Frauen hinweg?» Etienne gab die Antwort auf die ohnehin rhetorisch gemeinte Frage gleich selbst: «Natürlich. Sind ja nur Nutten.» Plötzlich hatte er einen bitteren, galligen Geschmack im Mund.

«Ich habe das nie gebilligt!», verteidigte sich Varreau schnell. «Im Gegenteil. Ich habe oft versucht, ihm ins Gewissen zu reden, aber er ist in dieser Beziehung vollkommen unbelehrbar. Zu sehr überzeugt von seiner eigenen Großartigkeit. Außerdem waren mir ... in gewisser Weise ... die Hände gebunden.» Varreau hob beide Hände wie zur Demonstration und wirkte dabei so überzeugend, dass Etienne geneigt war, zu glauben, dass es keine einstudierte Geste, sondern echte Zerknirschung war.

«Was heißt das?», fragte er direkt.

Varreau zögerte und sagte dann ausweichend: «Hervé will schon seit längerem Seniorpartner werden, ich glaube, insgeheim hofft er sogar, mich irgendwann aus meiner eigenen Kanzlei zu drängen, aber ich habe bisher immer gezögert, es ihm anzubieten. Sein Charakter ist mir ... sagen wir: nicht ganz geheuer. Am Freitag allerdings, nach diesem grandiosen Erfolg vor Gericht, konnte ich mich nicht mehr davor drücken. Ich habe ihm vorgeschlagen, die Kanzlei in Varreau und Bastien umzubenennen, und alles Weitere hätte sich dann wohl ergeben.»

«Aber dann ist er verschwunden.»

«Was willst du damit sagen?», fragte Varreau mißtrauisch.

Etienne lächelte. «Nichts.»

«Ich möchte keinen Staub aufwirbeln, verstehst du? Es könnte auf die Kanzlei zurückfallen, und das wäre jetzt wirklich ein sehr ungünstiger Zeitpunkt.»

«Und was willst du konkret von mir?»

«Vielleicht könntest du dich ein wenig umhören, ganz diskret, ob in dieser Nacht in Straßburg in den einschlägigen Gegenden irgendetwas vorgefallen ist? Bevor ich eine Vermisstenanzeige aufgebe und alles offiziell wird?» Varreaus Stimme wurde leiser. «Nur für den Fall, dass es wieder so eine Rotlichtgeschichte ist, verstehst du?» Er sprach nicht weiter, sondern sah Etienne bittend an.

Etienne fragte sich, wie er nach einem einzigen gemeinsamen Abend im *La Cour* zu der Ehre kam, das Vertrauen von Alexandre Varreau gewonnen zu haben. Er musterte den Mann in dem teuren Anzug, der ihm gegenübersaß, und beschloss fürs Erste, sein grundsätzliches Misstrauen gegenüber Anwälten beiseitezuschieben ebenso wie das Unbehagen über die Art, wie Varreau die «Probleme» seines Kollegen aus der Welt geschafft hatte, und stattdessen seiner berufsbedingten Neugier nachzugeben. Ihn reizte die Frage, was diesem Anwalt zugestoßen sein mochte. Denn dass ihm etwas zugestoßen war, schien ihm ziemlich wahrscheinlich. Ehrgeizig, wie er Varreau zufolge war, hätte er wohl kaum diese Geburtstagseinladung unentschuldigt versäumt, wo er so kurz vor der ersehnten Partnerschaft bei der angesehensten Kanzlei der Stadt und damit unmittelbar vor dem Eintritt in den *inner circle* der Straßburger Gesellschaft gestanden hatte. Ein aufgehender Stern am Anwaltshimmel, dessen Gesicht eine Woche lang in allen Zeitungen abgebildet gewesen war. Wäre der einfach abgetaucht? Freiwillig? Nie im Leben.

Etienne ließ sich von Varreau noch ein paar Eckdaten geben,

Alter, Adresse, Telefonnummer und Hervés bevorzugte Bars und Jagdreviere, und meinte dann abschließend: «Ich werde sehen, ob ich etwas herausfinde.»

Varreau nickte und stand auf. «Danke. Ich weiß das zu schätzen.»

«Eines noch», sagte Etienne, als Varreau schon an der Tür war. «Was glaubst du, warum hat dein Kollege diese besonderen sexuellen Vorlieben? Ich meine, er verdient sicher gut, ist drauf und dran, eine wirklich steile Karriere zu machen, er hat so etwas doch gar nicht nötig.»

Varreau ließ die Hand, die er schon an der Klinke der Tür gehabt hatte, sinken. «Ich habe mich das auch schon öfters gefragt», gab er zu. «Wie ich schon sagte, Hervé ist absolut skrupellos, und ich finde, er hat etwas sehr Beunruhigendes an sich, auch wenn ich nicht genau weiß, woran ich es festmachen soll. Und irgendwie hängt das mit den Frauen damit zusammen. Ich weiß nicht, wie oder warum, aber ich glaube, in Hervés Seele ist irgendwann etwas kaputtgegangen …» Varreau stockte, etwas verlegen angesichts seiner etwas melodramatischen Umschreibung, bekräftigte seine Aussage jedoch nach einem Augenblick des Nachdenkens: «Ja, genau diesen Eindruck hatte ich immer. Es ist etwas Kaputtes an ihm. Ein irreparabler Defekt. Es ist mehr, als nur kein besonders ausgeprägtes Gewissen zu haben, es ist etwas Pathologisches. Ich glaube, er verspürt Lust dabei, grausam zu sein.» Varreau warf Etienne einen kurzen Blick zu und fuhr dann ohne jede Ironie fort: «Wenn Hervé sich nicht für den Anwaltsberuf entschieden hätte, wäre er garantiert ein Verbrecher und Vergewaltiger geworden.»

«Aber dann verstehe ich erst recht nicht, warum du ihn in deiner Kanzlei hast arbeiten lassen.»

«Das ist doch offensichtlich.» Varreau lächelte dünn und zeigte dabei seine Eckzähne. «Natürlich gerade deswegen. Sein Ruf eilte ihm voraus und hat sich bis in die obersten Etagen herumgesprochen.»

Etienne nickte. Langsam verstand er. «Dieser große Prozess, der Konzern, das war ursprünglich gar kein Mandant von euch ...»

Varreau nickte bitter. «Du hast es erfasst. Es war *sein* Mandat. Sie wollten ihn und keinen anderen. Deswegen sind sie zu uns gekommen.»

Als Alexandre Varreau gegangen war, dachte Etienne noch eine Weile über diese letzte Bemerkung nach. Sie erklärte, warum Varreau bei Hervé Bastien trotz dessen Eskapaden die Hände gebunden waren, wie er es ausgedrückt hatte. Wenn ein so wichtiger und großer Mandant wie dieser Konzern auf Hervé Bastien als Verteidiger bestanden hatte, dann wäre es unmöglich gewesen, ihn rauszuwerfen. Hervé hatte das sicher gewusst. Wahrscheinlich hatte er es Varreau auch spüren lassen. Hatte er ihn damit womöglich unter Druck gesetzt, um endlich Partner zu werden? Etienne fragte sich, ob es einem so gewieften Anwalt wie Alexandre Varreau wirklich entgangen sein konnte, dass er Etienne mit dieser Information gerade selbst ein astreines Motiv geliefert hatte, falls sich herausstellen sollte, dass Hervé tatsächlich etwas zugestoßen war. So dumm konnte er doch nicht sein. Aber es gab noch eine andere Möglichkeit: Varreau wusste bereits, dass dem so war, hatte seine Finger im Spiel und wollte mit diesem Treffen besonders aufrichtig und offen wirken, wohl wissend, dass man relativ schnell auf ihn als möglichen Verdächtigen kommen würde. Einem Anwalt von Varreaus Kaliber war so ein Schachzug durchaus zuzutrauen.

Etienne verzog das Gesicht. Er mochte es nicht, wenn jemand versuchte, ihn für dumm zu verkaufen, und es bestand durchaus die Möglichkeit, dass Alexandre Varreau genau das soeben versucht hatte. Anfangs hatte Etienne nur vorgehabt, ein bisschen herumzufragen, jetzt aber würde er genauer hinsehen, so viel war sicher.

Er schaltete seinen Computer ein und suchte nach einem Bild von Hervé Bastien. Varreau hatte gemeint, auf der Kanzleihomepage sei er gut getroffen. Er fand nicht nur das Bild auf der Homepage, sondern eine Unmenge von anderen Fotos aus dem Umfeld des Prozesses. Hervé Bastien sah nicht schlecht aus, allerdings auch nicht auffallend gut. Eher unscheinbar. Er war dunkelhaarig, nicht besonders groß, schlank und hatte dunkle Augen, die von seinem breiten Kameralächeln nicht erreicht wurden. Doch auch das war nichts Besonderes. Jeder x-beliebige Politiker lächelte auf diese unaufrichtige, verlogene Weise. Etienne versuchte darüber hinaus etwas von dem «Defekt», von dem Varreau gesprochen hatte, in Bastiens Blick zu finden, doch vergeblich. Das Kaputte in seiner Seele, wenn es denn existierte, schien gut verborgen zu sein.

Er druckte sich das Foto von der Homepage aus sowie ein weiteres, das ihn nach dem Urteil zusammen mit dem CEO und einigen Vorstandsmitgliedern des Konzerns zeigte. Ein Wolf unter Wölfen, dachte Etienne und stand auf, um sich einen frischen Kaffee zu holen. Es gab Arbeit. Das blau-weiß lackierte Fischerboot musste noch ein bisschen warten.

18

Dédé tobte. Anscheinend sprach er gerade mit jemandem am Telefon, man konnte sein Geschrei sogar durch die geschlossene Tür hören. Céleste verkniff sich ein Grinsen und nickte der etwas verschreckt dreinschauenden Sekretärin im Vorzimmer aufmunternd zu, bevor sie zum Büro der Police Municipale weiterging.

Luc erwartete sie bereits. «Morgen, Chef. Hören Sie das?» Er sah bedeutungsvoll in Richtung Tür, wo man noch immer schwach den Bürgermeister schreien hörte.

Céleste nickte. «Wenn nicht, müsste ich mir Sorgen machen.»

«Vielleicht müssen wir uns eher Sorgen um ihn machen», meinte Luc. «Nicht, dass ihn noch der Schlag trifft.»

Céleste schüttelte den Kopf. «Sicher nicht. Das ist alles nur Show, Bato.»

«Show?» Luc sah sie verwirrt an. «Wieso das denn?»

«Haben Sie die Zeitung von heute morgen nicht gelesen?», fragte sie.

«Doch natürlich. Und Dédé auch. Das ist ja der Grund, weshalb er sich so aufregt.» Luc legte ihr seine Zeitung auf den Tisch und deutete auf einen Kasten im unteren Drittel der ersten Seite.

Céleste hatte die Zeitung noch gar nicht gelesen, da sie

heute morgen wieder nicht vor der Tür gelegen hatte, als sie sich auf den Weg zur Mairie gemacht hatte – die Aushilfe für die verunglückte Zeitungsbotin war offenbar etwas langsam. Auf der Titelseite stand natürlich mit großer Schlagzeile der Bericht von dem Mord. Weder die Aufmachung noch die Fotos vom Stadtmuseum und der Bäckertaufe konnten jedoch darüber hinwegtäuschen, dass der Informationsgehalt des Artikels mager war. Es gab lediglich ein paar eher ratlos wirkende Spekulationen über das Opfer und den Zusammenhang zwischen den beiden Morden. Auch kamen einige Eguisheimer zu Wort: Nicolette aus der Bäckerei vermeldete, sie würde sich am Abend nicht mehr alleine auf die Straße trauen, und von dem dicken Julien aus *Julien's Winstub*, von dem ein besonders unvorteilhaftes Foto geschossen worden war, war zu lesen, dass diese Morde ein weiteres Zeichen dafür sein, dass es mit der einstigen Grande Nation steil bergab gehe und es nur noch eine Frage der Zeit sei, bis Anarchismus und fremdes Lumpenpack das Land beherrschten. Soweit nichts Neues – auch die Zeitung konnte nicht mit der Identität der Toten aufwarten.

Das eigentlich Entscheidende und der Grund für Dédés Aufregung war jedoch nicht dieser Artikel, sondern ein langer Kommentar von Michel Menard. Dédé war also ihrem Rat gefolgt und hatte ihn gestern Abend noch angerufen. *Eguisheimer werden im Regen stehengelassen*, lautete die Überschrift. Im Text ließ sich Menard sehr dezidiert über die mangelhafte Informationspolitik der Colmarer Polizei aus und fragte sich am Ende süffisant, ob der Eguisheimer Bürgermeister André Ginglinger womöglich zu wenig Durchsetzungskraft besitze. Céleste musste grinsen, als sie diesen letzten Satz las. «Oje. Damit hat Dédé dann wohl doch nicht gerechnet», kicherte sie.

Luc musterte sie. «Was soll das heißen, Chef? Wusste er etwa davon?»

Céleste gab keine Antwort. Sie lächelte nur.

«Und Sie wussten auch davon?»

Ihr Lächeln wurde breiter.

«Aber wieso, was …», stotterte Luc.

«Abwarten», sagte Céleste. «Einfach nur abwarten.» Sie lehnte sich in ihrem Drehstuhl zurück und schnupperte dann überrascht. «Hier riecht es so gut. Nach frischem gekochtem Schinken.»

Luc nickte. «Haben Sie Hunger, Chef?» Er öffnete eine Tüte, die auf dem Schreibtisch lag, holte zwei Baguettesandwiches heraus, die üppig mit Schinken belegt waren. Er reichte eines davon Céleste, und sie griff erfreut danach. «Danke. Wie komme ich denn zu der Ehre?»

«Ich war heute morgen bei Anne Zinck im Laden», verkündete Luc und griff sich das zweite Baguette. «Für die Mittagspause habe ich Bratwürste bestellt. Und am Abend kaufe ich mir ein Steak.»

«Machen Sie eine Fleischdiät?», fragte Céleste belustigt. «Oder Bodybuilding?»

«Nein. Ich ermittle», gab Luc würdevoll zurück und biss herzhaft in das Brot. «Zermürbungstaktik», nuschelte er mit vollem Mund. «Ich komme so lange, bis Anne es nicht mehr aushält und von sich aus redet. Und da Sie sowieso immer Hunger haben, Chef, habe ich mir gedacht, ich bringe Ihnen jedes Mal etwas mit.»

Céleste lachte. «Gute Idee», stimmte sie zu. «So fallen wir wenigstens nicht vom Fleisch bei den anstrengenden Ermittlungen.»

Nach einer Weile kam Dédé in ihr Büro. Er hatte noch immer einen roten Kopf vor Aufregung, ansonsten aber wirkte er völlig entspannt. Auf seinem runden Gesicht lag ein siegesgewisses Lächeln. «Denen hab ich's gezeigt.»

«Wem, Monsieur le Maire?», wollte Luc wissen und ließ sein Schinkenbaguette unauffällig unter dem Schreibtisch verschwinden.

«Ich habe mit Wolfsbergers Vorgesetztem telefoniert.» Er hob seinen kurzen Arm und zeigte mit Daumen und Zeigefinger einen Abstand von ungefähr einem halben Zentimeter. «So klein mit Hut war der. Es sei ihm ein großes Anliegen, dass die Brigade Criminelle und die Police Municipale eng zusammenarbeiten, hat er versichert. Gemeinsame Zielsetzung sei es doch, das Vertrauen der Bürger in die gesamte französische Polizei wieder zu stärken. Nah am Geschehen, nah am Menschen!»

«Das klingt wie ein Wahlplakat», sagte Céleste.

Dédé nickte. «Es gibt sogar eine polizeiliche Richtlinie dazu. Nach den ganzen negativen Schlagzeilen wegen angeblicher Übergriffe von Seiten der Bereitschaftspolizei auf unbescholtene Bürger in den Städten hat die Brigade Criminelle im Augenblick ein Imageproblem. Sie können es sich nicht leisten, es sich auch noch mit den Kommunen zu verscherzen.» Resolut hob er sein rundes Kinn. «Nicht mit Dédé Ginglinger!» Er warf Céleste einen anerkennenden Blick zu. «Gute Idee, Kreydenweiss.»

«Was …», fragte Luc.

«Es war die Idee Ihrer Chefin, Bato, Michel Menard auf dieses eklatante Informationsproblem anzusetzen.» Er runzelte die Stirn. «Das mit meiner angeblich fehlenden Durchsetzungskraft hätte sich dieser Witzbold natürlich sparen können, aber bitte, wer mich kennt, weiß, dass das nicht stimmt.»

Er sah auffordernd in die Runde, und sowohl Céleste als auch Luc nickten pflichtschuldig.

«Natürlich nicht, Monsieur le Maire», murmelte Luc. «Wer käme denn auf so etwas?»

Dédé lächelte geschmeichelt «Aber es macht sich natürlich gut. So etwas kann man als Politiker schließlich nicht auf sich sitzenlassen. Wolfsbergers Chef war deshalb auch sehr verständnisvoll. Wir bekommen noch heute umfassend Akteneinsicht. Schließlich müssen wir ja Bescheid wissen, was in unserem Dorf passiert, nicht wahr?» Er warf sich in die Brust, nickte ihnen beiden noch einmal zu und stolzierte dann auf seinen kurzen Beinen selbstzufrieden hinaus. Nach nur einer halben Sekunde steckte er den Kopf wieder herein. «Übrigens wird sich eine junge Dame vom Finanzamt bei Ihnen melden, Bato, der können Sie sagen, welche Informationen Sie brauchen. Marie bringt ihnen nachher die Unterlagen aus dem Grundbuchamt und von der Bank. Frohes Schaffen!» Darauf ließ er die Tür schwungvoll zufallen.

Luc sah ihm verblüfft nach. «Unglaublich», murmelte er.

Céleste stimmte ihm zu. «Ja, von Dédé kann man noch was lernen. Er ist nicht umsonst schon seit Ewigkeiten unser Bürgermeister.»

Die Kopien der bisherigen Ermittlungsakten kamen zwei Stunden später mit einem Boten. Irgendjemand vom Kommissariat in Colmar hatte jede einzelne Seite kopiert, nummeriert und abgeheftet. Céleste wünschte sich, es wäre Wolfsberger persönlich gewesen. Außerdem stand eine kurze Notiz darauf, dass weitere Informationen per E-Mail oder Fax folgen würden. Ohne Unterschrift und ohne Gruß.

«Die werden stinksauer auf uns sein», mutmaßte Luc.

«Darauf wette ich. Vor allem Wolfsberger. Er wünscht uns sicher gerade die Pest an den Hals.» Céleste begann zu blättern. «Sehr viel haben die ja noch nicht ...»

Nach einer halben Stunde hatten sie sich ein gemeinsames Bild von den bislang recht mageren Ermittlungsergebnissen gemacht: Als Tatort für den Mord an Rouffacher war der Platz vor der Haustür ausgemacht worden. Hier hatte man Blutspuren gefunden. Wie Céleste nach Sandrines Beschreibung schon vermutet hatte, war Rouffacher offenbar in der Nacht aus dem Haus gelockt worden. Der Mörder hatte wohl dort gewartet und ohne zu zögern das Bolzenschussgerät angesetzt. Wahrscheinlich hatten das Fass und ein Auto schon bereitgestanden. Da der Platz vor dem Haus mit Kies bedeckt war, gab es jedoch weder brauchbare Reifen- noch sonstige verwertbare Spuren.

Das Umfeld Rouffachers war untersucht worden, die Adresse der Ehefrau stand in den Akten, ebenso ein Vermerk, dass sie befragt worden war, für die Tatzeit aber ein Alibi hatte. Sie wohnte in Mulhouse und war an dem Abend mit einer Freundin im Kino gewesen. Neben ihrer kurzen Aussage war handschriftlich die Frage *Motiv?* notiert. Es gab zwei Söhne, elf und dreizehn Jahre alt, und laut ihren Angaben hatten weder sie noch die Mutter seit der Trennung des Ehepaars vor acht Jahren Kontakt zu Philippe Rouffacher gehabt.

Céleste fügte diese Information in Gedanken zu der Geschichte hinzu, die sie von Sandrine gehört hatte. Das passte. Wenn sich die Frau wegen der Misshandlungen getrennt hatte, war es nur logisch, dass sie jeden Kontakt zu ihm mied. Seltsam war allerdings, dass auch Rouffacher offenbar nie versucht hatte, wenigstens seine Kinder zu sehen. Er hatte laut Kopie des Scheidungsurteils, das beigefügt war, sogar auf das Sorge-

148

recht verzichtet. Das wiederum passte nicht zu dem Bild, das Céleste von dem Mann hatte. Wieso hatte er auf etwas verzichtet, was ihm von Rechts wegen zustand? Sandrine zufolge hatte es keinen Hinweis darauf gegeben, dass er seine Söhne ebenfalls misshandelt hatte. Es gab keine Anzeige, und auch aus dem Scheidungsurteil ging kein Hinweis auf Misshandlungen hervor. Zumindest dem Papier nach war es eine einverständliche, unspektakuläre Scheidung gewesen. Aber wenn die Übergriffe gar kein Thema in dem Verfahren gewesen waren, was hatte die Frau dann dazu bewogen, nach Jahren der Qual plötzlich den Schlussstrich zu ziehen? Und die noch interessantere Frage war: Wieso hatte Rouffacher sie einfach ziehen lassen? Noch dazu mit den Kindern und dem alleinigen Sorgerecht? Ein Mann, der seine Frau jahrelang unterdrückt und gequält hat? Das war ein Widerspruch. Ebenso wie die Frage, die sie sich schon früher gestellt hatte, nämlich wie dieser schnuckelige Vorzeigebiobauernhof zu Rouffachers Charakter passte. Céleste machte sich eine Notiz und beschloss, diesen Fragen später noch etwas mehr Aufmerksamkeit zu widmen.

Was den neuen Mord anbelangte, war die interessanteste Information, dass die Identität der Toten vom Sonntag schon geklärt war: Es handelte sich um Ivette Clavet, eine Immobilienmaklerin aus Colmar, vierundvierzig, geschieden, kinderlos, dem ersten Anschein nach wohlhabend. Laut Sandrines vorläufiger Untersuchung war der Tod am Samstagabend zwischen zwanzig und zweiundzwanzig Uhr erfolgt. Sie war erdrosselt worden. Ansonsten gab es keine Gewalteinwirkung, keine Abwehrverletzungen, keine Spuren eines Kampfes. Die Ablage in den Bäckerkorb vor dem Stadtmuseum war *post mortem* erfolgt. Die Kopie ihres Terminkalenders zeigte um

20.00 Uhr einen offenbar rasch hingekritzelten Termin in Wettolsheim, dem Nachbarort von Eguisheim, allerdings ohne leserlichen Namen oder Telefonnummer. Dort hatte man auch ihr Auto gefunden, einen silbernen Audi Quattro. Er hatte eine Zufahrt blockiert, und der Anwohner hatte die Polizei gerufen. Im Auto hatte die Handtasche der Toten gelegen. Anhand der Tasche und mit Hilfe der Zulassung des Wagens war man auf die Identität der Toten gekommen. Mehr stand dazu nicht. Céleste notierte sich die Adresse von Ivettes Büro in Colmar und des zu besichtigenden Hauses.

«Wo sollen wir anfangen?», fragte sie Luc.

Er überlegte. «Beim Haus.»

«Warum?»

«Weil Wolfsberger wahrscheinlich bei Ivettes Maklerbüro anfängt.»

«Okay. Das ist ein Argument.»

Die Adresse lag etwas außerhalb von Wettolsheim, ein großes, sehr gepflegtes Anwesen, umgeben von einer hohen Mauer. Als sie näher kamen, begann ein Hund zu bellen. Sie spähten über das geschwungene, schmiedeeiserne Tor: Eine breite Auffahrt führte zu einem hübschen, offenbar neu gebauten Haus im Elsässer Stil mit spitzem Giebel, originalgetreuem Fachwerk und rot gestrichenen Fensterläden. Ein schlichter Steinbrunnen stand vor dem Haus und plätscherte leise vor sich hin. Der Hund, ein Rottweiler, lief aufgeregt zwischen Haus und Tor hin und her und blaffte. Céleste klingelte.

Nach einer Weile öffnete sich die Haustür, und eine rundliche, grauhaarige Frau trat einen Schritt heraus. Sie machte jedoch keine Anstalten, das Tor für die beiden zu öffnen. Der Hund lief zu ihr, und sie streichelte ihm über den Kopf.

«Polizei!», rief Céleste laut und hob ihren Ausweis über das Tor, obwohl man das eigentlich bereits an der Uniform hätte sehen können. Noch immer öffnete sich das Tor nicht, aber immerhin schickte sich die Frau an, zu ihnen herunterzukommen. Sie ging gemächlich, mit dem Hund an ihrer Seite, und es dauerte eine Weile, bis sie das Tor erreichte.

«Was wollen Sie?», fragte sie misstrauisch, ohne zu grüßen. Sie war um die sechzig, trug Jeans mit einem hohen Hosenbund, weiße Turnschuhe und eine schlichte, karierte Bluse. Ihr graues Haar war kurzgeschnitten.

Céleste hielt ihr den Ausweis vor die Nase. «Wir haben ein paar Fragen. Sind Sie die Eigentümerin?» Die Frau, die gerade mit kurzsichtig zusammengekniffenen Augen den Ausweis studiert hatte, lachte kurz auf. «Ich? Die Eigentümerin? Nein.»

Céleste und Luc warteten einen Augenblick, doch als nichts mehr kam, sagte Céleste ungeduldig: «Wer sind Sie dann?»

«Warum wollen Sie das wissen?»

Céleste seufzte. «Hören Sie, wir machen das jetzt so: Sie lassen uns rein, wir stellen unsere Fragen, und dann sind wir auch gleich wieder weg.»

«Nein.»

«Wie, nein?» Céleste verlor langsam die Geduld. «Wir können Sie auch zu uns aufs Revier bitten, wenn Ihnen das lieber ist.»

«Ich beantworte Ihre Fragen ja, aber nur hier. Ich darf niemanden reinlassen, solange die Eigentümer nicht da sind.»

«Und wann kommen die Eigentümer?»

«Nicht vor September. Das hier ist ein Ferienhaus, und Madame und Monsieur Flamand kommen immer nur im Herbst und zu Weihnachten. Im Sommer sind sie an der Cote d'Azur. In Antibes», gab die Frau zögerlich zur Auskunft.

Luc notierte sich den Namen. «Flamand? Wie noch? Adresse?»Die Frau nannte ihnen den vollen Namen und die Adresse in Paris. «Monsieur Flamand arbeitet im Finanzministerium, und Madame war früher Schauspielerin.» Letztere Bemerkung war von einem gewissen Stolz in der Stimme begleitet.

«Und Sie sind die ... Putzfrau?», fragte Luc und erntete dafür einen empörten Blick. «Ich bin die Hausdame. Paulette Meyer. Ich kümmere mich um das Anwesen, wenn Monsieur und Madame nicht hier sind.»

«Waren sie denn am Wochenende hier?», erkundigte sich Céleste.

«Nein. Ich sagte doch schon, sie kommen nur ...»

«Jaja, schon gut. Also stand das Haus am Wochenende leer?»

Als die Frau nickte, fragte Céleste weiter: «Und Sie, waren Sie am Wochenende da?»

«Nein. Ich komme immer montags und donnerstags zwei Stunden, zum Lüften, Staubwischen und um die Orchideen zu gießen. Seit fast zehn Jahren. Niemals am Wochenende.»

«Wissen Sie, ob das Ehepaar Flamand das Haus verkaufen möchte?»

«Verkaufen?» Paulette Meyer traten fast die Augen aus den Höhlen. «Wie kommen Sie denn darauf?»

«Es ist ein Besichtigungstermin mit einer Immobilienmaklerin vereinbart worden.»

«Nein. Das ist unmöglich.»

«Doch. Am Samstag. Die Maklerin heißt Ivette Clavet. Kennen Sie sie? Sie hat ein Büro in Colmar.»

«Nein!» Jetzt schrie die Frau fast. «Niemals würden Monsieur und Madame das Haus verkaufen, ohne mir Bescheid zu geben. Und überhaupt, wie sollte denn die Besichtigung stattfinden, ohne Schlüssel?»

«Sind Sie also die einzige Person außer den Eigentümern, die einen Schlüssel hat?»

«Ja.»

Luc warf einen Blick auf den gepflegten Garten. «Es gibt doch sicher auch einen Gärtner?»

«Das ist mein Mann, Xavier. Er kümmert sich um den Garten.»

«Könnte er etwas von dem Termin gewusst haben?», fragte Céleste.

«Nein! Ich sagte doch schon. Das ist unmöglich. Madame und Monsieur verkaufen nicht.»

Sie maß die beiden mit einem kühlen Blick. «War das alles? Ich muss wieder an die Arbeit.»

Céleste und Luc nickten. «Fürs Erste», sagte Céleste. «Es wird noch jemand von der Brigade Criminelle aus Colmar kommen und Sie ebenfalls befragen.»

«Dann müssen die sich aber beeilen, ich bin nur noch eine halbe Stunde hier, dann fahre ich nach Hause.»

Céleste ließ sich von Paulette noch ihre Adresse und Telefonnummer geben. Sie wohnte in Wettolsheim. Dann verabschiedeten sie sich.

Im Gehen wandte sich Luc noch einmal um und rief Paulette Meyer nach: «Orchideen soll man übrigens nicht so oft gießen, das mögen die nicht. Einmal die Woche reicht völlig.»

19

«Sie kennen sich mit Orchideen aus, Bato?» Céleste warf Luc einen amüsierten Blick zu. «Sie haben ja wirklich eine ganze Reihe ungeahnter Kenntnisse und Fähigkeiten.»

Luc sah stur geradeaus und schien sich auf den Verkehr zu konzentrieren. «Das ist Allgemeinbildung», sagte er abwehrend.

Céleste schüttelte den Kopf. «Auf gar keinen Fall. Ich wusste es jedenfalls nicht.»

«Na ja …», gab Luc zurück, verstummte dann aber abrupt.

«Was soll das denn heißen – na ja?», fragte Céleste empört nach.

«Nichts.» Luc sah noch immer stur geradeaus.

«Haben Sie vielleicht eine neue Freundin? Eine, die auf Orchideen steht?»

«Nein», sagte Luc sofort. «Bei mir im Chor ist eine Frau, die sich damit auskennt. Eine Gärtnerin. Die hat das gesagt.»

«Wusste ich es doch. Wie heißt sie, wenn ich fragen darf?»

«Hortense.»

Céleste lachte ungläubig auf. «Das ist nicht wahr, oder? Eine Gärtnerin, die ernsthaft Hortense heißt?»

Luc presste die Lippen aufeinander und schwieg.

«Ist sie hübsch?»

«Würden Sie bitte damit aufhören?» Luc bog auf die Bundesstraße nach Colmar ein. «Ich kenne sie nur flüchtig. Sie ist ganz neu bei uns.»

«Sie können mir doch verraten, ob sie hübsch ist», insistierte Céleste ungerührt.

Luc seufzte, dann sagte er widerstrebend: «Sie hat eine schöne Altstimme.»

«Ah. Ja dann...»

Ihr Besuch im Immobilienbüro Clavet brachte keine neuen Erkenntnisse. Wie Luc vermutet hatte, waren am Morgen schon Wolfsbergers Leute da gewesen und hatten Ivette Clavets Mitarbeiter, einen geschniegelten Jüngling Anfang zwanzig, befragt. Er war sichtlich ungehalten darüber, alles noch einmal erzählen zu müssen. Wobei «alles» nicht viel war.

Er arbeitete seit zwei Jahren für Ivette Clavet, die Geschäfte liefen gut, Madame Clavet vermittelte nur im gehobenen Preissegment, also Villen und Geschäftshäuser in bester Lage. Angeblich war sie eine angenehme Chefin gewesen. Nein, er habe sich am Morgen nichts dabei gedacht, als sie nicht im Büro erschienen war, sie hatte öfters Termine außerhalb, über die er nicht informiert war. Auch am Wochenende. Der Termin am Samstag beim Anwesen der Flamands war im Terminbuch des Büros nicht eingetragen. Offenbar war es eine kurzfristige Verabredung gewesen. Über den Mord an Philippe Rouffacher hatten sie beide in der Zeitung gelesen und auch kurz darüber gesprochen, aber er glaubte nicht, dass Ivette ihn gekannt hatte. Sie hatte nicht besonders betroffen gewirkt und das Thema danach auch nicht mehr erwähnt.

Anschließend fuhren Céleste und Luc noch an der Wohnadresse der Toten vorbei: eine Altbauwohnung in einem geschmackvoll sanierten Fachwerkgebäude mitten in der Colmarer Altstadt. Die Wohnung im ersten Stock war bereits versiegelt. Luc klingelte aufs Geratewohl an der Nachbartür, doch es öffnete niemand. Auch bei den beiden Wohnungen im zweiten Stock hatten sie kein Glück, die eine stand offenbar leer, bei der anderen war niemand zu Hause.

«Alle berufstätig. Keine Familien mit kleinen Kindern, keine Rentner», vermutete Céleste. «Ist wahrscheinlich zu teuer hier.»

«Und zu unpraktisch», stimmte Luc ihr zu und sah sich kritisch um. «Kein Aufzug, kein Garten und keine Parkplätze.» Sie selbst hatten ein paar hundert Meter weiter im absoluten Halteverbot geparkt.

Als sie zurück zum Auto gingen, blieb Céleste plötzlich stehen. «Ich habe Hunger», sagte sie.

Luc schlug sich an die Stirn. «Ich habe vergessen, die Würstchen bei Anne abzuholen.»

«Lassen Sie sie ruhig etwas schmoren. Das zermürbt auch», gab Céleste zurück und sah auf die Uhr. «Aber ich muss jetzt was essen. Mit leerem Magen kann ich nicht denken.»

Luc erhob keine Einwände, als Céleste in Richtung Rue d'Ecole weiterlief. Es wäre ohnehin zwecklos gewesen. Mit Céleste konnte man nicht diskutieren, wenn sie hungrig war. Es dauerte keine fünf Minuten, bis sie die überdachte Markthalle direkt an der Lauch erreicht hatten. Jetzt, um die Mittagszeit, herrschte dort reger Betrieb, die Theken und Tische waren vollbesetzt, und der hohe Raum war erfüllt mit jenem zufriedenen Murmeln, das entsteht, wenn viele Menschen zusammen essen.

Céleste kaufte sich an einem der orientalischen Stände einen Berg scharfes Couscous mit Gemüse und eine Zitronentarte mit Sahne zum Nachtisch, Luc entschied sich für traditionellen Flammkuchen einige Stände weiter. Sie ergatterten einen Stehtisch, und Céleste begann sofort, stumm und konzentriert, zu essen.

Luc sah ihr eine Weile dabei zu, dann sagte er: «Wie kommt es nur, dass Sie so viel essen können, ohne zuzunehmen, Chef?»

«Wie?» Céleste hob überrascht den Kopf, und Luc wurde vor Verlegenheit rot.

«Entschuldigung», murmelte er, «ich wollte nicht aufdringlich sein … ich dachte nur, weil meine Schwester immer sagt, sie nimmt schon zu, wenn sie das Essen nur ansieht. Sie dagegen …» Er deutete mit einer bedeutsamen Geste auf den großen Teller Couscous, der schon fast leer war, und den noch unberührten Kuchen.

Céleste lächelte. «Keine Ahnung», gab sie zurück. «Ich war schon immer so dünn. Die Jungs in der Schule haben mir ‹Bohnenstange› hinterhergerufen, und mein eigener Großvater hat mich kürzlich mit einer abgemagerten, verfressenen Streunerkatze verglichen …»

«Hélène, also meine Schwester, würde sich die rechte Hand abhacken für eine Taille, wie Sie sie haben», sagte Luc überzeugt.

Céleste lachte auf. «Ist sie denn so dick?»

«Also dünn ist sie jedenfalls nicht.» Luc überlegte einen Moment, dann zog er seinen Geldbeutel aus der Hosentasche und zeigte Céleste ein Foto, auf dem er zusammen mit einer rundlichen Frau mit stattlicher Oberweite und einem breiten Lächeln abgebildet war. Sie hielt ein Baby auf dem Arm, und Luc trug ein etwa fünfjähriges Mädchen mit zwei dünnen Zöpfchen auf den Schultern. «Das sind Hélène und ihre Kinder, Nicholas und Chloé.» In seiner Stimme klang Stolz mit, als er hinzufügte. «Ich bin der Patenonkel von Chloé.»

Céleste musterte das Foto mit Interesse. Es war das erste

Mal, dass Luc etwas von seiner Familie preisgab. «Sie sieht doch sehr hübsch aus. Und die Kinder auch», sagte sie, als sie ihm das Foto zurückgab. «Ihre Schwester hat sexy Kurven, wie Marilyn Monroe.»

«Sexy Kurven? Wie Marilyn Monroe ...?» Luc riss vollkommen perplex die Augen auf. «Meine Schwester? Also nein, wirklich nicht!»

«Das können Sie als Bruder doch überhaupt nicht beurteilen», neckte ihn Céleste.

«Hm, ja, da könnten Sie recht haben, Chef», sagte Luc, nachdem er eine Weile darüber nachgedacht hatte, und steckte das Foto zurück in seinen Geldbeutel.

«Wie hängt das Ganze nur zusammen?» fragte Céleste plötzlich.

«Sie meinen die Morde, Chef?» fragte Luc etwas verwirrt, offenbar war er mit seinen Gedanken noch immer bei Marilyn Monroe. Céleste nickte und machte sich über die Tarte her. «Wo ist die Verbindung zwischen den beiden Opfern? Gibt es überhaupt eine?»

Luc überlegte. «Wissen wir denn überhaupt sicher, dass die beiden Morde von ein und demselbem Täter begangen wurden?»

«Eigentlich nicht.» Céleste schüttelte ungeduldig den Kopf. «Aber ich gehe erst mal ganz stark davon aus. Wir werden ja wohl kaum plötzlich zwei Mörder in Eguisheim haben, die beide innerhalb einer Woche jeweils einen Mord begehen.»

Luc nickte. «Die Parallelen sind ja auch sehr deutlich: die markanten Fundorte, der kurze zeitliche Abstand ...»

«Und vor allem das Fass und der Bäckerkorb», merkte Céleste an. «Ich denke, dass diese beiden Ablageorte symbolisch zu verstehen sind.»

«Aber Symbol für was?»

Sie zog die Nase kraus. «Ich denke, es hat etwas mit dem Mittelalter zu tun.»

«Mittelalter?» Luc sah sie verblüfft an.

«Sie wissen doch, dass man den Eisenkorb, in dem man Yvette Clavet abgelegt hat, Bäckertaufe nennt, weil man ihn damals für Bäcker verwendet hat, die ihre Kunden betrogen haben? Damit wurde ihre Schande öffentlich gemacht. Und auch Fässer hat man auf diese Weise benutzt. Es gab eine Strafe, die man Fasspranger nannte. Man hat den Schuldigen gefesselt, hineingesetzt und mitten auf den Marktplatz gestellt, damit jeder ihn anspucken oder beschimpfen konnte. Wie bei Rouffacher war das Fass außerdem mit irgendwelchen ekligen Dingen wie Schlachtabfällen, Urin und Fäkalien gefüllt. Beides, das Fass und der Bäckerkorb, waren sogenannte Ehrenstrafen. Ziel war die öffentliche Demütigung.»

Luc dachte lange nach. Dann sagte er: «Sie denken, der Mörder hat sich ganz bewusst mittelalterliche Bestrafungsmethoden ausgesucht?»

Céleste nickte. «Es kann doch kein Zufall sein, dass beide Toten auf dieselbe Art und Weise zur Schau gestellt wurden.»

«Also suchen wir jemanden, der sich mit mittelalterlicher Geschichte auskennt?»

Céleste zuckte mit den Schultern. «Besonders gut muss er sich nicht auskennen, es reicht, einen Flyer vom Museum zu lesen und dann ein bisschen im Internet herumzustöbern, außerdem erzähle ich ja selbst diese Geschichten bei jeder Führung.»

«Vielleicht war er bei einer Ihrer Führungen dabei, und Sie haben ihn dazu inspiriert?»

«Gott bewahre. Das fehlte mir gerade noch.» Céleste schüttelte sich. «Ich frage mich aber die ganze Zeit schon, ob es eine

Bedeutung hat, dass er sich ausgerechnet Ehrenstrafen ausgesucht hat. Es gibt doch auch andere drastische mittelalterliche
Tötungsmethoden, oder?»

Luc zuckte mit den Schultern. «Ich kenne mich da nicht so
aus, Chef.»

«Rädern, vierteilen, ertränken, köpfen, erhängen …», zählte
Céleste nachdenklich auf.

Luc winkte ab. «Reicht schon.»

«Ehrenstrafen dagegen waren eigentlich gar keine Todes-
strafen», erklärte Céleste.

«Wem gegenüber wurden sie denn verhängt?»

«Vor allem bei Betrügern und Lügnern. Die Ehre war etwas
sehr Wichtiges damals, vor allem innerhalb einer Stadt. Wer
seine Ehre verlor, der verlor seinen Platz in der Gemeinschaft.
War er erst einmal geächtet, kam das einem gesellschaftlichen
Todesurteil gleich.»

Luc überlegte. «Also haben wir hier ein gesellschaftliches
Todesurteil, das gleichzeitig auch noch buchstäblich voll-
streckt wurde?»

«Genau. Ich glaube, dass uns der Mörder das sagen will: Die
beiden Toten haben ihr Recht auf einen Platz in der Gesellschaft verwirkt, weil sie jemanden betrogen oder belogen haben.»

Céleste leckte die Kuchengabel ab. «Das heißt, wenn wir
dem Mörder und seinem Motiv näher kommen wollen, müssen wir uns fragen, was an Philippe Rouffachers und Ivette
Clavets Leben so ehrenrührig war, dass sie eine solche Strafe
verdient haben.»

«Rouffacher hat seine Frau geschlagen. Also, wenn das nicht
ehrenrührig ist», meinte Luc.

Céleste wiegte zweifelnd den Kopf. «Das ist zu lange her. Ich glaube, da steckt etwas anderes dahinter. Lüge, Betrug, eine Schande ...»

Luc dachte nach. «War es derselbe Grund bei beiden Opfern. Gibt es eine Verbindung zwischen ihnen?» Er sah Céleste fragend an, und sie nahm den Faden auf:

«Sie stammen aus unterschiedlichen Orten und unterschiedlichen gesellschaftlichen Kreisen, und sie haben sich wahrscheinlich nicht gekannt. Sie wurden auf unterschiedliche Weise umgebracht. Gleich ist nur der Aspekt der Ehrenstrafe.» Sie überlegte einen Augenblick und sagte dann, fast überrascht: «Diese Strafen betreffen sie im Grunde gar nicht mehr.»

Luc runzelte die Stirn. «Wie meinen Sie das, Chef?»

«Sie sind tot, sie können gar keine Schande mehr empfinden. Sie können nicht mehr aus der Gesellschaft ausgeschlossen werden.»

«Aber ... warum dann diese Strafen? Drehen wir uns jetzt nicht im Kreis?»

«Ich weiß es nicht», gab Céleste zu. Nach einer Weile sagte sie: «Ich glaube, es ist ein Zeichen. Eine Botschaft. An uns. Wir sollen begreifen, warum sie sterben mussten. Das ist dem Mörder wichtig.»

«Aber warum? Was sollen wir tun?»

Céleste sah ihn verblüfft an. «Sie haben recht, Bato. Darüber habe ich noch gar nicht nachgedacht.»

Sie stand auf. «Wir sollten zurückfahren.»

«Ich muss noch die Würstchen abholen», stimmte Luc zu.

«Oh ja!», bestätigte Céleste. «Machen Sie die gute Anne Zinck nervös.»

20

Als Lucie zum ersten Mal wieder bewusst die Augen aufschlug, war sie allein. Sie lag ganz still und versuchte zunächst, nur wahrzunehmen. Nach all den Tagen fast ohne Bewusstsein, dem undurchschaubaren Wechsel zwischen dem Schlaf mit seinen wirren Träumen, der dumpfen Bewusstlosigkeit und Fetzen realer Wahrnehmung erschien es ihr wie ein Wunder, plötzlich wieder einfach nur sehen zu können, ohne dass sich etwas vor ihren Augen veränderte.

Mit einer gewissen Vorsicht nahm sie die Helligkeit um sich herum auf, stets in Erwartung, dass das Licht zu schwanken beginnen und sie wieder in einen Strudel des Schwindels hinabziehen würde. Ihr Blick tastete die Kanten der weißen Zimmerdecke ab, die schnurgerade verliefen, im rechten Winkel aufeinanderstießen und sich dabei erfreulicherweise nicht bewegten. Rechts von ihr ein großes Fenster, davor ein leichter Vorhang, der das grelle Sonnenlicht von draußen orange färbte; dahinter eine Jalousie, ein wenig heruntergelassen, durch die kleinen Löcher darin drangen helle Lichtpunkte, die sich auf der Bettdecke wiederfanden.

Nach einer Weile des stummen Schauens versuchte sie, sich zu bewegen, ihre linke Hand ließ sich ein paar mühsame Zentimeter heben, die Rechte war schwer wie Blei und eng an ihren Körper gepresst. Die Beine? Die spürte sie nicht. Gab es sie überhaupt noch? Sie versuchte, den Kopf zu heben, um auf ihre Beine zu schauen, doch es gelang ihr nicht. Stattdessen durchdrang sie ein so heftiger Schmerz, dass sie aufstöhnte. Das Piepsgeräusch, das sie auch in der Zeit ihrer Bewusstlosigkeit begleitet hatte, wurde lauter, irgendwie hektisch, wie sie fand. Sie versuchte vorsichtig und wie in Zeitlupe den Kopf im Kissen zur Seite zu wenden, sah aus den Augenwinkeln Kabel und Apparate und einen kleinen Nachttisch, auf dem eine Vase mit einer einzelnen Rose stand. Ihr Nacken schmerzte, als sie den Kopf noch weiter drehte. Ihr ganzer Kopf, die Augenhöhlen, der Mund, der Kiefer, alles schien plötzlich nur noch aus Schmerz zu bestehen, doch sie gab nicht auf, wollte die Blume sehen, genau sehen. Es war eine langstielige, zartrosa Rose, dicht gefüllt, mit samtigen, an den Rändern leicht dunkler werdenden Blütenblättern. Ihr Blick saugte sich daran fest, als wäre die Rose ein rettender Anker in diesem Meer aus Schmerz, das sie jetzt zu verschlingen drohte.

«Yannick», flüsterte sie, doch sie war sich nicht sicher, ob das Wort tatsächlich ihren Mund verließ, denn sie konnte die Lippen nicht richtig bewegen, sie waren taub und ohne Gefühl. Es hatte einen Streit gegeben, sie erinnerte sich wieder, einen lächerlichen Streit ... aber jetzt war alles gut. Vor ihren Augen erschien ein Bild, wie Yannick an ihrem Bett saß, ihre Hand hielt und weinte. Alles würde gut werden. Alles ...

«Mademoiselle Pouliotte? Sind Sie wach?»

Eine leise Frauenstimme drang an ihr Ohr. Mühsam drehte sie den Kopf zurück. Am Fußende ihres Betts stand eine Krankenschwester und lächelte sie an.

Sie versuchte zu nicken, aber der Schmerz ließ es nicht zu. «Hallo», flüsterte sie, hörte jedoch selbst, dass nur ein Krächzen aus ihrem Mund drang.

«Sie müssen nicht sprechen. Sie können die Hand heben, wenn Sie mich verstehen.»

Sie hob einen Finger.

«Sehr schön. Haben Sie Schmerzen?»

Zwei Finger.

Die Schwester kam an ihre rechte Bettseite und hantierte an einem Beutel herum, der dort an einem Gestell hing. «Sie bekommen gleich eine neue Infusion. Dann wird es besser.»

«Yannick?» Lucie versuchte, deutlich zu sprechen.

«Nicht reden. Ihr Kiefer ist geschient...»

«Yannick!»

Die Schwester beugte sich nah zu ihr herunter. «Yannick?»

«Ja ... Blume ...» Sie versuchte, mit dem Finger auf die Rose zu deuten.

Die Schwester verstand. «Ist Yannick Ihr Freund?»

Lucie hob einen Finger.

«Sie möchten wissen, ob die Rose von ihm ist?»

Wieder ein Finger.

Die Schwester hob ihre Schultern. «Das weiß ich leider nicht. Ihr Vater hat mich auch schon gefragt, aber niemand hat gesehen, wer sie gebracht hat. Sie stand plötzlich da.»

«Yannick?», wiederholte Lucie noch einmal mühevoll, und es klang wie ein verzweifeltes Zischen.

Die Schwester zögerte einen Moment, dann sagte sie leise: «Es tut mir leid, Mademoiselle, aber außer Ihrem Vater war niemand da.»

Ein Stöhnen drang aus Lucies Mund, langgezogen und klagend. Das Bild des weinenden Freundes an ihrem Bett löste sich in Luft auf. Stattdessen erschien ihr Vater, den sie seit fast drei Jahren nicht gesehen hatte, die Falte auf seiner Stirn war eine tiefe Furche, der Mund wie immer missbilligend verzogen. «Was hast du nun schon wieder angestellt?», raunte seine Stimme in ihrem Kopf, «nichts als Kummer bereitest du mir ...» Sie schloss die Augen und flüchtete sich in den Schmerz, der in ihrem Körper tobte, ließ sich mit Wucht hineinfallen und wartete darauf, dass die Bewusstlosigkeit zurückkam und sie wieder mit sich forttrug.

21

Eine Garotte? Bist du sicher?» Céleste runzelte die Stirn. Sandrine war am Telefon, ihr Obduktionsbericht zu Ivette Clavet war fertig.

«Todsicher, wenn du mir das Wortspiel verzeihst. Mir ist die Strangmarke am Hals von Anfang an bekannt vorgekommen, aber ich wusste nicht, warum. Ich habe meine alten Rechtsmedizinbücher hervorgekramt, und da habe ich es gefunden.» Sie machte eine Pause, und Céleste hörte, wie sie sich eine Zigarette anzündete und den Rauch ausstieß. «Es ist keine Garotte gewesen, wie sie früher bei Hinrichtungen verwendet wurden, sondern ein eher mobiles Werkzeug», fuhr Sandrine fort.

Céleste hatte den Begriff bereits in die Suchmaschine auf ihrem Computer eingetippt und sah, was Sandrine meinte: Unter Garotte verstand man entweder einen Pfahl, an den das Opfer am Hals angebunden wurde, oder aber einen einfachen Draht mit zwei Stöcken an den Enden, mit denen man ihn am Hals des Opfers zudrehen konnte.

«Wer verwendet so etwas?», fragte sie.

«Vor allem Kriminelle im Marseiller Hafenviertel im 19. und 20. Jahrhundert. In neuerer Zeit wurde die Garotte auch gern von der Mafia benutzt. Sie ist sehr praktisch, weißt du? Wenn man es gut macht, bleibt dem Opfer keine Zeit, überhaupt nur ein Geräusch zu machen, geschweige denn, sich zu wehren. Es geht ganz schnell, von hinten die Schlinge um den Hals gelegt und zack!»

«Zack?» Céleste hob eine Augenbraue und hörte Sandrine lachen.

«Ja. Du verstehst schon, wie ich es meine. Das Opfer erstickt, das ist natürlich kein schöner Tod. Aber unser Täter hier hat es sehr gut gemacht, es ist schnell gegangen, daher gab es fast keine Zyanose, und die Petechien waren auch kaum sichtbar.»

«Was …», wollte Céleste gerade nachhaken, da klärte sie Sandrine schon auf:

«Entschuldige, ich meine, es gab keine Blauviolettverfärbung des Gesichts und kaum Stauungsblutungen in den Bindehäuten, was auf eine unregelmäßige Kompression der Halsgefäße hindeuten würde. Das heißt, der Mörder hat nicht angezogen und wieder lockergelassen, wie es sehr oft beim Erdrosseln vorkommt, vor allem dann, wenn der Mörder zögert oder das Opfer sich noch wehren kann. Hier war gar keine Gegenwehr möglich. Der Mörder kam vermutlich von hinten, hat nur einmal schnell, effektiv und absolut unbarmherzig zugezogen und zugehalten, bis das Opfer tot war. Diese schwach ausgeprägten Erdrosselungsmerkmale hatten mich bereits stutzig gemacht, dann ist mir an der Strangmarke noch diese typische Wunde aufgefallen, dort, wo im Nacken der Draht zugedreht wird. Echt wie im Lehrbuch. Sauber gemacht.» Sandrine klang ziemlich begeistert.

Céleste konnte diese Begeisterung nicht teilen. «Du willst mir sagen, ich soll nach einem Profi suchen? Einem Mafioso, der Leute killt wie ein Marseiller Galgenvogel aus dem vorigen Jahrhundert?»

«Zumindest einen, der eine Garotte hat und weiß, wie man

sie benutzt.» Céleste hörte, wie Sandrine ein paar Züge rauchte, bevor sie weitersprach. «Wenn man sich den vorherigen Mord noch dazu ansieht, würde ich sagen, du solltest dich nach jemandem umsehen, der äußerst entschlossen ist, aber kein Interesse daran hat, seine Opfer lange zu quälen. Ein Schuss mit dem Bolzenschussgerät, ein heftiger Zug mit der Garotte und ...»

«... zack!», brachte Céleste Sandrines Satz zu Ende.

«Genau. Kluge Frau», lobte Sandrine. «Viel Glück dabei.»

Céleste bedankte sich und legte auf.

«Zack ...», murmelte sie nachdenklich vor sich hin, als Luc ins Büro kam.

Er hatte wieder eine Tüte aus der Metzgerei dabei. Schon am Morgen hatte er erneut Schinkenbaguette mitgebracht, jetzt waren es knusprige kleine Fleischpasteten, eine von Silvains besonderen Spezialitäten.

«Zack?» Er sah sie fragend an, während er die Tüte auspackte.

«Die Methode unseres Mörders.» Céleste erzählte ihm von Sandrines Anruf.

«Ein Profi?», wiederholte er unsicher.

«Wie zum Beispiel die Mafia.»

«Mafia?» Lucs Miene wurde noch zweifelnder. «Das glaube ich nicht ... es gibt ja in Eguisheim noch nicht mal eine Pizzeria.»

«Sandrine sagt ja nicht, dass es ein Mafiakiller war. Aber jemand, der handelt wie einer: effektiv, entschlossen und ohne Lust am Leid der Opfer.»

Luc dachte nach. «Und wie passt das zu Ihrer mittelalterlichen Ehrenstrafentheorie?», fragte er schließlich.

«Das weiß ich noch nicht», gab Céleste zu.

Luc schwieg. Nach einer Weile sagte er: «Er hat eine Aufgabe zu erfüllen. Eine ehrenvolle Aufgabe. Er sieht sich im Recht, so zu handeln. Er ist ein Ehrenmann. So etwas wie ein mittelalterlicher Ritter. Ein Kreuzritter.»

Céleste sah ihren Brigadier überrascht an. «Ein Kreuzritter …», wiederholte sie nachdenklich. «Da könnte was dran sein.»

Luc nickte und setzte sich hinter seinen Schreibtisch, wo bereits ein Stapel Unterlagen auf ihn wartete, die ihm Marie vom Grundbuchamt und von der Bank besorgt hatte. Auch die Dame vom Finanzamt, mit der Luc Dédés Weisungen gemäß telefoniert hatte, hatte sich kooperativ gezeigt und ihm die notwendigen Informationen per Mail zukommen lassen. Er biss in seine Fleischpastete und begann, sich fast freudig erregt in die Welt der Zahlen und Bilanzen zu vertiefen.

Céleste sah ihm eine Weile dabei zu, unschlüssig, ob sie ihm Hilfe anbieten solle, doch sie wusste, sie würde nichts Erhellendes beitragen können, geschweige denn Unstimmigkeiten finden. Im Gegensatz zu Luc hatte sie keine Ahnung davon, was Stallanlagen wert waren und was ein Bauernhof von Rouffachers Größe erwirtschaften konnte. Sie mochte keine Zahlen, hatte kein Gefühl dafür und war schon froh, wenn sie mit ihrem eigenen Konto und ihren Steuern klarkam. Sie begann lustlos einige der in der letzten Woche liegengebliebenen Arbeiten in Angriff zu nehmen, und quälte sich durch die neue Brandschutzverordnung, die ihr Marie in Dédés Auftrag schon vor geraumer Zeit auf den Schreibtisch gelegt hatte und nach der sie und Luc in der nächsten Zeit alle öffentlichen Gebäude und Gastronomiebetriebe zu überprüfen hatten. Nach einer Weile stellte sie jedoch fest, dass es sinnlos war. Sie konnte sich nicht konzentrieren.

Früher, als sie – wie Wolfsberger so süffisant angemerkt hatte – tatsächlich noch für die Verteilung von Strafzetteln und die Kontrolle der Parkuhren zuständig gewesen waren, wäre sie jetzt kreuz und quer durch das Dorf geschlendert, auch ohne jemanden aufzuschreiben, allein um einen Grund zu haben, für eine Weile nach draußen zu kommen.

Auch wenn das an Wolfsberger bisher vorübergegangen zu sein schien, hatten sie hierfür mittlerweile sogar in Eguisheim eine Angestellte der Verkehrsüberwachung, Brigitte, die täglich ihre Runden machte und mit der wahrlich nicht gut Kirschen essen war. Die Einnahmen der Gemeinde aus den Strafzetteln fürs Falschparken hatten sich erheblich gesteigert, seit sie diese Aufgabe von Céleste und Luc übernommen hatte, was Dédé nicht versäumte, ihnen immer wieder halb im Spaß, halb im Ernst unter die Nase zu reiben. Céleste hatte kein Problem damit. Sie wusste selbst, dass sie beim Verteilen von Strafzetteln zu lasch gewesen war. Sogar Luc hatte ihr das manchmal vorgeworfen und hatte vorsichtig angemerkt, dass man dieses oder jenes Auto nun aber wirklich einmal aufschreiben müsse. Doch Céleste hatte entgegengehalten, dass der alte Fiat beispielsweise, der wieder einmal mitten auf dem Gehsteig parkte, der alten Witwe Truffe gehöre und dass man sie, nachdem sie ihren Mann verloren hatte, unmöglich auch noch mit Strafzetteln belästigen konnte. Oder dass Maurice, der Freund ihres Großvaters, der zwar gerne für andere Spritzen gegen Hexenschuss bei Henri im Café verteilte, selbst auch einen kaputten Rücken hatte und man ihm mit seinen fast achtzig Jahren nicht zumuten konnte, sein Auto meilenweit entfernt auf einen offiziellen Parkplatz zu stellen, nur weil vor der Kellerei Dopfer, wo er immer seinen Wein erstand, wenn er Opa Théos Riesling ausgetrunken hatte, kein Platz mehr frei war.

Sie stand auf. «Ich fahre nach Colmar», verkündete sie. «Ich möchte noch einmal mit dem Angestellten von Ivette Clavet reden.»

Luc sah fast widerwillig von seinen Papieren auf. «Soll ich mitkommen, Chef?», fragte er dennoch pflichtschuldig.

Céleste schüttelte den Kopf. «Kümmern Sie sich lieber um die Unterlagen. Das ist wichtig.»

Die Erleichterung auf Batos Miene minderte ihr schlechtes Gewissen darüber, dass sie lieber alleine loszog. Ihm ging es vielleicht nicht anders. Manchmal half es, alleine zu sein, um die Dinge noch einmal auf sich wirken zu lassen.

Von dem Widerwillen, mit dem ihnen Ivette Clavets Angestellter gestern begegnet war, war an diesem Nachmittag nichts mehr zu spüren. Im Gegenteil. Der Mann, der Paul Laclaque hieß, schien beinahe froh darüber zu sein, dass ihn jemand besuchen kam. Er saß vor einem Berg Ordner an seinem Schreibtisch und schaute unglücklich drein. Offenbar hatte er erst jetzt realisiert, dass seine Chefin tatsächlich tot war.

«Ich weiß gar nicht, was ich jetzt tun soll», jammerte er und sah Céleste fragend an, als kenne sie die Antwort. «Muss ich das Büro abwickeln? Wer sind die Erben? Wer bezahlt mich? Soll ich einfach zusperren?» Er raufte sich die Haare und seufzte.

«Das kann ich Ihnen nicht sagen», antwortete Céleste. «Vielleicht hat Madame Clavet ein Testament gemacht? Gab es denn jemanden, der ihr besonders nahestand?»

Paul Laclaque überlegte. «Nein, nicht dass ich wüsste. Ivette war immer sehr unabhängig. Ich glaube, sie hielt nicht viel von Beziehungen.»

«Kein Mann?»

Paul wurde rot. «Nnnein. Nichts Ernstes jedenfalls. Nur ... ähm ... Unverbindliches, Spaß.» Dann fügte er noch hastig hinzu: «Glaube ich jedenfalls.»

«Aber Sie wissen es nicht?»

Er schüttelte stumm den Kopf.

«Wirklich nicht?» Céleste wartete, doch als nichts mehr kam, fragte sie direkt: «Sie wissen nicht, ob es noch andere Liebhaber außer Ihnen gab?»

«Wie?» Er sah sie peinlich berührt an.

Sie wedelte lässig mit der Hand. «Ist doch nichts dabei. Sie war eine sehr schöne Frau.»

Er nickte. «Ja. Das war sie. Auch wenn sie fast zwanzig Jahre älter war als ich. Sie war ... tough. Cool.» Er zögerte einen Augenblick, dann sagte er: «Ich glaube schon, dass es noch andere Männer gab. Ivette war sehr offen in diesen Dingen. Und ... ähm ... großzügig.» Erneut kroch die Röte seinen Hals hinauf.

«Kann ich mir vorstellen.» Céleste nickte. «Gab es denn keine Probleme? Eifersüchteleien?»

Paul Laclaque schüttelte den Kopf. «Ich habe nie etwas mitbekommen. Sie hat mir gegenüber auch nie einen Hehl daraus gemacht, dass sie kein Interesse an was Ernstem hat. Dass es ihr nur ...» Er geriet etwas ins Stottern.

«... um Sex geht», half Céleste ihm freundlich auf die Sprünge.

«Äh. Ja.» Er nickte verlegen, und Céleste kam nicht umhin, darüber nachzudenken, welche Qualitäten der junge Mann auf diesem Gebiet wohl vorzuweisen hatte. Er war recht gutaussehend, schlank mit sportlicher Figur, aber etwas zu bubihaft und zu geschniegelt für Célestes Geschmack.

«Es gab schon Ärger», sagte er plötzlich. «Aber ich glaube, es war nichts Privates.»

«Was für Ärger?», wollte Céleste wissen.

«Einen Anruf. Yvette ist laut geworden. Ich konnte sie durch die geschlossene Tür hören.»

«Und worum ging es?»

«Das weiß ich nicht. Sie hat nur gesagt, der Anrufer solle sich zum Teufel scheren.»

«Und Ihnen gegenüber hat sie nichts erwähnt? Keine Bemerkung? Gar nichts?»

Paul Laclaque überlegte lange. «Ich glaube, es war jemand von der Presse», sagte er schließlich.

«Von der Presse? Wie kommen Sie darauf?», fragte Céleste nach.

«Ich weiß auch nicht – sie hat es nicht direkt gesagt. Sie meinte nur, kurz nach dem Anruf, es gibt immer Leute, die einem was anhängen wollen. Die im Schmutz wühlen und erst zufrieden sind, wenn sie andere damit beworfen haben. Oder so ähnlich. Da dachte ich, vielleicht war es ein Journalist, der angerufen hat.»

«Gäbe es denn Schmutz, mit dem sie hätte beworfen werden können?», wollte Céleste wissen.

«Das habe ich mich auch gefragt», gab der junge Mann überraschend offen zu. «Ich meine, sonst muss man sich ja nicht so aufregen, oder?»

Céleste nickte. «Sehe ich auch so.»

«Es gab da eine Sache, die ich nicht verstanden habe», räumte er nach einer Weile ein. «Ich weiß allerdings nicht, ob sie mit dem Anruf zusammenhängt. Ich habe sie danach gefragt, aber sie hat gemeint, ich …» Er verstummte abrupt.

«Was?»

Er schluckte. «Sie hat gemeint, ich darf sie zwar vögeln, aber ich müsste nicht alles wissen.»

«Klare Ansichten», kommentierte Céleste trocken. «Und was war das für eine Sache, die Sie stutzig gemacht hat?»

«Es ging um Geld», sagte Paul. «Ziemlich viel Geld. Ich war eigentlich nur für die Akquise und die Betreuung der Kunden zuständig, mit den Provisionen hatte ich nichts zu tun. Aber einmal habe ich die Firmenkontoauszüge gesehen, und dort waren regelmäßige Überweisungen von einer Firma in Mulhouse, die ich mir nicht erklären konnte. Ich habe sie nur gefragt, ob wir auch in Mulhouse Objekte hätten...»

«Und zur Antwort bekommen, dass Sie sich raushalten sollen.»

Paul nickte.

«Haben Sie diese Kontoauszüge hier? Kann ich sie sehen?»

Er schüttelte den Kopf. «Der Ordner war am nächsten Tag verschwunden. Ich denke, sie hat ihn mit nach Hause genommen.»

Céleste stand auf. «Gibt es einen Schlüssel für Madame Clavets Wohnung?»

«Den hat die Brigade aus Colmar mitgenommen.»

Céleste sah ihn nur an.

«Ja, also, ich habe auch einen Schlüssel...»

Sie streckte die Hand aus.

Paul Laclaque öffnete eine Schublade und nahm einen Schlüssel heraus, an dem ein kleines, rotes Plastikherz hing. Widerstrebend übergab er ihn.

«Sie bekommen ihn wieder», versprach Céleste.

22

Natürlich konnte man von einer Immobilienmaklerin erwarten, dass sie für sich selbst das Sahnestückchen heraussuchte, doch Ivette Clavets Wohnung übertraf Célestes Erwartungen sogar noch. Nachdem sie ohne die geringsten Bedenken – war sie nicht sogar offiziell angehalten zu ermitteln? – mit dem Schlüssel das Siegel der Colmarer Kripo durchtrennt hatte und eingetreten war, schnappte sie erst einmal nach Luft.

Sie stand in einer luftigen, hellen Maisonettewohnung über zwei Stockwerke, ausgesprochen stilvoll renoviert, mit alten Fachwerkbalken und modernen Panoramafenstern, von wo aus man einen wunderbaren Blick über die Dächer Colmars und das Martinsmünster hatte. Die Möbel, die Stoffe, die gesamte Einrichtung war teuer und geschmackvoll, eine Treppe aus offensichtlich antiken Holzbalken führte nach oben, wo sich ein Schlafzimmer mit großem Bett, ein großzügiges Bad und ein Büro befanden. Vom Büro aus konnte man eine kleine, versteckte Dachterrasse erreichen, die, herrlich zugewachsen mit wildem Wein, den Blick auf die sanften Hänge der Vogesen freigab. Céleste hätte einiges dafür gegeben, eine solche Wohnung zu besitzen, doch sie wusste auch, dass ein derartiges Objekt in dieser Lage in Colmar unerschwinglich war. Für sie jedenfalls. Und ihre kleine Wohnung bei Madame Denis war auch nicht schlecht. Immerhin hatte sie einen Balkon mit einem ähnlich Blick wie Ivette Clavet, auch wenn dort keine Loungesessel aus diesem sündhaft teuren Edelkunststoffgeflecht, das man neuerdings in jeder Wohnzeitschrift bewundern konnte, sondern nur zwei Klappstühle und ein wackeliger Holztisch standen.

Sie riss sich vom Ausblick der Dachterrasse los und begann stattdessen, sich im Büro und in den Schreibtischschubladen umzusehen. Von Kontoauszügen keine Spur. Die Brigade hatte offenbar schon alles untersucht – Céleste konnte an manchen Stellen noch Spuren der erkennungsdienstlichen Behandlung ausmachen – und auch den PC mitgenommen. Falls sich diese Kontoauszüge, von denen Paul Laclaque gesprochen hatte, hier befunden hatten, hatte die Brigade sie offenbar mitgenommen. Sie würde Luc bitten, dort anzurufen. Nachdem er schon zarte Bande mit der Sekretärin geknüpft hatte, wäre es für ihn leichter und wohl auch erfolgversprechender, als wenn sie sich mit Wolfsberger herumschlagen müsste.

Sie schüttelte den Kopf, erneut verärgert über die arrogante Sturheit dieses idiotischen Didier Wolfsberger mit seinen zuckerwattefarbenen Hemden. Wie viel einfacher wäre es, die Ermittlungen gemeinsam durchzuführen? Ihr Blick wanderte über das massive glänzende Nussbaumregal, das offenbar maßgefertigt und akkurat in die Dachschräge eingepasst worden war. Es war überwiegend mit Bildbänden zu Architektur, Gärten und Kunst bestückt – Ivette hatte hier anscheinend nicht viel gearbeitet. Das Einzige, was nach Arbeit aussah, war ein schmaler weißer Ordner mit unbeschriftetem Rücken. Sie zog ihn heraus und blätterte darin herum.

Es waren Schreiben einer Hausverwaltung in Mulhouse, nicht besonders aufregend oder rätselhaft, dürre Formschreiben, gerichtet an eine Firma, ebenfalls in Mulhouse. Es ging nicht wirklich viel aus den Schreiben hervor, viele Dinge waren offenbar vorab telefonisch besprochen und mit diesen Schreiben nur bestätigt worden. Es wurde mehrmals Bezug genommen auf Mietabrechnungen, die Céleste etwas weiter hinten im Ordner fand. Sie überflog die monatlichen Auflistungen und hob überrascht die Brauen. Es waren drei Häuser, die die Hausverwaltung betreute, und es mussten ziemlich große Häuser sein, denn die Mieteinnahmen waren beträchtlich. Sie rief Paul Laclaque noch einmal an, und er bestätigte ihr, was sie schon vermutet hatte: Es handelte sich tatsächlich um die Firma in Mulhouse, von der Ivette Clavet regelmäßig Überweisungen bekommen hatte. Sie bedankte sich und legte nachdenklich auf. Mit dem Ordner in der Hand verließ sie die Wohnung.

Als sie wieder in ihrem Auto saß, rief sie Luc an und bat ihn, diese Firma in Mulhouse und die Verbindung mit Ivette Clavet in seine Recherchen miteinzubeziehen. Dann warf sie einen Blick auf die Uhr und beschloss, dass es noch nicht zu spät war, um die fünfzig Kilometer nach Mulhouse zu fahren und sich diese lukrativen Häuser einmal anzusehen.

Als Céleste an diesem Abend nach Hause kam, war es bereits nach neun. Sie war erschöpft und unruhig zugleich. Die Häuser in Mulhouse waren große, extrem schäbige Mietshäuser in einem heruntergekommenen Viertel – es war nicht nachzuvollziehen, wie sich damit so hohe Mieterträge erzielen ließen. Bei einem der Häuser war ihr die Adresse bekannt vorgekommen, und ihr war auch wieder eingefallen, warum. Damit einher ging eine Ahnung, was sich hinter den grauen Fassaden verbergen könnte. Ganz sicher war sie sich jedoch nicht. Dazu musste sie wenigstens eines der Häuser von innen sehen. Sie würde morgen zusammen mit Luc noch einmal hinfahren, um die Sache genauer unter die Lupe zu nehmen. Vielleicht hatte Luc bis dahin auch schon die Verbindung zwischen Ivette Clavet und dieser Firma in Mulhouse herausgefunden.

Céleste blieb einen Moment unschlüssig im Flur stehen, ohne sich die Schuhe oder die Jacke auszuziehen, und beschloss dann, noch auf ein Glas Wein bei Henri vorbeizuschauen. Sie war zu unruhig, um zu Hause zu bleiben. Während sie in Richtung Marktplatz lief, kam es ihr so vor, als habe sich der Ort durch die beiden Morde bereits verändert. Es war noch nicht ganz dunkel, vereinzelte Touristengrüppchen schlenderten durch die Gassen, sie hatten irgendwo gegessen, im *Fetten Frosch* oder in *Julien's Winstub* am Marktplatz, und machten sich jetzt gemächlich auf den Weg zurück zu ihren Autos. Doch Einheimische sah Céleste an diesem Abend nicht. Als sie das *Café du Marché* erreichte, war es wie ausgestorben. Sie konnte von außen Henri allein hinter der Theke stehen sehen. Er hatte den Fernseher eingeschaltet, der unter der Decke neben der Tür zur Toilette hing und schaute ein Fußballspiel. Es war nicht zu erkennen, welche Mannschaften spielten, nur das grelle Grün des Rasens flimmerte auf dem Bildschirm. Sie blieb stehen und betrachtete Henri eine Weile aus der Entfernung. Mit einer müden Bewegung zapfte er sich ein Bier und verlagerte sein Gewicht von einem auf das andere Bein, während er, mit den Unterarmen auf der Theke abgestützt, das Spiel verfolgte.

Henri, der in seinem hell erleuchteten Café ganz allein in den Fernseher starrte, spiegelte die Stimmung des Ortes an diesem Abend wider. Es war, als sei den Leuten erst jetzt, da sich die erste Aufregung gelegt hatte, bewusst geworden, was diese Vorfälle tatsächlich bedeuteten: Ein Mörder hielt sich in ihrem Dorf auf, er bewegte sich unerkannt und unentdeckt mitten unter ihnen. Sie blieben zu Hause, unter sich, waren zutiefst verunsichert. Céleste hatte es schon am Morgen gespürt, als sie in der Bäckerei ihr Frühstückscroissant und ein Baguette geholt hatte. Die Blicke der Leute waren wachsamer, ihre Unterhaltungen gedämpfter.

Jetzt entdeckte Henri sie vor dem Café und winkte ihr zu. Sie hob grüßend die Hand. Er hob mit einem fragenden Blick die Weinflasche neben sich, und Céleste nickte. Als sie eintrat, lächelte er ihr zu.

«Salut, Céleste. Hast du etwa bis jetzt gearbeitet?»

Céleste sah an ihrer Uniform hinab und nickte. «Ja. Viel zu tun.»

«Kann ich mir vorstellen.» Er goss ihr ein Glas Crémant ein, und Céleste stellte sich mit dem leicht moussierenden Getränk zu ihm an die Theke.

«Gibt's was Neues?», wollte er wissen, während er sein eigenes Glas hob und einen großen Schluck trank.

Céleste schüttelte den Kopf. «Nicht wirklich. Aber wir wissen immerhin, wer die Tote ist.»

«Sie soll aus Colmar sein, habe ich gehört», sagte Henri.

Céleste wunderte sich nicht mehr, woher er das wusste, sondern nickte nur. «Eine Immobilienmaklerin, sie heißt Ivette Clavet. Kennst du sie?»

Henri kniff seine runden kleinen Vogelaugen zusammen, als müsse er überlegen, und schüttelte dann den Kopf. «Ich kenne keine Makler. Wohne seit 45 Jahren im selben Haus. Bin dort geboren und werde dort auch sterben.» Er trank sein Bier aus.

Céleste zog ihr Handy aus der Tasche, um ihm ein Foto der Toten zu zeigen. Dabei bemerkte sie, dass sie zwei Nachrichten von Max bekommen hatte. Offenbar hatte er versucht, sie anzurufen. Sie überprüfte ihr Handy: Es war stummgeschaltet. Fluchend schaltete sie es ein. Offenbar war Max von seinem Kongress wieder zurück in Freiburg.

«Schlechte Nachrichten?»

«Nein», gab Céleste knapp zurück. Henri sah zwar aus wie ein trauriges Huhn, war aber neugierig wie eine Elster. Sie zeigte ihm das Foto. «Hast du sie vielleicht hier schon mal gesehen?»

Henri betrachtete das Bild der Toten eingehend. «Kann ich nicht sagen. Glaub nicht.»

«Schade.» Céleste steckte ihr Handy wieder zurück in die Tasche. Max' Nachrichten würde sie sicher nicht unter Henris neugierigen Blicken lesen. «Ich wüsste zu gerne, ob es eine Verbindung von ihr zu Eguisheim gibt. Immerhin wurde sie ja hier gefunden.»

Erst als sie den Satz aussprach, wurde ihr bewusst, wie seltsam das tatsächlich war. Ivette Clavet stammte aus Colmar und war höchstwahrscheinlich von ihrem Mörder nach Wettolsheim gelockt und dort getötet worden. Danach hatte der Mörder sie extra nach Eguisheim gebracht. Genau wie Philippe Rouffacher, der ja auch nicht in Eguisheim ermordet worden war. Warum hatte man beide ausgerechnet hierher transportiert? Wettolsheim hatte auch einen schönen Marktplatz, und in Colmar gab es sogar ein Foltermuseum. Eine Möglichkeit war natürlich, dass der Mörder in Eguisheim wohnte, andererseits hätte das wiederum ein guter Grund sein können, einen ganz anderen Ort zu wählen, um von sich abzulenken. War Eguisheim Teil des Plans? Hatte das Dorf eine besondere Bedeutung für den Mörder? Mussten die Toten hier und nirgendwo sonst ausgestellt werden? Céleste spürte, dass diese Frage bedeutsam war.

Sie hatte heute schon einmal kurz dieses Gefühl gehabt: dass etwas von dem, worüber sie und Luc gesprochen hatten, wichtig gewesen sei, ohne dass sie es hätte greifen können. Sie versuchte noch einmal, die heutigen Gespräche mit Luc zu rekapitulieren. Es war hauptsächlich darum gegangen, welche Beziehung der Mörder zu den Opfern hatte und wem der Mörder mit seinen Taten eine Botschaft übermitteln wollte. Er ist eine Ehrenmann, hatte Luc dazu gesagt. Ein Kreuzritter. Wieder streifte ein Gedanke ihr Bewusstsein, es war nur ein kurzes Flattern, wie das eines Vogels im Gebälk einer leeren Kirche, flüchtig und kaum zu fassen, und doch ließ es ein nachtschwarzes Gefühl von Beunruhigung in ihr zurück. Céleste schob ihr leeres Glas zusammen mit ein paar Euro-Münzen über die Theke.

«Ich geh heim. Gute Nacht.»

23

Als Céleste an diesem Morgen aus dem Haus trat, wurde sie bereits erwartet.

«Guten Morgen», schallte es ihr energisch entgegen, gerade als sie mit noch kleinen Augen die Tür hinter sich zuzog. Sie hatte gestern noch lange mit Max telefoniert. Viel zu lange.

Nachdem sie ihm von ihrem Fall erzählt hatte, den Max mit seinem Journalistengehirn außerordentlich spannend fand, und sie eine Weile gemeinsam gerätselt und spekuliert hatten, war es persönlicher geworden. Mit jedem Wort, vor allem aber mit jeder Pause zwischen den Wörtern, voll von Ungesagtem, war ihre Sehnsucht nach ihm größer geworden – sodass sie am Ende am liebsten ins Auto gesprungen wäre, um die achtzig Kilometer nach Freiburg zu fahren und dem Ungesagten Taten folgen zu lassen. Sie hatte es nicht getan. Als sie schließlich das Telefongespräch beendet hatten, war Céleste noch lange auf dem Klappstuhl auf ihrem Balkon sitzen geblieben und hatte versucht nachzudenken. Über sie und Max. Über Freiburg und Eguisheim. Über alles. Ohne Ergebnis. Als sie schließlich ins Bett ging, war es bereits vier, und die ersten Vögel erwachten.

Als sie den lauten Morgengruß hörte, drehte sie sich überrascht um. Es war Anne Zinck, die vor ihr stand.

«Guten Morgen», gab Céleste zurück. «Ist etwas passiert?»

Anne schüttelte den Kopf. «Aber wenn das so weitergeht, wird bald was passieren.»

«Wieso? Was meinst du?»

«Dein junger Brigadier. Sag mal, was hat der vor?»

«Wieso?» Céleste machte ein unschuldiges Gesicht.

«Er steht dreimal am Tag bei uns im Laden.»

«Ja und? Er kauft eben ein. Die Fleischpasteten gestern waren übrigens köstlich.» Sie ging los in Richtung Mairie, und Anne folgte ihr auf dem Fuß.

«Er kauft ein? Dass ich nicht lache.» Anne verzog verächtlich das Gesicht. «So plötzlich? Und dreimal am Tag? Und dann steht er vorher und nachher noch eine ganze Weile stumm wie ein Baum im Laden herum und schaut mich dabei so vielsagend an ... die Leute reden schon!»

«Was reden sie denn?»

«Kannst du dir doch denken. Ob ich und Silvain wohl was mit diesen Mordfällen zu tun hätten.»

«Und habt ihr?», fragte Céleste.

«Bist du jetzt auch noch verrückt geworden?» Anne sah sie empört an.

Céleste zuckte gleichmütig mit den Schultern. «Warum regst du dich dann auf? Lass sie doch einfach reden.»

Anne schnaubte. «Das ist geschäftsschädigend, was dein Brigadier da macht! Pfeif ihn gefälligst zurück.»

Céleste blieb stehen und sah Anne lange an. «Das werde ich selbstverständlich nicht tun. Luc Bato kann einkaufen, wo er will. Ich glaube ja, es ist dein schlechtes Gewissen, das dich umtreibt.»

«Das ist ja ...» Anne starrte sie mit offenem Mund an. «Soll das jetzt so weitergehen?», fragte sie schließlich ungläubig.

«Klar. Freu dich doch über einen neuen Kunden.» Céleste

grinste, dann sagte sie, so als ob es ihr plötzlich eingefallen wäre: «Kann es übrigens sein, dass du Streit mit Rouffacher hattest?»

«Streit? Wieso?» Anne, noch immer irritiert über die Erfolglosigkeit ihres Ansinnens, schaute Céleste misstrauisch an.

«Wir wissen von einem Streit, den Philippe vor einiger Zeit am Telefon hatte. Mit einer Frau. Er hat sie Schlampe und Schlimmeres genannt.»

«Das war nicht ich.» Anne schüttelte entschieden den Kopf. «Wir hatten keinen Streit. Und im Übrigen hätte Philippe es nie gewagt, mich so zu nennen.»

«Wer kann es dann gewesen sein? Hast du eine Idee?»

«Vielleicht seine Frau?», schlug Anne vor, erleichtert, dass es jetzt nicht mehr um sie ging.

«Seine Frau?», fragte Céleste erstaunt nach. «Aber die haben doch gar keinen Kontakt mehr.»

«Wer sagt denn so was?» Anne bekam wieder Oberwasser. «Ich weiß da etwas anderes.»

«Und bitte was?»

«Einmal im Monat kommt sie mit dem Auto. Sie steigt nicht aus, steht mit ihrer Karre an der Auffahrt, wie die Gräfin persönlich. Und Philippe springt.»

«Um was zu tun?»

«Er gibt ihr etwas durchs Fenster. Einen Umschlag. Dann fährt sie wieder.»

«Geld? Gibt er ihr Geld?»

Anne hob die Schultern. «Was weiß ich?»

Céleste nickte ihr zu und wandte sich zum Weitergehen, doch Anne rief ihr nach. «Und? Bleibt er jetzt weg, dein junger Brigadier?»

Céleste drehte sich noch einmal um und hob die Schultern wie Anne zuvor: «Was weiß ich?»

Luc erwartete sie bereits in der Mairie. Er schien bester Laune. «Morgen, Chef!», rief er ihr entgegen, kaum dass sie die Tür geöffnet hatte.

«Morgen, Luc.» Céleste schnupperte. «Kein Schinken heute?»

Luc schüttelte den Kopf. «Ich komme mir langsam etwas blöd vor, und ich weiß nicht, ob es überhaupt was bringt. Anne Zinck ist ein harter Knochen.»

«Doch, doch! Das bringt was. Und wie!» Céleste erzählte ihm von ihrer Begegnung mit Anne und was sie dabei erfahren hatte. «Machen Sie unbedingt weiter. Ich bin mir sicher, da ist was im Busch. Sonst wäre sie nicht so nervös. Und die nächsten Fleischpasteten bezahle ich.»

Luc lachte. «In Ordnung, wird gemacht, Chef!»

Céleste ließ sich auf ihren Stuhl fallen. «Ich frage mich, wieso Rouffacher seiner Exfrau anscheinend doch Geld gegeben hat.»

«Wir wissen nicht, ob es Geld war, Chef», wandte Luc ein.

«Ja, schon klar. Aber was soll es sonst gewesen sein? Sicher keine Liebesbriefe.»

«Vielleicht war es Geld für die Kinder?»

Céleste nickte. «Aber warum auf diese seltsame Weise? Warum hat er es ihr nicht einfach überwiesen? Warum wurde kein Unterhalt bei der Scheidung festgesetzt?» Sie schüttelte nachdenklich den Kopf und wechselte dann das Thema. «Und wie sieht es bei Ihnen aus? Konnten Sie aus den Unterlagen etwas herauslesen?»

Luc nickte, und es schien, als würde er gleich platzen im Bemühen, seine Ergebnisse zurückzuhalten.

«Schießen Sie schon los!», forderte Céleste ihn auf.

Luc stand auf, packte eifrig einen ganzen Wust Papiere von seinem Schreibtisch und kam zu ihr herüber. «Ich habe die Zahlen verglichen, die Investitionen, die Abschreibungen und die Einnahmen und sie mit der Kapazität des Hofes verglichen.» Er beugte sich über seine Papiere und tippte mit dem Finger auf eine sorgfältig getippte Zahlenkolonne.

Céleste nickte, und als Luc anfing, die Details zu erklären, schnitt sie ihm das Wort ab. «Das Ergebnis reicht schon, Luc.»

«Okay.» Luc blickte enttäuscht drein, enthielt sich aber weiterer Erklärungen. «Also gut, kurz gesagt, es geht nicht.»

«Wie? Was geht nicht?»

«So, wie der Hof dasteht, mit diesen hohen Investitionen und dem geringen Ertrag, dem hohen Aufwand an Produktionskosten und der kleinen Zahl an Tieren, müsste Rouffacher entweder pleite oder jedenfalls bis über beide Ohren verschuldet gewesen sein. Ist er aber nicht. Das Haus ist nicht einmal beliehen. Er hat überhaupt keine Schulden.»

Céleste sah ihn stirnrunzelnd an. «Und was bedeutet das?»

«Ich denke, er muss noch aus einer anderen Quelle Geld bekommen haben. Ich konnte aber nicht herausfinden, woher.»

«Ist das dem Finanzamt nicht aufgefallen?»

«Die Gelder tauchen ja nirgends auf. Es ist nur eine Vermutung von mir. Und um darauf zu kommen, muss man sich schon sehr in die Materie reinknien, genau vergleichen und rechnen. Da hat sich offenbar niemand so wirklich zuständig gefühlt. Oder aber . . .» Er sah sie bedeutungsvoll an.

«Jemand wurde geschmiert, um nicht so genau hinzusehen?», schlug Céleste vor.

Luc nickte. «Der zuständige Finanzbeamte hat jede Steuererklärung einfach abgenickt, Nachfragen oder gar eine Steuerprüfung hat es offenbar nie gegeben. Das geht schon seit vielen Jahren so. Wenn da nichts faul wäre, müsste Bio eine Goldgrube sein. Das Auto im Schuppen ist übrigens ein Porsche Cayenne. Kostet um die achtzigtausend Euro ...»

Céleste pfiff leise durch die Zähne.

«... und ist auf Erwin Bechler zugelassen.»

«Was? Nie und nimmer gehört dem so ein Auto!»

«Glaub ich auch nicht», gab Luc ihr recht. «Alles Tarnung.»

«Dann steckt dieser Bechler aber ganz sicher mittendrin in dieser Sache. Wir müssen noch mal mit ihm reden.»

«Geht nicht mehr. Sie haben ihn gestern Nachmittag nach Deutschland überstellt.»

Céleste stieß einen herzhaften Fluch aus.

Luc packte seine Papiere wieder zusammen. «Ich bin mir sicher, dass da irgendeine Schweinerei dahintersteckt und Anne und Silvain Zinck ihre Finger mit im Spiel haben.»

«Ja. Glaube ich auch.» Céleste nickte mit düsterer Miene. «Es wird aber nicht einfach werden, das aus Anne rauszukitzeln, wenn wir nichts Konkretes in der Hand haben. Da werden Sie wohl noch einiges an Schinken und Pasteten kaufen müssen.»

Luc war zurück zu seinem Schreibtisch gegangen und nahm einen kleinen Notizzettel zur Hand, der an seinem Bildschirm geklebt hatte. «Sie hatten mich doch nach dieser Firma in Mulhouse gefragt, Chef?»

«Ja. Haben Sie dazu etwa auch schon etwas herausgefunden?»

Luc nickte. «Das ist eine Immobilienverwertungsgesellschaft, und sie gehört zu hundert Prozent Ivette Clavet. Sie ist aber offiziell nie in Erscheinung getreten. Es gibt einen Geschäftsführer, der stand doch erst kürzlich in den Schlagzeilen, als dieser Junge, wie hieß er noch ...»

«Amadou», sagte Céleste und stand auf. «Diese Geschichte ist mir gestern auch wieder eingefallen. Kommen Sie, Luc, wir müssen los.»

«Wohin?»

«Nach Mulhouse. Wir müssen uns diese Häuser genauer ansehen. Und bei der Gelegenheit können wir auch Rouffachers Exfrau einen Besuch abstatten.»

Céleste setzte Luc vor seiner Wohnung ab und wartete im Auto, während er sich umzog. Sie selbst war bereits in Zivil in die Mairie gekommen. In Uniform würden sie nicht nur den Ärger der Mulhouser Polizei auf sich ziehen, wenn sie dort ohne vorherige offizielle Absprache herumstocherten, sondern auch herzlich wenig erfahren. Luc kam bereits nach fünf Minuten wieder zurück. Sein ordentlich gebügeltes hellblaues Hemd, das er zu dunklen Jeans trug, unterschied sich von seinem Uniformhemd nur dadurch, dass es kein Polizeiabzeichen trug. Sicher steckte ein gebügeltes Taschentuch in einer seiner Hosentaschen, vermutete Céleste und empfand – nicht zum ersten Mal – eine große Zuneigung zu ihrem jungen und so überaus korrekten Kollegen.

«Sie haben wirklich tolle Arbeit geleistet», sagte sie, als Luc eingestiegen war. «Meine Hochachtung. Ich hätte diese Zahlen nie durchschaut.»

«Ach was…», sagte Luc und wehrte verlegen ab. «Das hätten Sie sicher genauso gut gekonnt.»

«Ich kann nicht mal den Dreisatz», bekannte Céleste und Luc lachte überrascht auf.

«Echt nicht?»

«Echt nicht.»

«Na, dann ist es doch gut, Chef, dass Sie mich haben.»

Céleste nickte. «Und wie!»

Als sie nach einer guten halben Stunde Mulhouse erreichten und Céleste zielstrebig zum ersten der drei Häuser fuhr, die sie gestern schon von außen betrachtet hatte, sah Luc mit zunehmendem Unbehagen aus dem Fenster.

«Ziemlich üble Gegend», meinte er.

Céleste nickte. «Bourtzwiller ist wahrlich kein Nobelviertel.»

«Ich hab davon gehört.»

«Waren Sie noch nie hier?»

Er schüttelte den Kopf. «Ich habe nur darüber gelesen. Auch die Geschichte mit dem Brand.»

Céleste schwieg. Die Sache mit dem Brand war ihr gestern ebenfalls eingefallen, als sie die Adresse herausgesucht hatte. Vor einigen Wochen hatte es in diesem Haus, das, wie sie jetzt herausgefunden hatten, Ivette Clavet gehört hatte, gebrannt. Amadou, ein elfjähriger Junge aus dem Senegal, war dabei zu Tode gekommen. Die Sache hatte großen Wirbel verursacht, da allgemein vermutet worden war, dass die Ursache ein Brandanschlag mit rechtsradikalem Hintergrund gewesen sei. In dem Haus wohnten viele Flüchtlinge und Ausländer. Vor allem der Geschäftsführer der Immobilienfirma und die Hausverwaltung hatten immer wieder darauf hingewiesen, doch die polizeilichen Ermittlungen in diese Richtung hatten angeblich ins Leere geführt. Es hatte Proteste und Mahnwachen linker Parteien und Bürgerrechtsbewegungen gegeben und im Anschluss daran Gegenproteste einer rechtsradikalen Bewegung aus dem Viertel, doch kurz darauf war die Sache eingeschlafen

«Ich frage mich, wie ein Haus in Bourtzwiller, das an Flüchtlinge und Immigranten vermietet wird, zu den anderen Geschäften dieses ach so edlen Immobilienbüros passt», murmelte Luc.

Céleste gab keine Antwort. Sie ahnte bereits, was dahintersteckte, und es war so banal und gleichzeitig so traurig, dass sie es gar nicht aussprechen wollte: Gier war der Grund. Die pure Gier.

Bourtzwiller war ein berüchtigtes Viertel in Mulhouse. Es hatte es vor ein paar Jahren zu überregionaler Berühmtheit gebracht, als sich dort Banden von Tschetschenen und Jugendlichen nordafrikanischer Herkunft eine wüste Straßenschlacht geliefert hatten, die an bürgerkriegsähnliche Zustände heranreichte. Seitdem war das Viertel nicht zur Ruhe gekommen, nahezu täglich brannten Autos, und am Abend wagte sich von den wenigen «normalen» Bürgern hier kaum mehr einer aus dem Haus. So war es kein Wunder, dass Bourtzwiller zudem zu einer Hochburg der Front National geworden war.

Ivette Clavets Häuser befanden sich alle drei in Bourtzwiller, nur wenige Straßen voneinander entfernt. Sie fuhren zu dem Haus, in dem der Brand ausgebrochen war. Es war ein heruntergekommener, düsterer Altbau in einer desolat wirkenden menschenleeren Seitenstraße, deren ehemalige Geschäfte entweder geschlossen oder zerstört waren. Ein paar dunkelhäutige Jugendliche lehnten in der mit Graffititags verschmierten Einfahrt zum Hinterhof, tranken Bier und rauchten. Sie musterten den heranrollenden Citroën mit unbewegten Mienen.

«Hier können Sie nicht einfach so reinfahren, Chef. Die werden Ihnen die Karosserie zerkratzen», befürchtete Luc und sah sich unbehaglich um. «Wenn sie es nicht gleich anzünden.»

Céleste schüttelte den Kopf. «Glaub ich nicht. In deren Augen ist das doch eine steinalte Kutsche. Die waren noch nicht mal geboren, als die Produktion eingestellt wurde.»

«Aber das ist ja das Schöne daran», protestierte Luc.

«Glauben Sie mir, Bato, diese Jungs haben keinen Sinn für diese Art von Schönheit.» Céleste lächelte traurig und parkte den DS in dem schmutzstarrenden Hinterhof zwischen einem Regiment überquellender Müllcontainer und einer verbogenen Wäschespinne ohne Wäsche. Ein Kinderroller und ein kaputter Einkaufswagen, haufenweise leere Flaschen und Zigarettenkippen, ein verschimmeltes Sofa, aus dem die Sprungfedern wie Gedärm aus einer offenen Wunde hingen, sowie zahlreiche benutzte Babywindeln, die offenbar direkt aus den offenstehenden Fenstern geworfen worden waren, vervollständigten das deprimierende Stillleben. An der Fassade waren noch die Rußspuren des Brandes zu erkennen.

Céleste stieg aus, und Luc folgte ihr mit leicht geducktem Kopf, als erwarte er, jeden Moment von einem weiteren stinkenden Geschoss getroffen zu werden. Es roch beißend nach Urin und gärendem Müll. Luc verzog das Gesicht und sah sich angewidert um.

«Ich finde nicht, dass wir da auch noch reingehen müssen», meinte er. «Wir haben ja jetzt gesehen, was das für ein Haus ist.»

«So? Haben wir das?», fragte Céleste mit leichtem Spott in der Stimme. «Und was ist es Ihrer Meinung nach für ein Haus?»

«Nun ja, es ist total vergammelt, verwahrlost…», sagte Luc, etwas verlegen unter Célestes scharfem Blick. «Und die Leute, die hier wohnen, haben offenbar keinen Anstand.» Er blickte angewidert auf eine aufgeplatzte Windel, die vor seinen Füßen lag.

«Madame Clavet hat aber eine Menge damit verdient, oder?»

Luc nickte langsam, und seine Miene wurde nachdenklich. «Stimmt. Das ist seltsam. Leute, die so wohnen, können doch unmöglich so viel bezahlen?»

Célestes Stimme war frei von Spott, als sie sagte: «Sehen Sie? Ein Widerspruch. Und deshalb gehen wir jetzt rein und sehen es uns selbst an.»

Sie ging auf die Eingangstür zu, und Luc folgte ihr.

«Aber was sollen wir sagen, wenn uns jemand fragt, wer wir sind und was wir hier wollen?»

Céleste drückte wahllos ein paar der Klingelknöpfe, auf denen kein einziger Name stand. «Da wird uns schon was einfallen.»

Luc blieb stehen. «Soll das heißen, Sie haben gar keinen Plan?», fragte er alarmiert.

«Haben Sie denn einen?», fragte Céleste amüsiert zurück.

In dem Moment ertönte der Türsummer, und noch bevor Luc etwas erwidern konnte, war sie in der Dunkelheit des Treppenhauses verschwunden. Er folgte ihr mit einem tiefen Seufzer.

Ohne dass Luc noch einen Einwand hätte anbringen können, hatte Céleste bereits an der erstbesten Wohnung im Erdgeschoss geklopft, und als ein bulliger, bärtiger Mann im Unterhemd öffnete, hob Céleste irgendeine Karte hoch und sagte mit autoritärer Stimme etwas von Brandschutzverordnung und Jugendfürsorge. Der Mann glotzte sie verständnislos an, doch Céleste schob sich resolut an ihm vorbei in die Wohnung, hob ihre Hand und sagte: «Fünf Minuten.»

Luc folgte ihr und landete unversehens in einem Albtraum. Es war blanker Hohn, diese Ansammlung an desolaten Räumen überhaupt als Wohnung zu bezeichnen. Der Putz blätterte von den feuchten, vergilbten Wänden, Kabel hingen lose herunter, es stank nach einem Gemisch von ungewaschenen Körpern, Schimmel, Essensdämpfen und Fäkalien. Das Schlimmste jedoch waren nicht die Räume, es waren die Menschen. Die Zimmer waren vollgestopft mit Menschen. Sie kauerten auf Matratzen, hockten auf wackeligen Stockbetten, die mit Plastikvorhängen voneinander abgetrennt waren, zehn, zwanzig Personen in einem Raum, darunter viele Kinder, schmutzig, viele nur mit einer Windel bekleidet, dazwischen Essensreste auf angeschlagenen Tellern, Campingkocher, Müll. Trotz der vielen Leute herrschte eine merkwürdige Stille, nicht einmal die Kinder gaben einen Laut von sich.

Als sie ins Bad schauten, entfuhr Luc ein Laut des Entsetzens. Die Wände des ungekachelten Raumes waren bis zur Decke von einem Pelz schwarzen Schimmels bedeckt, das Waschbecken gesprungen und fleckig und die Toilette in einem unaussprechlichen Zustand.

Es stank nach Kloake. In der völlig verdreckten Badewanne stand das Wasser, und in der bräunlichen Brühe lagen ein paar Wäschestücke. Ein Baby hockte allein auf dem nackten Boden und nuckelte an einem gräulichen Handtuch. Auch Célestes Miene hatte sich verhärtet, doch anders Luc, dem seine Fluchtgedanken deutlich ins Gesicht geschrieben standen, ließ sie sich zumindest äußerlich nicht aus der Ruhe bringen, sondern schritt langsam Zimmer für Zimmer ab, so als suche sie etwas. An der Tür des letzten Zimmers des Flurs, offenbar der Küche, blieb sie schließlich stehen. Eine Wand war noch mit gesprungenen, verdreckten Fliesen bedeckt, doch die ehemalige Küchenzeile, die sich dort offenbar einmal befunden hatte, bestand nur noch aus einem ramponierten Gasherd und einer offen am Boden stehenden Gasflasche, die mittels eines

Schlauches ziemlich provisorisch mit dem Herd verbunden war. Im Gegensatz zu den anderen Zimmern war dieser Raum fast leer. Nur eine Frau mit einem Baby im Arm hockte auf einer Matratze am Boden und sah sie stumm und furchtsam an. Luc folgte Célestes Blick zur Wand am Fenster. Sie war voller Ruß, niemand hatte sich die Mühe gemacht, sie neu zu streichen, und in der Luft hing noch immer beißender Brandgeruch. Céleste trat etwas weiter in den Raum und deutete auf die Wand gegenüber der desolaten Küchenzeile. «Sehen Sie die Löcher, Bato?», sagte sie leise. «Ich wette, hier standen Stockbetten, genau wie in den anderen Zimmern. Wahrscheinlich hat einer dieser Plastikvorhänge, die überall davor hängen, Feuer gefangen. Wenn der Junge auf einem der Betten lag und schlief, saß er wie ein Tier in der Falle. Er hatte keine Chance.»

Luc nickte nur stumm. Sein Kiefer war so angespannt, dass die Sehnen am Hals deutlich sichtbar waren. Als Céleste sich zum Gehen wandte, sprang die Frau auf.

«Amadou?», fragte sie leise.

Céleste blieb stehen. «War Amadou Ihr Sohn?»

Die Frau nickte und Tränen traten in ihre Augen.

Céleste nahm einen Moment lang ihre Hand. «Es tut mir leid.»

Als sie die Wohnung verließen, kam ihnen vom Eingang ein kleiner, aber sehr muskulös aussehender Mann in einem zerknitterten Anzug mit offenem Hemdkragen entgegen, gefolgt von dem bärtigen Typen im Unterhemd. Der hatte sich inzwischen offenbar von Célestes Überrumpelungstaktik erholt und Unterstützung besorgt.

«Was treiben Sie hier?», schrie der Anzugträger ihnen schon von weitem entgegen. «Das ist Hausfriedensbruch!»

Céleste blieb stehen. «Und wer sind Sie?», fragte sie kühl.

«Der Hausverwalter. Hauen Sie ab, oder ich lasse Sie rauswerfen.»

«Wir haben Amadous Mutter besucht», sagte Céleste.

Ihre Worte hatten eine erstaunliche Wirkung auf den Mann. Er prallte zurück, als hätte sie ihm eine Ohrfeige erteilt. Sein Mund stand offen, und in seinen Augen flackerte kurz Angst auf. Doch er fing sich schnell. «Wer soll das sein? Ich kenne keinen Ama... wie?»

«Reden Sie keinen verdammten Scheiß!», schrie Céleste ihn so unvermittelt an, dass Luc zusammenzuckte. «Sie wissen genau, wen ich meine.»

Der Mann senkte seine Stimme und flüsterte fast: «Seht zu, dass ihr Land gewinnt, sonst wird es unschön.» Der bullige Mann hinter dem Hausverwalter richtete sich zu seiner ganzen Größe auf, und seine Miene wurde angriffslustig. Er schlug mit der rechten Faust in seine offene Linke.

Luc stieß Céleste in die Seite. «Wir sollten jetzt wirklich gehen», flüsterte er. Céleste nickte unmerklich. An die Männer gewandt, hob Luc beschwichtigend die Hände. «Wir sind schon weg», sagte er.

Der Hausverwalter nickte grimmig. «Das will ich aber auch hoffen.»

Als sie wieder ins Auto stiegen, das tatsächlich unversehrt geblieben war, beobachteten die beiden Männer sie von der Tür aus, bis sie wegfuhren. Die Jugendlichen waren verschwunden. Die beiden schwiegen, und erst als sie Bourtzweiler hinter sich gelassen hatten und auf dem Weg zu Rouffachers Exfrau waren, sagte Luc zerknirscht:

«Es tut mir leid. Ich hatte ja keine Ahnung.»

Céleste lächelte.

«Machen Sie sich nichts draus. Manche Dinge kann man sich einfach nicht vorstellen, bevor man sie gesehen hat.»

«Haben Sie denn so etwas schon einmal gesehen?», wollte Luc wissen.

Céleste nickte. «Gleich nach meiner Ausbildung. Meine erste Einsatzstelle war in Straßburg, in einem ähnlichen Viertel wie diesem.»

«Sie waren in Straßburg?», wunderte sich Luc. «Aber wieso ...», begann er und verstummte dann, als hätte er etwas Ungehöriges gedacht.

Céleste erriet seine Gedanken. «Und das ganz und gar freiwillig», sagte sie, mit leichtem Spott in der Stimme. «Stellen Sie ich vor, ich habe mich dort beworben.»

«Oh», machte Luc und sagte nichts mehr.

«Was sind das für Leute, die in solchen Löchern hausen?», fragte er nach einer Weile.

«Unsichtbare. Illegale. Menschen, die offiziell hier bei uns nicht existieren.»

«Aber wir sind in Frankreich, nicht in Bangladesh!», rief Luc erregt. «Warum tun die Behörden nichts?»

Céleste zuckte mit den Schultern. «Wenn es ihnen gelingt, eines der Häuser zu räumen und ein paar von ihnen zu fassen zu kriegen und zu registrieren, wird wenige Tage später irgendwo anders ein neues Haus vollgestopft mit diesen armen Teufeln. Es gibt immer Menschen wie Ivette Clavet, die sich mit der Not anderer eine goldene Nase verdienen.»

Luc schwieg und dachte nach. Dann sagte er: «Sie hat die Miete gar nicht pro Wohnung kassiert, nicht wahr?»

«Nein. Pro Kopf und pro Tag. Offiziell werden natürlich ganz korrekt die kompletten Wohnungen vermietet. Der sogenannte Hausverwalter führt aber ein zweites Buch, nach dem dann von jedem Einzelnen am Ende der Woche abkassiert wird. Dafür wird er bezahlt. Und dafür, dass er mit ein paar Schlägern für Ruhe sorgt. Und dann gibt es noch Leute bei den Behörden, die auch ihren Teil bekommen, damit sie nicht so genau hinsehen. Die anderen beiden Häuser sind sicher ganz genauso organisiert. Darauf wette ich.» Sie fuhren schweigend durch die Stadt, und nach einer Weile schüttelte Céleste, mehr zu sich selbst als an Luc gewandt, den Kopf: «Das war kein Anschlag. Wahrscheinlich ist der Brand ganz banal beim Kochen ausgebrochen. Haben Sie die Gasflasche gesehen?»

«Aber warum haben die von der Hausverwaltung das dann behauptet?», wunderte sich Luc.

Céleste warf ihm einen kurzen Blick zu. «Ist doch klar, Bato. Die Verwalter und natürlich auch die Eigentümerin haben großes Interesse daran, dass die Behörden nicht auf die katastrophalen Verhältnisse in diesen Häusern aufmerksam werden. Was hilft ihnen da besser, als die Aufmerksamkeit nach außen zu lenken und ein bisschen die öffentliche Hysterie zu schüren? Wahrscheinlich hat man die meisten Leute so lange aus den Wohnungen geschafft, bis die Untersuchung abgeschlossen war, so dass alles wenigstens halbwegs normal wirkte, und gleichzeitig versucht, ein paar falsche Fährten zu legen. Das Interesse ging sofort in eine andere Richtung, und sie selbst konnten sich sogar noch als Opfer darstellen.»

Luc wurde blass, als er die Tragweite dessen, was Céleste da sagte, begriff, und er suchte vergeblich nach Worten. «Das ist ... das ist ...»

«... perfide», half Céleste ihm auf die Sprünge. «Zynisch. Böse.»

Er nickte und versank in brütendes Schweigen.

Nachdem sie schweigend eine Weile mehr oder weniger ziellos in der Stadt herumgekurvt waren, auf der Suche nach der Straße, in der Rouffachers Exfrau wohnte, sprach ihn Céleste darauf an.

«Was ist los, Bato? Ist Ihnen die Sache etwa so an die Nieren gegangen, dass es Ihnen die Sprache verschlagen hat?»

Luc schüttelte den Kopf, dann gab er zögernd zu: «Irgendwie schon. Ich war so vollkommen unvorbereitet, so naiv. Ich hatte keine Ahnung, dass es so etwas überhaupt gibt. Hier bei uns.» Er räusperte sich und sah sie offen an. «Ich komme mir vor, als hätte ich unter einer Käseglocke gelebt. Und das ... das ist nicht gut, vor allem nicht für einen Polizisten.»

Céleste warf ihm einen überraschten Blick zu. «Zweifeln Sie etwa an sich? Wegen dieser Wohnungen? Das ist nicht Ihr Ernst, Bato.»

Er zuckte mit den Schultern. «Meine Eltern haben immer gesagt, ich sei nicht dafür gemacht, Polizist zu werden. Ich sei nicht aus dem richtigen Holz geschnitzt für so was. Vielleicht haben sie ja recht ...»

Céleste fuhr an den Straßenrand und bremste so scharf, dass Luc nach vorne fiel.

«Was reden Sie da für einen Mist?», rief sie wütend. «Sie sind ein verdammt guter Polizist!»

«Aber ...», begann Luc verdattert, doch Céleste schnitt ihm rüde das Wort ab.

«Kein Aber, Brigadier Bato. Ich will nichts mehr von diesem Schwachsinn hören, verstanden?»

Luc schwieg. Nach einer Weile richtete er sich auf, drückte das Kreuz durch, hob das Kinn und straffte die Schultern. Feierlich sagte er: «Danke, Chef. Ich verspreche Ihnen, ich werde Sie nicht enttäuschen.»

Céleste lächelte und klopfte ihm dann sacht auf die Schulter. «Daran habe ich keinen Zweifel, Luc. Aber jetzt lassen Sie mal wieder locker, sonst bekommen Sie am Ende noch Bandscheibenprobleme.»

Während Luc unauffällig wieder in sich zusammensackte, sah Céleste aus dem Fenster. Sie waren in einem Industriegebiet, weit außerhalb der Stadt gelandet. «Sagen Sie, Bato, sind wir hier überhaupt richtig?»

Luc warf ebenfalls einen Blick nach draußen und zog dann geflissentlich sein Handy aus der Tasche, wo er die Adresse, die sie suchten, bereits vor ihrer Fahrt eingetippt hatte.

Aus Stilgründen weigerte sich Céleste beharrlich, ein Navi in ihren alten Citroën einzubauen. Sie bestand darauf, ein so gutes Orientierungsvermögen zu haben, dass sie ihre Ziele auch ohne elektronische Hilfe fand. Meist endeten gemeinsame Fahrten mit dem Citroën in unbekanntere Gefilde dann allerdings mit genau dieser ratlosen Frage, so dass Luc die Naviapp seines Handys vorsorglich immer bereithielt.

24

Die Straße, in der Philippe Rouffachers Exfrau wohnte, unterschied sich wohltuend von der Gegend, aus der sie gerade kamen. Auch wenn es sich keineswegs um ein Nobelviertel handelte, wirkte es gepflegt und freundlich. Im Erdgeschoss des Hauses, in dem Muriel Rouffacher wohnte, waren eine Bäckerei und ein Gemüseladen untergebracht, und auf den kleinen Balkonen des Altbaus standen Blumentöpfe und Kinderspielzeug. Muriel Rouffacher wohnte im dritten Stock und empfing sie mit deutlichem Misstrauen im Blick.

«Die Polizei war schon da, was wollen Sie denn noch?», fragte sie und öffnete die Tür nur widerwillig etwas weiter.

Céleste zeigte ihr den Dienstausweis, dieses Mal den echten, und sagte: «Das war die Colmarer Polizei. Wir sind aus Eguisheim und müssen einem neuen Hinweis nachgehen, der uns erreicht hat.»

Muriel Rouffacher studierte den Ausweis genau, bevor sie ihn wieder zurückgab. «Police Municipale?», fragte sie gedehnt.

«Ja. Die Colmarer Polizei hat uns als Unterstützung angefordert», log Céleste ungerührt. «Weil wir einen besseren Kontakt zu den Eguisheimer Bürgern haben.»

«Ich bin keine Eguisheimer Bürgerin», gab die Frau zurück. «Ich war schon seit über acht Jahren nicht mehr in dem gottverdammten Kaff.»

«Es dauert nur fünf Minuten» Céleste machte einen raschen Schritt in die Wohnung. «Es gibt da eine Aussage, die wir überprüfen müssen.» Sie hob entwaffnend die Hände und lächelte etwas verlegen, ganz die schüchterne Dorfpolizistin, die nur ihre Arbeit macht.

Ihre harmlose Art entspannte Muriel Rouffacher erwartungsgemäß. «Ich wüsste nicht, was Sie da bei mir überprüfen müssten», gab sie zwar abwehrend zurück, trat aber einen Schritt beiseite, um auch Luc hereinzulassen, und deutete auf ein Zimmer am Ende des kurzen dunklen Flurs. «Gehen wir in die Küche.» Sie lief voraus, setzte sich an den Küchentisch und sah ihre Besucher mit einer Mischung aus Furcht und Wachsamkeit an.

Als junges Mädchen war Muriel Rouffacher vermutlich sehr hübsch gewesen, mit ihrem herzförmigen Gesicht und den großen dunklen Augen. Doch von der Schönheit war nicht viel geblieben: Ihr Gesicht war verhärmt, die Falten zwischen Nase und Mund waren tief und ließen sie älter wirken, als sie vermutlich war. Ihr Blick hatte etwas Unstetes, die Bewegungen waren fahrig. Céleste setzte sich zu ihr an den Tisch und lächelte die Frau freundlich an. Luc blieb stehen.

«Es stimmt nicht, dass Sie seit acht Jahren nicht mehr in Eguisheim waren», sagte Céleste, noch immer lächelnd, aber ohne Umschweife. «Sie waren regelmäßig dort und haben Ihren Exmann getroffen.»

«Wer sagt das?» Die Frage kam schnell und scharf, und in Muriel Rouffachers Augen war nun deutlich Angst zu sehen.

«Eine Zeugin.»

«Sie lügt.» Ihre Stimme zitterte.

«Sie brauchen keine Angst zu haben», sagte Céleste sanft. «Philippe ist tot.»

«Ich war es nicht!»

Céleste nickte. «Das wissen wir. Darum geht es nicht.»

«Worum dann?» Ihre Stimme war jetzt einen Ton höher geworden, und ihre Hände verknoteten sich unablässig ineinander. «Ich habe nichts Unrechtes getan.»

Céleste nickte wieder. «Sie haben Geld von ihm bekommen, nicht wahr?»

«Es steht mir zu, für die Kinder ... nach allem, was er mir angetan hat. Es war mein gutes Recht, etwas von ihm zu verlangen!»

«Natürlich», stimmte ihr Céleste zu. «Uns interessiert nur, wie Sie ihn dazu gebracht haben, zu bezahlen.»

Muriel zögerte.

«Er ist tot», wiederholte Céleste noch einmal und sah die Frau eindringlich an. «Niemand wird Sie dafür belangen, dass er Ihnen Geld gegeben hat. Für seine Kinder. Freiwillig.»

Muriel Rouffacher warf ihr einen misstrauischen Blick zu. «Ja», sagte sie schließlich leise. «Er hat alles freiwillig gezahlt. Er wollte, dass es mir gutgeht. Und den Buben ...»

Céleste nickte. «Genau. So sehen wir das auch, nicht wahr, Luc?» Sie wandte sich zu ihrem Brigadier um.

Luc nickte automatisch, obwohl er erst noch dabei war, zu begreifen, wovon Céleste sprach. «Natürlich», murmelte er.

«Es war dieser Hof», sagte die Frau, jetzt offenbar einigermaßen beruhigt. «Die Art, wie er damit Geld verdiente. Ich habe es von Anfang an gewusst, aber ich habe es jahrelang nicht gewagt, etwas dagegen zu sagen. Erst als er eines Tages auch Jérôme geschlagen hat ... da war es vorbei.» Sie senkte den Kopf und starrte auf ihre Hände.

«Jérôme ist ihr Sohn?»

«Ja, der ältere. Er war vier damals, und er hat irgendetwas

202

angestellt, etwas Nichtiges, ich glaube ihm ist ein Glas Milch aus der Hand gerutscht. Philippe hat ihm eine so heftige Ohrfeige gegeben, dass er umgefallen ist und sich die Stirn am Küchenschrank gestoßen hat.» Sie starrte Céleste an, und ihre Augen waren riesengroß. «Er war erst vier Jahre alt! Von dem Moment an wusste ich, er würde auch vor den Kindern nicht haltmachen.»

«Und Sie hatten etwas, um ihn unter Druck zu setzen? Damit er Sie gehen ließ? Mit den Kindern?»

Muriel Rouffacher nickte. «Ja. Wie ich schon sagte, es war der Hof.»

«Was ist damit?»

«Der Hof ist eine einzige Lüge. Dieses Bio und so. Alles gelogen.»

«Aber er hat doch Zertifikate, das wird doch überprüft?», wandte Luc ein, und Muriel warf ihm einen verächtlichen Blick zu.

«Ja, natürlich. Das ist ja der Clou! Mit diesem Prüfsiegel konnte er sein Fleisch dreimal so teuer verkaufen wie das Fleisch aus herkömmlicher Produktion.»

«Ja und? Was stimmt daran nicht?»

Muriel lächelte bitter. «Das Fleisch kam nicht von seinem Hof. Nicht immer jedenfalls. Die Prüfungen, ja, die wurden dort durchgeführt, auch der Direktverkauf für die Restaurants war meistens sauber, denn da hätte man ihm am ehesten auf die Schliche kommen können. Aber der Rest...»

«Wo kam der her?», wollte Céleste wissen.

«Philippe hat noch einen zweiten Betrieb in Deutschland. Über eine Scheingesellschaft. Der *boche*, der bei ihm arbeitet, ist das Verbindungsglied.»

«Erwin Bechler?»

«Ja. Dann noch ein bisschen Schmiergeld bei den Behörden, damit man rechtzeitig von den Kontrollen erfährt, und man kann mit einem kleinen Biobauernhof wunderbar viel Geld verdienen.»

Céleste warf Luc einen anerkennenden Blick zu. Er hatte es geahnt. Er war Rouffacher auf die Schliche gekommen. Luc schien Célestes Gedanken zu erraten und seine Wangen färbten sich leicht rosa vor Stolz.

«Was ist das für ein Betrieb in Deutschland?», fragte er Muriel.

Sie sah ihn einen Moment lang prüfend an, und statt einer Antwort sagte sie: «Sie stammen aus den Vogesen, nicht wahr?»

Luc nickte, offensichtlich etwas peinlich berührt.

«Landwirtschaft?»

Wieder nickte Luc stumm.

«Ich hab's an Ihrem Dialekt gemerkt. Man hört es kaum, aber ich bin selbst aus der Gegend.» Sie nickte nachdrücklich. «Ich komme auch von einem Bauernhof, bin mit Tieren aufgewachsen, und ich finde, man muss sie gut und mit Respekt behandeln. Der Betrieb, den Philippe mit Erwin und dieser Tarngesellschaft in Deutschland hat, ist dagegen eine herzlose Maschinerie. Man tut dort so, als wären die Schweine keine Lebewesen, nur ... Produktionsmasse. Das Fleisch, das von dort kommt, besteht aus Qual und Angst, und wenn wir nicht so abgestumpft wären, dann würden wir das auch schmecken.»

Sie senkte den Blick. «Ich hätte ihn anzeigen können. Ich hätte all dem ein Ende bereiten können. Vor Jahren schon. Aber ich dachte an die Kinder und daran, dass ich doch auch ein Recht darauf habe, glücklich zu sein ...»

Sie schwiegen, und nach einer Weile stand Céleste auf. «Danke», sagte sie und reichte der Frau die Hand. «Noch eine Frage: Haben Sie mit Ihrem Exmann kürzlich telefoniert? Hat er Sie am Telefon beschimpft?»

Muriel sah sie ehrlich erstaunt an. «Ich habe mit Philippe seit Jahren nicht mehr telefoniert. Ich schicke ihm eine SMS mit Datum und Uhrzeit, bevor ich komme, das ist alles.»

«Wird sie eine Strafe bekommen?», fragte Luc bedrückt, als sie wieder auf der Straße waren und zu ihrem Auto gingen. «Sie hat doch eigentlich schon genug gelitten unter diesem Mann.»

«Strafe wofür?», fragte Céleste zurück.

«Sie hat ihn erpresst.»

«Ach ja? Ich dachte, sie hat gesagt, dass er ihr das Geld freiwillig gegeben hat?»

Luc schüttelte den Kopf. «Wir beide wissen, dass dem nicht so war. Sie hat es ja indirekt auch zugegeben. Außerdem hat sie vom Betrug ihres Mannes gewusst und ihn gedeckt.»

Céleste kickte einen kleinen Stein vom Bürgersteig auf die Straße. «Rouffacher ist tot. Und wir sind gar nicht hier.»

«Wie?» Luc sah sie einen Moment lang verblüfft an. «Wir sind nicht …?», wiederholte er fragend, dann begriff er. «Ach so, ja …» Er sah an sich hinab, zupfte an seinen Jeans und wiederholte: «Wir sind nicht hier.»

«Alles, was wir über diesen zweiten Betrieb in Deutschland wissen, haben wir Ihnen zu verdanken, Bato, Ihnen und Ihrem fachkundigen Wissen über Landwirtschaft und Ihrem Verständnis von Zahlen», sagte Céleste mit einem Lächeln. «Ich bin mir sicher, mit ein bisschen Recherche werden wir diesen Betrieb finden, ohne dass Muriel Rouffacher eigens erwähnt werden müsste.»

Sie stoppte abrupt.

Luc sah sie verwirrt an. «Was ist, Chef?»

Céleste deutete auf den Laden, vor dem sie standen. Es war eine Crêperie. «Ich habe Hunger», sagte sie in einem Ton, der keinen Widerspruch duldete.

«Oh. Ja, dann ...» Luc nickte ergeben.

Als sie in der Crêperie saßen, bretonische Buchweizencrêpes mit Käse aßen – sie hatten sich beide stillschweigend für die vegetarische Variante entschieden – und einen Krug Cidre dazu tranken, meinte Luc nachdenklich: «Was wird jetzt mit dem Betrieb in Deutschland geschehen? Wird der geschlossen?»

Céleste schüttelte den Kopf. «Glaub ich nicht, sofern sie dort nichts Kriminelles machen. Es ist ja nicht illegal, billiges Schweinefleisch in Massen zu produzieren, sofern man es nicht als teures Biofleisch verkauft. Da wird nicht viel passieren, und der Betrieb wird weiterlaufen wie bisher. Mit einem neuen Eigentümer.»

Sie sah aus dem Fenster und fügte nach einer Weile hinzu: «Aber diese Geschichte ist ganz klar das Motiv. Deswegen wurde Rouffacher wie ein Schwein getötet. Die Schlachtabfälle, das Bolzenschussgerät, die Präsentation auf dem Marktplatz – das alles passt genau dazu. Der Mörder wollte allen zeigen, was für ein ehrloser Schweinehund dieser angebliche Biobauer ist.»

«Sie denken also, der Mörder wusste darüber Bescheid?»

«Ganz sicher.» Céleste nickte. «Ebenso wie über diese Häuser von Ivette Clavet. Auch da ging es um die Gier nach Profit, um Betrug, um den falschen Schein. Das ist das verbindende Glied, nachdem wir gesucht haben.» Sie stockte und überlegte.

«Bei beiden gab es einen Anruf wenige Wochen vorher und eine wütende Reaktion der Opfer darauf. Möglicherweise war es tatsächlich ein Journalist?»

«Und dann bringt er einige Wochen später beide um?» Luc faltete seine Crêpe zu einem kleinen, ordentlichen Viereck, ähnlich seinen Stofftaschentüchern, und biss hinein.

Céleste zuckte mit den Schultern. «Klingt das unlogisch?»

«Ein bisschen», gab Luc kauend zu. «Ein Journalist bringt doch nicht die Objekte seiner Recherche um. Er würde doch eher die Geschichten veröffentlichen. Einen großen Wirbel machen. Wenn überhaupt, dann müsste eher der Journalist das Opfer sein. Weil man ihn von der Veröffentlichung abhalten will.»

Céleste nickte. «Sie haben recht, Bato. Außerdem hat zumindest bei Rouffacher eine Frau angerufen. Und unser Mörder ist mit Sicherheit ein Mann.» Sie schüttelte den Kopf. «Irgendwie drehen wir uns im Kreis.»

Auf der Rückfahrt von Mulhouse nach Eguisheim waren beide schweigsam, jeder hing seinen eigenen Gedanken nach.

Nach einer Weile sagte Luc plötzlich aufgeregt: «Chef?»

«Hm?» Céleste klang abwesend.

«Ich glaube, ich weiß jetzt, was Anne und Silvain Zinck zu verbergen haben.»

«Wie?»

«Die beiden haben eine Metzgerei…» Er sprach nicht weiter.

«Ach, du Scheiße!» Céleste machte einen erschrockenen kleinen Schlenker mit dem Auto. «Sie haben recht! Die haben bei der Sache mitgemacht und uns Rouffachers Industriefleisch als Bioware von glücklichen Schweinen verkauft.» Sie stieß einen herzhaften Fluch aus. «Das, Bato, das wird einen

Skandal geben, der die beiden Morde glatt in den Schatten stellt», prophezeite sie, und Luc musste ihr recht geben. Mit der Qualität von Fleischwaren war nicht zu spaßen. Vor allem nicht im Elsass.

25

Céleste fackelte nicht lange. Gleich nach ihrer Rückkehr informierte sie die zuständigen Behörden und bat um eine unangemeldete Überprüfung der Metzgerei Zinck. Zusammen mit den beiden Kontrolleuren, Madame Pelletier, einer spitznasigen, schmallippigen Frau um die fünfzig, und ihrem stoisch dreinblickenden Assistenten, der namentlich nicht vorgestellt wurde, fanden sich Céleste und Luc am nächsten Morgen pünktlich zur Ladenöffnung vor der Metzgerei ein.

Annes Gesichtsausdruck, als sie begriff, dass es sich um eine Qualitätskontrolle handelte, sprach Bände, und wie es ihre Art war, begann sie sich sofort lautstark und vehement zu beschweren. Madame Pelletier blieb davon völlig unbeeindruckt – ihre kühle Professionalität lehrte sogar noch eine Anne Zinck das Fürchten. Annes Mann Silvain hingegen sagte gar nichts. Massig und schwerfällig stand er im Weg, störte, wohin auch immer die kleine Prozession sich bewegte, und sein rotes, breitflächiges Gesicht glänzte vom Schweiß. Mit jeder Frage, die Madame Pelletier stellte, jedem Blick, den sie auf die Waren richtete und jeder Probe, die sie nehmen ließ, wurde auch Anne leiser und kleinlauter, bis sie schließlich ebenfalls schwieg, die Lippen zu einem harten weißen Strich gepresst.

«Wir können natürlich noch nichts Genaues sagen», meinte Madame Pelletier zu Céleste, nachdem sie die Metzgerei unter den ungläubigen Blicken der ersten eintreffenden Kunden verlassen hatten. «Die Proben müssen auf Rückstände von Pestiziden und Hormongaben untersucht werden. Auch gibt es Faktoren, nach denen festgestellt werden kann, ob die Tiere vor der Schlachtung hohem Stress ausgesetzt waren, was ebenfalls für einen großen Mastbetrieb sprechen würde.» Ihre Nasenspitze zuckte, und ihre Lippen wurden noch ein wenig schmaler, als sie weitersprach: «Sollte hier Betrug vorliegen, werden wir das herausfinden.»

Céleste nickte und wollte sich schon verabschieden, da fügte Madame Pelletier noch hinzu: «Was wir jetzt schon sagen können, ist, dass uns einige Produkte eher zweifelhaft erschienen sind. Allen voran die Fleischpasteten. Hier scheint Material verarbeitet worden zu sein, das nicht für den Verzehr zugelassen ist.»

«Die Fleischpasteten? Sind Sie sicher?»

«Natürlich nicht. Noch nicht.» Madame Pelletier lächelte ein dünnes Lächeln. «Das sagt mir nur die Erfahrung. Und wie das Zeug ausgesehen hat, mit denen sie gefüllt waren.» Sie verzog angewidert das Gesicht, was ihre Nase noch spitzer erscheinen ließ, dann nickte sie ihnen zu und verabschiedete sich mit den Worten: «Sie hören von uns.»

Céleste und Luc sahen ihr nach, wie sie mit ihrem stummen Assistenten im Gefolge ins Auto stieg und wegfuhr.

«Die Pasteten?», wiederholte Luc ungläubig. «Das kann doch nicht sein. Und was bitte, meint sie mit *Material, das nicht zum Verzehr zugelassen ist*?»

Céleste winkte ab. «Ich will es gar nicht wissen.»

In der Mairie trafen sie auf den völlig aufgelösten Bürgermeister. «Ist das wahr?», rief er ihnen entgegen. «Sie haben eine Kontrolle bei Silvain und Anne durchführen lassen?»

«Es gab einen begründeten Verdacht, Monsieur le Maire», bestätigte Céleste und schilderte ihm, was sie gestern über Rouffacher herausgefunden hatten.

«Mon Dieu! Das ist... eine Katastrophe! Ein Fleischskandal! Bei uns hier in Eguisheim!» Er ließ die Schultern hängen und schüttelte niedergeschmettert den Kopf. «Nichts ist mehr heilig auf dieser Welt.»

Céleste dachte, dass die eigentliche Katastrophe doch die noch immer ungeklärten Mordfälle waren, befand aber angesichts Dédés offenkundiger Erschütterung, dass es besser war, ihm nicht zu widersprechen. Auch von Luc kam keine Reaktion. Er war einen Hauch blasser als sonst, schien noch immer ganz gefangen in seinen Vorstellungen darüber, was sich wohl in den während der letzten Tage verzehrten Fleischpasteten befunden haben mochte. Céleste beschloss, Dédé von diesem Fleischpastetenverdacht erst einmal nichts zu sagen, um ihn nicht vollkommen vom Glauben abfallen zu lassen. Stattdessen erzählte sie ihm von den Geschäften Ivette Clavets und den Häusern in Mulhouse.

Diese Geschichte lenkte Dédé von dem Metzgereiproblem ab. Er hob interessiert den Kopf und schnalzte bei Célestes Beschreibung der Zustände in dem einen Haus missbilligend die Zunge. «Das geht ja gar nicht», sagte er. «So etwas fällt ja auf die ganze Region zurück.»

«Soll ich mich darum kümmern und bei der Police Municipale in Mulhouse anrufen?», schlug Céleste vor, aber Dédé schüttelte den Kopf.

«Nein. Die haben doch bisher auch geschlafen. Das ist Chefsache. Ich rufe die Bürgermeisterin von Mulhouse an. Die kenne ich. Ehrgeizige Person. Sie will ganz sicher wiedergewählt werden.» Er verschwand in seinem Büro, und Céleste seufzte erleichtert auf.

«Jetzt ist er wieder in seinem Element.»

Luc schwieg noch immer.

Céleste war sich nicht sicher, ob er überhaupt alles mitbekommen hatte, was sie gerade besprochen hatten.

«Luc? Alles in Ordnung?», fragte sie ihn.

Er schrak auf. «In Ordnung?», wiederholte er verständnislos.

«Ob bei Ihnen alles okay ist?», fragte Céleste noch einmal.

Luc schüttelte den Kopf und rieb sich unglücklich den Magen. «Ich glaube, Chefin, mir ist übel.»

Nach den Aufregungen des Vormittags verlief der Nachmittag relativ ruhig. Lieutenant Vasarely hatte ihnen aus Colmar einen knappen Bericht gemailt, aus dem hervorging, dass die Colmarer bisher weder von Philippe Rouffachers noch von Ivette Clavets unsauberen Geschäften eine Ahnung gehabt hatten. Sie traten in ihren Ermittlungen auf der Stelle. Und auch wenn Céleste und Luc die Aufdeckung dieser Geschäfte als Erfolg für sich verbuchen konnten, änderte es nichts daran, dass auch sie dem Mörder damit noch nicht wirklich näher gekommen waren.

Das einzig interessante Detail aus Vasarelys Bericht war, dass man an Yvettes Kleidung ein unbekanntes Haar und einige Fasern gefunden hatte, die nicht zu ihrer Kleidung passten. Beides war untersucht worden, das Haar, kurz, glatt und dunkelbraun, gehörte einem europäischen Mann Mitte dreißig, ohne aktuelle Drogenerfahrung, mehr war bislang nicht herauszufinden gewesen; es gab keine einschlägigen

Vergleichsproben und keine Übereinstimmung in den Datenbanken. Bei den Fasern handelte es sich um hochwertiges dunkelgraues Wollgewebe, wie es für teure Herrenanzüge verwendet wurde.

«Ein braunhaariger Mörder im edlen, dunkelgrauen Anzug...», murmelte Céleste, während sie den Bericht noch einmal las. «Wenn es überhaupt die Spuren des Mörders sind. Die könnten genauso gut von Ivettes Kunden stammen, von ihrem Steuerberater, ihrem Anwalt, einem ihrer Lover, was weiß ich?» Sie seufzte.

Luc saß mit einer Tasse Kamillentee vor der Liste mit Ivettes Telefonverbindungen, die Vasarely zusammen mit dem Bericht geschickt hatte. Er nippte immer wieder an seinem Tee und berichtete Céleste zwischendurch von den Erkenntnissen, die er aus der Liste gewann. Es gab eine Menge Telefonate im Büro und auf Ivettes Handy, von denen noch nicht alle zugeordnet werden konnten, einige davon von Prepaid-Handys, allerdings kaum Telefonate von ihrem Festnetzanschluss. «Wenn sie privat telefoniert hat, dann wohl nur übers Handy», stellte er fest.

«Machen doch inzwischen die meisten», sagte Céleste. «Viele haben gar keinen Festnetzanschluss mehr.»

An dem Samstag, an dem Ivette Clavet getötet worden war, gab es drei noch nicht identifizierte Anrufe von unterschiedlichen Prepaid-Handys, die Luc akribisch mit Leuchtstift markierte.

«Einer von diesen Anrufern könnte sie zu dem Haus in Wettolsheim gelockt haben», überlegte er.

«Woher kamen die Anrufe denn?», wollte Céleste wissen.

«Alle drei aus Funkzellen in Colmar. Zwei davon tauchen öfters auf ...» Er blätterte weiter zurück. «Aber die dritte nicht... nein, halt, doch – aber schon vor einigen Wochen.» Luc sah auf. «Damals war der Anrufer in einer Funkzelle in Eguis-heim.»

«Wo?»

Er schaute noch einmal auf die Liste. «Es gibt hier nicht so viele Funkzellen – irgendwo in der Altstadt.»

Céleste stand auf und ging zu Luc hinüber, um die Nummer in ihr Telefon zu tippen. Sie bekam keine Verbindung. Der An-schluss war tot. «Das ist seltsam», sagte Céleste. «Am Samstag hat es die Nummer noch gegeben, jetzt nicht mehr.»

«Was glauben Sie, Chef, war das der Mörder?», fragte Luc, plötzlich aufgeregt.

Céleste nickte langsam. «Könnte durchaus sein.»

Sie ließ sich von Luc zeigen, wann diese Nummer zuvor auf-getaucht war, und rief dann Paul Laclaque an, um ihn zu fra-gen, wann Ivette Clavet diesen seltsamen Anruf erhalten hatte, über den sie so erbost gewesen war. Erwartungsgemäß konnte er es nicht mehr ganz genau sagen, doch der vage Zeitraum deckte sich mit dem des Anrufs auf der Liste. Céleste sah im In-ternet nach, wann der Brand in dem Haus in Mulhouse gewe-sen war, und auch diese Zeiten stimmten überein.

«Wir haben also einen Anrufer oder eine Anruferin, von der Ivettes Mitarbeiter meint, es könnte jemand von der Presse ge-wesen sein. Er hat Ivette Clavet angerufen, kurz nachdem es in einem ihrer Häuser gebrannt hat und ein Kind ums Leben ge-kommen ist, und sie hat ihn wütend abgewimmelt. Am Tag ih-res Todes ruft der gleiche Anrufer noch einmal an.» Sie tippte mit dem Kugelschreiber auf die Schreibtischunterlage. «Ich fresse einen Besen mitsamt der Putzfrau, wenn das ein Zufall ist.»

Luc trank seinen Kamillentee aus und verzog dabei leicht

angewidert das Gesicht. «Wenn es kein Journalist war, vielleicht ist es ja jemand gewesen, der dem Jungen nahestand? Ein Racheakt?»

«Aber wie passt das zu Philippe Rouffacher?», wandte Céleste ein. «Nein, ich glaube nicht, dass es etwas Persönliches ist. Jedenfalls nicht auf diese Weise persönlich.»

«Wie kann es auf eine andere Weise als persönlich persönlich sein?», wollte Luc wissen, und darauf hatte Céleste keine Antwort.

Dennoch spürte sie, dass sie recht hatte.

Als Céleste an diesem Abend nach Hause ging, traf sie kurz vor der Rue du Rempart auf Louis Balzac, der ihr entgegenwankte. Sie sah auf die Uhr. Es war erst kurz nach sechs, eigentlich noch zu früh für Louis, um schon derart betrunken zu sein – von Beerdigungstagen einmal abgesehen.

«Céleste!», rief er ihr mit theatralisch ausgestreckten Armen entgegen. «Hhhabauf dich gewartet...» Seine Stimme war verschwommen und kaum verständlich.

«Was ist denn los?», fragte Céleste erschrocken.

«Ssssallesvorbei...»

«Worum geht es denn?»

«Chbineinbösermensch...»

«Quatsch! Warum denn?»

«Bbbbin der tauige Möda vvon Eguisheim.»

Céleste seufzte. «Louis, hör zu: Ich hab den ganzen Tag hart gearbeitet, ich bin müde, und ich habe Hunger. Du gehst jetzt nach Hause, schläfst deinen Rausch aus, und morgen früh ist alles wieder in Ordnung.»

«Nixissinordnung! Ich bin der tauige Möda vvvon Eguisheim...» Er schwankte. Céleste packte ihn kurzerhand am Arm und ging mit ihm die paar Schritte zu ihrem Auto, das sie wie immer außerhalb des alten Dorfkerns an der Ringstraße geparkt hatte. «Ich fahre dich schnell heim», sagte sie, sperrte auf und schob ihn auf den Beifahrersitz. «Aber kotz mir ja nicht rein!»

«Llouisbalssackotznich. Niemals!» Er ließ sich wie ein Kartoffelsack auf den Sitz fallen und schlief praktisch im selben Moment ein.

In der Hoffnung, nicht auf Brigitte von der Verkehrsüberwachung zu treffen, fuhr sie ihn regelwidrig, gegen alle Einbahnstraßen und Durchfahrverbote, mitten durch den Ortskern zu seinem kleinen Häuschen, was keine fünf Minuten dauerte, und brachte ihn dann, wie schon oft, wenn es gar zu schlimm war, höchstpersönlich in seine Stube. Er ließ sich anstandslos zu dem durchgelegenen Sofa führen, das neben dem alten Kachelofen stand, und legte sich brav hin. Während Céleste ihm noch die schweren Arbeitsstiefel auszog, begann er, angesichts seines Zustandes überraschend deutlich, zu singen:

«... nun ruhen im Grabe schon längst seine Knochen,
möcht ich doch an euer Mitleid noch pochen,
wenn ihr still nach Haus geht im Mondenschein,
vergesst nicht den traurigen Mörder von Eguisheim.»

«Nanana!», sagte Céleste. «Wer wird denn gleich so melodramatisch werden.» Sie stellte seine Stiefel ordentlich neben das Sofa und richtete sich auf. «Schlaf ein bisschen, danach sieht alles gleich wieder ganz anders aus.»

Louis Balzac gab keine Antwort, sondern begann aufs Neue: «Nun ruhen im Grabe...»

Céleste ließ ihn singen und verließ das Haus. Bevor sie zurückfuhr, musste sie erst einmal alle Fenster und Türen ihres Wagens öffnen, um Louis' Alkoholdunst wieder zu vertreiben. Während sie frische Luft ins Innere des Autos wedelte, klingelte ihr Handy. Céleste war versucht, es einfach klingeln zu lassen – sie hatte für heute keine Lust mehr zu reden. Dann warf sie aber doch einen Blick auf das Display: Yves. Auf ihr Gesicht stahl sich ein Lächeln, und sie nahm den Anruf an. Während sie ihm zuhörte, sah sie auf die Uhr.

«Sagen wir in einer halben Stunde?», schlug sie vor, sprang ins Auto, schlug die Autotüren zu und fuhr ein zweites Mal regelwidrig gegen alle Verkehrsvorschriften mitten durch den Ortskern, dieses Mal in die andere Richtung.

26

Etienne Walters diskrete Nachforschungen im Rotlichtmilieu hatten nichts ergeben. Hervé Bastien blieb verschwunden, und es gab nirgends eine Spur von ihm. Tags zuvor hatte er mit Alexandre Varreau telefoniert, und sie waren übereingekommen, dass es an der Zeit war, eine offizielle Vermisstenanzeige aufzugeben. In den gestrigen Abendnachrichten hatte man dann ein Foto des verschwundenen Anwalts gezeigt, und heute Morgen war dieselbe Aufnahme in allen Zeitungen auf der ersten Seite abgebildet. Nun hofften sie, dass es zu irgendetwas führen würde, woran sie anknüpfen konnten.

Etienne hatte zwischenzeitlich noch überprüft, ob es vielleicht berufliche Verbindungen zu zwielichtigen Organisationen gab oder sonstige irgendwie anrüchige Verwicklungen, Schulden, Drogen oder was auch immer – doch Fehlanzeige. Das Einzige, was man Hervé Bastien vorwerfen konnte, war sein Hang zu Schmuddelsex, ansonsten schien er eine weitgehend reine Weste zu haben. Und das war es, was Etienne unruhig machte: Ein bekannter Anwalt, der gerade erst einen spektakulären Prozess gewonnen hat, in einer der angesehensten Kanzlei Straßburgs tätig, unverheiratet, ohne Schulden und weitgehend ohne Privatleben, verschwand nicht so einfach. Es gab auch keine Anzeichen für eine Entführung, keine Lösegeldforderungen oder Ähnliches. Auch keine nicht identifizierbaren Leichen irgendwo im Raum Straßburg. Bastiens Auto stand noch immer vor der Kanzlei, wo er es Freitagmorgen abgestellt hatte, in seiner Wohnung fehlte nichts, zumindest schien es so. Kleidung, Papiere, Koffer, alles war noch da. Etienne Walter stand vor einem Rätsel. Sein Gefühl und seine langjährige Erfahrung bei der Mordkommission sagten ihm, dass Bastien sich nicht einfach abgesetzt hatte, sondern einem Verbrechen zum Opfer gefallen war, deshalb hatte er dafür gesorgt, dass der Fall nicht erst lange bei der Vermisstenstelle blieb und dort zwischen ausgebüxten Teenagern und lebensmüden Rentnern versandete, sondern gleich in seine Obhut kam. Es war einfach gewesen, denn er hatte gerade keine aktuelle Ermittlung am Laufen, und niemand sonst hatte sich um diesen Fall gerissen. Seit heute Morgen saß daher seine junge Kollegin Sophie Bernheimer am Telefon, um die Anrufe in Reaktion auf den Fernsehbeitrag und den Zeitungsartikel entgegenzunehmen und die Spreu vom Weizen, sprich die Irren von den Normalen zu trennen. Er vertraute ihr um einiges mehr als dem schludrigen, stets übernächtigten Paul von der Vermisstenstelle. Sophie besaß eine außerordentlich gute Menschenkenntnis und auch die nötige Entschlossenheit, die Verrückten nachhaltig abzuwimmeln. Jetzt stand sie mit einem zerknitterten Notizblock vor ihm, um Bericht zu erstatten. Er bot ihr lächelnd den Stuhl an.

Sie ließ sich darauf fallen und blies eine Haarsträhne aus dem Gesicht.

«Viel haben wir nicht», verkündete sie als Erstes. «Aber immerhin können wir den Abend einigermaßen rekonstruieren. Wir kennen wahrscheinlich die Kneipen, wo er nach seinem Treffen mit Varreau noch war.» Sie legte ihm einen Zettel hin, auf dem drei Namen standen.

Etienne beugte sich vor und versuchte, die Schrift zu entziffern. Die Lesebrille, die er neuerdings benötigte, steckte in seiner Jackentasche, und er hatte keine Lust, sie herauszuholen.

«*Bongo-Bar*, *Flic-Flac* und *La Cave*, alle in der Krutenau», half ihm Sophie auf die Sprünge. «In allen dreien saß er an der Bar und hat vor sich hin getrunken. Allein. Und er hat Frauen hinterhergestarrt. Das haben alle Zeugen, die sich bisher gemeldet haben, übereinstimmend ausgesagt. Es waren alles Frauen um die 20 oder 30, und alle haben sich unangenehm beobachtet gefühlt. Er habe sie mit Blicken ausgezogen, hat eine gesagt.» Sie verzog das Gesicht. «Muss ein ziemlicher Schleimlappen sein, der Typ.»

Etienne kniff die Augen zusammen. «Da stehen auch die Zeiten?»

Sophie nickte. «Die letzte Bar war das *La Cave*. Es schließt um zwei, und er war bis zum Schluss dort. Der Barkeeper meinte, er sei ohne Begleitung gekommen und auch allein gegangen.»

Etienne sah sie nachdenklich an. «Er war die ganze Zeit allein? Hat mit niemandem geredet?»

Sophie zuckte mit den Achseln. «Anscheinend nicht.»

«Dann verliert sich also, nach dem, was wir bisher wissen, seine Spur um zwei Uhr in der Nacht von Freitag auf Samstag?»

Sophie nickte. «Er kann natürlich noch woanders hingegangen sein...»

«Wie viele Kneipen gibt es denn in Straßburg, die nach zwei noch geöffnet haben?»

Sophie lächelte. «Eine ganze Menge.»

Etienne seufzte. Früher hätte er die einschlägigen Läden aus dem Effeff gewusst. Doch die Zeiten waren vorbei. Er war allerdings auch nicht wirklich traurig darüber. «Fangen Sie mit denen an, die in der gleichen Gegend sind wie die, in denen er zuletzt war.»

Nach kurzem Überlegen nannte ihm Sophie vier Etablissements, von denen Etienne drei überhaupt nichts sagten. Der Name der vierten Bar kam ihm bekannt vor.

«*Les Fleurs du Mal?*», wiederholte er versonnen. «Ich glaube, das gab es zu meiner Zeit auch schon.» Er stand auf. «Kommen Sie. Lassen Sie uns mit den bösen Blumen anfangen. Vielleicht haben wir ja Glück.»

Franck Gsell, der Eigentümer des *Les Fleurs du Mal*, war ein spindeldürrer, ausgezehrter Typ, der mindestens zehn Jahre älter wirkte, als er wahrscheinlich war. Er hatte eine Stirnglatze, das verbliebene Haar war schwarz gefärbt und im Nacken zu einem dünnen Rattenschwanz gebunden. Im rechten Ohr trug er einen Ohrring, an dem ein silbernes Kreuz baumelte. Sie trafen ihn in einem orientalischen Imbiss auf dem Quai des Bateliers an, wohin sie die grimmige Putzfrau des Clubs geschickt hatte. *Falafel 24heures* stand über dem Eingang des kleinen schlauchförmigen, vom Boden bis zur Decke blau gefliesten Lokals; es roch nach Knoblauch und orientalischen Gewürzen. Er saß an der Bar und trank Tee aus einem kleinen Glas.

«Wer will das wissen?» schnauzte er unwirsch, als Sophie ihn fragte, ob er der Besitzer des *Les Fleurs du Mal* sei.

Etienne zückte seinen Polizeiausweis. «Es geht nur um eine Vermisstenmeldung», beruhigte er ihn, allerdings mit unüberhörbarer Autorität in der Stimme.

Die gerunzelte Stirn des Mannes glättete sich etwas. «Vermisstenmeldung? Was habe ich damit zu tun? Und wer wird überhaupt vermisst?»

«Heute noch keine Zeitung gelesen?», fragte Sophie und griff nach der aktuellen *Dernières Nouvelles d'Alsace*, die auf dem Tresen lag. «Ein Anwalt.» Sie deutete mit dem Finger auf das Foto, das auf der ersten Seite abgebildet war. «Wir wissen, dass er bei Ihnen im Lokal war, bevor er verschwunden ist.»

Etienne warf ihr einen belustigten Blick zu. Ganz schön forsch, dachte er bei sich, schwieg aber und legte das Foto im Original zu der Zeitung auf den Tresen. «Wer hat Freitagabend an der Bar gearbeitet? So ab zwei Uhr?», fragte er.

«Ich, wie immer», gab der Mann zurück und musterte das Foto. Nach einer Weile sagte er gedehnt: «Ja, stimmt, der war da. So ein geschniegelter, notgeiler Typ. Anwalt sagten Sie?»

Etienne nickte.

«Hat ein Mädel angemacht.»

«Ein Mädchen?», hakte Sophie nach, und Etienne konnte die Erregung in ihrer Stimme hören.

Franck Gsell nickte. «So 'n ganz junges Ding, halb so alt wie er. Die hatte ganz schön was geladen. Konnte kaum noch gerade gehen.»

«Und dann?»

«Haben ein bisschen rumgemacht.»

«Haben sie das Lokal zusammen verlassen?», wollte Etienne wissen.

Franck Gsell kratzte sich an seinem käsigen faltigen Hals und überlegte. Er trug ein schwarzes, schon etwas verblichenes Hemd mit zerknittertem Kragen und eine schwarze Lederhose, was ihn noch blasser und verlebter aussehen ließ, als er ohnehin schon war. «Nee. Das Mädel ist gegangen, und der Typ saß noch da.»

«Sind Sie sicher?», fragte Sophie und leichte Enttäuschung schwang in ihrer Stimme mit.

«Ja. Ganz sicher.» Er betrachtete gedankenverloren den Kebapspieß, der sich hinter der Theke langsam drehte, und fügte dann hinzu: «Das war nämlich komisch. Ich dachte, der schleppt die garantiert ab, die Kleine schien nicht abgeneigt zu sein. Wie gesagt, sie haben gerade angefangen, ein bisschen rumzumachen, und plötzlich ist sie aufgesprungen und abgehauen.»

«Haben sie gestritten? Hat er vielleicht etwas zu ihr gesagt, was sie beleidigt hat?», mutmaßte Sophie.

«Nee. Die haben nicht geredet. Die haben sich geküsst. Und mittendrin ...» Er kniff die Augen zusammen und trank von seinem Tee. «Ich hab ein Schädelweh, Leute, das könnt ihr euch nicht vorstellen ...»

Etienne winkte dem Imbissbesitzer, der sich von dem Moment an in den hinteren Teil des Ladens zurückgezogen hatte, als Etienne seinen Ausweis gezückt hatte. «Machen Sie dem Herrn doch noch einen Tee.»

«Ein Bier wär mir lieber», gab Franck Gsell zurück.

Etienne nickte. «Okay, dann ein Bier.» Er wartete, bis der kleine Araber schweigend eine Flasche Bier auf den Tresen stellte, dann fragte er nach: «Was war dann, mittendrin?»

Franck Gsell trank einen großen Schluck aus der Flasche, wischte sich den Mund mit dem Handrücken ab und sagte: «Ich weiß nicht genau, sie haben geknutscht, und es hat so ausgesehen, als ob dieser Typ schon mehr wollte, hat sie gleich so angefasst, und dann hat das Mädchen den Kopf gehoben und ...» Er zögerte, dann sagte er, einer plötzlichen Eingebung folgend: «Ich glaub, die hat jemanden gesehen, an der Tür. Sie war irgendwie überrascht ... Und dann war's vorbei, dann ist sie abgehauen.»

«Haben Sie auch gesehen, wer an der Tür stand?»

Franck Gsell schüttelte den Kopf. «Da is 'ne Säule an der Theke, die die Tür verdeckt. Ich hab niemanden gesehen.»

«Und dann? War der Mann sauer? Ist er ihr hinterher?»

«Nee. Der war total geplättet, als sie einfach abgehauen ist. Er hat auch nix gesehen, glaub ich, saß ja mit dem Rücken zur Tür. Hat ihr nur nachgeglotzt. Dann hat er sein Bier ausgetrunken und ist auch gegangen. Die Sache war ja eindeutig gelaufen.»

«Um welche Uhrzeit war das ungefähr?»

Franck Gsell überlegte. «Das Mädchen ist so kurz nach drei abgehauen, das weiß ich, weil ich auf die Uhr geschaut hab, wir schließen nämlich eigentlich um drei, und ich hab mir gedacht, hoffentlich geht der Typ auch gleich. Ist er dann auch. Höchstens zehn Minuten später.»

«Können Sie uns dieses Mädchen etwas genauer beschreiben?», fragte Sophie und zückte ihren Notizblock.

«Ich dachte, ihr sucht den Kerl?», gab er unwirsch zurück.

«Bitte. Erzählen Sie uns einfach, woran Sie sich erinnern. Wie alt war sie? Wie hat sie ausgesehen?»

Er überlegte. «Wie die jungen Dinger halt so aussehen. Mager, Minirock knapp bis über den Arsch, recht netter Arsch übrigens …» Er grinste und zwinkerte Etienne zu. Als der keine Miene verzog, erstarb sein Grinsen. «Anfang zwanzig, würd ich sagen. Und die Haare waren pink, wie ein Leuchtstift. Und kurz.» Er zeigte mit Daumen und Zeigefinger etwa fünf Zentimeter.

Auf dem Weg zum Auto blieb Etienne noch einmal stehen und musterte die verblichene, ehemals violette Tür des Clubs, die im Sonnenlicht des Nachmittags schäbig und abweisend wirkte.

«Es gibt nichts Trostloseres als einen Nachtclub bei Tag», murmelte er. «Dabei war das mal ein ganz toller Schuppen. Jetzt erinnere ich mich wieder. Ich war früher oft hier.»

«Wann war das?», fragte Sophie. Etienne warf ihr einen scharfen Blick zu. Doch sie sah nicht so aus, als wolle sie sich über ihn lustig machen. Er hatte es eigentlich auch nicht erwartet. Sie war zu klug, um respektlos gegenüber ihrem Chef zu sein. Er überlegte. «Vor etwa fünfundzwanzig, nein, vor dreißig Jahren …» Erschüttert verstummte er. Dreißig Jahre? War das möglich?

«Wow, da war ich noch gar nicht auf der Welt», sagte Sophie mit der arglosen Grausamkeit der Jugend und stieg ins Auto.

Etienne blieb noch einen Augenblick stehen, musterte die verwitterte Tür, von der die Farbe in großen, rostigen Platten abblätterte, und kam sich mit einem Mal ähnlich aus der Zeit gefallen vor wie sie.

Bei den anderen drei Clubs hatten sie keinen Erfolg. Entweder trafen sie noch niemanden an, oder man konnte sich an keinen späten Gast erinnern, der Hervé Bastien ähnlich sah. Im Übrigen schlossen auch sie ungefähr gegen drei Uhr, und Etienne vermutete, dass sie hier nicht mehr weiterkommen würden.

«Was ist danach passiert?», überlegte er, als sie wieder auf dem Weg zurück ins Präsidium waren. «Es ist nach drei, sein Anmachversuch ist gescheitert, die Kneipe schließt – was würden Sie tun?»

«Ich würde nach Hause gehen», sagte Sophie trocken. «Aber vielleicht hatte er noch immer nicht genug, wollte noch irgendwo anders hin …» Sie überlegte. «Hier in der Gegend hätte er nichts mehr gefunden, was nach seinem Geschmack gewesen wäre. Ich denke, er hat sich ein Taxi gerufen.»

Etienne nickte. «Also fragen wir bei den Taxiunternehmen nach.» Er warf ihr einen Blick zu: «Sie können Hervé Bastien nicht ausstehen, oder?»

«Nicht die Bohne.» Sophie schüttelte vehement den Kopf. «Sie vielleicht?»

Er zuckte mit den Achseln. «Ich kenne ihn ja nicht», antwortete er ausweichend. Als er Sophies kritischen Blick auf sich ruhen spürte, fühlte er sich ertappt und lächelte. «Sie haben recht. Nach dem, was wir bisher von ihm wissen: Nein, ich kann ihn auch nicht ausstehen.» Als hätte er ihr mit diesem Eingeständnis den Startschuss gegeben, schimpfte sie sofort los: «Er verprügelt Prostituierte und baggert betrunkene junge Mädchen an, deren Vater er sein könnte. Wenn Sie mich fragen, ist das ein absoluter Superarsch.»

Etienne widersprach nicht. Nach einer Weile sagte er nur: «Trotzdem. Ich will wissen, was mit ihm passiert ist.»

Sophie nickte. «Ist unser Job», sagte sie lapidar.

Als er sich vor dem Präsidium von ihr verabschiedete und ihr nachsah, wie sie in ihr eigenes Auto stieg, dachte er noch immer über diese Antwort nach. Sie beschäftigte ihn, und das nicht, weil sie so überraschend war, sondern im Gegenteil, sie war vollkommen logisch. Aber sie hätte eigentlich von ihm kommen sollen. Er hätte sie nach ihrer Schimpfkanonade darauf hinweisen müssen, dass es nicht ihre Sache war zu urteilen, sondern Verbrechen aufzuklären und dabei möglichst neutral zu bleiben. Stattdessen hatte er nach einer Rechtfertigung gesucht, wo eigentlich gar keine nötig war. Sie waren Polizisten. Das war Grund genug herauszufinden, was Hervé Bastien zugestoßen war.

Aber irgendwie reichte ihm das nicht. Nicht mehr. Es lag wohl daran, dass er schon zu lange Polizist war. Er hatte zu viel

Sinnloses, Ungerechtes, Grausames erlebt. Es genügte ihm nicht mehr, seinen Job zu machen, einfach nur, weil es sein Job war. Er brauchte einen tiefer gehenden Grund, einen besonderen Ansporn, etwas, das ihn fesselte. Dabei war nicht wichtig, was genau es war, es genügte, dass etwas nicht zu passen schien in einem sonst makellosen Bild, so wie hier. Und es ging dabei auch schon lange nicht mehr um Moral oder das Gefühl, auf der richtigen Seite zu stehen. Darüber war er hinweg. Es war persönlicher, egoistischer – die Sache musste sein Interesse wecken. Und Hervé Bastiens Schicksal interessierte ihn. Und noch mehr als das. Es wäre ihm peinlich gewesen, das zuzugeben, aber es kam ihm so vor, als hätte genau dieser Fall noch auf ihn gewartet.

27

Hervé Bastien hatte jedes Gefühl für Zeit verloren. Wie viele Stunden war er schon hier? Oder waren es gar Tage? Er hatte keine Ahnung. Genauso wenig, wie er wusste, wo er sich befand. Es roch nach Erde und Feuchtigkeit, und das kleine Stück Wand, das er mit seinen Händen abtasten konnte, war uneben, rau und kalt. Stein. Ein Felsenkeller? Eine Höhle? Wo gab es denn bitte in Straßburg Höhlen? Also doch ein alter Keller. Oder war er gar nicht mehr in Straßburg? Hatte man ihn woanders hingebracht? Er wusste es nicht. Man hatte ihm die Augen verbunden und die Arme auf den Rücken gefesselt. Sie waren irgendwo festgebunden, denn er konnte sich nicht weit von der Wand wegbewegen, das hatte er als Erstes versucht. Er hatte auch geschrien, natürlich, um Hilfe zunächst, dann hatte er geflucht, den unsichtbaren Unbekannten, der ihn hierhergebracht hatte, beschimpft, später angefleht. Und dann war er irgendwann verstummt, vielleicht eingeschlafen. Als er wieder aufgewacht war, hatte er erneut zu schreien begonnen, am Ende nur noch wortlos, verzweifelt.

Aber es war niemand da. Kein Geräusch war zu hören gewesen, nur seine eigene, angstvolle Stimme, der kalte Stein hatte sie als Echo zu ihm zurückgeworfen, so als ob er ihn verhöhnen wollte. Er hatte so lange geschrien, bis er heiser war. Danach hatte sein Kopf noch stärker geschmerzt, die Beule am Hinterkopf hatte gehämmert, und er hatte schrecklichen Durst verspürt. Das war inzwischen noch schlimmer geworden. Seine Kehle war wie ausgedörrt, er konnte kaum noch schlucken.

Er versuchte nachzudenken, zu begreifen, was geschehen war. Seiner letzten Erinnerung nach hatte er vor dem Club gestanden und auf ein Taxi gewartet, dann ein Schlag und nichts mehr. Verschwommen glaubte er, sich später noch an das dumpfe Dröhnen eines Motors zu erinnern, ein Auto – er hatte in einem Auto gelegen, es war stehen geblieben, jemand hatte ihm etwas vor das Gesicht gehalten, der scharfe Geruch kam ihm wieder in den Sinn, wie Terpentin, dann riss der Faden, und das Nächste, was er wusste, war dieser Scheißkeller. Niemand war gekommen, seit er aufgewacht war, niemand hatte ihm zu trinken oder zu essen gegeben. Er saß nur hier, seit Stunden, nein, sicher waren es Tage, viele Tage, im Dunkeln, hilflos, bewegungsunfähig. Irgendwann hatte er sich die Hosen vollgepinkelt, weil es nicht mehr zu halten gewesen war. Er schluckte, wenn er daran dachte. Fast wären ihm dabei die Tränen gekommen. Es war so erniedrigend. Seine Hosenbeine waren nass und stanken. Wie würde das aussehen, wenn sie ihn fanden, ihn, Hervé Bastien, mit vollgepisster Hose? Bei dieser Vorstellung war ihm heiß vor Scham geworden.

Bis ihm irgendwann klar wurde, dass es darauf womöglich gar nicht mehr ankam. Weil ihn niemand mehr so sehen würde – oder erst, wenn er bereits tot war, tot und verrottet … Pinkeln musste er schon länger nicht mehr. Es fühlte sich an, als sei keine Flüssigkeit mehr in ihm, kein Urin, kein Schweiß, keine Tränen, nichts. Die Schleimhäute in seinem Mund waren rau und pelzig. Er vertrocknete langsam von innen. Wie lange dauert es, bis ein Mensch verdurstet? Drei, vier Tage?

Würde er tatsächlich sterben? Warum? Er hatte keine Erklärung. Keine Ahnung, warum ihm das passierte. Es konnte
doch einfach nicht wahr sein, dass sein Leben jetzt und hier in
diesem Loch enden würde? Mit vollgepissten Hosen? Einfach
so? Es hatte doch alles gerade erst angefangen, richtig gut zu
werden. Es musste eine Verwechslung sein oder aber ein böser
Scherz. Es würde nicht mehr lange dauern. Sein Verschwinden würde ja schließlich auffallen, man würde ihn suchen. Ein
Anwalt verschwindet nicht so einfach, vor allem dann nicht,
wenn er eine solche Karriere vor sich hat wie er. Man würde ihn
freilassen, bevor die Sache allzu große Wellen schlug.

Ganz sicher.

An dieser Vorstellung konnte er sich eine ganze Weile aufrecht halten. Meinte hin und wieder sogar, jemanden kommen zu hören, Schritte, das Knarren einer Tür, das Quietschen
eines Schlüssels im Schloss. Doch es kam niemand. Inzwischen war sein Durst stärker geworden. Unerträglich stark. Er
wollte schreien, aber er konnte nicht. Hatte keinen Speichel
mehr, konnte nicht einmal mehr krächzen. Sein Herz begann
heftiger zu klopfen, und gleichzeitig fühlte er sich müde, hatte
Schwierigkeiten, einen klaren Gedanken zu fassen. Was war
noch mal passiert? Was … Ein Mädchen mit pinkfarbenen
Haaren erschien in seinen Gedanken … er hatte es geküsst …
sie war davongeflogen … er hörte sie lachen … Salut, Oberarsch … Sie verschwand in der Dunkelheit.

Als tatsächlich jemand kam, bemerkte er es erst, als die Gestalt
ihn an der Schulter rüttelte.

Er schrak auf. «Durst …», krächzte er und hörte tatsächlich
ein Gluckern, wie von einer Wasserflasche. Oder war das Einbildung? Nein, Tropfen trafen ihn im Gesicht, er versuchte,

sie aufzufangen, sich danach zu strecken, doch ihm wurde schwindlig, und er fiel zur Seite. Keuchend blieb er liegen.

Jemand nahm ihm die Augenbinde ab. Er blinzelte gegen das Licht einer Kerze, konnte einen undeutlichen Schemen erkennen, einen Mann? Eine Frau? Er sah es nicht genau.

«Wasser», flüsterte er. Er spürte noch die Feuchtigkeit auf seinem Gesicht, vergeblich versuchte er mit der Zunge, die so schwer und dick wie ein Fremdkörper in der Mundhöhle lag, das Nass auf seinen Wangen zu erreichen. Die Gestalt zog ihn mit einem Ruck wieder hoch in seine hockende Stellung. Schwankend blieb er so an die Wand gelehnt und versuchte zu erkennen, was weiter geschah. Das Licht vor ihm flackerte, es war eine große Kerze, eine von der Art, wie man sie in der Kirche auf den Altar stellt. Sie würde eine ganze Weile brennen. Dann hörte er wieder das leise Gluckern und öffnete den Mund, doch es kam nichts. Ein paar Schritte waren zu hören, eine Tür, die ins Schloss fiel, und er war wieder allein. Mit der Kerze.

Sie stand in etwa zwei Metern Entfernung vor ihm und beleuchtete mit ihrem flackernden Licht den Raum. Es war tatsächlich eine Art Keller, leer und fensterlos, mit festgestampftem Boden und grob gemauerten Wänden. Ein Verlies. Er hatte Schwierigkeiten, scharf zu sehen, und kniff die Augen zusammen. Neben der Kerze stand etwas. Es funkelte bläulich im Licht der Flamme. Eine Flasche. Eine Flasche Wasser. Ihm entfuhr ein schmerzhaftes Zischen, als er Luft holte und versuchte, sich der Flasche zu nähern.

Doch die Fessel ließ ihn nicht los. Er kam keinen Zentimeter weiter, so sehr er auch zog. Er riss mit aller Gewalt daran und spürte, wie sich die Plastikschnur in seine Handgelenke fraß, er riss weiter, spürte kaum den scharfen Schmerz, als die Haut an den Gelenken aufplatzte, er riss und riss und fiel schließlich wieder zur Seite. Während er dalag und seine trockenen, wunden Augen den Blick nicht mehr von der unerreichbar weit entfernten Flasche wenden konnten, verstand er plötzlich. Er verstand den Grund, warum er hier war. Und in diesem Moment wusste er, es würde niemand mehr kommen. Hervé Bastiens Stern würde nicht aufgehen. Er würde hier, im Licht der Kerze verlöschen.

28

Etienne Walter war zur Polizei gegangen, weil er die Hoffnung gehabt hatte, damit etwas bewirken zu können, einen Beitrag für die Gesellschaft, für Frankreich zu leisten. Das war die offizielle Version, die er meistens erzählte, wenn ihn jemand danach fragte – was jetzt, in seinem Alter, wo er so kurz vor der Pensionierung stand, nicht mehr oft vorkam. Die inoffizielle, aber wahre Geschichte handelte von seiner geheimen Leidenschaft, und er hatte sie bisher nur sehr wenigen Menschen erzählt. Sie war zu albern, ja kindisch, und – was in manchen Kreisen noch schlimmer war – sie war ganz und gar unfranzösisch. Er war nämlich Polizist geworden, weil er nicht Sheriff werden konnte.

Seit er ungefähr vier Jahre alt war, liebte er Cowboy- und Indianergeschichten, und sein Traum war es immer gewesen, Sheriff zu werden. Ein cooler, lässiger Typ mit treuem Pferd, Stetson und Colt und mit einem silbernen Stern am Revers des staubigen Jacketts. Als ihm mit ungefähr zehn Jahren aufging, dass es nicht einfach, um nicht zu sagen, unmöglich war, irgendwo in Frankreich Sheriff zu werden, entschied er sich für das, was in seinen Augen dem Ganzen am nächsten kam: die Polizei. Für die berittene Polizei fehlte ihm leider jegliches Talent, so begnügte er sich mit der Aussicht auf eine Waffe und der Möglichkeit, böse Buben zu fangen, und schlug nach der

Schule die Kriminalbeamtenlaufbahn bei der Police Nationale ein. Seine Leidenschaft für Cowboygeschichten hatte dadurch allerdings nicht nachgelassen, eher im Gegenteil. Alle vier Wochen, immer am Freitag, wenn seine Frau ihr «Kulturtreffen» mit den Freundinnen hatte und sie ins Theater, in ein Konzert oder in die Oper gingen, lieh er sich seine Lieblingswestern aus, kaufte amerikanische Chips mit Schweineschwartengeschmack und ein Sixpack Budweiser und schaute den ganzen Abend Western an, einen nach dem anderen. Heute war so ein Freitag. Amerikanischer Freitag, nannte seine Frau diese Abende und warf ihm einen dieser spöttischen Blicke zu, bei denen er nie so recht wusste, ob sie ihn liebevoll auf den Arm nahm oder einfach nur lächerlich fand. Er hatte bereits eine Liste von Filmen gemacht, die er kaufen würde, wenn sie in die Bretagne zogen, denn dort gab es weit und breit keine Videothek. Sein Sohn hatte ihn ausgelacht und gemeint, er könne sich die Filme doch auch übers Internet herunterladen, aber dem traute er nicht so ganz, wer wusste schon, ob das Internet in der Einsamkeit des windigen Nordwestens zuverlässig funktionierte? Außerdem mochte er richtige DVDs lieber, mit ihren vertrauten Covern und wegen des guten Gefühls, das es ihm gab, wenn er sie am amerikanischen Freitag neben dem Bier und den Chips auf dem Couchtisch aufstapelte. Das ging mit einem bescheuerten Videostream ja gar nicht.

Heute war es also wieder so weit. Seine Frau ging in die Oper, es gab Idomeneo, und er hatte sich bereits Chips, Bier und vier seiner Lieblingsfilme besorgt: «Django», das Original mit Franco Nero, «Erbarmungslos», «Zwei glorreiche Halunken» mit dem unübertroffenen Clint Eastwood und, wie fast immer, «Zwölf Uhr mittags» mit Gary Cooper und Grace Kelly.

Er schaffte eigentlich immer nur maximal drei Filme, bevor er einschlief, nahm aber trotzdem jedes Mal einen vierten mit, für alle Fälle.

Es war still im Präsidium. Freitagnachmittag wurde es meistens schon früh ruhig, die Kollegen stahlen sich nach und nach ins Wochenende. Er hatte sich immer verpflichtet gefühlt, bis um sechs dazubleiben, doch heute fiel es ihm schwer. Überhaupt fiel es ihm häufiger schwer, je näher die Pensionierung rückte. Er sah nicht mehr viel Sinn darin, seine Zeit abzusitzen, nur um den Schein zu wahren. Sein Blick fiel auf die Tüte neben dem Schreibtisch, wo Gary Cooper und die Chips warteten, und er fing an, seinen Arbeitsplatz aufzuräumen. Gerade als er aufstehen und gehen wollte, ging die Tür auf, und Sophie kam herein.

Sie strahlte. «Wir haben etwas, Commandant!», rief sie.

Angesteckt von ihrer Aufregung, richtete er sich auf. «Ja?»

«Ein Taxi! Um zwanzig nach drei wurde ein Taxi zum Club *Les Fleurs du Mal* gerufen. Und zwar von Hervé Bastien höchstpersönlich.» Sie sah von ihrem Notizblock auf. «In der Nacht lässt sich die Zentrale immer den Namen des Anrufers nennen, weil es in letzter Zeit einige Überfälle auf Taxifahrer gegeben hat.»

«Und? Wohin ist er gefahren?»

«Nirgendwohin. Als das Taxi kam, war niemand mehr da.»

Etienne hob die Brauen. «Ach? Das ist interessant.»

Sophie nickte. «Nach dem Anruf bei der Taxizentrale muss etwas passiert sein, was seinen Entschluss geändert hat.»

Etienne nickte. «Was könnte das gewesen sein?»

«Er hat jemanden getroffen, vielleicht war das Mädchen aus dem *Fleurs* noch unterwegs. Jemand hat ihn mitgenommen...», mutmaßte Sophie. «Wir sollten noch einmal zu dem Imbissladen fahren. Der hat doch 24 Stunden geöffnet. Vielleicht ist dem Inhaber etwas aufgefallen?»

Etienne lächelte. Ihm gefiel Sophies Eifer, sogar jetzt noch, am Freitag um kurz vor sechs. Er griff nach seiner amerikanischen Tüte und stand auf. «Okay. Lassen Sie uns hinfahren. Aber danach machen wir Feierabend.»

Der Besitzer des Imbissladens wusste nichts. Er musste erst seinen Sohn rufen, der an dem Tag die Nachtschicht übernommen hatte, und auch der schüttelte zunächst den Kopf.

«Keine Ahnung, ob da ein Taxi war, ich hab nicht die ganze Zeit rausgeschaut. Und der Club ist ja außerdem um die Ecke. Da kann ich gar nicht hinsehen. Um wie viel Uhr soll das gewesen sein?»

Sophie nannte ihm noch einmal die Uhrzeit. «Vielleicht ist Ihnen ja etwas anderes aufgefallen, ein lauter Streit oder so?»

«Ein Streit? Nein …» Der junge Mann runzelte die Stirn. «Da war nichts. Aber …» Er kratzte sich am Bart. «Ja, jetzt fällt's mir wieder ein: da war ein Unfall, könnte sein, dass es ungefähr um diese Uhrzeit war, etwas weiter die Straße rauf. Vielleicht etwas später, so gegen halb vier?»

«Ein Unfall?»

Der Mann nickte. «Ich hab davon nichts mitbekommen, aber dann war plötzlich ein Krankenwagen da, mit Blaulicht und Polizei.»

«War das ein Verkehrsunfall?», fragte Etienne nach.

«Ich weiß nicht, was da los war, konnt' ja nicht vom Laden weg. Aber ich glaub nicht. Da standen keine Autos außer den Sanitätern und den Bu … äh, der Polizei.» Er warf ihnen einen schuldbewussten Blick zu.

Etienne und Sophie schauten sich an. «Das kriegen wir

raus», sagte Sophie voller Tatendrang, und Etienne sah Gary Cooper und Clint Eastwood schon in weite Ferne rücken.

«Aber nicht mehr heute», meinte er energisch. «Es ist niemand mehr da.»

«Aber die Krankenhäuser …», gab Sophie zurück, doch Etienne schüttelte den Kopf.

Er nickte Vater und Sohn zu, die abwartend hinter der Theke standen. «Vielen Dank. Sie haben uns sehr geholfen.»

Als dem Vater klar wurde, dass die Sache damit offenbar erledigt war, wurde er mit einem Mal geschäftstüchtig und begann hinter seinem Tresen herumzuwerkeln. «Falafel, Monsieur? Mademoiselle? Die beste von ganz Straßburg!» Obwohl sie dankend ablehnten, packte er einige Bällchen in Alufolie und schob sie über die Theke. «Schönen Abend!» Er nickte ihnen lächelnd zu und zeigte dabei zwei glänzende Goldzähne.

«Der war jetzt aber verdächtig erleichtert», sagte Sophie, als die beiden mit dem Alupaket vor der Tür standen, und musterte den Laden misstrauisch. «Meinen Sie, er hat etwas zu verbergen?»

Etienne zuckte mit den Achseln. «Wer hat das nicht?»

«Ich meine, etwas, worum wir uns kümmern müssen», meinte Sophie mit einem leichten Anflug von Ungeduld in der Stimme. «Etwas Illegales.»

«Warum sollten wir?», fragte Etienne.

«Aber …»

«Wir haben um Auskunft gebeten, und die haben wir bekommen. Alles andere geht uns nichts an, oder?»

Sophie gab keine Antwort. Sie starrte unschlüssig auf die Falafel in ihrer Hand. «Hätten wir das überhaupt annehmen dürfen? Ist das nicht Vorteilsnahme?»

Etienne lachte auf und öffnete ihr die Beifahrertür. «Lassen Sie es sich einfach schmecken.»

Auf dem Weg zurück zum Präsidium fragte er: «Warum sind Sie eigentlich Polizistin geworden?»

Sie sah ihn erstaunt an, dann sagte sie zögernd: «Ich ... es ist ein spannender Beruf ... und wird gut bezahlt, man kann weit kommen ...»

Etienne schüttelte den Kopf. «Nicht die offizielle Version. Die geheime Variante. Die alberne, die kindische, die peinliche.»

Sophie schwieg lange. So lange, dass Etienne schon meinte, sie sei beleidigt oder zweifle gar an seiner Zurechnungsfähigkeit. Oder aber es gab gar nichts Geheimes in Sophies Leben, und sie wusste nicht, was sie darauf antworten sollte?

«Es tut mir leid», begann er. «Das war eine dumme Frage ...»

Sie schüttelte den Kopf. Dann sagte sie leise: «Zorro», und wurde dabei knallrot. «Ich wollte immer Zorro sein.»

Etienne lächelte und bat sie, in seine amerikanische Tüte zu greifen und eine DVD herauszuholen. Sie zog Clint Eastwood.

29

Seit Tagen schon hatte Lucie diesen Verdacht. Seit es ihr besser ging und es ihr zunehmend leichter fiel, Traum und Wirklichkeit voneinander zu trennen. Es kam jemand zu ihr. Jede Nacht. Jemand besuchte sie und tauschte die Rose aus, die in der Vase stand. Sie verblühte nämlich nicht, kein bisschen, jeden Morgen sah sie taufrisch aus, wie gerade erst gepflückt. Und ihr fielen nach und nach kleine Veränderungen auf, ein Blatt, das fehlte, ein Dorn, der überraschend groß war, unterschiedliche Farbschattierungen. Sie hatte ja Zeit, den ganzen Tag. Noch immer konnte sie sich kaum bewegen, und es war unmöglich, mit einer Hand ein Buch zu lesen. Auch Fernsehen strengte sie zu sehr an.

Anfangs hatte sie noch darauf gewartet, dass Yannick käme. Doch er kam nicht. Er wusste wahrscheinlich gar nichts von ihrem Unfall. Natürlich hätte sie es ihm sagen können. Anrufen. Aber er hatte sich nicht mehr gemeldet, auf ihrem Handy war keine einzige Nachricht von ihm, seit sie in jener Nacht vor dem Unfall gestritten hatten. Das sagte doch alles, oder? Sie hatte keine Lust, sich zu melden und ihm etwas vorzuheulen. Am Ende fühlte er sich verpflichtet, sie zu besuchen, und sie wollte nicht, dass noch jemand sie aus reinem Pflichtgefühl besuchte. Ihr reichte schon ihr Vater, der jeden zweiten Tag eine halbe Stunde zwischen 17.00 und 17.30 Uhr stumm auf dem Stuhl saß, Zeitung las und dabei heimlich auf die Uhr sah.

Von ihren Kolleginnen aus dem Supermarkt hatte sie nur eine einzige besucht, Claudine, und die war nicht einmal eine halbe Stunde geblieben. Dafür hatte sie die ganze Zeit geplappert, Lucie von der unsäglichen Chefin, den unbezahlten Überstunden und den schrecklichen Kunden vorgejammert und dabei die Pralinen aus dem Sonderangebot aufgefressen, die sie ihr eigentlich zusammen mit den Genesungswünschen ihrer Kolleginnen mitgebracht hatte – Lucie konnte sie ohnehin nicht essen. Zunächst hatte sie sich trotzdem gefreut, weil Claudine immerhin achtzig Kilometer gefahren war, um sie zu besuchen. Als Lucie sich beim Abschied mühsam flüsternd dafür bedankt hatte, hatte Claudine abgewinkt: Sie habe sowieso nach Straßburg gemusst, und da habe die Chefin gemeint, sie könne doch gleich auf einen Sprung im Krankenhaus vorbeischauen, dann müsse man nicht aufwendig zur Post und die Pralinen verschicken; sie habe also gleich «zwei Fliegen mit einer Klappe geschlagen». Dazu hatte Lucie nichts mehr gesagt, und als später die Schwester hereinkam, um nach ihr zu sehen, hatte sie ihr die restlichen Pralinen aufgenötigt.

Claudine war – mit Ausnahme ihres Vaters – ihr bisher einziger Besuch gewesen. Von der Zeitung hatte sie eine Karte bekommen, auf der alle Mitarbeiter unterschrieben hatten, das hatte sie letztendlich am meisten gefreut. Dass sie sich immerhin die Mühe gemacht hatten, persönlich zu unterschreiben. So verbrachte sie ihre Tage damit, abwechselnd zu dösen und aus dem Fenster zu schauen, dem pochenden Lied ihrer Schmerzen zuzuhören und – die Rose zu betrachten. Die Rose war ein Rätsel, das bisher noch niemand hatte lösen können. Die Schwestern wussten nicht, woher sie kam, ihr Vater wusste es nicht, und auch sie hatte es nicht gewusst, bis sich allmählich diese leise Ahnung in ihr breitgemacht hatte. War dieses seltsame Gefühl der Anwesenheit eines anderen Menschen, das sie in den vergangenen Nächten oft gespürt hatte, das Weinen, das sie durch den Nebel ihrer Beruhigungsmittel gehört zu haben glaubte, das leise Flüstern, das immer wieder in ihre Träume drang, womöglich gar keine Halluzination, sondern Realität? Sie fasste einen Entschluss: In dieser Nacht würde sie wach bleiben. Nur so tun, als schlucke sie die Schlaftabletten und Schmerzmittel, die sie jetzt jeden Abend anstelle des Tropfes von der Schwester bekam. Sich schlafend stellen und warten.

Im Gegensatz zu Etienne war Sophie an diesem Abend nicht nach Hause gefahren. Sie war noch einmal zurück ins verlassene Präsidium gegangen und hatte sich darangemacht, in der Datenbank die Verkehrsunfälle der vergangenen Tage durchzusehen. Natürlich hätte sie bis Montag warten und einen Kollegen fragen können, wie ihr Chef es wohl getan hätte, aber die Datenbanken selbst aufzurufen, war doch wesentlich schneller und einfacher. Sie war Single, hatte keine Kinder, also niemanden, der zu Hause auf sie wartete. Und sie wollte so gerne einen schnellen Erfolg vorweisen bei diesem seltsamen Fall, der ihr so unverhofft in den Schoß gefallen war – weil ihr Chef aus einem Gefühl heraus beschlossen hatte, sich selbst darum zu kümmern und sie einzubeziehen. Sie bewunderte Etienne Walter, seit sie in seiner Abteilung war, und sie wollte sich seines Vertrauens als würdig erweisen.

Zorro! Sie schüttelte den Kopf, als sie an seine überraschende Frage und ihr noch überraschenderes Geständnis dachte. Noch nie hatte sie jemandem davon erzählt. Sie fuhr die Datenbank hoch, gab das Passwort ein und scrollte sich zu dem Datum.

Es hatte in jener Nacht tatsächlich einen Unfall in der Straße des *Les Fleurs du Mal* gegeben: Eine Frau war angefahren und schwer verletzt worden. Der Fahrer des Wagens war geflüchtet. Zeugen gab es keine, ein spät heimkehrender Radfahrer hatte die verletzte Frau gefunden und den Rettungsdienst gerufen. Sophie runzelte die Stirn. Eine Frau? Obwohl sie routinemäßig als Erstes die Krankenhäuser durchgegangen waren, hatte sie gehofft, etwas übersehen zu haben und nun über diesen Umweg möglicherweise doch noch auf Hervé Bastien zu stoßen. Fehlanzeige. Hing dieser Unfall überhaupt mit Hervés Verschwinden zusammen? Der Rettungswagen war erst eine gute Viertelstunde, nachdem das von Bastien angeforderte Taxi unverrichteter Dinge wieder abgefahren war, gerufen worden. Aber das besagte nichts. Sie wusste nicht, wann der Unfall genau passiert war. Sie wusste gar nichts. Trotzdem notierte sie Aktenzeichen und Sachbearbeiter, bevor sie die Datenbank wieder schloss und den Computer herunterfuhr.

Sie warf einen deprimierten Blick auf das Falafelpaket, das sie mit nach oben gebracht. Ihr Kühlschrank daheim war genauso leer wie das Wochenende, das vor ihr lag. Trostlos leer. Langsam wickelte sie die fettige Alufolie ab und begann im Licht ihrer Schreibtischlampe, das einen kleinen warmen Lichtfleck im ansonsten dunklen Großraumbüro bildete, die kalten Falafel zu essen.

Trotz aller Bemühungen, wach zu bleiben, war Lucie eingedöst, doch plötzlich erwachte sie. Es war jemand da. Sie spürte es, noch bevor sie die Augen einen Spalt breit öffnete und den dunklen Schatten wahrnahm, der still neben dem Bett saß.

Als sie beschlossen hatte, wach zu bleiben, hatte sie nicht darüber nachgedacht, was sie tun würde, wenn tatsächlich jemand in ihrem Zimmer auftauchen sollte. Ihn ansprechen? Den Schwesterruf drücken? Sie blieb ganz still und versuchte nachzudenken. Dieser Unbekannte war offenbar jede Nacht gekommen, ohne dass die Schwestern ihn bemerkt hatten. Er wollte offenbar nicht entdeckt werden. Was würde passieren, wenn er merkte, dass sie wach war?

Eine ganze Weile passierte nichts, Lucie hörte ein leises Atmen, ein paar Mal ein kaum hörbares Rücken des Stuhles, und sie beschloss, dass es sich bei der Person um einen Mann handeln musste. Er war groß, so viel konnte sie erkennen. Dann – nach einer Ewigkeit, wie es ihr schien, sie war fast schon wieder weggenickt – begann er zu flüstern. Sie erkannte das Flüstern aus ihren Träumen wieder. Es war leise und undeutlich, doch nach und nach verstand sie Wortfetzen: Er flüsterte ihren Namen, fragte, wie es ihr gehe und dass es ihm leidtue, dass sie solche Schmerzen habe, und dann begann er zu weinen, leise und verzweifelt. Lucie erstarrte, als sie verstand, was er zwischen den Schluchzern hervorpresste: «Er ist tot. Endlich, endlich ist er tot. Es ist vorbei.»

30

Das Klingeln an der Wohnungstür riss Luc unsanft aus seinem Schlummer. Jemand läutete Sturm. Er rappelte sich auf und warf einen Blick auf die Uhr: kurz vor acht. Wer konnte so früh am Samstagmorgen etwas von ihm wollen?

Es war Céleste. Schockiert wich Luc einen Schritt zurück, als ihm klar wurde, dass er nur in Unterhose und T-Shirt vor seiner Chefin stand. Sie war gerade in Begriff gewesen, erneut zu klingeln, als er die Tür geöffnet hatte.

«Ach, Luc, Gott sei Dank!», rief sie. «Ich hatte schon Angst, Sie wären nicht da!»

Es klang ein wenig vorwurfsvoll in seinen Ohren, und er versuchte automatisch, sich zu rechtfertigen. «Ich habe das Klingeln nicht gleich gehört. Was ist passiert, Chef?»

«Sie haben Louis Balzac verhaftet.» Sie schüttelte unglücklich den Kopf, und bevor Luc etwas dagegen unternehmen konnte, stand sie bereits in seinem Flur. «Ich bin schuld. Ich hätte ihn anhören müssen...»

Noch immer fassungslos darüber, dass seine Chefin so mir nichts, dir nichts in Allerherrgottsfrühe in seine Wohnung gestiefelt kam, während er noch in Unterhosen war, bat er sie, in der Küche zu warten, und ging sich anziehen. Nicht einmal ins Wohnzimmer konnte er sie bitten, denn seine kleine Mietwohnung ganz in der Nähe der Mairie bestand lediglich aus einer Küche, einem Bad und einem kleinen Zimmer mit Schlafcouch, Schreibtisch und Fernseher, das er als Schlaf- und Wohnzimmer gleichzeitig nutzte. Und in dem jetzt nicht nur sein peinliches, in den Farben des Colmarer Rugbyvereins gestreiftes Bettzeug in einem unordentlichen Haufen auf dem Sofa lag. Er schlüpfte in seine Jeans, zog sich ein frisches Hemd an und fuhr sich ein paar Mal durch die Haare. Konnte er sie noch ein paar Minuten warten lassen, um sich zu waschen? Er entschloss sich dafür – das erschien ihm anständiger, als sich ungewaschen und unfrisiert zu seiner Chefin an den Küchentisch zu setzen. Nach der Katzenwäsche fühlte er sich einigermaßen gewappnet und ging in die Küche.

Céleste saß am Fenster und sah hinaus auf die Weinberge. Die Sonne war gerade über den Col de la Schlucht gestiegen und schickte ihr verheißungsvolles Morgenlicht über die Hänge und Weinberge hinunter ins Tal.

«Was ist denn passiert?», fragte Luc und stellte einen Topf Wasser auf den Gasherd, um Kaffee aufzugießen. Beim Kaffeekochen teilte er die Ansicht seiner Mutter: Frisch aufgebrühter Kaffee schmeckte einfach am besten.

«Ich habe Louis gestern Abend noch getroffen, er war voll wie ein Weinfass und hat gefaselt, dass er der Mörder von Eguisheim sei. Sie kennen doch seine Ballade … er war betrunkener als üblich, da hab ich ihn nach Hause gefahren.»

«Und dann?» Luc und stellte jedem eine Schale Kaffee hin, holte Milch und Zucker aus dem Schrank und öffnete eine Dose mit Schokoladenkeksen, die seine Schwester gebacken hatte.

«Ich dachte, er schläft seinen Rausch aus, und dann ist es wieder gut», erzählte Céleste weiter. «Stattdessen hat Louis offenbar später noch nach mir gesucht. Er war im *Fetten Frosch*, und Catherine hat versucht, bei mir anzurufen, aber ich habe den Anruf nicht gehört. Ich war nicht zu Hause und hatte das Handy ausgestellt. Er ist dann wieder abgezogen und irgendwann in *Julien's Winstub* gelandet. Dort ist er anscheinend völlig durchgedreht und hat behauptet, der Mörder von Philippe Rouffacher und Ivette Clavet zu sein. Ein Gast hat das mitbekommen und später Catherine davon erzählt. Angeblich hat Louis wie von Sinnen herumgeschrien und verlangt, eingesperrt zu werden, bevor er noch den schlimmsten Mord von allen begehe. Julien hat dann bei der Kriminalpolizei in Colmar angerufen. Sie sind gekommen und haben ihn mitgenommen.» Als suche sie Halt, schloss Céleste die Finger um die Schale Kaffee, doch sie trank nicht. «Wir müssen nach Colmar und mit ihm reden.»

«Nein. Erst trinken wir Kaffee», widersprach Luc und tunkte einen Keks in seinen Milchkaffee. «So lange kann Louis schon noch warten.»

Céleste lächelte. «So eigensinnig kenne ich Sie ja gar nicht, Bato.»

«Frühstück ist wichtig», beharrte er.

Sie seufzte demonstrativ. «Also gut, wenn Sie meinen …» Demonstrativ gehorsam nippte sie einige Male vom Kaffee und aß sogar einen Keks. Nach fünf Minuten jedoch schob sie die Schale weg und stand auf. «Los jetzt.»

31

Das ist ja alles gut und schön, aber es interessiert mich nicht», sagte Didier Wolfsberger und lehnte sich in seinem Drehstuhl zurück. Sein Hemd war heute apricot-gelb kariert und hatte damit in Célestes Augen starke Ähnlichkeit mit einem Geschirrhandtuch. «Wir haben ein Geständnis.»

«Ein Geständnis? Dass ich nicht lache!» Céleste schnaubte. «Louis Balzac war voll bis obenhin. Der hätte alles gestanden.» Sie und Bato saßen in Wolfsbergers Büro und versuchten, ihm klarzumachen, dass er den Falschen verhaftet hatte.

«Louis Balzac könnte keiner Fliege etwas zuleide tun», insistierte Céleste. «Niemals hat er diese Morde begangen.»

Wolfsberger hob beide Hände mit den Handflächen nach oben und machte dazu ein unschuldiges Gesicht. «Was soll ich machen? Er behauptet steif und fest, der Mörder von Eguisheim zu sein. Der traurige Mörder noch dazu.» Er lächelte schmal.

«Hat er das so gesagt?», hakte Céleste nach. Als Wolfsberger nickte, lachte sie auf. «Soll das etwa das Geständnis sein?»

Wolfsberger kniff die Augen zusammen. «Und wenn?», fragte er lauernd zurück.

Céleste lachte weiter. «Das ist kein Geständnis. Das ist eine seiner Balladen.» Sie warf Luc einen belustigten Blick zu: «Wie fängt es noch an? *Es war einmal ein armer Mann...*»

«*...der aus der großen Stadt herkam...*», half ihr Luc in seinem schönen Bariton weiter. *«Er liebte ein Mädel zart und fein und wünschte sich, sie wäre sein . . .»*

«Bravo!» Wolfsberger klatschte spöttisch in die Hände.

«Sehen Sie? Es schadet nichts, wenn man die Leute kennt, mit denen man zu tun hat», sagte Céleste triumphierend und stand auf. «Können wir ihn mitnehmen?»

Wolfsberger schüttelte den Kopf. «Nicht so schnell, Kreydenweiss. Offensichtlich kennen Sie nicht das ganze Lied?»

«Nein, wieso?» Céleste schaute zu Luc. «Kennen Sie es, Bato?»

Luc überlegte. «Ich glaube nicht, dass ich es schon einmal ganz gehört habe. Er kommt nie bis zum Ende. Weil er immer vorher weinen muss.»

«Stimmt.» Céleste nickte. «Und dann braucht er einen Schnaps.»

«Und danach fängt er wieder von vorne an», bestätigte Luc.

Wolfsberger richtete sich auf. «Tja. Das ist jetzt aber wirklich schade. Offenbar schätzen Sie Ihren Dorfpoeten nicht so sehr, dass Sie sich seine Gedichte auch einmal durchgelesen hätten . . .?» Er schlug die Akte auf seinem Tisch auf, nahm ein kleines Heft heraus und schob es über den Tisch.

Überrascht griff Céleste danach.

«Das ist eines von Louis' gesammelten Werken. Madeleine, also unsere frühere Buchhändlerin, hat diese Hefte manchmal verkauft.»

«Vielleicht hätten Sie sich auch eines kaufen sollen? Und vor allem drin lesen?» Wolfsbergers Grinsen bekam etwas Hämisches. Er machte eine gönnerhafte Handbewegung und lehnte sich wieder zurück. «Bitte. Nur zu, Kreydenweiss. Lesen bildet, sagt man.»

Céleste schlug das Heft auf und begann laut zu lesen:

«Es war einmal ein armer Mann
der aus der großen Stadt herkam
Er liebte ein Mädel zart und fein
und wünschte sich, sie wäre sein

Er bracht' ihr Blumen und feine Leckerei'n
sang Lieder ihr und erzählt' so manchen Reim
Sie stand und schaute und lächelte dann
ja, sie wollt einen Poeten zum Mann

Und ihre Liebe, die war so echt und rein
sie konnten nicht bleiben im Kämmerlein
Wollten zeigen einem jeden ihr großes Glück
sie küssten sich und lachten und es gab kein Zurück

Drei Bürger, so aufrecht, bemerkten sie schnell
und Neid und Gier erblühten so grell
die Liebe, die Liebe, ja die kannten sie nicht
und so hielten sie über die beiden Gericht
Den Vater des Mädchens erfasst heißer Zorn
für einen Bettler wie diesen war sie nicht gebor'n
Eines Nachts, da geschah es, oje, o Graus
Er stürzt sie wie von Sinnen zum Fenster hinaus

Der Poet aber stand und fasste es nicht
Mit ihr war erloschen sein Leben, sein Licht
Sein Dasein vergebens, ergab er sich dem Suff
wollt fahren zum Teufel, hinab in die Gruft.

Zuvor doch schlich er noch hinaus in die Gasse
Stopfte einen der Bürger ins Sauerkrautfasse . . .»

Sie stockte erschrocken.

Wolfsbergers Grinsen wurde noch breiter. «Lesen Sie weiter!», forderte er sie auf.

«... den zweiten erhängt er im Bäckerkorb
für den dritten ersann er den schlimmsten Mord ...»

Céleste versagte die Stimme. Sie räusperte sich. «Das kann doch nicht sein. Das glaube ich nicht ...», sagte sie heiser.

«Mit dem Akzeptieren von Tatsachen haben Sie offenbar häufiger ein Problem?», sagte Wolfsberger kühl und streckte die Hand aus. Stumm gab Céleste ihm das Heft zurück.

«Sie wissen so gut wie ich, dass Sie das nicht wegdiskutieren können, sosehr Ihnen Ihr Müllmann auch am Herzen liegen mag. Das ist so gut wie ein Geständnis. Schwarz auf weiß.»

«Aber ...», begann Céleste noch einmal. «Das könnte doch auch jemand anders als Anleitung genommen haben ...»

Wolfsberger stand auf. «Kommen Sie mit.»

«Wohin?»

«In die Arrestzelle. Reden Sie selbst mit ihm.»

Die Arrestzelle war eine komplett gekachelte Ausnüchterungszelle im Keller der Brigade. Louis Balzac saß wie ein Häuflein Elend auf der schmalen Pritsche, die an der Wand befestigt war, und starrte vor sich hin. Als Céleste hereinkam, hob er den Kopf.

«Ach, Céleste», nuschelte er.

Sie setzte sich zu ihm. «Was machst du denn für Sachen?»

Er antwortete nicht.

«Du warst das doch nicht.»

Er streckte ihr seine Hände entgegen. «Da klebt Blut dran. Das Blut von zwei Menschen.»

Céleste schüttelte den Kopf. «Ich weiß, dass du das nicht warst. Warum solltest du so etwas tun?»

«Im Rausch wird der Mensch zum Tier», murmelte Louis. «Zu einem teuflischen Tier ...»

«Kannst du dich an die Taten erinnern?», fragte Céleste.

«Ich hab's doch selbst geschrieben!», schrie Louis plötzlich. «Selbst erdacht!»

Céleste legte ihm eine Hand auf die Schulter. «Aber kannst du dich denn daran erinnern? Dass du es getan hast?»

Er sah sie mit blutunterlaufenen Augen an. «Erinnern? Woran?»

«Wie du Philippe Rouffacher umgebracht hast. Und Ivette Clavet.»

Er schüttelte den Kopf und starrte auf seine Hände. «Ich habe sie getötet ... Mit meinen eigenen Händen!»

Céleste seufzte. «Und der dritte Mord aus deinem Lied? Was ist mit dem? Wer soll da das Opfer sein?»

Louis zuckte zusammen. Leise sagte er: «Der dritte wird der schlimmste von allen. Ihr werdet es sehen. Der schlimmste von allen ...»

Wolfsberger und Luc empfingen sie an der Tür. Ein junger Lieutenant schloss die Zelle hinter ihr wieder ab.

Luc sah bedrückt aus.

«Und, was sagt Ihr ach so kriminalistischer Sachverstand?», fragte Wolfsberger. «Sollen wir ihn gehen lassen? Damit er den dritten Mord auch noch begeht?»

Céleste schüttelte den Kopf. «Er war es nicht», beharrte sie. «Sie täuschen sich.»

«Natürlich. Alle sind wir hier Idioten, Madame Kreydenweiss ist die Einzige, die die Wahrheit durchschaut. Kennt man ja ...»

Wolfsberger und der Lieutenant gingen nach oben, Luc und Céleste folgten ihnen. Als sie am Ausgang der Brigade ankamen und Wolfsberger sich schon abgewandt hatte, um wieder zurück in sein Büro zu gehen, versuchte sie es noch ein letztes Mal.

«Warum soll Louis das denn getan haben?», rief sie Wolfsberger hinterher. «Er hat kein Motiv. Und es passt nicht zu ihm.»

Wolfsberger drehte sich langsam um. «Wieso nicht? Jeder kann mal zum Tier werden, oder? Er hat es selbst gesagt. Geben Sie mir einen Beweis dafür, dass das nicht stimmt.»

Céleste schwieg. Es war sinnlos. Wolfsberger würde ihr nicht zuhören, egal, was sie sagte. Sie stand auf verlorenem Posten. Abrupt drehte sie sich um und verließ das Gebäude. Luc eilte ihr hinterher.

«Chef», sagte er schüchtern. «Er kann ihn nicht freilassen. Nicht bei dieser Sachlage.»

Céleste fuhr wütend herum. «Sind Sie jetzt auf seiner Seite, verdammte Scheiße noch mal?»

«Nein, Chef ...», sagte Luc erschrocken, aber Céleste fuhr ihn an: «Und nennen Sie mich nicht immer Chef, verdammt!» Mit einer zornigen Handbewegung wandte sie sich ab und stieg ins Auto.

Schweigend fuhren sie zurück. Sie waren noch nicht in der Mairie, da klingelte Célestes Telefon. Zu ihrer Überraschung war es Capitaine Wolfsberger.

«Sind Sie schon wieder in Eguisheim, Kreydenweiss?», fragte er knapp.

«Ja, warum?», fragte Céleste verwundert.

«Kennen Sie einen Ort, der Teufelsmühle heißt?»

«Ja …»

«Erklären Sie mir, wo das ist, und dann fahren Sie so schnell wie möglich da hin. Dort sind zwei völlig aufgelöste Jugendliche, die haben uns gerade angerufen, konnten aber kaum etwas sagen, so fertig waren sie.»

«Aber wieso …?»

«Wir haben offenbar den dritten Mord.»

32

Der schlimmste Mord von allen», sagte Céleste leise und blickte kurz zu Bato, dem alle Farbe aus dem Gesicht gewichen war. Totenbleich stand er da.

Am Wasserrad der alten Mühle hing ein Mann, kopfüber, mit weit ausgebreiteten Armen und Beinen, wie gekreuzigt. Er war nackt, und seine Haut leuchtete fahl im schattigen Licht der Schlucht. Sein Gesicht mit den weit aufgerissenen Augen wirkte seltsam unwirklich. Auch der Mund war weit geöffnet, wie zu einem stummen Schrei.

Hinter ihnen vernahm Céleste leises Weinen, und sie erinnerte sich, dass es zwei Jugendliche gewesen waren, die die Leiche gefunden hatten. Sie berührte Luc sacht am Arm. «Wir sollten uns um die beiden kümmern.»

Sie führten das Mädchen und den Jungen zu ihrem Auto, und Luc holte eine Decke aus dem Kofferraum, die er dem Mädchen um die Schultern legte. Sie zitterte wie Espenlaub. Der Junge schien etwas gefasster.

«Wir waren heute Morgen auf den drei Exen», begann er mit brüchiger Stimme. «Und über die Schlucht abgestiegen. Es gibt da einen alten Weg runter zur Mühle ...»

Céleste nickte. «Ich kenne den Weg.»

«Ja, und ... da hing er ...» Er schluckte und senkte den Kopf. Das Mädchen schluchzte auf.

In dem Moment ertönten die Sirenen der herannahenden Brigade und das Martinshorn eines Krankenwagens. Man konnte bereits das Blaulicht durch die Bäume zucken sehen. Als die Brigade ausschwärmte, fiel es Céleste nicht schwer, sich dieses Mal auf die Rolle der Beobachterin zurückzuziehen. Sie verspürte keine Lust, dabei zu sein, wenn sie den Mann abnahmen, und auch die Arbeit der Spurensicherung verfolgte sie eher teilnahmslos. Müde setzte sie sich auf einen großen Stein am Straßenrand und lehnte den Kopf an den rauen Stamm einer Fichte. Luc hockte sich neben sie. Er war noch immer blass.

«Es tut mir leid, Bato», sagte sie übergangslos. «Ich war ekelhaft zu Ihnen. Sie hatten recht mit dem, was Sie gesagt haben. Nach seinem Geständnis durfte Wolfsberger Balzac nicht freilassen.»

«Nicht der Rede wert», sagte er. «Schon vergessen.»

Sie nickte. Er hatte recht. Angesichts dessen, was sie gerade gesehen hatten, war es tatsächlich nicht der Rede wert.

«Was glauben Sie, Chef, ist mit diesem Mann passiert?», fragte Luc, und seine Stimme klang brüchig.

«Aufs Rad gespannt», murmelte Céleste nachdenklich. «Das war keine Ehrenstrafe, sondern eine Hinrichtung.»

«Aufs Rad gespannt? Sie meinen, er wurde gerädert?»

Céleste schüttelte den Kopf. «Da würde er anders aussehen. Nein, ich habe das eher symbolisch gemeint. Beim Rädern hat man die Menschen regelrecht zerbrochen, also ihnen die Knochen gebrochen, indem man sie mit dem Rad überfahren hat. Dieser Mann scheint ja äußerlich unversehrt zu sein. Jedenfalls auf den ersten Blick.»

Luc nickte. «Grauenhaft unversehrt.» Er schauderte.

«Wie meinen Sie das?» Céleste warf ihm einen erstaunten

Blick zu. Es stimmte, ihr war auch aufgefallen, dass der Leichnam eine seltsam grausige, zutiefst beunruhigende Ausstrahlung hatte, obwohl er keine sichtbaren Verletzungen aufwies. Sie hatte das auf die Umgebung, die unheimliche Mühle und ihre persönlichen Erinnerungen an die alten Geschichten geschoben, aber offenbar hatte Luc es genauso empfunden.

«Er wirkt schrecklich gequält … Als ob er etwas Grauenhaftes erlebt hätte. Und seine Haut hat eine merkwürdige Farbe, sie sieht so unecht aus, eher wie gespanntes Leder …» Er würgte, sprang auf und verschwand im Unterholz. Céleste blieb sitzen und wartete, bis er zurückkam.

«Tut mir leid, Chef», murmelte er beschämt und wischte sich den Mund ab. «Ich bin so etwas echt nicht gewöhnt.»

Céleste winkte ab. «Wer ist das schon? Oder besser, wer will das schon sein?»

Ein weiteres Auto kam angefahren und parkte mit quietschenden Reifen neben ihrem Mégane. Es war Sandrine Veilleux, die Gerichtsmedizinerin.

«Salut, Céleste, salut, Luc!», grüßte sie und winkte zu ihnen herüber. «Was ist denn hier passiert?»

Céleste stand auf und ging zu ihr. «Ich kann es nicht genau sagen. Du musst es dir selbst ansehen.»

«Kommst du nicht mit?»

Céleste zögerte, dann nickte sie.

Als sie bei der Mühle ankamen, hatten sie den Toten bereits abgenommen. Er lag auf einer Plane am Boden, und Sandrine Veilleux beugte sich über ihn. Schweigend stand Céleste etwas abseits und beobachtete die Gerichtsmedizinerin bei ihrer Arbeit. Luc hatte recht: Der Tote hatte eine seltsam schuppige, ledrige Haut am ganzen Körper. Nach einer Weile richtete sich Veilleux auf. Wolfsberger trat sofort zu ihr.

«Und?», fragte er schroff.

Sie musterte ihn kühl. «Also gut, wenn Sie schon so freundlich bitten: männlich, Mitte dreißig.»

«Das sehe ich selbst!», schnauzte Wolfsberger ungeduldig. «Woran ist er gestorben?»

Sandrine Veilleux hob die Schultern. «Sieht ein bisschen vertrocknet aus ...» Sie betastete ihn vorsichtig, untersuchte das Gesicht, die Mundhöhle und die Augen, dann erhob sie sich und klopfte sich bedächtig die Hosenbeine ab. «Ich kann natürlich noch nichts Genaues sagen, aber so wie er aussieht ... diese ledrige Haut und sein Gesicht ... Er ist vollkommen dehydriert und auch ziemlich abgemagert.» Sie zündete sich eine Zigarette an, nahm einen langen Zug und blies den Rauch in einer für sie typischen Geste über den rechten Mundwinkel nach oben. «Wenn ich nichts anderes mehr finde, würde ich sagen, er ist verdurstet.»

Céleste starrte sie entsetzt an. «Was?»

«Ich würde sogar drauf wetten, dass es so ist.»

Wolfsberger fragte nur: «Und der Todeszeitpunkt?»

Sandrine Veilleux rauchte bedächtig. «Ich kann nur schätzen. Es kommt schließlich auch darauf an, wo er gestorben ist. Die Totenstarre ist noch ausgeprägt ... ich würde sagen, er ist seit Freitagnachmittag tot.»

Wolfsberger warf Céleste einen triumphierenden Blick zu. «Hören Sie es, Kreydenweiss? Ihr Schützling ist noch lange nicht raus aus der Sache, falls Sie etwas in der Richtung gehofft hatten. Im Gegenteil. Wahrscheinlich war diese Scheiße hier der Grund für sein Geständnis.» Er deutete mit seinem Finger auf den Toten. «Ihr harmloser Dorfpoet hat den schlimmsten Mord von allen begangen.» Er drehte sich um und ließ die beiden Frauen stehen.

«Was für ein Idiot.» Mit einem Blick in Richtung der emsig herumwerkelnden Kriminaltechniker drückte die Gerichtsmedizinerin ihre Zigarette an der Innenseite der Zigarettenschachtel aus und ließ den Stummel dann hineinfallen. «Was meint er mit Schützling?»

«Er hat Louis Balzac verhaftet», sagte Céleste bekümmert. «Louis hält sich für den Mörder, und Wolfsberger glaubt ihm.»

Sandrine Veilleux lachte trocken auf. «Sagte ich doch, er ist ein Idiot. Nie und nimmer war das Louis.» Sie sah auf die Uhr. «Ich fahre gleich wieder zurück nach Colmar. Sieht nicht so aus, als ob ich heute so bald Feierabend machen könnte.»

Nachdem sich die Gerichtsmedizinerin verabschiedet hatte, blieb Céleste einen Augenblick nachdenklich stehen und sah dem Auto nach. Über ihr zwitscherten die Vögel, und durch das Laub der Bäume fielen helle Lichtkringel auf den sandigen Boden der Forststraße. Ein freundlicher, warmer Frühsommertag, wie dafür geschaffen, einen Ausflug hinauf zu den drei Exen zu machen. Sie warf einen schnellen Blick hinüber zum Krankenwagen, wo sich zwei Sanitäter noch immer um die beiden jungen Leute kümmerten. Sie würden diesen Tag wohl nie vergessen.

Luc trat neben sie. «Was hat sie gesagt?», wollte er wissen.

Céleste schüttelte abwehrend den Kopf, doch das Bild, das sich ihr bei Sandrine Veilleux' Worten aufgedrängt hatte, ließ sich nicht vertreiben. Es fügte sich zusammen mit der ausgemergelten Gestalt am Mühlrad zu einem einzigen Bild der Qual. Sie schluckte. «Verdurstet», sagte sie leise. «Sie meint, der Mann sei verdurstet.»

Luc machte ein seltsames Geräusch, ein Ächzen, und fast fürchtete Céleste, ihrem jungen Kollegen könne erneut übel werden, doch er blieb neben ihr stehen, reglos, und in seinen Augen spiegelte sich ihr eigenes Entsetzen. Gerade als er etwas sagen wollte, kamen zwei weitere Autos die Forststraße heraufgefahren.

«Journalisten», flüsterte Céleste, als sie eine junge Mitarbeiterin des Alsacien wiedererkannte, die gerade, bewaffnet mit einem Fotoapparat, aus dem einen Auto stieg. Das andere Auto, ein VW-Bus, gehörte zu einem Fernsehsender. Céleste erkannte den Schriftzug, und tatsächlich stiegen zwei Männer und eine Frau mit Mikrofonen und Fernsehkameras aus. Es blieb keine Zeit, sich darüber zu wundern, wie schnell die Medien immer von solchen Dingen Wind bekamen, denn inzwischen waren auch schon einige Wanderer und Radfahrer neugierig stehen geblieben, und Céleste und Luc hatten plötzlich alle Hände voll zu tun: die Fragen der Journalisten abwehren und die Schaulustigen daran hindern, den Tatort zu betreten.

Irgendwann trat Lieutenant Vasarely zu ihnen. «Der Capitaine meint, Sie sollten sich das ansehen», sagte er leise und deutete zur Mühle. «Ich halte so lange die Stellung hier.»

Luc zögerte. «Haben Sie etwa noch eine Leiche gefunden?», fragte er erschrocken.

Der junge Lieutenant schüttelte den Kopf, sagte aber nichts weiter. Sie gingen zu Wolfsberger, der sie am Eingang der Mühle erwartete.

«Was ist...», begann Céleste, doch Wolfsberger drehte sich schon um, winkte ihnen mit zwei Fingern und ging voraus in das verlassene Haus.

Céleste und Luc folgten ihm. Die Spurensicherung hatte starke Lampen aufgestellt, die das Erdgeschoss ausleuchteten. Er war vollkommen leer und roch modrig und verlassen. Die

Beamten waren mit ihrer Arbeit bereits fertig, einer der in weiße Overalls gekleideten Männer klaubte gerade die kleinen Nummernschilder zusammen, mit denen Spuren markiert worden waren. Wolfsberger machte dennoch einen großen Bogen um die Fläche, und Céleste und Luc taten es ihm nach. Am anderen Ende des Raumes befand sich eine Falltür, die eine steil nach unten führende Treppe freigab. Wolfsberger reichte ihnen zwei Paar dünne Handschuhe. Hintereinander stiegen sie hinunter und gelangten in ein Kellergewölbe, das direkt in den Felsen der Schlucht geschlagen war. Rohe Steinwände bildeten einen kleinen, niedrigen Gang, der an einer schweren Eisentür endete. Sie war einen Spalt geöffnet, und auch von dort drang das Licht starker Lampen. Wolfsberger zog die Tür auf.

«Hier hat man ihn gefangen gehalten», sagte er und deutete hinein.

Es war ein Felsenkeller, eine Art Höhle, so wie man sie früher oft in alten Häusern gehabt hatte. Wein und Vorräte konnten dort gut gelagert werden, weil die Luft unabhängig von den Außentemperaturen immer konstant kühl blieb. Der Boden bestand aus trockener, festgestampfter Erde, und die Wände waren nur grob behauen. Neben den Lampen der Spurensicherung hing noch eine kleine vergitterte Lampe neben dem Eingang, ähnlich wie in Bergwerken. Sie verbreitete ein trübes, kränkliches Licht, das jetzt jedoch von den starken Scheinwerfern verschluckt wurde. Auch hier hatte die Spurensicherung ihre Arbeit fast beendet. Eine junge Frau wollte gerade die Gegenstände eintüten, die sich noch im Raum befanden, doch Wolfsberger scheuchte sie mit einer herrischen Geste hinaus. Luc blieb am Eingang stehen, während Céleste, ohne zu zögern, den Raum betrat und sich umsah. Eine Wasserflasche

stach ihr sofort ins Auge, und sie musste an Sandrine Veilleux'
Vermutung denken. Passte das? Sie erinnerte sich an ihren früheren Ausbilder, der sie ständig ermahnt hatte, keine vorei-
ligen Schlüsse zu ziehen. *Machen Sie sich erst ein Bild von der
Situation*, hatte er immer gesagt. *Lassen Sie Ihre Augen zunächst alles aufsammeln, was sie sehen, ohne es gleich zu bewerten.* Sie zwang sich also, zu sammeln und zu registrieren. Eine
Wasserflasche aus Plastik. Fast voll. Mit zugedrehtem Ver-
schluss. Daneben ein großer dunkler, leicht nach oben ge-
wölbter Fleck. Sie bückte sich, um ihn vorsichtig zu berühren.
Wachs. Eine vollständig heruntergebrannte Kerze. Der einge-
schmolzene, dunkle Docht war noch zu erkennen. Offenbar
eine ziemlich große Kerze. Ein Bündel Stoff in einer Ecke. Er
stank. Kot und Urin. Vorsichtig hob sie ihn hoch. Kleidung. Ein
Anzug, ein Hemd, Unterwäsche, Schuhe. *Anzug ...* in ihrem
Kopf machte etwas klick. Sie versuchte, es sich zu merken, um
später darauf zurückzukommen, und sammelte weiter. An
einer Wand stach ihr ein glänzender Ring ins Auge. Er war in
den Felsen eingelassen und schien neu zu sein. Daran hingen
zwei Enden einer zerschnittenen Plastikschnur. Sie ging darauf
zu, ließ die Schnur durch ihre Finger gleiten, warf einen Blick
zur Wasserflasche und schluckte. Als sie den Kopf hob, trafen
ihre Blicke die von Wolfsberger.

«Und, Kreydenweiss? Eine Idee?» Er lächelte spöttisch.

«Er war gefesselt», sagte Céleste langsam. «Das Seil ist kurz,
es reicht nicht bis zur Mitte des Raumes, er kam also nicht zu
der Wasserflasche. Aber er hat sie gesehen. Eine Kerze brannte.
Er hat das Wasser gesehen, ohne heranzureichen. Bis er ...» Sie
schluckte und sprach dann schnell weiter: «Die Kleidung ist
stark verschmutzt, das heißt, er konnte sich nicht bewegen,
man hat die Fesseln nicht einmal gelöst, um ihn zur Toilette

gehen zu lassen. Er wurde erst nach dem Tod ausgezogen. Dann wurde er nach oben geschleift und an das Mühlrad gebunden.» Sie ließ den Blick noch einmal durch den Raum schweifen. «Die Kleider liegen offen da, das Seil ebenso und vor allem die Wasserflasche. Der Mörder hat sie dagelassen. Warum?» Sie zögerte und gab sich dann selbst die Antwort: «Er will, dass wir sehen, wie er es gemacht hat. Er will, dass wir sehen, wie sein Opfer gelitten hat.» Aus den Augenwinkeln sah sie, wie Bato sie überrascht anschaute, und wandte sich schnell ab.

Wolfsberger klatschte spöttisch. «Bravo, Kreydenweiss. So. Sie wissen Bescheid. Damit habe ich meiner Pflicht zur Zusammenarbeit mit der Police Municipale Genüge getan.» Er zeigte mit einer schwungvollen Geste zur Tür.

Céleste rührte sich nicht von der Stelle. «Wer ist der Tote?», fragte sie. «Ist es jemand aus der Gegend? Hat er eine Verbindung zu den beiden anderen?»

«Das wissen wir noch nicht. Bisher haben wir nur einen Namen. Sein Ausweis war in der Anzugjacke. Offenbar wollte der Täter, dass wir sofort wissen, um wen es sich handelt. Es ist übrigens ein Anwaltsausweis.»

«Kann ich ihn sehen?»

«Von mir aus.» Wolfsberger deutete mit dem Kinn zur Tür. «Fragen Sie Vasarely.»

Bevor sie den Raum verließ, drehte sich Céleste noch einmal um. «Gab es eine Uhr? Trug er eine Uhr?»

Wolfsberger nickte. «Eine teure. Sie lag bei den Kleidern. Die Spurensicherung hat sie schon eingepackt.»

«Kaputt?»

Wieder nickte Wolfsberger, fast widerwillig. «Gleiche Zeit wie bei den anderen: 9.30 Uhr.»

«Hervé Bastien», las Céleste laut von dem Anwaltsausweis ab. «Er ist aus Straßburg.» Verwundert gab sie den in einen durchsichtigen Plastikbeutel verpackten Ausweis wieder an Lieutenant Vasarely zurück. «Wie kommt denn ein Anwalt aus Straßburg hierher an diesen gottverlassenen Ort?»

Vasarely zuckte mit den Schultern. «Wir haben ihn schon durch die Datenbank laufen lassen», sagte er. «Er wurde vergangenen Mittwoch als vermisst gemeldet. Angeblich ein ziemlich prominenter Typ …» Als Wolfsberger aus der Tür der Mühle trat, wandte Vasarely sich schnell ab und ging zu seinen Kollegen.

Wolfsberger kam auf Céleste und Luc zu. «Damit wir uns richtig verstehen, Kreydenweiss», sagte er leise. «Das war kein Friedensangebot. Diese Geschichte wird einen großen Pressewirbel verursachen, und ich habe keine Lust, noch mehr ins Kreuzfeuer zu geraten, nur weil einer dieser Provinzschreiberlinge meint, man müsse die Gemeindepolizei auch mitspielen lassen. Haben Sie das begriffen?»

Céleste zupfte sich an ihrem Ohr. «Ich höre immer Friedensangebot? Wer bitte will denn so was? Ich glaube, ich stehe kurz vor einem Hörsturz …»

Wolfsberger maß sie mit einem Todesblick, dann drehte er sich auf dem Absatz um und ließ die beiden stehen.

«Was war denn das?», fragte Luc verblüfft.

Céleste schüttelte den Kopf. «Vergessen Sie es einfach, Bato. Wolfsberger ist ein Idiot in einem Hemd, das aussieht wie Geschirrtuch. Das ist alles.»

Luc öffnete den Mund, um etwas zu erwidern, doch dann überlegte er es sich anders und folgte Céleste zu ihrem Auto.

Es war ähnlich wie nach einer Beerdigung. Die Konfrontation mit dem Tod weckte bei Céleste eine unmittelbare Sehnsucht nach Leben, ein Bedürfnis, das Grauen abzuschütteln, sich lebendig zu fühlen. Und wie immer äußerte es sich zunächst in Hunger. Als sie in ihr Auto stiegen, begann ihr Magen unüberhörbar zu knurren.

Luc warf ihr einen ungläubigen Blick zu. «Das ist jetzt nicht Ihr Ernst, Chef, oder?»

Sie zuckte mit den Schultern. «Ihr Keks hat nicht lange vorgehalten. Obwohl er, wie ich zugeben muss, wirklich gut war.»

In einem Anfall von Heroismus weigerte sich Luc dieses Mal eisern, in den *Fetten Frosch* zu fahren. Er behauptete, er bekäme jetzt keinen einzigen Bissen runter, und auch Céleste verspürte trotz ihres Hungers wenig Lust, sich zwischen die fröhlich schlemmenden Gäste zu setzen, als ob nichts geschehen wäre. Und doch ließ sich ein knurrender Magen nicht einfach so ignorieren, vor allem dann nicht, wenn man noch vorhatte, sein Gehirn anzustrengen. Auf dem Rückweg zur Mairie fuhren sie also am Supermarkt vorbei, und Céleste holte sich als Kompromiss einen Stapel Sandwiches, den sie noch im Auto unter den ungläubigen Blicken ihres Kollegen verschlang.

In der Mairie war es angenehm still. Dédé war von Céleste zwar sofort informiert worden, aber noch nicht da, und jemand anderes kam nicht auf die Idee, sein Wochenende im Gemeindeamt zu verbringen. Sie setzten sich in ihr Büro, um den neuen Mord – zumindest versuchsweise – irgendwie in den bisherigen Fall einzuordnen. Keiner von beiden sprach es aus, aber damit war auch die leise Hoffnung verbunden, mit Hilfe einer gewissen Sachlichkeit das Bild von heute Vormittag in ihren Köpfen auf Distanz zu bringen.

«Der schlimmste Mord von allen», wiederholte Céleste noch einmal die Zeilen von Louis Balzacs Ballade. «Auch hier hatte Balzacs Lied recht.»

Luc war dabei, mit akribischer Sorgfalt seine Bleistifte zu spitzen. «Wie kann jemand etwas so Grausames tun?», sagte er langsam und reihte die Stifte wie tote Soldaten auf dem Schreibtisch auf.

«Jedenfalls nicht Louis Balzac», sagte Céleste.

Luc nickte. «Aber auch kein Kreuzritter», fügte er nach einer Weile hinzu. «Ich glaube, wir haben uns mit dieser Theorie verrannt, Chef. Wer so etwas macht, ist kein Ehrenmann. Er sieht sich nicht in der Pflicht, für Gerechtigkeit zu sorgen. Es muss ein Verrückter sein. Niemand sonst würde so etwas sinnlos Grausames tun.»

«Es ist nicht gesagt, dass es sinnlos ist», widersprach Céleste. «Aus Sicht des Mörders ist es vermutlich ganz logisch, aus seiner Sicht *musste* es dieses Mal grausam sein.» Sie warf einen Blick aus dem Fenster. Die Nachmittagssonne stand schon leicht schräg, und die spitzen Giebel der Häuser warfen Schatten auf die Straße. «Vollendung», sagte sie schließlich.

«Vollendung?» Luc warf ihr einen verständnislosen Blick zu. «Was soll das denn heißen?»

«Das, was er sich vorgenommen hat, ist vollendet. Es war der Höhepunkt. Sie haben recht, das hier war im Gegensatz zu den anderen Morden etwas anderes. Etwas Persönliches. Damit ist der Mörder am Ende angekommen. Die beiden ersten Morde waren nur der Auftakt. Daher die schnelle und fast nüchterne Ausführung. Sie waren die Ouvertüre sozusagen.» Sie klopfte mit dem Finger auf den Schreibtisch. «Das hier aber war sein eigentliches Kunststück. Ich denke, dem Täter ging es von Anfang an einzig und allein um diesen einen Mord. Das war sein Ziel. Und sein Plan. Wir müssen also nicht die Verbindung zwischen den einzelnen Opfern suchen, sondern die Verbindung zwischen dem letzten Opfer und dem Mörder.»

«Und zwischen dem Mörder und Louis Balzacs Lied», gab Luc zu bedenken.

«Das auch», nickte Céleste. Sie kramte den Notizzettel hervor, auf dem der Name des Toten stand. «Hervé Bastien, Anwalt», sagte sie. «Schauen wir mal, ob wir etwas über ihn in unseren Dateien finden.» Sie schaltete ihren PC ein.

33

Etienne Walter saß mit seiner Frau beim Abendessen, als sein Handy klingelte. Es war Sophie Bernheimer.

«Er ist in den Nachrichten», sagte sie. «Sie haben ihn gefunden.»

Er schaltete den Fernseher ein. Es liefen gerade die Abendnachrichten, ein Bericht über einen Mord in irgendeiner verlassenen Mühle auf dem Land. Es gab ein Foto von der Mühle, und zum Abschluss wurde noch einmal das Foto des Toten eingeblendet. Sophie hatte recht, es war Hervé Bastien. Man hatte seinen Ausweis bei ihm gefunden.

«Warum zum Teufel muss ich das aus den Nachrichten erfahren?», knurrte Walter und schaltete den Fernseher aus. «Warum hat uns keiner informiert?» Er wählte noch einmal Sophie Bernheimers Nummer. «Wo sind Sie?», fragte er.

«Im Präsidium», sagte sie. «Die Bereitschaft hat mich angerufen. Sie wurden aus Colmar informiert.»

«Und warum zum Teufel geben Sie mir erst jetzt Bescheid?», schnauzte Walter sie an.

Auf der anderen Seite der Leitung herrschte erschrockenes Schweigen. «Ich dachte … es ist Wochenende …», stotterte Sophie Bernheimer, «ich wollte erst überprüfen, ob an der Sache was dran ist, bevor ich Sie störe.»

«Ich bin in zehn Minuten da.» Walter legte auf.

Bei Lucie Pouliotte lief ebenfalls der Fernseher. Aber sie sah nicht hin, weil sie sich konzentrieren musste. Sie durfte seit gestern wieder essen, und es ging noch mühsam. Die Schwester hatte ihr heute Abend Suppe und weißes Brot gebracht, in kleine Würfel geschnitten. Mit ihrer gesunden linken Hand hielt sie ungelenk den Löffel und schlürfte vorsichtig die heiße Suppe, während sie hin und wieder einen gleichgültigen Blick auf den Fernseher warf. Sie ließ ihn nur laufen, weil sie die Stille in ihrem Zimmer nicht mehr aushielt.

Ihr Vater hatte dafür gesorgt, dass sie ein Einzelzimmer bekommen hatte, in dieser Hinsicht war er großzügig, denn er wollte sich nichts «nachsagen» lassen. Es reichte schon, dass seine einzige Tochter mit sechzehn von zu Hause abgehauen war und als Zeitungsbotin und Kassiererin in einem Supermarkt arbeitete, wo ihr doch eine um einiges vielversprechendere Zukunft offengestanden hätte. Andererseits, was konnte man schon erwarten? Sie schlug nach der Mutter, einer leichtfertigen Person, die die Familie verlassen hatte, als Lucie gerade mal zwei Jahre alt gewesen war. Ein paar Jahre später war sie an der Cote d'Azur mit dem Auto tödlich verunglückt. Nicht ihrem Auto, wohlgemerkt. Sie war nur Beifahrerin gewesen, im Sportwagen irgendeines Mannes, der sein Auto im Suff mit hundertachtzig Sachen gegen einen Baum gesetzt hatte. Selbst schuld, pflegte Lucie Pouliottes Vater immer zu sagen. Die gerechte Strafe für eine Person, die die Familie im Stich gelassen hatte. Er nannte sie immer nur *Person*. Sie hatte Matilde geheißen und war schön gewesen. Lucie hatte zwar keinerlei Erinnerung an sie, aber immerhin ein Foto, auf dem sie auf dem Schoß ihrer Mutter saß. Ihre Mutter war schön, und sie hielt Lucie liebevoll im Arm, lächelte, hatte freundliche Augen. Sie war keine *Person*, sie war ihre Mutter.

Aber das war nicht mehr wichtig. Nichts war mehr wichtig. Sie lag hier in diesem elenden weißen Einzelzimmer und aß kleine Würfel weißen Brotes, und niemanden kümmerte es, ob sie am Leben war oder tot. Sie bekam keinen Besuch – von ihrem Vater abgesehen –, und wenn sie nach dem Unfall einfach nicht mehr aufgewacht wäre, hätte es niemanden interessiert. Ihrem Vater hätte sie damit wahrscheinlich sogar etwas Gutes getan, denn dann hätte er keine Erinnerung mehr an die *Person* gehabt. Keine Erinnerung an den größten Fehler seines Lebens. Lucie sah zum Fenster. Sie könnte einfach rausspringen, überlegte sie. Sie befand sich im dritten Stock, das würde wohl reichen, um ihren Vater von der Erinnerung an die *Person* und das ungeliebte Kind zu erlösen. Und um sie zu erlösen.

Warum denke ich plötzlich an Erlösung, fragte sich Lucie irritiert. Sie brauchte keine Erlösung. Kirche und Religion scherten sie einen feuchten Kehricht, man lebt, versucht sich durchzukämpfen, die einen werden geliebt, die anderen weniger, und irgendwann stirbt man. Sie war eine von denen, die weniger geliebt wurden. Das war klar. Sie wusste nicht genau, was sie an sich hatte, wahrscheinlich war es die Tatsache, dass sie das Kind der *Person* war, die das Leben von George Pouliotte zerstört hatte. Vielleicht stand ihr das auf der Stirn geschrieben, für sie selbst unsichtbar, für alle anderen in Leuchtschrift. Sie war offensichtlich nicht liebbar. Auch wenn es dieses Wort eigentlich nicht gab, gefiel es ihr. Es hatte etwas Schützendes, denn es besagte, dass sie nichts dafürkonnte. Sie konnte nichts dafür, dass ihr Vater sie nicht ansehen konnte, ohne dass sich die Wut über die *Person* in seine Augen schlich und er sich abwenden musste. Sie konnte nichts dafür, dass Yannick sie nur vögeln wollte, weil er gerade nichts Besseres zu tun hatte, aber nicht im Traum daran dachte, mit ihr zu reden oder sie gar in den Arm zu nehmen, einfach so. Sie war nicht liebbar. Und deswegen war sie nutzlos auf dieser Welt. Wenn sie nicht zurückkäme, würde jemand anderes die Zeitungen austragen, und jemand anderes würde im Supermarkt an der Kasse sitzen. Es würde überhaupt niemandem auffallen.

Sie sah wieder zum Fenster. Ihre Beine konnte sie schon wieder bewegen, ihre Wirbelsäule war nur geprellt, aber nicht verletzt worden. Gott sei Dank, hatte der Arzt gesagt, und sie hatte versucht, ein bisschen zu lächeln. Dankbar zu sein. Sie haben unverschämtes Glück gehabt, hatte er gesagt, bald sind Sie wieder ganz die Alte. Wollte sie wieder die Alte sein? Wozu? Vielleicht kam ja etwas Neues, danach. Vielleicht war es besser, als hier auf dieser Welt zu bleiben. Erlösung.

Sie wusste, warum ihr das Wort nicht aus dem Kopf ging. Der flüsternde Mann hatte es verwendet. Es war sein Wort. Er suchte Erlösung. Deshalb kam er zu ihr. Er wusste nicht, dass sie ihm so etwas nicht geben konnte. Er brachte ihr jede Nacht eine Rose, weil er die Leuchtschrift auf ihrer Stirn noch nicht gesehen hatte, weil er noch nicht wusste, dass sie nicht liebbar war und deshalb auch niemanden erlösen konnte. Er wartete noch immer darauf. Sie wusste längst, dass er es war, der sie angefahren hatte, doch das war ihr egal. Sie war ihm nicht böse deswegen, es war eben passiert. Sie hatte nicht aufgepasst, betrunken, wie sie gewesen war. Einfach über die Straße rennen, im Rausch, das passte zu ihr. Eine liederliche Person, wie ihre Mutter. Im Grunde war sie ganz allein schuld an dem Unfall. Sie war es, die diesen unbekannten Mann, der fast jede Nacht an ihrem Bett saß und flüsterte und weinte, ins Unglück gestürzt hatte. Weil sie nicht aufgepasst hatte. Es war ihre Schuld, dass er um Erlösung betteln musste. Sie würde es ihm sagen, wenn er heute Nacht wiederkam. Vielleicht würde das ausreichen, um etwas wiedergutzumachen? Irgendetwas? Sie würde ihm einfach sagen, dass es ihre Schuld war und er nichts dafürkonnte. Vielleicht würde dann wenigstens in seinem Leben wieder alles gut werden. Danach konnte sie immer noch aus dem Fenster springen.

Beruhigt, endlich eine Art Entschluss gefasst zu haben, widmete sich Lucie wieder ihrer Suppe, die inzwischen kalt geworden war, und stellte den Fernseher lauter. Es kamen gerade Nachrichten: Offenbar war ein Mord passiert. Mit wachsendem Interesse hörte sie dem Nachrichtensprecher zu, der von der Teufelsmühle in Eguisheim sprach, von einem «grauenhaften Verbrechen» dem ein bekannter Anwalt zum Opfer gefallen war. Als ein Foto des Anwalts eingeblendet wurde, fiel Lucie der Suppenlöffel aus der Hand. Sie kannte diesen Mann. Sie hatte ihn schon einmal gesehen. Und dann fiel es ihr ein: der Nachtclub, das *Les Fleurs du Mal* – sie hatte getrunken, getanzt und dann diesen Mann geküsst. «Salut, Oberarsch …», flüsterte sie, und dann fiel ihr noch etwas ein: ihr Blick an ihm vorbei, während sie sich geküsst hatten, die hochgewachsene Gestalt, die an der Tür des Clubs aufgetaucht war, ihr verblüfftes Erkennen eines vertrauten Gesichts in einer unerwarteten Umgebung, nur den Bruchteil einer Sekunde, bevor die Person sich wieder in den Schatten zurückgezogen hatte. Und dann noch ein Erkenntnisblitz, bislang verborgen unter dem Schock des Unfalls: Sie hatte nichts auf die Fragen der Beamten erwidern können, die wegen der Fahrerflucht ermittelten, doch jetzt, als ihr der Abend wieder vor Augen stand, kam ihr ein weiteres Bild in den Sinn: ein weißer Lieferwagen, der auf sie zuraste, ein erschrockenes Gesicht … dasselbe Gesicht wie an der Tür des Clubs. Und auch diesen Lieferwagen hatte sie schon einmal gesehen. An dem Morgen, als sie fast mit diesem

Fass zusammengestoßen wäre, war er ihr entgegengekommen, auf ihrer Route durch das Dorf ...

In dem Moment, da ihr klar wurde, was das zu bedeuten hatte, machte sie eine heftige abwehrende Bewegung, und die Suppe und die restlichen weißen Brotwürfel landeten auf dem Boden. Sie achtete nicht darauf. Wie erstarrt saß sie im Bett. Der Mann, der jede Nacht zu ihr kam und weinte, war ein Killer! Sie spürte, wie die Suppe in ihrem Magen rumorte und wieder nach oben wollte. Ihr brach der Schweiß aus. Was. Was sollte sie tun, wenn er heute Nacht wiederkam?

34

Etienne Walter und Sophie Bernheimer waren auf dem Weg
nach Colmar. Er hatte, sofort als er im Präsidium angekommen war, bei der Brigade angerufen und sein Kommen angekündigt. Capitaine Wolfsberger war der Leiter dort, was Etienne
Walter äußerst reserviert zur Kenntnis genommen hatte. Er
kannte ihn. Leider nur zu gut. Wolfsberger war vor vielen Jahren in seinem Team gewesen. Er hatte sich damals, nach dieser
unangenehmen Sache in eine andere Abteilung versetzen lassen, und irgendwann vor einiger Zeit hieß es dann, er sei in die
Provinz gegangen. Walter hatte nicht nachgefragt, es hatte ihn
nicht interessiert. Er war froh gewesen, dass Wolfsberger weg
war. Und jetzt holte ihn dieses Desinteresse wieder ein. Ausgerechnet Colmar. War nicht Kreydenweiss auch wieder dorthin zurückgegangen? Sie stammte doch von dort. Irgendwo
aus der Nähe von Colmar. Auch das hatte er nur am Rande mitbekommen.

Auch rückwirkend betrachtet, war er noch immer überzeugt
davon, dass dieser üble Vorfall damals, in den die beiden ver-
wickelt gewesen waren, der richtige Zeitpunkt für ihn gewesen wäre, vorzeitig in Rente zu gehen. Er hatte damals auf der
ganzen Linie versagt. Es war ihm nicht gelungen, das Schweigen seiner eigenen Leute zu durchdringen, es war ihm nicht
gelungen, Wolfsberger für das dranzukriegen, was er – Wal-

ters unbedingter Überzeugung nach – getan hatte, und es war ihm vor allem nicht gelungen, die junge Kreydenweiss zu schützen. Man hatte seinem Antrag auf vorzeitige Pensionierung damals nicht stattgegeben, was absehbar gewesen war. Es wäre das falsche Zeichen gewesen, wenn sich der leitende Commandant der Brigade nach so einem Vorfall verabschiedet hätte. Es hätte nach einem Schuldeingeständnis ausgesehen, wo sich die Brigade doch keiner Schuld bewusst war. Er hingegen schon. Etienne Walter war sich über seine Schuld durchaus im Klaren gewesen. Er hatte auch darüber nachgedacht, trotz der Ablehnung seines Antrags zu gehen. Niemand hätte ihn hindern können.

Und doch war er geblieben. War von der ungeliebten und erfolglosen Zeit bei der Bereitschaftspolizei nach einem kurzen Abstecher in die Abteilung Wirtschaftskriminalität schließlich wieder zur Mordkommission gewechselt, wo er als junger Beamter einst angefangen hatte. Und dann hatte Sophie Bernheimer ihren Dienst angetreten, und sie hatte ihn fast sofort an Céleste Kreydenweiss erinnert. Er hatte nicht noch einmal einen Fehler machen wollen und hatte sie unter seine Fittiche genommen. Vielleicht war es auch der Versuch einer Wiedergutmachung gegenüber Kreydenweiss gewesen. Doch wie sich schnell herausstellte, brauchte die Bernheimer ihn gar nicht. Sie war selbstbewusst, klug und zielstrebig, während er mit seinem Kopf längst schon ganz woanders war, irgendwo weit im Westen, in einem windgebeutelten, grauen Steinhaus hinter den Dünen, in einem weiß-blau lackierten Boot auf dem Atlantik. Man hatte sie angerufen, nicht ihn, den Leiter der Ermittlung, als bekanntgeworden war, dass es sich bei dem Toten um Hervé Bastien handelte.

Gerade hatte Sophie ihm außerdem erzählt, dass sie, als er

am Freitag zu Hause seinen albernen amerikanischen Abend gefeiert und sich wie Clint Eastwood gefühlt hatte, noch einmal zurück ins Präsidium gefahren war, um herauszufinden, was es mit dem Unfall in jener Nacht am Quai des Bateliers auf sich hatte. Eine Frau war dort angefahren und schwer verletzt worden, der Fahrer hatte Fahrerflucht begangen. Sie hatte sogar den Namen der Frau herausgefunden und in welchem Krankenhaus sie lag. Doch weiter hatte sie ohne Absprache mit ihm nichts unternehmen wollen, zumal nicht klar war, ob der Unfall der Frau überhaupt etwas mit dem Verschwinden Hervé Bastiens zu tun hatte. Doch jetzt war klar, dass es einen Zusammenhang geben musste: Der Name der Frau war Lucie Pouliotte, und sie wohnte in Eguisheim, unmittelbar bei Colmar, und dort, im Gemeindegebiet von Eguisheim, befand sich auch die Mühle, wo man heute Vormittag die Leiche von Hervé Bastien gefunden hatte. Das konnte kein Zufall sein.

Und es ging sogar noch weiter. Während Walter heute Abend mit seiner Frau ahnungslos Bibbeleskäs und Würste mit Kraut gegessen hatte, hatte Sophie Bernheimer emsig wie eine Biene schon sämtliche Informationen zusammengetragen, die aufzutreiben gewesen waren über den Mord an Bastien und den Ort, an dem die Leiche entdeckt worden war. Genau dort, in Eguisheim, waren nämlich in den vergangenen zwei Wochen zwei weitere Morde geschehen. Als Sophie ihm davon berichtete, erinnerte sich Walter vage, etwas darüber in den Zeitungen gelesen zu haben. Zwei rätselhafte Mordfälle hintereinander, ein Mann und eine Frau. Allerdings wusste Sophie zu berichten, dass gestern Abend ein Mann verhaftet worden war, der die beiden Morde bereits gestanden hatte.

«Dann hängt das gar nicht mit unserem Mord zusammen?», fragte Walter zweifelnd.

Sophie Bernheimer blätterte in ihren Unterlagen. «Das ist nicht ganz klar», sagte sie. «Der Verdächtige könnte es laut dem Capitaine von Colmar durchaus gewesen sein. Es würde auch passen, denn er hat offenbar nach seinem eigenen Lied gemordet.»

«Seinem Lied?» Walter schüttelte den Kopf. «Was soll das denn heißen?»

«Ich weiß nicht. Es gibt anscheinend ein Lied, das die drei Morde beschreibt. Der Verdächtige hat es selbst geschrieben.»

«Er ist Sänger?»

«Nein, Müllmann. Und Trinker. Aber offenbar poetisch veranlagt. Er heißt nämlich Balzac. Louis Balzac.»

«Ein trinkender, singender Müllmann namens Balzac soll Hervé Bastien in Straßburg entführt und ermordet haben? Das glauben die da unten doch wohl selbst nicht.» Etienne schüttelte wieder den Kopf. Er war zwar alt und schon ein wenig müde, aber das schien ihm doch allzu absurd zu sein. Er dachte nach. «Ist Ihnen in Ihren Unterlagen der Name Kreydenweiss untergekommen? Eine Beamtin bei der Brigade in Colmar vielleicht?»

«Kreydenweiss?» Sophie Bernheimer runzelte die Stirn. «Ich glaube, ja ...» Sie begann wieder zu blättern. «Da: Kreydenweiss, Chef de Service bei der Police Municipale in Eguisheim. Sie und ihr Kollege, Brigadier Bato, haben die beiden ersten Toten entdeckt.»

«Police Municipale? Sind Sie sicher?», fragte Walter ungläubig.

«Ja, natürlich. Steht hier im Protokoll.»

Walter spürte, wie Sophie Bernheimers Blick neugierig auf

ihm ruhte, doch sie sagte nichts, und er gedachte auch nicht, sie aufzuklären, warum ihn plötzlich eine Beamtin der Police Municipale in Eguisheim interessierte. Innerlich wühlte ihn diese Nachricht allerdings mehr auf, als er gedacht hätte.

Céleste hatte die Ankündigung damals, ihre Karriere bei der Police Nationale hinzuschmeißen, tatsächlich wahr gemacht. «Ich pfeife auf eine verdammte Scheißkarriere bei so einem verkommenen Haufen!», das waren ihre Worte gewesen, erinnerte er sich lächelnd. Er hatte es nicht ernst genommen. Noch ein Versäumnis. Als er ihrer Bitte um Freistellung nachgekommen war, hatte er geglaubt, sie brauche einfach noch etwas Zeit, um mit der ganzen Geschichte fertig zu werden. Als dann Wolfsberger versetzt und er selbst zurück zur Mordkommission gegangen war, war für ihn die Sache erst einmal erledigt gewesen. Irgendwann hatte er dann gehört, dass Céleste in ihren Heimatort zurückgekehrt sei, und er hatte angenommen, es habe sich um eine Versetzung gehandelt.

Nie im Traum hatte er daran gedacht, dass sie tatsächlich den Dienst bei der Police Nationale gekündigt und stattdessen zur Gemeindepolizei gewechselt haben könnte. Doch wenn er ehrlich zu sich selbst war, hatte er es gar nicht so genau wissen wollen. Er war einfach nur froh gewesen, nicht mehr an diese Geschichte erinnert zu werden.

«Bitte suchen Sie für mich ein Zimmer. Ich bleibe über Nacht in Eguisheim», sagte er, einem plötzlichen Entschluss folgend.

Sophie Bernheimer hob überrascht den Kopf. «Aber ... soll ich auch ...?», fragte sie verwirrt.

«Nein. Sie fahren zurück nach Straßburg und besuchen so bald wie möglich diese verletzte Frau im Krankenhaus», sagte Walter. «Finden Sie heraus, was es da für eine Verbindung gibt.

Ich komme dann spätestens Montagmorgen mit dem Zug zurück.»

Sophie klappte ihr Tablet auf. «Soll es ein Hotel oder eine Pension sein?», fragte sie. «Es gibt jede Menge Unterkünfte in Colmar...»

«Nicht in Colmar», erklärte Walter, «in Eguisheim.»

35

Das Treffen zwischen Walter und Wolfsberger auf dem Kommissariat in Colmar verlief kühl und distanziert. Wolfsberger war ganz offensichtlich wenig begeistert, in dieser Sache mit Straßburg und vor allem mit seinem früheren Vorgesetzten zusammenarbeiten zu müssen, und Walter ging es nicht anders. Er überließ Sophie Bernheimer das Reden, und Wolfsberger machte es ähnlich. Er forderte einen jungen Lieutenant namens Vasarely auf, die bisherigen Ermittlungsergebnisse zu Hervé Bastien darzulegen, während er zurückgelehnt auf seinem Stuhl dasaß und einen Punkt irgendwo hinter Walters Kopf fixierte.

Entgegenkommenderweise hatten sie bereits alle Ergebnisse oder zumindest die, die Colmar als mitteilungswürdig erachtete, für die Straßburger Kollegen in einem ordentlichen Dossier zusammengefasst, das ihnen Vasarely überreichte. Diese eilfertige Zusatzarbeit an einem Tag wie diesem, an dem gerade eine prominente Leiche entdeckt worden war, überraschte Walter. Er konnte sie sich nur dadurch erklären, dass Wolfsberger gehörig unter Druck stand und er deshalb die beiden Kollegen aus Straßburg so schnell wie möglich wieder loswerden wollte. Ihm geht der Arsch auf Grundeis, dachte Walter und nahm mit einem dankenden Lächeln das Dossier entgegen. Die Details, die der sommersprossige, weizenblonde Lieutenant dann mit Hilfe von Fotos und dem vorläufigen Obduktionsbericht vor ihnen ausbreitete, erschütterten Walter, der in seiner Laufbahn schon einiges erlebt hatte, dann doch.

«Absichtlich verdursten lassen?», fragte er ungläubig nach.

Vasarely nickte. «Man hat ihn in einem Keller in einer verlassenen Mühle eingesperrt, gefesselt und mit Blick auf eine volle Wasserflasche verdursten lassen. Es hat fast sieben Tage gedauert, was schon ziemlich lang ist. Wenn er sich nicht in dem kühlen Keller befunden hätte, wäre es schneller gegangen, meint Dr. Veilleux, unsere Gerichtsmedizinerin.»

«Und was ist das für eine Sache mit den anderen Morden?», wollte Walter wissen. «Ich habe gehört, Sie haben bereits jemanden verhaftet?»

Jetzt nickte Wolfsberger. «Er hat die ersten beiden Morde gestanden und hat womöglich auch diesen Mord begangen.»

«Ich habe gehört, er sei Alkoholiker?»

Wolfsberger zuckte mit den Achseln. «Er trinkt hin und wieder recht viel, sagt man.»

«Hat er denn dann überhaupt ein Auto? Einen Führerschein?»

«Natürlich. Balzac arbeitet seit vielen Jahren für die Müllabfuhr. Er fährt den Müllwagen und einen Unimog zur Abfuhr des Grünabfalls. Beide werden gerade nach Spuren untersucht.»

«Und Sie denken, er ist mit dem Müllwagen nach Straßburg gefahren, um dort einen Anwalt zu entführen?», fragte Walter, wobei die Ironie in seiner Stimme unüberhörbar war.

«Er könnte mit dem Unimog gefahren sein. Er könnte sich aber auch ein Auto geliehen haben. Wir wissen es noch nicht», gab Wolfsberger kühl zurück. «Fakt ist, er hatte die Ortskenntnis und die Gelegenheit, er hat die Morde gestanden, explizit zumindest die ersten beiden, und nicht zu vergessen: Er hat sie vorher angekündigt.»

«Angekündigt?» Walter hob die Augenbrauen. «Wie das?»

«In einem Lied.»

Walter warf Sophie Bernheimer einen kurzen Blick zu. «Richtig, der Müllmann singt ja auch noch.»

Wolfsberger nickte Vasarely zu, und dieser reichte Walter ein kleines abgegriffenes Heft, billig gebunden, mit dem farbenfrohen Druck einer halbnackten, wehmütig dreinblickenden Jungfrau auf dem Deckblatt.

«Der traurige Mörder von Eguisheim und andere Balladen», las Etienne, und seine Augenbrauen wanderten noch ein paar Millimeter höher.

«Seite drei», sagte Vasarely. «Gleich nach dem Vorwort.»

Etienne überflog das Vorwort und las dann den Text des Liedes. Bei den Morden hob er den Kopf. «Das ist tatsächlich interessant», sagte er.

«Nicht wahr?» Wolfsberger lächelte dünn. «So was bekommt man selten.»

«Aber dem Vorwort nach zu schließen stammt dieses Werk von 2002. Warum hat er die Morde erst jetzt begangen? Und aus welchem Motiv? Etwa auch unglückliche Liebe? Gab es kürzlich womöglich den Fenstersturz einer Jungfrau?»

«Wir arbeiten daran, Commandant», sagte Wolfsberger ungeduldig und stand auf. «Und wenn Sie nichts dagegen haben, würde ich jetzt gerne damit weitermachen. Wir haben drei Morde, man erwartet Ergebnisse. Es ist Ihnen sicher nicht entgangen, dass die Presse enormen Druck macht.»

Walter nickte. Als sie angekommen waren, hatten etliche Journalisten vor dem Eingang des Präsidiums gewartet und sie mit Fragen bombardiert. Ehrlich gesagt hatte er auch keine Lust mehr, sich weiter mit Wolfsberger zu unterhalten. Die Fakten standen im Dossier, und das, was er darüber hinaus wissen wollte, würde er von Wolfsberger ohnehin nicht erfahren. So wünschte er förmlich noch viel Erfolg und verließ dann zusammen mit Sophie das Gebäude.

«Haben Sie Hunger?» Walter sah sich um. Sie standen in einer Straße mit vielen Restaurants und Cafés, und die Terrassen waren vollbesetzt mit Gästen. «Sollen wir noch etwas essen gehen?»

Sophie Bernheimer sah auf die Uhr und zögerte. «Also, wenn es Ihnen recht ist, würde ich gerne gleich zurückfahren. Ich …»

«Natürlich», beeilte sich Walter zu sagen. «Es ist Samstagabend, sicher haben Sie noch was anderes vor.»

Sie nickte leichthin, lächelte und sagte nichts.

Walter schalt sich einen Dummkopf, sie überhaupt gefragt zu haben, auch wenn er es nur getan hatte, weil er Hunger hatte und freundlich sein wollte. Eine junge Frau wie sie hatte am Samstag natürlich Besseres vor, als mit ihrem alten Chef in Colmar Choucroute essen zu gehen.

Sophie Bernheimer fuhr ihn also zur Auberge du Pigeonneau, der Herberge zum Täubchen, die er sich ausgesucht hatte, weil der Name in seinen Ohren gemütlich und vielversprechend geklungen hatte. Außerdem befand sie sich preislich noch im Rahmen seines gewöhnlichen Spesenbudgets, sodass er nicht noch aufwendige Formulare auszufüllen hatte, um seinen spontanen Entschluss zu rechtfertigen.

Die Wirtin, eine Madame Lagrande, machte ihrem Namen sehr viel mehr Ehre als dem Namen der Pension. Alles an ihr war gewaltig, ihre Figur, aber auch die wallende Kleidung, die aufgetürmten, blauschwarz gefärbten Haare und die tiefe Bassstimme. Von Täubchen keine Spur, nicht einmal von einer Taube, wenn man mal von den zahllosen Porzellan- und Plastikvarianten der Vögel absah, mit der die Rezeption geschmückt war. Er bekam ein winziges Zimmer unterm Dach, ungefähr 12 Quadratmeter groß, mit knarzenden Dielen und dem gerahmten Druck eines silbern glänzenden Taubenpärchens über dem Bett, aber immerhin mit Ausblick auf die Eguisheimer Kirche – zumindest wenn man das Gaubenfenster öffnete und sich etwas nach links vorbeugte. Was Walter sofort tat, während er seine Frau anrief.

Madame Walter war über seinen Entschluss, in Eguisheim zu übernachten, nur gelinde überrascht. Die jahrelange Ehe mit einem Kriminalkommissar hatte sie stoisch gegenüber solchen spontanen Entschlüssen werden lassen. Beruhigt legte er auf und ließ den Blick über die spitzen, braunroten Dächer schweifen, die sich um den zentralen Platz drängten. Die Glocke der Kirche läutete majestätisch zur vollen Stunde, auf dem Dachsims spazierte eine echte Taube mit huldvoll nickendem Kopf heran und gurrte ihm zu. Während er die Taube betrachtete, kamen ihm plötzlich Zweifel, ob es klug gewesen war, seiner Eingebung zu folgen und hierzubleiben.

Was sagte ihm, dass er Céleste überhaupt antreffen würde? Es war Wochenende, vielleicht war sie mit Mann und Kindern irgendwo unterwegs? Er schüttelte den Kopf. Er konnte sich Céleste nicht verheiratet vorstellen. Dazu war sie nicht der Typ. Zu eigenwillig, zu freiheitsliebend. Aber andererseits, wie konnte er das wissen, im Grunde kannte er sie ja kaum, rief er sich sofort zur Ordnung. Nur als ihr Vorgesetzter. Aber er hatte sie sehr geschätzt. Ihre intuitive Denkweise, diese überraschende, spontane Art, unkonventionelle Entscheidungen zu treffen, ihre absolute Unbestechlichkeit, ja und sogar die Unbekümmertheit, mit der sie sich oft über Vorschriften hinweggesetzt hatte. Das alles gab es nicht so oft bei der Police Nationale. Es war auch gar nicht erwünscht. Solche Leute waren schwer zu kontrollieren, schwer auf Linie zu halten. Ihn hatte das nie gestört. Im Gegenteil. Von dieser Art Menschen waren kreative Lösungen zu erwarten, das war ihm immer wichtiger gewesen als Pflegeleichtigkeit.

Jetzt wollte er sie treffen, um sie nach ihrer Meinung zu diesem Fall zu fragen. Mit Sicherheit würde sie anders darüber denken als Wolfsberger. Während er die Tür seines Zimmers zuzog und wieder nach unten ging, musste er sich jedoch eingestehen, dass es noch einen anderen Grund gab, weswegen er sie wiedersehen wollte. Er wollte wissen, ob sie einen Groll gegen ihn hegte. Ob sie ihn verachtete, weil er ihr damals nicht hatte helfen können, oder schlimmer noch, nicht alles getan hatte, was möglich gewesen wäre. Vielleicht wollte er so etwas wie Absolution.

36

Als Etienne Walter vor dem Restaurant *Zum Fetten Frosch* stand, zögerte er trotz knurrenden Magens. Madame Lagrande hatte ihm dieses Restaurant heftig ans Herz gelegt und gemeint, ein besseres Essen gäbe es in ganz Frankreich nicht, was Walter zwar als gehörige Übertreibung interpretiert – passend zu Madame Lagrandes Erscheinung, die ja selbst eine einzige Übertreibung war –, aber dennoch als Empfehlung akzeptiert hatte. Als sie noch hinzugefügt hatte, welch reizende Person die Wirtin, Catherine Kreydenweiss, sei, war er hellhörig geworden. Sicher, den Namen Kreydenweiss mochte es hier in der Gegend häufiger geben, aber hatte nicht Céleste irgendwann einmal erzählt, ihre Mutter habe ein Restaurant? Sollte es so einfach sein? Er beschloss, diese Catherine Kreydenweiss einfach zu fragen, und so war die Wahl des Restaurants schon besiegelt.

Der *Fette Frosch* befand sich in einem rostrot getünchten Fachwerkhaus, das zur Hälfte mit wildem Wein überwuchert war. Kleine Fenster mit gewölbten Butzenglasscheiben versprachen typisch elsässische Behaglichkeit. Im Hinterhof gab es einen gekiesten, ebenfalls üppig mit Wein und allerlei blühendem Grünzeug überwucherten Gastgarten, aus dem lautes Lachen und Gespräche drangen. Ein Blick durch das Tor verriet Walter, dass er mit einer großen Gruppe von Gästen an einer Tafel besetzt war, die fast den ganzen Garten einnahm. Nur noch zwei kleine Katzentische standen unbesetzt an der Hausmauer. Er beschloss, trotz des sommerlich warmen Abends nach drinnen zu gehen, um in Ruhe nachdenken und vielleicht ein kleines Gespräch mit der Wirtin beginnen zu können.

Wie erwartet, war die Gaststube leer. Walter setzte sich an einen Tisch an einem der Fenster und begann die Speisekarte zu studieren. Sie war kurz und überschaubar, nur eine Seite, es gab typisch elsässische Gerichte von Bockeofe (nach Vorbestellung) über Flammkuchen bis zum Gugelhupf, ein paar raffinierte Ergänzungen aus Lothringen wie Hecht in Weinsoße oder Wachteln mit Blaubeeren sowie jeden Sonntag Choucroute garnie. Dazu elsässischen und lothringischen Wein und elsässisches Bier vom Fass. Walter spürte, wie er sich zu entspannen begann. Gleichgültig, wie sich das Ganze noch entwickeln würde, ob er Céleste finden würde oder nicht, es ging doch nichts über einen Abend mit richtig gutem Essen und einer feinen Flasche Wein. Allein deshalb lohnte es sich schon, ab und zu seinen üblichen Radius zu verlassen.

Als eine energisch wirkende rothaarige Frau an seinen Tisch trat, die etwa in seinem Alter oder etwas jünger sein musste, aber noch erheblich besser aussah, vermutete er sofort, dass es sich um Catherine Kreydenweiss handeln musste. Leider konnte er auf den ersten Blick keinerlei Ähnlichkeit mit Céleste feststellen. Doch er hatte ohnehin nicht die Absicht, gleich mit der Tür ins Haus zu fallen, sondern bestellte zunächst einmal sein Abendessen. Als Vorspeise Linsensalat mit geräucherter Gänsebrust und Walnussöl und als Hauptspeise den Hecht. Dazu ließ er sich einen Wein empfehlen. Madame Kreydenweiss riet ihm zu einem Glas Muscat zum Linsensalat und –

natürlich – zu Riesling zum Fisch, wogegen Etienne Walter rein gar nichts einzuwenden hatte.

Das Essen war so köstlich, wie er es nach dem ersten Eindruck erwartet hatte, und fast war er geneigt, Madame Lagrande Abbitte zu leisten: Sie hatte nicht übertrieben. Er war gerade beim Nachtisch angelangt – Tarte aux Mirabelles mit einer dicken Sahnehaube –, als die Tür aufging und eine schlaksige, dunkelhaarige Frau mit einer Sporttasche hereinkam. Walter hob den Kopf nur einen Augenblick von seiner Tarte, doch dieser Augenblick genügte, um Céleste wiederzuerkennen. Sie hatte sich kaum verändert, nur ihre Haare waren länger, sie trug sie zu einem Zopf geflochten. Früher waren sie kinnlang gewesen. Er musterte sie unauffällig, während sie ihre Mutter begrüßte, die gerade aus der Küche kam, ihr ein paar Küsse links und rechts auf die Wange gab, sich dann an den ungedeckten Tisch neben der Küchentür setzte und ihre langen Beine ausstreckte. Ihr Gesicht war vom Sport gerötet, die Haare feucht. Noch immer Kickboxen, vermutete Walter mit Blick auf ihre schlanken, aber unübersehbar muskulösen Arme. Ihre Mutter brachte ihr einen Teller mit einem großen Stück Quiche und ein Glas Wasser, sie redeten kurz, ohne dass Walter etwas davon verstehen konnte, dann ging Catherine nach draußen in den Garten. Céleste aß schnell und konzentriert, und Walter beschloss, noch zu warten, bis er sich zu erkennen gab, und widmete sich wieder seiner Tarte.

Es dauerte keine zehn Minuten, bis sowohl Célestes Teller als auch das große Wasserglas leer waren. Céleste stand auf und ging hinter die Theke, um sich ein Glas Wein einzuschenken. Dabei bemerkte sie Walter und nickte kurz, ohne zu lächeln, bevor sie zurück an ihren Tisch ging. Es war ein Routinegruß für einen Gast, nicht unfreundlich, aber er besagte, dass sie ihn entweder nicht erkannt hatte oder nicht erkennen wollte. Er beschloss, es darauf ankommen zu lassen, nahm sein Glas Wein und ging zu ihrem Tisch.

«Lieutenant Kreydenweiss?», sagte er.

Sie hob unwirsch den Kopf. «Ich bin kein …», begann sie, dann stutzte sie, erkannte ihn, und Verblüffung machte sich auf ihrem Gesicht breit. «Commandant Walter.» Eine Feststellung. Ohne besondere Emotion.

«Darf ich mich zu Ihnen setzen?», fragte Walter.

Céleste nickte. Ihr Gesicht war verschlossen wie eine Auster.

«Lange nicht gesehen», begann er etwas unbeholfen und trank ein Schluck von seinem Wein. Sie gab keine Antwort.

«Ich bin wegen des Toten von heute Morgen hier», sagte Etienne schließlich.

«Was geht Straßburg dieser Fall an?», fragte sie misstrauisch. «Hat Wolfsberger Sie etwa gerufen? Hat er sich bei Ihnen über mich beschwert?» Die Fragen kamen schnell und heftig, und erst danach wurde Céleste anscheinend bewusst, dass es unhöflich gewesen war, ihn so zu bombardieren. Sie verstummte abrupt und machte eine seltsam abwehrende, fast hilflose Geste.

«Warum sollte er sich beschweren? Er hat Ihnen doch nichts zu sagen. Und ich schon gleich gar nicht.» Walter lächelte. «Sie haben Ihre Drohung, sich davonzumachen, ja tatsächlich wahr gemacht.»

«Wie man sieht, hat es nichts genützt», gab Céleste spitz zurück. «Bin immer noch von der Vergangenheit umzingelt.»

«Mich sind Sie bald wieder los. Ich bin wirklich nur wegen des Toten hier. Er ist mein Fall.»

«Hervé Bastien?» In Célestes blauen Augen glomm Interesse auf. «Inwiefern?»

«Er wurde als vermisst gemeldet, und wir haben uns damit befasst.»

«Die Mordkommission?»

Walter nahm zur Kenntnis, dass sie wusste, dass er wieder bei der Mordkommission war. Hatte sie irgendwann nachgefragt? Es durch Zufall erfahren? Die Vorstellung, dass sie offenbar seinen weiteren Werdegang verfolgt hatte, während er keine Ahnung von ihrem Wechsel zur Police Municipale gehabt hatte, beschämte ihn. Er zuckte mit den Schultern. «Ich bin mittlerweile in der Position, mir die Fälle aussuchen zu können, die mich interessieren.»

«So weit oben?»

«So nah an der Pensionierung.» Er verzog das Gesicht zu einer Grimasse, und endlich erschien auf Célestes Gesicht das altvertraute Lächeln, bei dem man ihren leicht schiefen Schneidezahn sah.

Er fühlte sich ermutigt. «Darf ich Sie zu einem Glas einladen, und wir reden über den Fall?», fragte er, vielleicht etwas zu hastig.

Céleste nickte. «Gern», sagte sie, nun in einem versöhnlicheren Ton. «Aber ich weiß nicht, ob ein Glas reichen wird: Es sind drei Fälle.»

«Ich weiß. Kein Problem. Wir können auch eine Flasche trinken. Ich bleibe über Nacht.» Walter holte seine Tasche und breitete Wolfsbergers Dossier aus.

Céleste las es aufmerksam und gab hin und wieder einen Kommentar dazu ab. Am Ende sah sie auf und sagte: «Louis Balzac für den Mörder zu halten, ist absoluter Bockmist.»

Etienne Walter lachte. «Das habe ich mir auch schon gedacht, obwohl ich es vielleicht nicht so ausgedrückt hätte.»

Céleste begann ihrerseits die Fakten aufzuzählen, die sie

über die ersten beiden Morde zusammengetragen hatten, und nahm dazu einen zerdrückten Notizblock voller eng beschriebener Seiten zu Hilfe, den sie aus ihrer Sporttasche gezogen hatte.

«Noch immer Notizen mit Bleistift und Papier?»

Céleste sah ihn verdutzt an. «Natürlich. Was sonst?»

«Meine junge Kollegin, Lieutenant Bernheimer benutzt auch Notizblöcke. Aber sie ist die Einzige. Alle anderen haben Tablets und Mindmaps und allerlei Apps.» Er lächelte etwas wehmütig.

«Luc, mein Kollege macht immer Listen. Akkurat durchnummeriert und so exakt formatiert wie seine Stofftaschentücher.» Céleste lächelte wieder.

«Kommen Sie gut mit Ihrem Kollegen zurecht?», wollte Walter wissen.

«Mit Luc?» Célestes Lächeln wurde breiter. «Ja. Sehr gut. Er ist ein Ass mit Zahlen. Und überhaupt.» Ihr Lächeln erlosch. «Er weiß übrigens nicht, dass ich früher bei der Police Nationale war. Niemand hier weiß es, außer meiner Familie. Und das soll auch so bleiben. Noch nicht einmal Wolfsberger hat eine Silbe dazu verlauten lassen. Er tut so, als würde er mich nicht kennen, und ich mache es genauso. Ich habe keine Lust auf lange Erklärungen. Okay?»

«Von mir erfährt niemand etwas», versprach Walter und fand, dass sie glücklicher, entspannter wirkte als damals in Straßburg. Vielleicht hatte es gar kein Rückschritt, kein Versagen für sie bedeutet, als Gemeindepolizistin hierher zurückzukommen, ging es Walter plötzlich auf. Vielleicht war es für sie die absolut richtige Entscheidung gewesen. Diese überraschende Erkenntnis löste in ihm eine ganz und gar unverdiente Erleichterung aus, und er musste an sich halten, um nicht laut aufzulachen. Stattdessen fragte er weiter: «Abgesehen von dem Bockmist mit Ihrem verdächtigen Müllmann, was halten Sie persönlich von der Geschichte, Kreydenweiss?»

Céleste zögerte einen Moment, Walter bemerkte ihren prüfenden Blick, dann traf sie offensichtlich die Entscheidung, ihm zu vertrauen, und begann, langsam, überlegt und äußerst präzise ihre Theorie darzulegen.

Walter hörte ihr mit wachsender Verwunderung zu. Céleste und ihr unbekannter Kollege hatten ein Täterprofil erstellt, wie es ein ausgebildeter Polizeipsychologe nicht besser hätte machen können.

Als sie mit ihrer Schilderung fertig war, nickte er anerkennend.

«Das ist sehr, sehr gute Arbeit, Kreydenweiss.»

Sie lächelte erfreut. Dann machte sie eine schnelle Handbewegung, als müsse sie das Kompliment wegwischen, und sagte: «Leider hat uns das aber dem Täter noch nicht näher gebracht. Wenn es etwas Persönliches war zwischen dem Täter und dem letzten Opfer, wo liegt das Motiv? Wo ist die Verbindung zu den anderen beiden Opfern, zu Eguisheim? Und warum dieses Lied vom traurigen Mörder?»

Walter überlegte. «Ja, das ist seltsam», gab er zu.

«Wir haben heute Nachmittag noch lange zusammengesessen, also Luc und ich, und darüber nachgedacht, aber sind zu keinem Ergebnis gekommen», sagte Céleste langsam. «Wir wissen ja noch nicht einmal, wie dieser Anwalt überhaupt von Straßburg nach Eguisheim gekommen ist.»

Walter erzählte ihr, was sie in Straßburg darüber bisher herausgefunden hatten.

«Also gut. Dann hat ihm der Täter vor diesem Nachtclub aufgelauert, ihn irgendwie betäubt und nach Eguisheim gebracht. Der Mörder ist wahrscheinlich ein Mann, kräftig, effizient, intelligent, und ich denke, er ist aus Eguisheim oder aus der Umgebung, sonst ergäbe es doch keinen Sinn, ihn hierherzubringen. Er hat ein Auto, mit dem er seine Opfer unauffällig transportieren kann …» Sie unterbrach sich und drückte zwei Finger auf die Nasenwurzel. «Der Anzug. Den dürfen wir nicht vergessen. Bei der zweiten Leiche, Ivette Clavet, wurde eine Faser von einem Anzugstoff gefunden – ich wette, die stammt von Bastiens Anzug. Er hat einen teuren Anzug getragen. Wenn das stimmt, dann bedeutet das, dass sie beide im gleichen Fahrzeug transportiert wurden, und zwar Hervé Bastien vor Ivette Clavet, was mit dem Tathergang übereinstimmt. Ivette Clavet wurde am Samstagabend zu einer Villa gelockt und danach mit dem Auto wegtransportiert. Sie wurde nicht betäubt, was dafür spricht, dass sie gleich vor Ort mit der Garotte getötet wurde. Hervé wurde nur einen Tag vorher entführt, also am Freitag, mit dem gleichen Auto von Straßburg zur Teufelsmühle gefahren und dort eingesperrt. Wiederum einen Tag zuvor hat man Rouffacher in das Fass gesteckt und ebenfalls mit einem Auto von seinem Hof auf unseren Marktplatz gebracht.»

«Das ist eine stattliche Leistung, zwei Morde und eine Entführung innerhalb so weniger Tage», sagte Walter.

Céleste nickte. «Es wirkt irgendwie gehetzt, finde ich. Fiebrig. Getrieben. Andererseits besagt es aber auch, dass alles schon im Voraus genau durchdacht war. Der Täter wusste, wann und wo er Hervé Bastien antreffen konnte und wohin er ihn bringen würde. Er wusste, wohin er Ivette Clavet zu einem Besichtigungstermin locken könnte, ohne aufzufallen, das heißt, er wusste auch, dass die Bewohner der Villa nicht da waren. Er kannte Rouffacher, wusste, wo sein Bolzenschussgerät liegt, wusste, woher er ein Fass bekommen würde … Das sieht nach einem lange und sorgfältig gehegten Plan aus. Und dann gab es ja noch diese Anrufe, die womöglich auch von ihm stammen. Wobei, ein Anruf stammte von einer Frau …» Sie unterbrach sich und dachte eine Weile nach. «Andererseits passt dieses planvolle Vorgehen aber nicht zu dieser gehetzten, getriebenen Ausführungsweise …»

Walter nickte schweigend. Céleste sprach so konzentriert, dass er fürchtete, ihren Gedankengang zu unterbrechen, wenn er etwas einwarf.

«Also was war der Auslöser? Warum jetzt, so plötzlich und in dieser fiebrigen Eile, so, als ob etwas abgehakt, erfüllt, ja vollendet werden müsste? Balzacs Ballade gibt es schon seit Jahren, man konnte sie bei uns sogar in der Buchhandlung kaufen.» Sie stoppte wieder und überlegte. «Vielleicht suchen wir am falschen Ende, vielleicht müssen wir mit dem Auslöser anfangen?»

Walter schenkte ihnen Wein nach. Céleste hatte selbst für Nachschub gesorgt und eine schlanke Flasche ohne Etikett gebracht. Mit einer gewissen Feierlichkeit in der Stimme hatte sie Walter verraten, dass es sich dabei um den sorgsam gehüteten Schatz ihres Opas Théo handelte und dass sie selbst an der Herstellung nicht unmaßgeblich beteiligt war. Als Walter ein Glas davon getrunken hatte, meinte er beeindruckt: «Wenn ich Ihr Opa Théo wäre, würde ich keine einzige Flasche davon rausrücken. Schon gar nicht für einen alten Bullen aus Straßburg.»

Céleste hatte gelacht und zugegeben, dass ihr Großvater ganz genauso dachte und dass es nur einem Zufall zu verdanken sei, dass sie überhaupt noch einen Vorrat davon hatten. «Er ist von einer Beerdigung übrig geblieben», hatte sie etwas wehmütig erklärt. «Madeleine Béranger, unsere Buchhändlerin. Théo hat sie sehr geschätzt, deshalb hat er zum Leichenschmaus eine stattliche Anzahl Flaschen spendiert. Ich habe Madeleine auch sehr gerne gemocht. Sie war ein Schatz.»

«Dann sollten wir vielleicht das nächste Glas in Gedenken an sie trinken?», schlug Walter vor. Ihm war nicht entgangen, dass Céleste *unsere* Buchhändlerin gesagt hatte, was ihn in seiner ganz persönlichen Theorie bestätigte, dass sie ganz offenbar in Eguisheim wirklich angekommen war.

Céleste nickte erfreut. «Eine schöne Idee. Sie hätten sie sicher auch gemocht.» Sie hob das Glas und sagte: «Auf dich, Madeleine!»

«Au revoir!», sagte Walter und hob ebenfalls sein Glas.

Céleste erstarrte. Ihre Hand mit dem Glas hielt mitten in der Luft inne und sie sah Etienne Walter mit einem seltsam abwesenden Gesichtsausdruck an. «Was haben Sie gesagt?»

«Au revoir», gab Walter zögernd zurück. «Stimmt damit etwas nicht? Meine Oma hat das immer gesagt. *Au revoir, bis dass wir uns in der Hölle wiedersehen ...*»

«Die Hölle, das sind die anderen», flüsterte Céleste. «Das hat er gesagt.»

«Wer?», fragte Walter.

«Balzac.»

«Ach. Ich dachte immer, das ist von Sartre ...», gab Walter verwirrt zurück.

«Ich meine Louis Balzac. Unseren Müllmann», sagte Céleste, und auf ihre blauen Augen legte sich ein matter Schimmer. «Ich glaube, ich habe den Auslöser gefunden.» Sie schluckte schwer. «Und er gefällt mir ganz und gar nicht.»

37

Sie erzählte Walter von der Beerdigung, die in der Woche des ersten Mordes stattgefunden hatte. «Das ganze Dorf war da, und Louis …», sie zögerte, «Louis war untröstlich. Er hat sich furchtbar betrunken, schon vor der Beerdigung, und dann ist er ins Grab gefallen …»

«Was?» Walter lächelte ungläubig.

Céleste nickte. «Kopfüber. Er hatte ein sehr enges Verhältnis zu Madeleine, weil sie sich nie über seine schriftstellerischen Ambitionen lustig gemacht hat. Sie hat, wie gesagt, sogar seine Gedichte und Balladen in ihrem Laden verkauft. Seitdem stand er ziemlich neben sich …» Sie verstummte und zupfte an ihrer Unterlippe.

«Sie meinen, diese Beerdigung könnte also der Auslöser für die Morde gewesen sein?»

Céleste zuckte mit den Schultern. «Gleich danach hat es angefangen. Und wenn man bedenkt, dass die Morde nach Balzacs Lied geschehen … Ich dachte, da hat sich jemand dieses Heft als Vorlage genommen, aber wenn es nun tatsächlich so ist, dass Louis selbst …?» Sie schüttelte den Kopf. «Das kann nicht sein. Ich kann das nicht glauben.»

«Was wäre denn das Motiv?», fragte Walter.

«Ich weiß nicht. Vielleicht eine Art Kunstwerk, eine verquere Hommage an Madeleine …» Céleste sah unglücklich aus.

«Louis ist schon sehr speziell. Er säuft wie ein Ochse, aber nicht immer, er kann auch tagelang nüchtern bleiben. Dumm ist er auch nicht, im Gegenteil, vermutlich hätte etwas ganz anderes aus ihm werden können, aber er hat einfach nie die Kurve gekriegt. Man sagt, Florence, seine Mutter, sei geisteskrank und gemeingefährlich gewesen.»

Walter überlegte. «Der traurige Mörder von Eguisheim ... das würde ja auch irgendwie dazu passen, dass seine Vertraute gerade gestorben ist.»

«Stimmt...» Célestes Miene wurde immer bedrückter

«Woran ist die Frau denn gestorben?», wollte Walter wissen.

«Herzinfarkt. Sie war schon lange herzkrank. Zum Schluss war sie meistens im Rollstuhl unterwegs, sie durfte sich nicht anstrengen, ihr Herz arbeitete nämlich nur noch zu 25 Prozent, hat mir Frédéric mal erzählt.»

«Frédéric?»

«Ihr Mann. Er ist Bildhauer. Sie sind vor einigen Jahren aus Paris hierhergezogen.»

«Und Louis Balzac hat sich gleich mit ihr angefreundet?»

«Ja. Von Anfang an. Ich glaube, er brauchte jemanden von außen, der etwas anderes in ihm sah als den trinkenden Müllmann, den Sohn der verrückten Florence, der sich einbildet, ein Dichter zu sein. Madeleine hat ihn ernst genommen. Er war oft bei ihr im Laden, und sie haben miteinander geredet.» Céleste versank in düsteres Schweigen.

Walter trank in langsamen Schlucken von seinem Wein. Er hatte Wolfsbergers Theorie, dass ein singender Müllmann diese rätselhafte Mordserie begangen haben sollte, anfangs auch lächerlich gefunden. Aber jetzt, wo Céleste einen anderen Blickwinkel eingenommen hatte, ging es ihm wie ihr: Er hielt es plötzlich für möglich.

«Kann es sein, dass ich mich nur deswegen geweigert habe, in Balzac den Mörder zu sehen, weil ich nicht mit Wolfsberger gleicher Meinung sein wollte?», fragte Céleste plötzlich und sah Walter mit ihren beunruhigend blauen Augen eindringlich an.

Er fühlte sich ertappt. Gerade hatte er etwas Ähnliches gedacht, allerdings in Bezug auf sich selbst. Und anders als Céleste, hätte er es nie einfach so zugegeben. Aber ihre direkte Frage verlangte eine direkte Antwort, deshalb sagte er: «Durchaus möglich.»

Sie sackte ein wenig in sich zusammen. «Warum kann dieser gottverdammte Hurensohn nicht endlich aus meinem Leben verschwinden? Frankreich ist so groß, warum musste er, Scheiße noch mal, ausgerechnet nach Colmar kommen?», fluchte sie, und Walter unterdrückte ein kleines Lächeln.

«Noch ist es ja nur eine Theorie», versuchte er, sie zu trösten. «Sie stehen erst ganz am Anfang, Kreydenweiss. Viele Fragen sind noch ungeklärt, zum Beispiel die Frage, nach welchen Kriterien die Opfer überhaupt ausgesucht wurden. Und woher soll Louis Balzac denn Hervé Bastien gekannt haben? Was sollte er für einen persönlichen Grund haben, ausgerechnet einen Anwalt aus Straßburg umzubringen?»

Céleste schüttelte den Kopf. «Keine Ahnung. Überhaupt ist mir dieser dritte Mord ein Rätsel. Die beiden anderen sind ja ähnlich gelagert, beide Opfer haben eine Art Doppelleben geführt, und sie haben in den Augen des Mörders eine gerechte Strafe für ihre krummen Geschäfte bekommen.»

Sie erzählte Walter von dem Mietshaus in Mulhouse und von Rouffachers Betrügereien, ohne jedoch die Erpressung durch Rouffachers Frau zu erwähnen. «Aber wofür ist Verdursten die gerechte Strafe? Was hat dieser Bastien gemacht?»

Walter hob überrascht die Brauen. «Zu diesen Geschichten steht gar nichts in Wolfsbergers Dossier.»

Ein Hauch von Rosa überzog Célestes Gesicht. «Er weiß es ja auch nicht», sagte sie.

«Und woher wissen Sie es dann?», wollte Walter neugierig wissen.

«Luc hat es herausgefunden». Céleste zögerte. «Das stimmt nicht ganz. Jemand hat uns einen Tipp gegeben.»

Walter schenkte ihnen Wein nach. «Ich bin dafür nicht zuständig. Erzählen Sie es mir als Freund.»

Céleste sah ihn überrascht an, dann lächelte sie traurig. «Als Freund.»

Diese kleine, bittere Bemerkung führte dazu, dass Walter sich mit einem Male elend fühlte. Abgrundtief elend. Er wusste nicht, was er sagen sollte, also nickte er bloß. «Sie können sich auf mich verlassen, Kreydenweiss.»

Céleste seufzte. «Egal.» Sie erzählte ihm von Rouffachers Frau und der Erpressung, und dass sie sie außen vor gelassen und es so dargestellt hatten, als wäre Luc Bato allein durch Recherchen darauf gekommen.

«Und Wolfsberger und sein Team haben Sie an Ihren Erkenntnissen nicht teilhaben lassen?», fragte Walter.

«Nein. Wozu?» Céleste schüttelte den Kopf. «Ach ja, und übrigens wissen wir auch, woher das Fass stammt, in dem der erste Tote gesteckt hat. Also, ich weiß es jedenfalls. Es ist das alte Fass meiner Mutter. Es stand vor der Tür zum Gastgarten, als Dekoration. Aber auch das geht niemanden etwas an.» Sie reckte forsch das Kinn und sah Walter herausfordernd an.

Walter winkte lächelnd ab. «Mich jedenfalls nicht.» Als er ihren Blick sah, wusste er wieder, wodurch sie sich damals in Straßburg – noch vor der Geschichte mit dieser Anzeige gegen

Wolfsberger – immer wieder Kritik eingefangen hatte: diese Sturheit, dieses Beharren darauf, eigene Wege zu gehen, diese nervenaufreibende Ignoranz gegenüber Obrigkeiten, Regeln und Vorschriften. Sie war noch so jung gewesen damals, und dennoch hatte auch er sich an ihrem Eigensinn die Zähne ausgebissen. Noch heute schämte er sich dafür, dass er versucht hatte, sie zu bewegen, die Anzeige zurückzuziehen. Auch wenn er es nur in dem Bemühen getan hatte, sie zu schützen, war es falsch gewesen. Falsch und feige. Er hätte ihr beistehen müssen. Wolfsberger hatte sich nicht im Griff gehabt, das wussten alle in der Brigade der Bereitschaftspolizei. Er schlug Verdächtige, wurde übergriffig gegenüber Frauen, war oft genug aufgefallen durch rassistische oder sexistische Bemerkungen. Jeder wusste das. Doch da musste erst ein junger Lieutenant daherkommen und tun, was niemand bisher gewagt hatte: ihn anzeigen.

Und sie hatte es büßen müssen. Die Anzeige war fallengelassen worden, weil Aussage gegen Aussage gestanden hatte und keiner der Kollegen etwas gesehen oder gehört haben wollte. Kreydenweiss war von dem Moment an von allen geschnitten und übel gemobbt worden. Sie hatte es eine Weile ertragen, hatte sich verbissen und stur durchgeboxt, doch irgendwann hatte sie aufgegeben. Walter erinnerte sich noch genau an den Tag, an dem sie ins Büro gekommen war und um Freistellung gebeten hatte. Er erinnerte sich daran, dass er erleichtert gewesen war. Dass es vorbei war mit der unerträglichen Stimmung in der Truppe. Und wie sehr er sich für diese Erleichterung geschämt hatte.

Die Gedanken daran überfielen Walter geradezu, es gelang ihm kaum, sie zurückzudrängen, und so schwieg er, trank von seinem Wein und bat nach einer Weile um die Rechnung. Auch Céleste schwieg. Sie hatten sich beide müde geredet und dabei an Dingen gekratzt, die lange vergraben gewesen waren, ohne dass sie sie jedoch ein für alle Mal geklärt hätten. Und zumindest er hatte definitiv zu viel Wein getrunken. Er gab Céleste seine Karte.

«Ich bleibe auf alle Fälle noch bis morgen Abend», sagte er, ohne zu wissen, was er eigentlich noch hier zu suchen hatte. «Wenn Ihnen noch etwas einfällt oder Sie Lust haben, noch einmal den Fall durchzugehen, rufen Sie mich an.»

Céleste nickte. «Mach ich.» Ihre Nummer gab sie ihm nicht, und Walter fragte auch nicht danach. Eher hätte er sich die Zunge abgebissen.

Sie standen schon auf der Straße, als Walter noch etwas einfiel. «Sagen Sie, Kreydenweiss, kennen Sie zufällig eine Frau mit Namen Pouliotte? Lucie Pouliotte. Sie hatte vor etwa einer Woche einen Unfall …»

Céleste dachte nach. «Lucie Pouliotte?»

«Ich weiß nicht, ich kenne sie nicht, aber sie kommt aus Eguisheim …»

«Höchstens zwanzig, gepierct, mit kurzen, pinkfarbenen Haaren.»

Walter starrte sie an. «Pinkfarbene Haare?»

Céleste nickte. «Wie ein Igel auf Ecstasy.»

Er schlug sich mit der flachen Hand auf die Stirn. «Große Güte. Ich bin so ein Trottel!», rief er, nickte Céleste kurz zu und lief beinahe davon. Völlig außer Atem kam er in seinem Täubchenzimmer unterm Dach an, wo er sein Handy hatte auf dem Tisch liegenlassen. Ohne auf die Uhr zu sehen, rief er sofort Sophie Bernheimer an.

38

Céleste wusste nicht, was sie mehr aufgewühlt hatte: das Wiedersehen mit ihrem alten Chef oder der Inhalt ihres Gesprächs. Sie hatte Etienne Walter immer sehr geschätzt. Von keinem ihrer Lehrer oder Vorgesetzten hatte sie mehr gelernt als von ihm. Umso enttäuschter war sie damals über seine Unfähigkeit gewesen, sie in der Sache Wolfsberger zu unterstützen. Er hatte es versucht, daran hatte kein Zweifel bestanden, aber die Seilschaften unter den Kollegen und die stillschweigende Übereinkunft, die Reihen gegen sie zu schließen, waren stärker gewesen. Sie trug es ihm nicht nach. Oder wenigstens nicht allzu sehr. Im Grunde hatte sie sich gefreut, ihn wiederzusehen, auch wenn sie sich bemüht hatte, es nicht zu zeigen.

Sie schaute auf die Uhr. Halb zwölf. Eigentlich Zeit, ins Bett zu gehen. Doch sie wusste, dass an Schlaf nicht zu denken war – obwohl sie vom vielen Reden erschöpft war und ihr vom Boxtraining die Knochen weh taten. Sie setzte sich auf ihren Balkon und lauschte in die Nacht. Es war vollkommen ruhig. Kein aufgetuntes Mofa, keine Heimkehrer aus dem *Fetten Frosch* oder *Julien's Winstub* unterbrachen die sommerliche Stille. Lucie Pouliotte kam ihr in den Sinn. Warum Walter wohl nach ihr gefragt hatte? Er hatte recht, sie hatte einen Verkehrsunfall gehabt, in Straßburg, Célestes Vermieterin hatte davon erzählt. Sie überlegte, wann das gewesen war. Samstagmorgen. Also war der Unfall am Freitag geschehen, am gleichen Tag, an dem dieser Anwalt entführt worden war. Konnte es sein, dass es da einen Zusammenhang gab? Aber inwiefern? Plötzlich fiel ihr ein, dass es Lucie gewesen war, die das Fass entdeckt hatte. Warum hatte sie nicht früher daran gedacht? Hatte das etwas zu bedeuten? Céleste rieb sich mit beiden Händen über das Gesicht. Immer mehr lose Fäden kamen hinzu, anstatt dass sich endlich einmal ein paar Fäden zu einer echten Spur verbanden. Lucie Pouliotte im Krankenhaus . . . ein Mann verdurstet . . . Louis Balzac im Gefängnis . . . das Lied vom traurigen Mörder . . . die Beerdigung . . . Madeleine . . .

Mit einem Ruck fuhr sie auf. Anscheinend war sie eingenickt. Irgendetwas hatte sich im Halbschlaf in ihrem Unterbewusstsein geregt, etwas Kleines und doch Bedeutendes . . . ein Bild, das sie heute gesehen hatte . . . Sie stand auf und fing an, auf dem kleinen Balkon auf und ab zu gehen. Beobachten, hatte Commandant Walter sie immer ermahnt, wenn sie zu schnell vorgeprescht war, beobachten, nicht urteilen. Sammeln, nicht bewerten. Sie rief sich den Moment ins Gedächtnis, als sie heute schon einmal an Etienne Walter gedacht hatte, ohne zu ahnen, dass sie ihm wenige Stunden später nach so vielen Jahren gegenüberstehen würde. Heute Morgen war das gewesen, am Tatort. Wolfsberger hatte ihr das Verlies gezeigt. Sie war darin herumgegangen und hatte sich ermahnt, alles, jedes Detail in sich aufzunehmen, ohne es zu bewerten. Abzuspeichern wie in einer Datei. Rohe Felswände. Ein Bündel Kleider in einer Ecke. Ein Ring. Neu eingelassen. Ein durchtrennter Strick. Eine Wasserflasche. Ein Wachsfleck . . . Etwas in ihr sagte, dass sie auf der richtigen Spur war. Doch sie konnte es noch nicht fassen. Noch einmal von vorne: rohe Felswände . . . Sie kam bis zur Flasche Wasser und blieb stehen.

«Warum das Wasser?», fragte sie laut. «Warum das Wasser?» Er hätte Hervé Bastien auch einfach so verdursten lassen können, im Dunklen. Warum diese unnötige Grausamkeit? Céleste hatte in der Kopie des vorläufigen Obduktionsberichts in Walters Dossier gelesen, dass sich Bastien die Handfesseln in dem Bemühen, diese Wasserflasche zu erreichen, bis zum Knochen durchgescheuert hatte. Sie fröstelte trotz der lauen Luft. Sie war nicht unnötig, diese Grausamkeit. Nichts an den Handlungen des Täters war bisher unnötig gewesen. Alles folgte einem Plan. Er wollte, dass Bastien diese Flasche sah, die Leben bedeutete und für ihn unerreichbar war. Das war die Botschaft, die dieser Mord hinterlassen hatte. «Philippe Rouffacher war ein Schwein», murmelte sie, «Ivette Clavet eine gierige Halsabschneiderin und Hervé Bastien … einer, der anderen das Wasser abgräbt?» In ihrem Kopf begann es zu klingeln, laut und unüberhörbar, und es war so verrückt, was diese Klingel ihr sagte, dass sie zuerst nicht darauf hören wollte. Doch es war vergeblich. Sie musste es überprüfen.

In ihrem Büro in der Mairie kroch Céleste sofort unter ihren Schreibtisch und schnappte sich den Papierkorb, während sie ein inständiges Gebet an die Schutzpatrone aller nachlässigen Putzfrauen schickte, dass er noch nicht geleert war. Sie wurde erhört. Die Putzfrau der Mairie konnte mit dem Mundwerk entschieden besser umgehen als mit dem Besen. Deshalb wurde sie auch von Dédé viel zu sehr gefürchtet, als dass er es wagen würde, ihr Anordnungen zu erteilen, die über ein «Könnten Sie vielleicht, Madame …» hinausgingen. Dementsprechend hielt sie es auch für unnötig, die Papierkörbe zu leeren, bevor sie restlos überquollen – und so war es glücklicherweise auch dieses Mal. Céleste kippte den Inhalt ihres Korbes auf den Boden und begann hektisch darin herumzuwühlen, förderte Unmengen von Zetteln mit Notizen und Kritzeleien zutage, eine fast ebenso große Anzahl Patisserie- und Metzgereiverpackungen, bis sie endlich auf den kleinen cremefarbenen Zettel stieß, auf dem Madeleines Buchtipp stand und den sie vor fast zwei Wochen, traurig über den Tod der Freundin, in den Müll geworfen hatte. Sie faltete ihn vorsichtig auseinander, und als sie las, was darauf in Madeleines schwungvoller Schrift geschrieben stand, wurde ihr ein wenig flau im Magen: *Eine Flasche Leben. Wie den Ärmsten der Armen das Wasser abgegraben wird.* Sie erinnerte sich wieder an das Gespräch mit der Buchhändlerin. Céleste hatte mit Madeleine oft über Politik gesprochen, die Buchhändlerin kannte sich sehr gut aus und hatte zu den meisten Themen eine klare Meinung. Bei diesem Gespräch war es um die Macht globaler Konzerne gegangen und dass sie Madeleines Ansicht nach längst das Sagen in der Politik hätten. Als Beispiel hatte sie einen Konzern genannt, der Geschäfte mit Grundwasser machte, was zu unübersehbaren Folgen in den Ländern der Dritten Welt führte, und ihr dieses Buch empfohlen.

Céleste fuhr ihren Computer hoch und gab den Buchtitel in die Suchmaschine ein. Rasch überflog sie den Klappentext. Es ging um einen bekannten Lebensmittelkonzern, Céleste erinnerte sich jetzt auch, davon in letzter Zeit häufiger gelesen zu haben. Hatte es nicht einen Prozess gegeben ... Sie stockte. Ein Prozess? Sie gab den Namen des Konzerns und den Namen des Anwalts ein, und prompt ploppten etliche Links auf. Hervé Bastien hatte tatsächlich genau diesen Konzern vertreten. Und erst vor zwei Wochen hatte er einen Prozess für ihn gewonnen. Vor dem Gerichtshof für Menschenrechte in Straßburg. Es war ein Streit um Wasser gewesen, um das Grundrecht auf Wasserversorgung.

Sie schaltete den PC wieder aus und schüttelte den Kopf. Sie hätte heute Nachmittag schon darauf kommen können, als sie mit Luc zusammen den Namen des Anwalts in den Computer eingegeben hatten. Die Information war nur einen Mausklick entfernt gewesen. Doch sie hatten nur in den innerpolizeilichen Datenbanken nachgesehen und nach der Vermisstenanzeige geschaut. Dann hatte Lucs Mutter angerufen und gefragt, wo er denn um Gottes willen bleibe, sie habe extra Schokoladenkuchen gebacken, und Luc wollte sie schon peinlich berührt abwimmeln. Doch Céleste hatte gemeint, der Obduktionsbericht werde ihnen ohnehin nicht vor Montag zugeschickt, er könne also genauso gut nach Hause fahren; sie müsse sowieso zum Boxtraining. Daher war Luc jetzt in seinem winzigen, absolut netzlosen Dorf in den Vogesen und schlief, vollgestopft mit Mamas Schokoladenkuchen, stinkendem Munsterkäse und gekochten Kalbsfüßen, längst den Schlaf der Gerechten. Sie würde frühestens morgen Abend mit ihm sprechen können, wenn er wieder in Eguisheim war. Ob Wolfsberger diesen Zusammenhang wohl schon hergestellt hatte? Wie würde er das mit Louis Balzac in Verbindung bringen? Sie jedenfalls hatte keine Ahnung, wie das zusammengehen sollte. Und Commandant Walter? Sie zog seine Visitenkarte aus der Tasche und betrachtete sie unschlüssig. Sollte sie anrufen? Jetzt noch?

Er ging sofort ans Telefon und klang noch ziemlich munter, fast aufgekratzt. Sie vergaß ganz, sich für die späte Störung zu entschuldigen, sondern platzte gleich mit ihrer Entdeckung heraus.

«Es geht um das Wasser! Verstehen Sie? Das Wasser. Hervé gehörte zu denen, die anderen das Wasser abgraben, deshalb musste er verdursten. Und deshalb stand auch die Flasche

Wasser noch am Tatort. Er sollte begreifen, warum er sterben musste, und wir auch!» Sie holte tief Luft und begann ihm zu erklären, wie sie darauf gekommen war. Commandant Walter hörte ihr schweigend zu. Als sie endete, meinte er nur: «Sie haben recht, Kreydenweiss. Ganz sicher sogar.»

«Balzac war das nicht. Nie und nimmer. Aber wer dann?» Sie gähnte. «Ich kann überhaupt nicht mehr klar denken.»

«Heute Nacht werden wir den Fall nicht mehr lösen», stimmte Commandant Walter ihr zu. «Ich habe Lieutenant Bernheimer zu Lucie Pouliotte geschickt. Ich glaube, ihr Unfall hängt auch mit Bastiens Entführung zusammen. Sie hatten sich kurz zuvor in dem Nachtclub kennengelernt. Vielleicht weiß sie etwas oder hat etwas gesehen, was uns weiterhilft. Lassen Sie uns morgen weitersehen.»

Sie verabredeten sich für halb zehn im *Café du Marché*, und Céleste legte auf. Sie warf einen Blick auf den umgekippten Papierkorb sowie das daraus resultierende Chaos neben ihrem Schreibtisch und beschloss, sich erst am Montagmorgen darum zu kümmern. Jetzt war es Zeit, endlich ins Bett gehen.

39

Sophie Bernheimer hatte an diesem Samstagabend entgegen Commandant Walters Vermutungen nichts vor. Sie hatte erst vor kurzem mit ihrem langjährigen Freund Schluss gemacht, der immer über ihre Arbeit gemeckert hatte und darüber, dass sie zu wenig Zeit für ihn hatte. Unglücklicherweise hatte sie damit ihren gesamten Freundeskreis, der überwiegend sein Freundeskreis gewesen war, gleich mit entsorgen müssen. Jetzt waren die Wochenenden entsprechend ruhig und ein wenig einsam, aber dafür verliefen sie ohne endlose Diskussionen und ohne schlechtes Gewissen, was auch seine Vorteile hatte. Als das Telefon klingelte, saß Sophie Bernheimer im himmelblauen Jogginganzug vor dem Fernseher und zappte sich durch das Programm, unschlüssig, ob sie sich irgendeinen Blödsinn anschauen, ein Buch lesen oder gleich ins Bett gehen sollte. Über Commandant Walters Anruf war sie erstaunt. Noch erstaunter war sie darüber, was er ihr zu berichten hatte.

«Die junge Frau aus dem Club, die Bastien angesprochen hat, und die Frau, die den Unfall hatte, sind identisch», sagte er. «Das kann kein Zufall sein. Es muss zusammenhängen. Vielleicht hat sie etwas gesehen …»

Sophie Bernheimer nickte langsam. «Vielleicht hat sie die Entführung beobachtet, und der Mörder hat deswegen versucht, sie zu töten?», schlug sie nach kurzer Überlegung vor.

Schweigen auf der anderen Seite der Leitung zeigte ihr an, dass Commandant Walter nachdachte. «Scheiße», sagte er schließlich. «Dann kann es sogar sein, dass sie immer noch in Gefahr ist.» Sie hörte, wie er sich an seinem Bart kratzte, es gab ein schabendes Geräusch an ihrem Ohr. «Fahren Sie bitte sofort hin», befahl er. «Checken Sie ab, wie es ihr geht, ob sie ansprechbar ist, und sorgen Sie dafür, dass sie verlegt wird und dass die Verlegung geheim bliebt. Vor Montag bekommen wir wahrscheinlich keinen Beamten, der auf sie aufpasst.»

«Falls sie überhaupt etwas gesehen hat», wandte Sophie Bernheimer ein.

«Ja, ja, klar. Aber wenn ...»

Er sprach nicht weiter, und nachdem Sophie Bernheimer eine Weile gewartet hatte, fiel ihr auf, dass er bereits aufgelegt hatte. Sie fand es ein wenig übertrieben, so spät noch ins Krankenhaus zu fahren, man würde sie vermutlich gar nicht zu der Patientin lassen. Sie würde sich lächerlich machen. Nur weil Commandant Walter plötzlich das Gefühl hatte, etwas nachholen zu müssen, was sie vielleicht übersehen hatten. Andererseits konnte sie auch nicht einfach zu Hause bleiben. Walter hatte ihr eine klare Anordnung gegeben. Sie seufzte und stand auf, um sich wieder anzuziehen.

Die Schwester in der Notaufnahme des Krankenhauses, vor der Sophie eine gute halbe Stunde später stand, sah sie entgeistert an. «Was wollen Sie?»

«Ich muss mit Lucie Pouliotte sprechen», wiederholte Sophie Bernheimer und bemühte sich um einen selbstverständlichen Ton, so als wäre es das Selbstverständlichste auf der Welt, kurz vor Mitternacht noch eine Patientin zu besuchen.

«Das geht nicht», erklärte die Frau kategorisch. «Sie schläft längst. Kommen Sie zu den Besuchszeiten wieder.»

Sophie Bernheimer tippte auf ihren Polizeiausweis, den sie der Frau vor die Nase hielt. «Ich bin keine Besucherin. Ich ermittle in einem Mordfall.»

«Ja, das habe ich verstanden», gab die Frau ungeduldig zurück. «Trotzdem können Sie nicht einfach so mitten in der Nacht in das Zimmer einer Patientin platzen. Kommen Sie morgen wieder.»

«Kann ich wenigstens mit einem ihrer Ärzte sprechen?»

«Niemand mehr da.»

«Mit einer Schwester auf ihrer Station?»

«Nein.»

Sophie Bernheimer seufzte. «Hören Sie, es geht um die Sicherheit der Patientin. Sie könnte in Gefahr sein.»

«Ganz sicher nicht, wenn Sie sie jetzt in Ruhe lassen. Wir sind ein Krankenhaus! Hier ist rund um die Uhr jemand da, was sollte ihr passieren?»

«Können Sie wenigstens die Station informieren, damit sie besonders wachsam sind?»

«Auf wen oder was sollen sie denn bitte achten?»

Sophie Bernheimer zögerte. «Ich weiß es nicht. Wahrscheinlich einen Mann. Jemand, der bisher noch nicht da war.»

Die Frau nickte gnädig. «Ich werde es weiterleiten.»

Sie machte sich keine Notiz, hatte noch nicht einmal einen Blick auf ihren Computer geworfen, und Sophie vermutete, dass sie es nur versprach, um sie schneller loszuwerden. Wahrscheinlich hatte sie sich noch nicht einmal den Namen der Patientin gemerkt. Sie steckte ihren Ausweis wieder ein und übergab der Frau stattdessen ihre Visitenkarte.

«Die Patientin heißt Lucie Pouliotte und hatte einen Verkehrsunfall», wiederholte sie eindringlich. «Wenn etwas Ungewöhnliches passiert, soll mich sofort jemand anrufen. Sofort, hören Sie? Zu jeder Tages- und Nachtzeit.»

«Ja, ja, schon gut.» Die Frau griff nach der Karte und warf einen flüchtigen Blick darauf. «Sie können ganz beruhigt sein, Lieutenant, hier läuft alles seinen gewohnten Gang. Kommen Sie morgen wieder. Oder besser noch, am Montag, dann sind auch die Ärzte da.»

Als Sophie Bernheimer aus dem Krankenhaus kam und über den fast leeren Besucherparkplatz zurück zu ihrem Auto ging, fuhr ein weißer Lieferwagen an ihr vorbei. Er parkte am anderen Ende des großen Parkplatzes, direkt neben der Notaufnahme, ohne dass jemand ausstieg. Sophie Bernheimer beachtete ihn nicht. Sie ärgerte sich, dass sie sich hatte abwimmeln lassen, dass sie nicht energischer gewesen war, andererseits wusste sie, dass es wahrscheinlich ohnehin nichts genützt hätte, und begann, sich stattdessen über Commandant Walter zu ärgern, der sie zu dieser nutzlosen Aktion gedrängt hatte. Heute Abend würde jedenfalls nichts mehr passieren, da war sich Sophie Bernheimer sicher. An diesem Zerberus in der Notaufnahme kam niemand vorbei.

Es war halb sechs Uhr morgens, als Sophie Bernheimers Telefon erneut klingelte. Schlaftrunken griff sie nach dem Handy, fingerte ungeschickt daran herum und murmelte: «Ja?»

Eine ihr unbekannte Frauenstimme meldete sich. «Lieutenant Bernheimer? Von der Kriminalpolizei?»

«Ja. Wer ist denn da?»

Die Frauenstimme nannte den Namen des Krankenhauses, das Sophie am Vorabend vergeblich aufgesucht hatte, und sagte leise: «Sie waren doch gestern Abend wegen einer Patientin bei uns?»

«Lucie Pouliotte, ja.» Sophie richtete sich auf. «Wieso?»

Die Stimme der Frau zitterte jetzt, und man merkte, dass sie den Tränen nahe war. Im Hintergrund waren aufgeregte Stimmen zu hören. «Also … sie … sie ist nicht mehr auf ihrem Zimmer.»

«Was soll das heißen?», fragte Sophie Bernheimer scharf.

«Sie … es sieht so aus, als ob … also, sie ist verschwunden.»

40

Das *Café du Marché* war am Sonntagmorgen wie ausgestorben. Die ersten Gäste würden erst nach der Kirche oder kurz vor dem Mittagessen auf ein Gläschen Picon vorbeischauen, später würden die Touristen kommen und noch später dann wieder die Eguisheimer, auf dem Rückweg vom Sonntagsspaziergang.

Céleste war dankbar dafür, dass niemand da war, mit dem sie sprechen musste. Sie hatte schlecht geschlafen und war überdies mieser Laune. Max hatte am Morgen angerufen und überraschend vorgeschlagen vorbeizukommen, und sie hatte ihm absagen müssen. Sie wusste nicht, wie lange ihr Treffen mit Commandant Walter dauern würde, und sie wollte nicht, dass Max derweil in ihrer Wohnung sitzen und auf sie warten musste. Sie hatten so wenig Zeit zusammen, und gerade deshalb war sie so kostbar. Sie wollte nichts davon vergeuden. Und schon gar nicht, wenn Max zu ihr kam, was ohnehin selten vorkam. Meistens fuhr sie nach Freiburg, spontan, wenn er mal ein Wochenende da war. Er war freier Journalist, schrieb aufwendige Reportagen für verschiedene Zeitungen und Magazine und war deshalb oft tage- oder wochenlang irgendwo zur Recherche unterwegs. Es konnte passieren, dass er sie aus Rom anrief, aus Reykjavík oder aus Johannesburg. Umso mehr ärgerte es sie, dass sie gerade heute keine Zeit hatte. Sie hatte sich gerade an ihren bevorzugten Platz etwas weiter hinten im Café gesetzt, als Henri zu ihr trat.

«Du bist mit einem Herrn von der Police Nationale in Straßburg verabredet?», fragte er.

«Ja, und?», schnauzte Céleste übellaunig. «Was geht dich das schon wieder an?»

«Mich nichts, aber ich soll dir von ihm ausrichten, dass er nicht kommt.» Henri machte ein beleidigtes Gesicht.

«Er kommt nicht? Wieso?»

«Er war schon ganz früh hier, weil er nicht wusste, wie er dich erreichen kann, und darum soll ich dir sagen, dass ihm etwas dazwischengekommen ist und er den ersten Zug zurück nach Straßburg genommen hat.»

Céleste fiel ein, dass sie ihm ihre Handynummer nicht gegeben hatte. Einen Festnetzanschluss hatte sie nicht. Immerhin hatte er sich die Mühe gemacht, im Café vorbeizuschauen und abzusagen. Persönlich. Sie musste ein wenig lächeln. Alte Schule. Schön. Weniger schön allerdings war, dass sie jetzt nicht wusste, was sie mit diesem plötzlich freien Sonntagvormittag anfangen sollte. Sie versuchte vergeblich, Max zu erreichen, und schrieb ihm stattdessen eine Kurznachricht. Als sie wieder aufsah, stand Henri immer noch da und sah sie säuerlich an.

«Darf ich Madame Kreydenweiss dann vielleicht trotzdem etwas bringen?»

Sie schüttelte den Kopf und stand auf. Ihr stand jetzt nicht der Sinn nach gemütlichem Kaffeetrinken, dazu war sie zu unruhig. «Danke, Henri. Schönen Sonntag noch.»

Auf dem Rückweg überlegte sie, was wohl so dringend gewesen sein mochte, dass Commandant Walter so früh wegmusste? Hatte es mit ihrem Fall zu tun? Womöglich hatte

Lucie etwas Wichtiges dazu sagen können? Céleste spielte mit dem Gedanken, ihn anzurufen, ließ es dann aber sein. Er würde sich schon melden, wenn es sie beträfe. Womöglich hatte sein plötzlicher Aufbruch einen ganz anderen, einen privaten Grund, und dann wäre ihr Anruf aufdringlich.

Sie kam an Madeleines Buchladen vorbei, der nur knapp zwei Wochen nach ihrem Tod bereits einen verlassenen Eindruck machte. Die Fensterscheibe war staubig, und die Blumen neben dem Eingang waren halb vertrocknet. Auf der Bank vor dem Laden lag Müll, ein halbleerer Plastikkaffeebecher und das fettige Papier eines Sandwiches. Sie fand den Anblick unerträglich. Warum kümmerte sich Frédéric nicht darum und goss wenigstens die Blumen? Sie wusste, dass dieser Vorwurf ungerecht war, immerhin hatte er gerade erst seine Frau verloren, da würden ihn die Geranien vor dem Laden wohl kaum interessieren. Sie musterte die Auslage, auf der nur einige wenige Bücher einladend zwischen Plakaten und etwas Dekoration arrangiert waren. Es gab ein paar bunte Kinderbücher zwischen Glasmurmeln und niedlichen Plüschtieren, einige sommerlich anmutende Romane neben Lavendelsträußen und Muscheln und dann noch die eher nüchterne Ecke der Sachbücher.

Ein Buchtitel stach ihr sofort ins Auge. Es war das Buch, das ihr Madeleine empfohlen hatte. Auf dem Cover war eine leere Plastikwasserflasche abgebildet, ähnlich der Flasche, die man in der Mühle gefunden hatte. Der Autor des Buches hieß Mischa Toussaint. Céleste nahm sich vor, Max nach ihm zu fragen, wenn er anrief. Wenn der Autor Journalist war, würde Max ihn vielleicht kennen. Sie nahm den Kaffeebecher, schüttete den Rest darin aus und nahm ihn mit zum nahen Brunnen, um Wasser zu holen. Damit goss sie die Blumen, griff mit spitzen Fingern das Sandwichpapier und warf es zusammen mit dem Becher in einen Mülleimer. Unschlüssig überlegte sie, was sie jetzt machen sollte. Sie hatte keine Muße, nach Hause zu gehen. Vielleicht sollte sie einfach nach Freiburg zu Max fahren? Sie versuchte es noch einmal bei ihm, und dieses Mal hatte sie Glück, er meldete sich sofort.

«Hab gerade deine Nachricht gelesen», sagte er und meinte, er würde jetzt noch etwas fertig schreiben, was er nach ihrer Absage angefangen hätte, danach würde er kommen. «Wir können zusammen irgendwo zu Mittag essen, wo es schön ist», schlug er vor.

Céleste stimmte zu, und ihre schlechte Laune verflog ebenso wie ihre Unruhe. Sie liebte es allein schon, Max französisch sprechen zu hören, mit diesem deutschen Akzent, der bei ihm nie unangenehm, sondern lustig klang. Er sprach besser französisch als sie deutsch, obwohl sie durchaus Fortschritte machte, dennoch blieben sie meistens in ihrer Sprache. «Sag mal, kennst du einen Mischa Toussaint?», fragte sie. «Könnte das ein Journalist sein?»

«Klar!», antwortete Max, ohne zu zögern. «Aber das ist kein Mann, sondern eine Frau. Sie ist eine Koryphäe auf dem Gebiet des investigativen Journalismus. Hat sogar den Pulitzerpreis gewonnen. In den letzten Jahren war sie nicht mehr so aktiv, hat aber, glaub ich, noch ein paar Bücher geschrieben ...»

«Eine Flasche Leben», sagte Céleste.

«Natürlich! Ich erinnere mich, das hat einen Skandal gegeben. Sie wurde deswegen verklagt, wegen Rufschädigung. Eine üble Geschichte, hat sie ziemlich mitgenommen. Danach hat man kaum mehr etwas von ihr gehört.»

«Kennst du sie persönlich?», fragte Céleste neugierig.

«Ich hab sie mal vor vielen Jahren kennengelernt. Aber Madeleine ist schon immer sehr öffentlichkeitsscheu gewesen, sie kam nie zu irgendwelchen Treffen oder Kongressen, und später hat sie sich ganz zurückgezogen …»

«Madeleine?», fragte Céleste verwirrt nach. «Hast du gerade Madeleine gesagt? Sie heißt doch Mischa?»

«Das ist ihr Pseudonym für ihre Reportagen und Bücher. Wie gesagt, sie war sehr öffentlichkeitsscheu, niemand weiß eigentlich so genau, wo sie jetzt lebt, man hat seit Jahren nichts mehr von ihr gehört. Vielleicht lebt sie auch gar nicht mehr und niemand hat es mitbekommen.» Er lachte, doch es klang traurig.

Célestes Herz begann, heftiger zu klopfen. «Ist sie, war sie verheiratet?»

«Keine Ahnung. Warum interessierst du dich für sie?»

Céleste zögerte. «Ich erzähle es dir, wenn du kommst. Aber… kannst du vielleicht etwas später kommen? Oder, ich ruf dich an, okay?» Sie legte schnell auf.

Schaftlach war ein winziges Dorf inmitten grüner Wiesen und hoher Berge. Kühe grasten, Hunde bellten, und es war nicht schwer, den Hof der Familie Bato zu finden. Das erste menschliche Wesen, das Céleste nach ihrer überraschend kurzen Fahrt in die Vogesen antraf, war ein steinalter Bauer mit drei Zähnen und einem Kalb von einem Hund an seiner Seite. Er deutete stumm zu einem großen Hof, nur wenige hundert Meter entfernt und trottete dann wortlos weiter.

Céleste sah Luc schon von weitem. Er spielte auf dem Platz vor dem Hof mit zwei schwarzen Höllenhunden, die eine ähnliche Statur hatten wie das Kalb des Bauern, und Céleste, die vor allen Tieren, die größer als eine Katze waren, gehörigen Respekt hatte, blieb vorsichtshalber im Auto sitzen und kurbelte nur das Fenster herunter.

«Luc!» rief sie laut hinaus.

Die Hunde entdeckten sie schneller als Luc und stürmten bellend auf das Auto zu. Es gelang ihr gerade noch, das Fenster zuzukurbeln, da sprang schon der erste an die Scheibe. Céleste wich zurück und betrachtete mit einer Mischung aus Grauen und Faszination das imposante Gebiss des Tieres, das jetzt mit seiner langen Zunge die Scheibe verschmierte. Ihr fiel der makellose Lack ihres Autos ein, auf den Yves so stolz gewesen war, und sie versuchte, nervös mit der Hand wedelnd, die Hunde von ihrem Auto zu verscheuchen, was sie jedoch keinen Deut interessierte. Ein kurzer Pfiff rief sie schließlich zurück, und Luc trat mit ungläubigem Blick näher.

«Chef? Was machen Sie denn hier?», fragte er verblüfft.

Céleste öffnete das Fenster einen winzigen Spalt. «Ich muss Ihnen ganz dringend etwas erzählen», sagte sie.

«Dann wäre es gut, wenn Sie aussteigen würden», schlug Luc vor. Céleste beäugte misstrauisch die beiden Hunde, die jetzt hechelnd, aber ruhig links und rechts neben Luc standen. «Meinen Sie, das ist eine gute Idee?»

Luc lachte. «Die tun nichts.»

«Die wollen nur spielen, jaja», murmelte Céleste. «Dann beißen sie dir die Nase ab, und man ist noch selber schuld.» Hundebesitzer waren ihrer Meinung nach meistens genauso verrückt wie ihre Viecher. Dennoch überwand sie sich und stieg vorsichtig, mit leicht gebückter Haltung aus dem Auto. Sie hatte irgendwo gelesen, dass zu hastige Bewegungen Hunde aggressiv machten.

«Haben Sie einen Hexenschuss?», fragte Luc besorgt.

«Blödsinn», sagte Céleste und richtete sich auf. «Alles gut.» Sie warf einen unauffälligen Blick auf ihre Autotür, konnte jedoch glücklicherweise keinen Kratzer entdecken.

Sie gingen zusammen um das Haus herum, und Luc führte sie zu einem Freisitz mit einer Bank, von wo aus man einen überwältigen Blick auf die noch immer schneebedeckten Gipfel der Vogesen hatte. Céleste blieb der Mund offen stehen, und sie vergaß für einen Augenblick, warum sie hier war.

«Wow», sagte sie ehrfurchtsvoll und setzte sich. «Sie wohnen ja im Paradies.»

Luc lächelte, halb verlegen, halb geschmeichelt. «Das Paradies kann auch recht unpraktisch sein. Viel Mist und stinkender Käse.» Sie setzten sich, und Luc fragte neugierig: «Was ist passiert, Chef?»

Céleste holte Luft und begann mit dem Treffen mit Commandant Walter im *Fetten Frosch*, wobei sie ihre alte Bekanntschaft mit ihm geflissentlich überging und behauptete, sie seien zufällig ins Gespräch gekommen; sie schilderte, wie ihr Verdacht gegenüber Louis Balzac plötzlich stärker geworden war, erzählte, worauf sie im Zusammenhang mit der Wasserflasche gestoßen war, und endete schließlich bei ihrem Gespräch mit Max.

«Wie?» Luc sah sie verständnislos an. «Moment. Was wollen Sie damit sagen?»

«Madeleine Béranger ist Mischa Toussaint. Sie war eine bekannte Journalistin, hat eine Menge Skandale aufgedeckt und einen Pulitzerpreis für ihre Recherchen gewonnen. Ich war auf dem Weg zu Ihnen sogar an Madeleines Grab. Sie heißt mit Mädchennamen Toussaint, das steht dort, es hat niemand darauf geachtet. Warum auch?»

«Ja, und...» Im Bemühen, der Argumentation seiner Chefin zu folgen, verzog sich Lucs ganzes Gesicht zu einer konzentrierten Grimasse. «... sie hat ein Buch über diesen Konzern geschrieben, dessen Anwalt gestern getötet worden ist?», wiederholte er langsam, und man konnte förmlich sehen, wie es hinter seiner Stirn arbeitete.

«Der Konzern hat sie deswegen verklagt, Bastien war der Anwalt, der die Klage geführt hat. Ich habe das nachgelesen: Er hat mit allen Mitteln versucht, sie zu ruinieren, finanziell und beruflich. Es wäre ihm auch fast gelungen. Am Ende wurde sie allerdings freigesprochen, der Antrag auf Schadensersatz abgewiesen. Trotzdem hat sie sich davon nie mehr richtig erholt. Ihr Gesundheitszustand war damals schon angegriffen, und das Ganze hat dazu geführt, dass sie sich völlig aus der Öffentlichkeit zurückgezogen hat. Das war vor sechs Jahren. Zu dem Zeitpunkt sind Madeleine und ihr Mann zu uns ins Dorf gezogen. Das Geschäft mit dem Wasser geht seitdem unvermindert weiter, und letztes Jahr hat eine Menschenrechtsorganisation erneut versucht, dem Treiben ein Ende zu setzen. Sie haben Klage beim Gerichtshof für Menschenrechte eingereicht, doch vor kurzem ist diese Klage abgewiesen worden. Der Konzern hat gewonnen. Er hat jetzt freie Bahn. Und Hervé Bastien hat auch diesen Prozess geführt. Der Sieg hat ihm große mediale Aufmerksamkeit eingebracht, stand in allen Zeitungen und kam auf allen Sendern des Landes.» Céleste holte tief Luft. «Ich habe das alles im Internet recherchiert. Man findet wirklich jedes Detail, wenn man weiß, wonach man suchen muss. Diese Menschenrechtsorganisation hat sich bei ihrer Klage sogar auf Madeleines Buch berufen, ihre Thesen als Argumentation verwendet. Und jetzt kommt's, Bato: Wissen Sie, wann das Urteil gesprochen wurde?»

Luc schüttelte stumm den Kopf.

«An dem Tag, an dem Madeleine starb.» Céleste schaute ihn triumphierend an. «Ich habe mit Sandrine telefoniert und sie gebeten, den genauen Todeszeitpunkt von Madeleine herauszufinden. Sie hat es mir geschrieben.» Céleste zeigte Luc ihr Handy. «Zwischen neun und zehn Uhr abends war ihr genauester Tipp. Also ist Madeleine mit ziemlicher Sicherheit um halb zehn gestorben. Und der Täter hat versucht, uns mit den Uhren darauf hinzuweisen. Aber wir haben es nicht kapiert.»

«Aber ... wer ... wieso ...», sagte Luc, noch immer verwirrt.

«Denken Sie nach, Bato. Langsam und methodisch, es ist ganz logisch, akkurat geplant, so wie Ihre Zahlen oder Ihre Taschentücher ...»

«Meine Taschentücher? Was haben die damit zu tun?» Lucs Verwirrung wuchs.

«Egal. Es gibt fünf Gründe, die Sie zum Täter führen.» Céleste hob die Hand, spreizte die Finger und zählte auf: «Erstens: Der Täter ist stark genug, um Leute in Fässer und Käfige zu stopfen, und er hat ein Auto, um sie zu transportieren. Zweitens: Er kennt Louis Balzacs Ballade. Drittens: Er kennt Madeleines eigentliche Arbeit, ihre wahre Identität. Viertens: Er will Rache üben an Hervé Bastien, der ihr sehr geschadet, vielleicht sogar indirekt ihren Tod verursacht hat. Fünftens: Er nimmt alles in Kauf, weil er untröstlich über ihren Tod ist. Er hat sie geliebt.»

Luc nickte langsam. «Nicht Louis Balzac, sondern ihr Mann. Frédéric Béranger.»

Céleste nickte. «Er ist Bildhauer, erinnern Sie sich? Er hat Kraft. Aber auch künstlerische Phantasie, wenn man so will. Ihm ist so ein Kunstwerk an Rache zuzutrauen. Ich habe im Zulassungsverzeichnis nachgesehen. Er hat einen weißen Lieferwagen, um seine Steinmetzarbeiten zu transportieren. Ich kann mich jetzt sogar an das Auto erinnern, es hat hinten eine Art Hebevorrichtung, für die schweren Steine, damit hat er auch Madeleine im Rollstuhl befördern können. Ein Leichtes, damit das Fass mit Philippe Rouffacher drin zu transportieren. Und noch etwas habe ich herausgefunden.»

Sie machte eine Pause, bis Luc genötigt war zu fragen: «Ja?»

«Fréderic Béranger hat den Brunnen im Garten der Flamand'schen Villa gemacht. Ich habe die Haushälterin, Paulette Meyer, angerufen und danach gefragt, und sie hat es mir bestätigt. Er war im letzten Sommer sehr oft dort. Er wusste also auch, dass weder die Flamands noch Paulette Meyer oder ihr Mann um diese Zeit da sein würden und er Ivette Clavet ungestört dorthin locken konnte. Es passt also alles zusammen. Endlich.»

«Und jetzt?», fragte Luc, noch ganz benommen.

«Jetzt müssen wir etwas tun.»

41

Es waren Kräfte des mobilen Einsatzkommandos, die Frédéric Bérangers Haus umstellten. Céleste war es nicht gelungen, Wolfsberger von ihrer Theorie zu überzeugen. Im Gegenteil.

Er hatte sie angeschnauzt: «Mensch, Kreydenweiss, sie haben doch Paranoia! Der arme Mann hat gerade seine Frau verloren, da kommen Sie daher und verhaften ihn als Serienmörder? Sind Sie jetzt vollkommen verrückt geworden? Und überhaupt, wie soll er das alles so schnell geplant haben? Das wäre ja eine ganz besondere Art der Trauerbewältigung.» Auf letztere Frage hatte Céleste keine Antwort gewusst, doch als sie erneut versucht hatte, Wolfsberger auf die von ihr zusammengetragenen Fakten hinzuweisen, hatte er ins Telefon gebrüllt: «Lassen Sie mich ein für alle Mal mit Ihren Hirngespinsten in Frieden, Kreydenweiss, sonst sorge ich dafür, dass Sie in die Klapse kommen!» Dann hatte er aufgelegt.

Céleste hatte daraufhin Commandant Walter angerufen, der schon nach den ersten Sätzen hellhörig geworden war. «Sagen Sie mir, steht sein Auto da?»

«Ja.» Das war das Erste gewesen, was sie unauffällig überprüft hatte. «Er hat einen Peugeot und einen Lieferwagen. Beide stehen in der Garage neben seiner Werkstatt. Ich denke, er ist zu Hause.»

Daraufhin hatte ihr Commandant Walter erzählt, dass Lucie Pouliotte in der Nacht aus dem Krankenhaus verschwunden war.

«Glauben Sie, er hat sie getötet?», fragte Céleste beklommen.

«Gut möglich. Vielleicht hat sie etwas gesehen», vermutete Walter. «Und als Bastiens Leiche entdeckt wurde, ist ihm das Risiko zu groß geworden. Stand ja in allen Zeitungen, kam überall im Fernsehen. Er hat sie sich geschnappt, bevor sie sich über die Tragweite ihres Wissens klarwerden konnte, und wahrscheinlich hat er sie schon getötet.»

«Das glaube ich nicht», widersprach Céleste nach kurzer Überlegung. «Seine Mission ist doch erfüllt. Er tötet kein unschuldiges junges Mädchen.»

«Er hat schon drei Morde begangen», hielt Commandant Walter dagegen. «Damit hat er alle Grenzen überschritten. Und jetzt muss er Angst haben, entdeckt zu werden.»

«Nein. Es ist ihm vollkommen gleichgültig, ob er entdeckt wird», widersprach Céleste erneut. «Für ihn ist es vorbei. Ich glaube nicht, dass er überhaupt noch großes Interesse daran hat, weiterzuleben.»

«Aber warum hat er das Mädchen dann entführt?»

«Ich weiß es nicht», sagte Céleste. «Aber ich bin mir sicher, sie ist noch am Leben.»

So war es gekommen, dass ein auf Geiselnahmen spezialisiertes mobiles Einsatzkommando das Haus umstellte, während Céleste und Luc neben Commandant Walter ein wenig abseits standen und darauf warteten, dass etwas passierte. Es war mittlerweile vier Uhr nachmittags. Céleste hatte von ihrem gescheiterten Versuch berichtet, Wolfsberger zu einem Einsatz zu bewegen, und Commandant Walter hatte es danach nicht mehr für nötig gehalten, die Brigade über ihr Einschreiten zu informieren.

«Lassen Sie mich hineingehen», sagte Céleste plötzlich. «Er kennt mich. Vielleicht wartet er sogar auf mich.»

«Kommt gar nicht Frage», gab Walter knapp zurück. «Und wie kommen Sie darauf, er würde auf Sie warten?»

Céleste wurde rot. «Ich weiß nicht, es ist nur so ein Gefühl, aber die Auswahl der Strafen, vor allem aber der Fundort der zweiten Leiche vor dem Museum … Frédéric weiß, dass ich immer wieder im Museum arbeite, jeder weiß das hier, und er hat genau dort die Leiche abgelegt, an einem Sonntag, an dem Tag, an dem ich meistens meine Führung mache. So, als ob ich sie finden sollte. Vielleicht ist das vermessen, aber ich … Es könnte doch sein, dass er wollte, dass ich ihn überführe, oder? Er dachte vielleicht, ich würde nicht lockerlassen, bis ich den wirklichen Grund für diese Morde herausfinde.»

«Womit er ja auch recht hatte», sagte Walter. Er zögerte, überlegte, dann sagte er: «In Ordnung. Versuchen Sie's. Aber kein Risiko.» Er gab ihr seine Waffe. «Nehmen Sie die mit und ziehen Sie sich eine Schutzweste an.»

«Sie lassen die Chefin doch nicht etwa allein da reingehen, oder?», mischte sich Luc, der ihrem Gespräch ungläubig gefolgt war, jetzt wütend ein. «Das ist viel zu gefährlich. Sie ist Gemeindepolizistin und keine Ihrer hochspezialisierten Kripobeamten. Warum stürmen sie das Haus nicht einfach?»

«Weil Lucie Pouliotte möglicherweise da drin ist, und wir wollen keine weitere Tote riskieren», erwiderte Walter.

«Aber das Risiko, dass meiner Chefin was passiert, das gehen Sie ein, ja?» Luc war rot geworden vor Empörung.

«Sie weiß, was sie tut», sagte Commandant Walter und nickte Céleste knapp zu.

«Dann gehe ich mit», sagte Luc energisch. «Davon kann mich niemand abhalten.»

«Nicht mal ein Commandant aus Straßburg?», fragte Walter spöttisch.

«Nicht mal der», gab Luc ungerührt zurück.

«Sie bleiben da, Luc», sagte Céleste. «Ich bitte Sie.»

Luc schnaubte und schüttelte den Kopf. Er wollte gerade noch einmal Einspruch erheben, da öffnete sich die Tür einen Spalt und eine dünne, zittrige Mädchenstimme sagte: «Kann bitte Brigadier Kreydenweiss kommen? Alleine?»

«Ja», rief Céleste, und die Tür öffnete sich weiter. Lucie Pouliotte saß dort in einem Rollstuhl. Sie war weiß wie die Wand, ihr Gesicht glänzte schweißnass und schillerte in allen Farben, und das bisschen pinkfarbener Haare, das unter dem weißen Verband hervorlugte, klebte an der Kopfhaut. Sie zitterte und schien kurz vor einer Ohnmacht zu sein.

«Ich brauche Hilfe», sagte sie und versuchte vergeblich, den Rollstuhl hinauszuschieben. Zwei Männer stürzten auf sie zu und halfen ihr. Auf einen Wink hin kamen die bereits wartenden Sanitäter hinzu.

Der Leiter des Einsatzkommandos warf Walter einen Blick zu. «Jetzt können wir rein.»

«Nein», bat Céleste. «Bitte lassen Sie mich vorher mit ihm reden.»

Doch niemand hörte auf sie. Es dauerte keine fünf Minuten, und sie brachten Frédéric Béranger mit auf den Rücken gefesselten Armen heraus. Céleste erschrak, als sie ihn sah. Er war stark abgemagert, seine ehemals kräftige Gestalt war knochig geworden, und seine Kleidung schlotterte an ihm wie an einem Kleiderbügel.

Seine Augen lagen tief in den Höhlen und waren gerötet.

«Monsieur Béranger», sagte Céleste und ging auf ihn zu. «Ich wollte kommen …»

Auf einen Wink von Commandant Walter blieben die beiden Beamten mit ihm stehen.

«Ich weiß. Sie haben das gut gemacht, Céleste, Sie machen Ihre Sache immer gut.»

«Warum haben Sie das getan?», fragte Céleste, obwohl sie es bereits wusste.

«Ach …», sagte Béranger nur leise. «Madeleine konnte es ja nicht lassen. Sie hat noch immer recherchiert und die eine oder andere Schweinerei aufgedeckt. Sie konnte nicht anders. Wir haben uns dann immer Geschichten ausgedacht, aus Spaß, wie wir diese Typen, die immer wieder davonkommen, bestrafen würden. Louis Balzacs Ballade war oft unsere Vorlage. Wir fanden es lustig und haben uns alles genau ausgemalt, in allen Details. Rouffacher ins Fass, die Clavet in den Bäckerkorb … wir wollten sie nur bestrafen, töten wollten wir sie damals natürlich nicht. Aber Madeleine hatte keine Kraft mehr, all die Dinge öffentlich zu machen, die sie entdeckt hatte. Sie hatte keine Kraft mehr zu protestieren. Es hilft ja sowieso nichts, hat sie zum Schluss immer gesagt. Am Ende gewinnen ja doch die Bösen. Es war dieser neue Prozess, wieder mit diesem Anwalt an vorderster Front – Hervé Bastien, der ihr Leben, ihre Gesundheit ruiniert hat. Das war für sie kaum zu ertragen. Wir haben von dem Urteil in den Abendnachrichten erfahren, und sie hat sich so aufgeregt, dass sie einen Herzanfall bekam.» Er verstummte.

«Und Lucie? Was war mit Lucie?», wollte Céleste leise wissen. «Sie hat doch nichts getan.»

«Nein.» Béranger schüttelte den Kopf. «Im Gegenteil. Ich bin Bastien nachgefahren, von Madeleines Recherchen wusste ich, dass er freitags immer mit seinem Kollegen essen geht. Ich bin ihm bis zu diesem Nachtclub gefolgt. Es war schon so spät, und nach einer Weile habe ich nachgesehen, ob er überhaupt noch da ist und nicht womöglich über eine Hintertür verschwunden. Tatsächlich war er noch da, zusammen mit Lucie. Ich weiß nicht, ob sie mich gesehen hat, ich habe mich gleich wieder zurückgezogen, aber Lucies Anblick hat mich aus dem Konzept gebracht. Hervé und unsere Lucie aus Eguisheim? Wie passte das denn zusammen? Ich wurde nervös. Aber sie ging dann Gott sei Dank nicht mit ihm nach Hause, ich habe sie allein herauskommen sehen, während ich noch auf ihn gewartet habe. Es verlief alles nach Plan. Doch dann, als ich Hervé schon im Auto hatte und losfuhr und auf den Quai des Bateliers einbog, lief sie mir plötzlich vors Auto! Ich dachte, sie wäre schon längst weg, ich wusste gar nicht, wo sie plötzlich herkam, und ich konnte nicht mehr bremsen. Danach konnte ich aber auch nicht stehen bleiben, mit dem bewusstlosen Bastien im Auto. Also bin ich … einfach weitergefahren.»

Er schüttelte den Kopf. «Ich dachte immer, im Grunde wäre es etwas Gutes, was ich da tat. Diese drei und vor allem Hervé Bastien hatten es doch wirklich nicht verdient weiterzuleben, während meine Frau tot war! Es war nicht gerecht. Sie hat sich aufgeopfert, um solche Leute zu überführen, ihr ganzes Leben hat sie der Gerechtigkeit gewidmet. Und es war vollkommen umsonst. Am Ende hat es sie sogar das Leben gekostet. Aber dieser Unfall mit Lucie hat mir gezeigt, dass es kein Recht im Unrecht gibt. Und dann haben sie auch noch den alten Louis Balzac verhaftet. Ich bin schuldig geworden. So oder so.» Er atmete schwer. «Ich habe Lucie im Krankenhaus besucht, fast jede Nacht. Es war leicht, sich reinzuschleichen, die haben dort nicht viel Personal. Und ich habe ihr immer eine Rose mitgebracht. Dabei weiß ich gar nicht, was ich dort eigentlich wollte. Vielleicht mit jemandem reden. Vielleicht mich entschuldigen. Gestern dann, als ich kam, stand sie auf dem Fenstersims. Sie konnte kaum gehen, mit all ihren Verletzungen, sie hat nur knapp den Unfall überlebt, und dann wollte sie sich umbringen?»

«Da haben Sie sie mitgenommen?», fragte Céleste.

«Ja. Ich konnte das doch nicht zulassen. Ich musste auf sie aufpassen. Aber nicht einmal das konnte ich. Es war plötzlich alles sinnlos geworden, das habe ich auf einmal begriffen…» Er sah sich um, es war, als registriere er erst jetzt die zahlreichen Polizisten. «Sie passen auf Lucie auf, nicht wahr?», fragte er leise.

Céleste nickte. «Versprochen.»

Zu dritt standen sie da und sahen schweigend den Einsatzfahrzeugen nach, die eines nach dem anderen wegfuhren. Der Krankenwagen war schon verschwunden.

Commandant Walter schaute auf die Uhr. «Ich werde jetzt nach Colmar fahren und anordnen, dass man Ihren Müllmann umgehend freilässt.» Er warf Céleste einen langen Blick zu, dann sagte er: «Es könnte sein, dass die Stelle des Capitaine in Colmar bald frei wird. Wäre das nichts für Sie, Kreydenweiss?»

Céleste sah, wie Luc stutzte, und schüttelte den Kopf. «Nein, danke, Commandant. Die Chefin der Police Municipale von Eguisheim zu sein, ist schon aufregend genug.»

Walter nickte zustimmend und sah sie dann nachdenklich an. «Ich wusste, dass ich diesen Fall übernehmen muss. Ich wusste nur nicht, warum.»

Céleste hob die Brauen. «Und? Wissen Sie es jetzt?»

Walter überlegte. «Ich denke schon. Alles ist gut, oder?»

Céleste nickte. «Alles ist gut. Daran können auch Capitaines mit puderzuckerfarbenen Hemden nichts ändern.» Sie grinste.

Walter erwiderte ihr Lächeln. «Ich darf mich verabschieden.» Er nickte beiden respektvoll zu. «Auf mich wartet jetzt ein graues Haus an einer windigen Küste und ein blau-weiß lackiertes Ruderboot.»

Als er in sein Auto gestiegen und weggefahren war, sagte Luc zu Céleste: «Sagen Sie, Chef, haben Sie ein Wort von dem verstanden, was dieser Typ da eben gesagt hat?»

«Nicht alles, Luc, aber das Wichtigste», gab Céleste zurück. «Ich erklär's Ihnen irgendwann einmal.»

Sie wandten sich gerade zum Gehen, als lautes Rufen erklang. Dédé kam aufgeregt auf sie zu gelaufen. «Kinder!», rief er schon von weitem. «Was ist passiert?»

Céleste und Luc blieben stehen.

«Bonsoir, Monsieur le Maire!», begrüßte Céleste den Bürgermeister, als dieser sie schnaufend erreichte.

«Ich war in Nancy, beim Geburtstag meiner Schwester ...», stieß er vorwurfsvoll zwischen zwei Atemzügen hervor. «Was machen Sie nur für Sachen, wenn ich nicht da bin?»

Es war Luc, der dieses Mal die Initiative ergriff und sagte: «Ich finde, wir sollten in den *Fetten Frosch* gehen und Monsieur le Maire die Dinge erklären. Alles, was es zu erklären gibt, was meinen Sie, Chef?» Er warf ihr einen bedeutungsvollen Blick zu.

«Nennen Sie mich nicht immer Chef, Bato!», erwiderte Céleste und drohte ihrem Brigadier gutmütig mit dem Finger.

Gemeinsam mit dem erst langsam wieder zu Atem kommenden Bürgermeister machten sie sich auf den Weg zum

Fetten Frosch, wo es sonntags immer Choucroute garnie zum Pauschalpreis gab. Sie würden viel zu besprechen haben. Sehr viel.

Als Céleste ein paar Stunden später nach Hause kam, erschöpft und nicht mehr ganz sicher auf den Beinen, wartete dort eine Überraschung auf sie. Max hockte auf den Stufen vor Madame Denis' Haus.

Sie blieb stehen. «Du sollst doch nicht auf mich warten», sagte sie vorwurfsvoll. «Unsere Zeit ist zu wertvoll. Wir müssen jede Minute davon genießen.»

Max lächelte. «Ich habe jede Minute genossen, die ich auf dich gewartet habe.»

Sie erwiderte sein Lächeln. Sein deutscher Akzent war einfach zu schön. Fast zu schön, um wahr zu sein.

Weitere Titel von Jules Vitrac

Carolina Conrad
Mord an der Algarve
Anabela Silva ermittelt

Sonne, Mord und Portugal

Ein auf Senioren spezialisierter Serienmörder? Ausgerechnet im ver-
träumten Hinterland der Algarve? Bela Silva, gerade ins Land ihrer
Eltern zurückgekehrt, wundert sich über die vielen Todesfälle in der
Gegend. Eigentlich wollte die in Deutschland lebende Journalistin
die Auszeit nutzen, um zur Ruhe zu kommen. Stattdessen beginnt
sie nachzuforschen, stößt auf altes Unrecht und jemanden, der späte
Rache übt. Jemanden, den sie gut zu kennen glaubt.

Als Bela noch überlegt, was zu tun ist, geschieht ein zweiter Mord.
Der führt den ehrgeizigen Kommissar Joao Almeida vor ihre Tür ...

Urlaubslektüre mit viel Lokalkolorit.

Weitere Informationen finden
Sie unter **rowohlt.de**

288 Seiten